Michael Niavarani

Vater Morgana

Michael Niavarani

VATER MORGANA

Eine persische Familiengeschichte

Amalthea

Soviel ich an ihnen habe mercken kön-
nen/kann man mit Wahrheit darthun/
dass sie überaus prahlicht sind/und
dem Pracht sehr ergeben/welches ihnen
unsägliche Unkosten verursachet sowol
ihrer Kleidung und Mobilien/als Die-
ner/derer sie allzeit eine große Anzahl
haben wollen/wie auch ihrer Tafel we-
gen/die nach Möglichkeit/mit vielen
unterschiedlichen Gerichten besetzet
seyn muß: Im Felde führen sie unzehli-
che Bagage mit sich/weil sie daselbsten
wie in der Stadt alle Gemächlichkeiten
haben wollen/und ihre Gezelte geben
derer andern Nationen ihren an Mag-
nifizenz nichts nach/wodurch die meis-
ten Bettler und ohne viel Geld sind.

Jean de Thevenot, Persienreisender
1664

Im Umgang ist der Perser angenehm. Er versteht es, immer etwas Verbindliches zu sagen, und erwartet dies auch von seinem Gesprächspartner, wenn sich auch beide glühend hassen und zu vernichten trachten. Er wird nie eine Bitte oder ein an ihn gestelltes Ansuchen rund abschlagen, das widerstrebt seinem Charakter. Er zieht es vor, zu versprechen und nicht zu halten.

Dr. Jakob Eduard Polak,
Leibarzt von Nassredin Schah
(1855–1860)

Das Einzige, das die Europäer von uns Persern unterscheidet: Sie waschen sich nachdem sie ihr Geschäft verrichtet haben, ihren Hintern nicht mit Wasser, sondern wischen ihn bloß mit Papier aus! Aber sonst sind sie wie die Perser! Ach ja, noch etwas, sie knien dabei nicht über einem Loch im Boden, sondern sitzen auf einer, wie sie es nennen, Klomuschel!

Abdolreza Jahangir Isfahani,
mein Urgroßvater,
1901 der erste Europareisende
unserer Familie

Für Hannah Shirin

Und in Erinnerung an
Davood Niavarani,
Iradj Niavarani &
Måmån Sarwar

Die Geschichte dieses Buches
spielt in den Jahren 2007/08, also vor
den politischen Ereignissen im Iran,
die man als die »Grüne Bewegung«
bezeichnet. Ich möchte an dieser
Stelle allen Menschen, die für Freiheit,
Gerechtigkeit und Menschenrechte im
Iran kämpfen, meine Unterstützung
aussprechen.

Erster Teil

Dariush Ansari

Auferstehung in London I

Manche Begegnungen mit Menschen in unserem Leben sind seltsam, unangenehm, befremdlich und sehr erstaunlich, so zum Beispiel, wenn man seinem eigenen Vater – drei Monate nachdem er begraben wurde – in einem Lokal in London gegenübersitzt. Es war ein sonniger Tag Anfang März und ich war vor einer Stunde am Londoner Flughafen Heathrow angekommen, fuhr mit dem Heathrow Express bis zur Paddington Station, nahm dort ein Taxi nach Covent Garden und stieg vor dem persischen Restaurant Simurgh, in dem wir verabredet waren, aus, um auf meine Tante Agathe zu warten, die sich, wie sie mir per SMS mitgeteilt hatte, verspäten würde, da der Abendverkehr in London extrem stark war.

Ich war nicht zum ersten Mal in London. Im Laufe meiner vielen Besuche habe ich eine kleine Routine entwickelt. Ich erreiche die Paddington Station, trinke in einem der Bahnhof-Cafés meinen ersten englischen Tee mit Milch, blättere die *Times* durch, die ich mir bereits am Flughafen gekauft habe und »komme in London an« – wie ich dieses Ritual nenne. Fahre dann entweder zu meiner Tante Agathe nach Pinner, fünf U-Bahnstationen nach Wembley Park, oder ins Hotel, je nachdem, wo ich dieses Mal übernachte. Ich übernachte meist nicht bei Tante Agathe, weil ich selten allein in London bin, und ein romantisches Wochenende macht sich in der Stadt besser als in dem Vorort Pinner. Auch ist man ohne Tante Agathe unabhängiger, was mit Lebensgefährtin immer besser ist. Noch dazu ist Tante Agathe gar keine wirkliche Tante, zumindest nicht meine, beziehungsweise: Sie war einmal meine Tante, als sie noch mit meinem Onkel Fereydoun verheiratet war und mit ihm in Wien lebte. Nach der Scheidung ging sie aus Schmerz und Verzweiflung nach England, um Urlaub zu machen und sich zu verlieben. Nicht in einen anderen Mann, sondern in London. In das London der 70er Jahre.

Komischerweise ist der Kontakt zu ihr nie abgerissen, wahrscheinlich, weil ein Platz zum Schlafen in London immer gut ist, was meine Schwester und ich in unserer Jugend gerne schamlos ausnutzten, und vor allem, weil Tante Agathe einer der nettesten, liebsten und unkompliziertesten Menschen in unserer Familie ist. Wahrscheinlich mit ein Grund, weshalb sie nicht mehr dazugehört.

Diesmal hatte ich keine Zeit, mein »Ich-komme-in-London-an«-Ritual zu zelebrieren. Wir waren um 7 p. m. mit meinem wieder auferstandenen Vater in Covent Garden verabredet und mir blieb nicht einmal die Zeit, am Flughafen eine *Times* zu kaufen, da ich keinen früheren Flug nach London bekommen hatte können. Ich hatte genau 45 Minuten, um von Heathrow nach Covent Garden in die Garrick Street Nummer 17 zu kommen, was schon bei normalem Londoner Verkehr an die vierzehn Stunden dauert.

Es war zwei Minuten vor sieben. Wahrscheinlich war mein Vater schon da. Ich starrte auf das Schild über dem Eingang: »Simurgh« stand da zu lesen. Ich kannte dieses Restaurant nicht, es war neu und ich hatte London zum letzten Mal vor drei Jahren besucht. Der Name erinnerte mich an etwas Unangenehmes. Etwas Bedrohliches. Vielleicht bildete ich mir das auch nur ein. Schließlich war ich sehr angespannt. Andererseits kam mir der Name Simurgh sehr bekannt vor. Irgendetwas hatte es mit diesem Namen auf sich, aber im Augenblick kam ich nicht dahinter. Mein alarmiertes Stammhirn verlangte nach Beruhigung: »Wahrscheinlich ist es einfach ein persischer Vorname und ich habe von jemandem namens Simurgh gehört! Vermutlich heißt ein Freund meines Vaters so!?«

Ich sah Tante Agathe aus ihrem Wagen steigen, winkte ihr kurz zu und hob dann meinen Kopf, schloss meine Augen, spürte kurz die Wärme der Londoner Wintersonne auf meinem Gesicht, dachte noch ein Mal an *Simurgh* und was es bedeuten könnte und atmete schließlich tief durch: Gleich werden ich und Tante Agathe meinem Vater gegenübersitzen, einem Toten, der vor drei Monaten gestorben ist ...

Sehen Sie, allein deshalb muss ich Ihnen die Geschichte meiner Familie erzählen.

Dein Platz ist leer

Also ich muss natürlich nicht, aber wenn Sie sich dieses Buch schon gekauft haben, erzähle ich sie Ihnen – wäre ja dumm, wenn die nächsten 360 Seiten blank wären. Also, diese Geschichte ist ganz einfach: Eine Katastrophe jagt bei uns die andere. Von Gefängnisaufenthalten wegen Terrorverdachts bis zu Todesfällen, die geheim gehalten werden müssen. Das mag vielleicht alles ein wenig reißerisch klingen, aber schließlich will ich ja, dass Sie weiter lesen und nicht das Gefühl bekommen, da wird jetzt eine stinknormale Durchschnittsfamilie beschrieben – die wir genau genommen natürlich sind. Wir haben zwar leider keinen Nobelpreisträger, aber wenigstens auch keinen Mörder in unserer Familie – zumindest nicht, dass ich wüsste.

Weil allerdings beides sehr schwer vor dem Rest der Familie geheim zu halten wäre, gehe ich davon aus, dass dem auch so ist. Obwohl einige in unserer Familie sehr gut darin sind, offensichtliche Dinge lange vor anderen geheim zu halten. Ich denke da nur an das Toupet eines meiner Onkel, das er seit zehn Jahren trägt. Wobei in diesem Fall die große Geheimhaltung nicht darin besteht, dass er uns glauben macht, es wären seine echten Haare, sondern dass wir ihm vormachen, nicht zu wissen, dass er ein Toupet trägt. Wir sprechen über dieses Toupet nicht, wir nehmen es nicht zur Kenntnis, wir verleugnen es, es ist einfach kein Thema, nicht einmal dann, wenn es regnet und mein Onkel Djafar mit plattem deutschem

Kunsthaar auf dem vorderen und gekräuseltem persischem Echthaar auf dem hinteren Kopf vor uns steht.

Wir sind eine ganz normale Familie. Also, wir sind natürlich keine *ganz* normale Familie ... Wie soll ich das sagen ...? Lassen Sie es mich so formulieren: Wir sind eine stinknormale persisch-österreichisch-deutsch-amerikanisch-schwedisch-britisch-iranische Emigrantenfamilie, aber zum Teil auch schon »hier« (wo auch immer Sie gerade sind und dieses Buch lesen) geborene Familie!

Sagt man das so? Nein, wahrscheinlich nicht. Aber in einer solchen, von Ausländern überfluteten Familie hört man ununterbrochen Dinge, die man *so* nicht sagt. Zum Beispiel »Bezirk« anstelle von »Kanal«. Bei uns zu Hause liefen die Fernsehsendungen nicht auf Kanälen, sondern in Bezirken. Ich sehe meinen Vater selig noch vor mir, wie er von seinem Platz auf der Wohnzimmercouch aus missmutig auf den Bildschirm unseres alten Fernsehers starrt: »Was gibs auf andere Bezirk?«

Auch ohne Platonlektüre war für ihn auf der Welt nichts »wirklich«, sondern »wigli«. Wiener Dialekt mit persischem Akzent. Für meine Kinderohren merkwürdig verwandte Idiome. »Gehst du auf mein Nerven – wigli!«, bekam ich gelegentlich zu hören.

Als ich dann Jahre später meiner ersten langjährigen Beziehung, Sandra, die meinen Vater immer sehr schlecht verstand, erklärte, was »wigli« bedeutet, meinte sie, »Wigli« sei in Wahrheit eine unbekannte Figur aus dem Dschungelbuch, nämlich die uneheliche Schwester von Mogli. »Mogli und Wigli«. Nicht von vornherein abwegig, aber die Frage bleibt doch, wie ein Waisenkind, das im Dschungel bei den wilden Tieren aufwächst, überhaupt eine uneheliche Schwester haben kann – aber egal.

Neben den grammatikalischen Besonderheiten, wie »wigli« oder auch »gelaube isch« anstelle von »Isch gelaube« – gibt es natürlich in unserer Familie auch eine Reihe von persisch-deutschen oder persisch-englischen Wortspielen, die bei einer solchen Konstellation unvermeidlich sind. Mein Onkel Djafar, der seit seinem zwanzigsten Lebensjahr in Berlin lebt, hatte dem ersten seiner drei Schwiegerväter immer wieder gerne von der Stadt Isfahan erzählt. Onkel Djafar liebte Isfahan, weil es ihn immer an eine seiner vielen Großtanten erinnerte, die er in seiner Kindheit mit seiner Mutter, meiner Großmutter, gerne besuchte. Dochtarbas Chânum, wie sie genannt wurde, servierte zum Nachtisch das beste *Scholeh-zard*, das sich Onkel Djafar nur vorstellen konnte. Er liebt bis heute diesen Reispudding mit Safran, Rosenwasser und Kardamom, den er nie wieder so gut gegessen hat wie damals in seiner Kindheit in Isfahan. Nachdem nun Onkel Djafars erster Schwiegervater seinerseits immer wieder von dem Milchreis schwärmte, den seine Großmutter aus Potsdam für ihn kochte, hatten er und sein damals zukünftiger Schwiegersohn beim ersten Treffen in Charlottenburg 1972 bereits auf Anhieb ein gemeinsames Thema gefunden. Bei dieser Gelegenheit entstanden auch schon zwei der beliebtesten Wortwitze unserer Familie. Paul, der erste Schwiegervater meines Onkels Djafar hatte natürlich als alter Berliner Schuhmachermeister noch nie einen Perser gesehen, geschweige denn das Wort *Scholeh-zard* gehört. Auch die Stadt Isfahan war dem fleißigen Handwerker kein Begriff. Und so hatte er noch Jahre später große Freude daran, selbst nach der Scheidung seiner Tochter von Onkel Djafar, allen Leuten zu erzählen, dass die Perser in der Stadt »Iswashans« zum Nachtisch »Scholle zart« essen.

In unserer Familie wimmelt es also nur so von Ausländern und grammatikalischen Besonderheiten, die der nicht-persische Teil der Familie wohlwollend für eine poetische Blütenlese aus dem Orient hält. Neben den Persern, auch Iraner genannt, setzt sich unsere Familie zusammen aus Engländern, Amerikanern, Schweden, Deutschen und Österreichern. Wir sind die Österreicher: meine Mutter Angelika, meine Schwester Petra, mein Vater Dariush und ich. Also die österreichischen Perser, die gemeinsam mit den schwedischen, deutschen und englischen Persern das Bollwerk gegen die Kulturlosigkeit der amerikanischen Perser bilden. Letztendlich sind wir zwar alle Perser – aber eben europäische oder amerikanische Perser. Was uns trennt, obwohl wir eine Familie sind, ist die Mentalität der einen Heimat, in die wir emigriert oder in der wir aufgewachsen sind. Was uns eint ist die Mentalität der anderen Heimat, die wir verlassen haben oder nur aus Erzählungen kennen. Und dann haben wir natürlich noch etwas sehr Wichtiges gemeinsam: unsere kleinen alltäglichen persischen Eigenheiten. So gewisse Verhaltensweisen, die eben nur Perser an den Tag legen. Wenn die Perser auch über die ganze Welt verstreut leben, so bleiben sie doch immer Perser. Sie sind sehr angepasst an das jeweilige Land, in dem sie leben, nehmen mühelos die seltsamsten Bräuche und Sitten an, auch wenn sie sich über diese sehr wundern, bleiben aber im Herzen immer stolze Perser!

Kennen Sie die Perser? Also, die Perser, das sind die aus der Schulzeit mit dem riesigen Weltreich, das sich von Indien bis Griechenland erstreckt hat. Die Perser, das sind die, die zwar andere Länder und Völker unterworfen haben, deren Großkönige aber – wie zum Beispiel Dareios II. oder Kyros der Große – den unterworfenen Völkern erlaubten, ihre eigene Religion und ihre eigene Verwaltung zu behalten – was die Perser zwar zur Besatzungsmacht machte, aber zu einer sehr sympathischen Besatzungsmacht. Deshalb brachten einmal im Jahr, am 21. März, dem persischen Neujahr und Frühlingsbeginn, alle Gesandten aus den Provinzen dem Großkönig großköniglich großzügige Geschenke in seiner Reichshauptstadt Persepolis dar. Ob freiwillig oder nicht, wollen wir hier nicht klären. Jedenfalls eine alljährliche Szene, die man noch heute, dreitausend Jahre danach, auf einem Relief in den Ruinen von Persepolis sehen kann.

Die Perser, das sind die, die dann von Alexander dem Großen besiegt wurden und die sich mit tausenden Griechen und Griechinnen verheiraten mussten, damit der sein hellenistisches Reich gründen konnte. Drei-drei-drei, bei Issos Keilerei.

Die Perser, das sind die, die, bevor sie von den Arabern islamisiert wurden, als erstes Volk neben den Juden an einen einzigen Gott glaubten. Ahura Mazda, den Gott des Lichts, den guten Gott, der seine Lehre durch den Propheten Zarathustra verkünden ließ.

Die Perser, das sind aber auch die, die Sie aus dem Fernsehen kennen, die mit dem Ayatollah Khomeini, der islamischen Revolution, dem gestürzten Schah und dem Präsidenten Ahmadinejad, der Israel ausradieren will, sobald er die Atombombe gebaut hat.

Und die Perser, das sind auch die, die nach der Revolution die amerikanische Botschaft besetzt haben, die Menschen steinigen und die im Jahre 1979, also deutlich nach dem Mittelalter, einen Gottesstaat ausgerufen haben!

Diese Perser nennen wir in unserer Familie lieber Iraner. Die mit den siebentausend Jahren Geschichte, das sind die *Perser*, und die mit der Atombombe, das sind die *Iraner*. Und wir, die wir hier im Westen leben, in Europa oder Amerika, wir sind natürlich die guten Perser und die, die zu Hause geblieben sind und den Terrorismus unterstützen, das sind die bösen Iraner. Aber ganz im

Ernst: Die bösen Iraner sind genauso gute Perser, so wie die bösen Perser gute Iraner sein können. Wenn allerdings jemand meinen Vater gefragt hat: »Wie denken Sie eigentlich über den Atomstreit mit dem Iran? Darf der Iran eine Atombombe bauen oder nicht? Und was halten Sie von den Steinigungen junger Frauen, die Ehebruch begangen haben?«, konnte ihn das nicht in Verlegenheit bringen: »Was soll isch dazu sagen, isch kenne mich mit dem Politik nischt aus.«

»Wenn man von den Morden an Oppositionellen hört, wie fühlt man sich da als Iraner?«

»Was soll isch sagen? Isch bin kein Iraner, isch bin *Perser!*«

Hier machte er immer eine kleine Pause, wartete, ob das Gegenüber den vermeintlichen Unterschied zwischen Perser und Iraner verstanden hatte, und fügte zur Sicherheit hinzu:

»Nur eines isch weiß isch e-sischer: Unter dem Schah, es hätte das nischt gegeben!«

Das waren seine zwei Standardsätze, wenn es um brisante Themen der Zeit ging: »Ich kenne mich mit dem Politik nischt aus« und »Nur eines isch weiß isch e-sischer: Unter dem Schah, es hätte das nischt gegeben!«

In den Diskussionen über eine drohende Umweltkatastrophe, die wir in meiner Jugend aufgrund meiner Begeisterung für den Umweltschutz sehr leidenschaftlich führten, schlug sich mein Vater stets auf die Seite der modernen Technik und der Errungenschaften unserer Zivilisation, die ihm mehr bedeuteten als das Überleben von irgendwelchen Fischen. Als ich ihn eines Tages in einer solchen Diskussion damit konfrontierte, dass der Meeresspiegel um einen Meter steigen werde, und ich ihn fragte, was er denn dagegen zu tun gedenke, meinte er geistesabwesend: »Isch bin Perser, warum soll isch etwas mit dem Meeresspiegel machen? Nur eines isch weiß isch e-sischer: Unter dem Schah, es hätte das nischt gegeben!« Damit widmete er sich wieder der Zubereitung seines persischen Tees.

Diese Reaktion führte damals zum pubertären Bruch mit meinem Vater, den ich ab diesem Zeitpunkt für einen arroganten, orientalischen Macho hielt. Interessanterweise bekam ich exakt diese drei Worte – arroganter, orientalischer Macho – 25 Jahre später von meiner Ex-Frau zu hören, und das obwohl ich niemals behauptet hatte, dass es unsere Ehe unter dem Schah nie gegeben hätte. Ich hatte lediglich gemeint, dass der Begriff »Treue in der Ehe« für Perser dehnbar sei, da sie ja als Muslime bis zu vier Frauen gleichzeitig ehelichen dürften. Aber darum geht es jetzt ja gar nicht. Ich wollte Ihnen von den persischen Eigenheiten erzählen.

Wenn ich von persischen Eigenheiten spreche, so meine ich weder jahrtausendealte kulturelle Rituale noch den innersten Drang, eine amerikanische Flagge zu verbrennen. Diese Dinge gibt es, aber sie sind nicht typisch persisch!

Typisch persisch ist: Zu spät zu kommen. Es gibt keine pünktlichen Perser. Sehen Sie, die Perser empfinden da anders. Wenn ein Perser um acht Uhr einen Termin hat, geht er um acht Uhr außer Haus und kommt so gegen acht Uhr dreißig am verabredeten Ort an. Pünktlich zu sein bedeutet in der persischen Mentalität nichts Positives. Im Gegenteil, wenn man bei einer persischen Familie zum Essen geladen ist, sagen wir um 19 Uhr, so sollte man nicht vor 19 Uhr 30 erscheinen. Das wäre unhöflich, man würde die Gastgeber unter Druck setzen. Unter Persern gilt als höflich: 15 bis 30 Minuten nach dem vereinbarten Termin zu erscheinen. Damit gibt man den Gastgebern Zeit, alles gewissenhaft vorzubereiten. Würde man bei einer persischen Familie um 19 Uhr auftauchen, so wäre das sogar äußerst unhöflich, da man ihnen dadurch zu verstehen geben würde, sie sollen sich gefälligst beeilen! »Schnell! Schnell! Es ist doch hoffentlich alles fertig, die Gäste sind da!«

Diese unterschiedliche Auffassung führt natürlich zu interkulturellen Missverständnissen. Mein Onkel Djafar, der in Berlin lebt, erzählte mir, dass die Deutschen gerne einige Minuten vor dem vereinbarten Termin erscheinen. Davon ist ganz dringend abzuraten, da können Sie Ihrem persischen Gastgeber auch gleich, nachdem er die Türe geöffnet hat, ins Gesicht spucken. Einige Minuten vor dem Termin da zu sein, ist absolut unhöflich! Sollten Sie gar eine Viertelstunde vor dem Termin erscheinen, so kann es Ihnen passieren, dass noch nicht einmal Ihre persischen Gastgeber da sind.

Damit ist natürlich noch längst nicht alles gesagt. Aber Sie werden die Perser im Laufe unserer Familienkatastrophen schon noch kennen lernen.

Ich kann Ihnen natürlich nicht jede einzelne Katastrophe erzählen, die es in meiner Familie gegeben hat. Das würde den Rahmen dieses Buches sprengen. Aber ich will Ihnen von der letzten großen Katastrophe berichten. Diese letzte große Katastrophe nahm ihren Anfang in Europa und das, obwohl sie eine zutiefst persische Katastrophe ist. Genauer gesagt, in der Hauptstadt von Österreich, in Wien. In Deutschland, in Berlin, wurde sie um eine interessante Nuance erweitert, in Worcester, Massachusetts, einer amerikanischen Kleinstadt in New England in der Nähe von Boston wurde sie bestätigt, Stockholm versuchte sie zu verhindern, New York konnte sie ein wenig hinauszögern und London hat ihr erst ihre richtigen, abgrundtief entsetzlichen Ausmaße gegeben. Und doch ist es nur eine kleine Familiengeschichte. Das mag etwas angeberisch klingen – aber ich schwöre es Ihnen, genau so war es. Weil unsere Familie über die ganze Welt verstreut ist, wächst sich eine Familienkatastrophe immer gleich zu einem globalen Ereignis aus.

Aber ich werde Ihnen nicht nur von der einen großen Katastrophe erzählen. Dazwischen gilt es von der einen oder anderen kleinen Katastrophe zu berichten, um die handelnden Charaktere sozusagen einzuführen. Wenn ich Ihnen zum Beispiel meine Cousine Rochsana vorstellen möchte, so würde ich Ihnen die Katastrophe mit ihrer persischen Nase erzählen, die sie sich, ohne ihre Mutter zu fragen, im Alter von 18 Jahren operieren hat lassen. Was natürlich nicht die einzige Katastrophe in Rochsanas Leben ist. Rochsana gehört, wie ihr Bruder Shapour, zur Amerikafraktion. Sie sind beide in Amerika zur Welt gekommen und beide haben ihr ganzes bisheriges Leben dort verbracht, ausgenommen eine einzige Europareise und zweimal Karibik, wie sich das für Amerikaner gehört!

Ich erinnere mich an einen Amerikabesuch vor sechs Jahren. Ich wurde von meiner Cousine vom Flughafen abgeholt. Ein etwas ungewöhnliches Ereignis, da sonst immer die ganze Amerikafraktion zu solchen Gelegenheiten in Erscheinung tritt: Die Großmutter, meine Tante Niloufar und mein Onkel Ali, von dem sie allerdings seit einigen Jahren geschieden ist, was ihn nicht davon abhält, ebenfalls dabei zu sein – gemäß dem persischen Verhaltenskodex: Egal wohin, es müssen alle mit! – und eben meine Cousine Rochsana. Mein Cousin Shapour war selten dabei, er hatte immer irgendwelche Termine – sehr unpersisch! Nicht, dass man als Perser keine Termine hätte, sogar dringende: »Morgen« oder »Nächste Woche – ist egal!«.

Diesmal war die amerikanische Fraktion also nicht

geschlossen angetreten, um mich abzuholen. Meine
Tante Niloufar war mit ihrer Mutter beim Arzt. Großmutter hatte Herzprobleme und musste für teures Geld
untersucht werden. Mein weggeschiedener Onkel Ali, er
unterrichtet Mathematik und Physik an einem College –
sehr unpersisch –, konnte ebenfalls nicht kommen, da er
eine wichtige Prüfung abhalten musste. Also war diesmal nur Rochsana gekommen, um mich abzuholen. Wir
saßen im Wagen und hatten den Parkplatz des Logan
Airport in Boston noch nicht verlassen, da erzählte sie
mir bereits von dem Typen, mit dem sie zusammen war,
der sie geschlagen hatte und von dem sie schwanger
wurde, und von der Abtreibung, und dass ihr Bruder zu
viel kifft. Ich bekam einen kleinen Schweißausbruch und
wusste nicht, was ich darauf antworten sollte. Eigentlich
hatte ich sie nur gefragt: »How are you!? I haven't seen
you since like ... what ... two years?!«

Und plötzlich brach es wie ein Schwall aus ihr heraus:
»Well, you know. I met this guy one year ago and he was
wonderful and very caring in the beginning, and then it
turned out, that he has a drinking problem, he started to
beat me all the time. I got pregnant and had an abortion
last February. Oh, and your cousin is a drug addict – he
smokes too much pot!«

Ich war fassungslos. Was soll man da drauf sagen?
Dieses Geständnis wäre schon zu viel, käme es von der
eigenen Schwester, die man dreimal im Monat sieht –
aber von einer amerikanisch-persischen Cousine, von
der man zwei Jahre nichts gehört hat?

»But anyway! How is your life?«, sagte sie in plötzlich wieder höflichem Konversationston. Das war die
Rettung! Ich musste nichts auf diese Aufzählung ihrer
Katastrophen antworten, ich durfte stattdessen eine einfache Frage beantworten. In unglaublich hohem Falsett

antwortete ich: »Thanks! I'm fine! – Sorry, my throat! The air in the plane – you know!«

Das ist einer der Nachteile, wenn man Familie auf der ganzen Welt hat: Man lebt in einem anderen Universum, man kann sich gar nicht auf dem Laufenden halten. Gut, im Falle meiner Cousine Rochsana will ich auch vieles gar nicht wissen. Sie ist nämlich eine amerikanische Tussi. Also, ich würde das ja nie von ihr behaupten – das sind die Worte meiner Großmutter. Sie kam zu dieser Erkenntnis, nachdem Rochsana sich ihre Nase hatte verkleinern lassen. Junge Perserinnen lieben es nämlich, ihre Nasen zu »verwestlichen«, da den meisten von ihnen ihre Nase zu orientalisch ist. Perserinnen mögen es gar nicht, wenn man ihnen sagt, sie sehen orientalisch aus. Sie wollen spanisch, französisch, italienisch aussehen, aber nur nicht orientalisch! Also muss um teures Geld an den Nasen der Perserinnen herumgeschnippelt werden. Die Wahrheit ist: Spätestens mit vierzig müssen sie sich nicht mehr nur die Beine, die Achseln und die Arme rasieren, sondern auch die Oberlippe und sie sind wieder so orientalisch wie Alibaba und die vierzig Räuber.

Die neue amerikanische Nase meiner Cousine war natürlich eine Katastrophe. Meine Großmutter war entsetzt. Sie sah in dem »hässlichen, amerikanischen Zinken«, wie sie nicht müde wurde, den winzigen physiognomischen Eingriff bei jeder sich nicht bietenden Gelegenheit laut zu apostrophieren, einen Vorwurf, den ihr eigen Fleisch und Blut gegen ihre iranische Herkunft erhob.

Tja, wir sind eben eine typisch iranische Exilfamilie. Insgesamt gibt es – wie in jeder persischen Familie – so zirka an die zweihundert Menschen, die miteinander verwandt sind. Aber an direkter Verwandtschaft gibt es »nur« 25 Leute. Ich kann Ihnen leider nicht alle 25 in diesem Buch vorstellen, alleine schon deswegen, weil ich einigen von ihnen selbst noch nie in meinem Leben begegnet bin.

Die direkt mit meinem Vater Verwandten ... ja, so ist es am vernünftigsten – beginnen wir mit den Onkeln und Tanten, dann kennen Sie sich vielleicht etwas besser aus. Also, da wäre mein Vater Dariush (Wien), mein Onkel Djafar (der schon kurz erwähnte Berliner), mein Onkel Fereydoun (New York), mein Onkel Djamjid (Upplands Väsby, 45 Minuten nördlich von Stockholm) und meine Tante Niloufar (Worcester, MA, wie ebenfalls schon erwähnt, eine Stunde von Boston). Darunter drei Teppichhändler (Dariush, Djafar, Fereydoun), ein Gemüsehändler – weil eigentlich im Iran Schauspieler und Filmemacher – (Djamjid) und eine Schneiderin mit eigener Boutique (Niloufar): die Kinder meiner Großmutter.

Lassen Sie mich von meiner Großmutter erzählen. Meine Großmutter ist indirekt an dieser letzten, ganz ganz großen Katastrophe schuld. Sie lebt seit über zwanzig Jahren in den USA. Mehr oder weniger unfreiwillig. Sie musste den Iran nach der Revolution verlassen. Wenn ich Ihnen Måmånbosorg (das ist das persische Wort für »Großmutter«) vorstellen müsste, würde ich über die Katastrophe erzählen, die ihr Leben ist. Also zumindest ist es das aus meiner Sicht. Måmånbosorg wurde im Alter von zwölf Jahren verheiratet – an einen Mann, der über 35 Jahre älter war als sie. Eine damals übliche Praxis im Iran der 30er Jahre. Über Europa brach die Katastrophe in Form von Adolf Hitler herein – meine Großmutter lernte unseren Großvater kennen. Letzten Sommer habe ich sie zum letzen Mal besucht. Wir saßen in ihrer Küche in ihrem Haus mit Garten in Worcester, Massachusetts, und ich sah ihr zu, wie sie ein halbes Kilo frische Kräuter in eine Küchenmaschine stopfte, um sie zu zerkleinern. Estragon und Minze. Wenn Sie mich fragen würden, wonach der Iran, wonach Persien schmeckt, ich würde Ihnen zur Antwort geben: Estragon und Minze. Probieren Sie das einmal. Nehmen Sie ein wenig frischen Estragon und frische Minze, jeweils ein, zwei Blätter und achten Sie auf das Aroma, das sich beim Zerbeißen entfaltet: So schmeckt der Iran, das ist der Duft von Persien.

Ein anderer Duft stieg mir ebenfalls in die Nase, dampfender Basmatireis. In einem Sieb, das in der Abwasch stand, dampfte der al dente gekochte persische Reis. Er wartete darauf, von Måmånbosorg gewaschen zu werden, bevor er wieder zurück in den Topf kommt, um dort eine Stunde lang zu garen.

Perser haben ein erotisches Verhältnis zum Essen. Essen ist unendlich wichtig. Einerseits ist das persische Essen die einzige Verbindung zur verlorenen Heimat. Andererseits ist es einfach unglaublich wichtig, gut zu essen. Perser lieben es zu essen. Perser haben eine große Esskultur. Was einerseits daran liegt, dass man für die Zubereitung der meisten persischen Speisen länger als zwei Stunden braucht. Es müssen Kräuter geputzt, gezupft und geröstet werden. Fleisch muss stundenlang schmoren. Melanzani und anderes Gemüse muss gewaschen, gewürzt, gebraten werden, der Reis muss roh fünfmal gewaschen werden. Dann al dente gekocht nocheinmal, bevor er eine Stunde dampfen muss. Wenn man für ein Gericht vier Stunden braucht, um es zu kochen, dann kann man es nicht in wenigen Minuten essen. Dann muss das Mahl zelebriert werden. Vorspeisen, Hauptspeisen, dazu Kräuter, Radieschen und Käse. Und nie gibt es in einem persischen Haushalt nur eine Vorspeise, selten nur ein Hauptgericht. Die Zubereitung der meisten Eintöpfe dauert wahrhaftig vier Stunden. *Kalle Påhtsche* – ein Gericht aus Lammkopf, Lammzunge und Lammfüßen – muss vierzehn Stunden langsam vor sich hin köcheln.

Ihr Essen ist den Persern heilig. Jeder, der nach Europa oder Amerika zu Besuch kam, reiste mit fünf Koffern. Ein Koffer mit Gewand und vier Koffer mit *Sabzije Ghormesabzi, Sabzije kukusabzi, Limo torsch, Lubiåh båghåli, Lubiå tschiti, Kashk, Nanå, Torschi, Peste, Tochme, Gåz, Baghlawå, Anår* (Getrocknete Kräuter für Kräutereintopf mit Lamm und Bohnen, getrocknete Kräuter für ein Kräuteromelett, süße Zitronen, getrocknete Limetten, große grüne Bohnen, kleine gelbe Bohnen, eingedicktes Schafjoghurt, getrocknete Minze, eingelegtes saures Gemüse, Pistazien, gesalzene und geröstete Wassermelonenkerne, persisches Nugat, Baklava und Granatäpfel).

Sie können sich nicht vorstellen, was in meiner Kindheit los war, wenn meine Måmånbosorg diese Koffer in unserem Wohnzimmer in Wien öffnete. Delikatessen aus Tausendundeiner Nacht, Farben, Düfte, das Rascheln von iranischen Tageszeitungen, in denen einige der Delikatessen verpackt waren. Der Iran war damals zu uns nach Hause in den fünften Wiener Gemeindebezirk oder zu meinen Cousins in die Lantern Lane 17, im amerikanischen Bundesstaat Massachusetts, oder nach Charlottenburg ins ehemalige Westberlin gekommen, in den Koffern unserer Großmutter. Heute, zwanzig Jahre später, bekommt man die meisten iranischen Delikatessen in kleinen iranischen Läden, die es in fast jeder Großstadt auf dieser Welt gibt. Ja, Essen ist sehr wichtig! Wenn man eine persische Großmutter hat, muss man immer hungrig sein.

Måmånbosorg schaltete die Küchenmaschine ein und
der Lärm, den sie machte, war mir unerträglich. Ich ver-
wende in Wien auch eine solche Küchenmaschine, aber
mir scheint, die amerikanischen machen mehr Lärm als
die europäischen. Die Kräuter waren klein genug und
Großmutter schüttete sie in eine Schüssel. Ich sah ihr zu
und fragte sie plötzlich aus heiterem Himmel: »Måmån,
wer war eigentlich unser Großvater?«

Ich wusste nichts über ihn. Es sprach auch niemand über
ihn und es gab kein Foto, zumindest keines, das ich kannte.

»Abbas Ansari!«

Sie machte eine Pause.

»Was willst du wissen?«, fragte sie mich schließlich
etwas missmutig.

»Warst du sehr verliebt in ihn?«

Sie machte eine weitere Pause. Außer uns beiden war
niemand in ihrem Haus. Sie kochte das Abendessen
für Tante Niloufar, mich und meine zwei amerikanischen Cousins. Auch erwarteten wir Onkel Fereydoun
aus New York für heute Abend zum Essen. Es waren
»nur« vier Stunden mit dem Auto von Manhattan nach
Worcester, und da wir einander seit meiner Ankunft
vor drei Wochen noch nicht gesehen hatten, wollte er
heute unbedingt zum Abendessen erscheinen und übers
Wochenende hier bleiben.

»Verliebt? Ich weiß nicht! Vielleicht erzähle ich dir einmal von ihm!«

Sie schien sich nicht besonders gerne an ihn zu erinnern. Wer war er? Was machte er? Ich wusste nichts. Es
wurden immer nur Geschichten von unserem »zweiten«
Großvater, unserem Stiefgroßvater, erzählt, Måmånbosorgs zweitem Ehemann, der 1978, ein Jahr vor der
islamischen Revolution, an Krebs verstarb.

»Verliebt! Wie denn? Ich war zwölf Jahre alt, als wir

uns kennen lernten! Er war wie ein Lehrer für mich. Ich war ein Kind!«

Sie schwieg und kümmerte sich weiter um den Estragon und die Minze. Er war 35 Jahre älter als sie, das erzählte mir dann drei Tage später meine Tante Niloufar. Er starb recht bald und hinterließ eine 24-jährige Witwe mit fünf Kindern.

Bis zu meiner Abreise hab ich kein Wort mehr über ihn verloren. Als Måmånbosorg mich am Boston Logan Airport umarmte, um sich von mir zu verabschieden, was nie ohne Tränen für uns beide möglich war, flüsterte sie mir zu: »Ich erzähle dir die ganze Geschichte, wenn wir uns wieder sehen. Komm mich bald wieder besuchen. Ich bin alt, wer weiß, wie lange ich noch zu leben habe!«

Ich drückte meine Måmånbosorg ganz fest, atmete den Duft ihres Parfums ein, der sich mit dem Küchendunst vermischt hatte, versprach bald wiederzukommen, hatte Tränen in den Augen und bestieg meine Maschine nach Wien mit einer Geruchsmischung von Chanel und Knoblauch in der Nase.

Im Flugzeug musste ich feststellen, dass ihre großmütterliche Erpressung – »Wer weiß, wie lange ich noch am Leben bin, komm mich bald wieder besuchen« – bereits über Grönland Wirkung zeigte. Ich blätterte in meinem Kalender und suchte nach der nächsten Möglichkeit, wieder zurück nach Amerika zu meiner Oma zu fliegen. Ich besuche sie regelmäßig, aber doch in Abständen von einem Jahr. Ich habe viel Zeit mit ihr in ihrer Küche verbracht und gelegentlich laden wir sie nach New York ein. Mein Onkel Fereydoun und ich versuchen dann immer, ihr diese wunderbare Weltmetropole schmackhaft zu machen, aber eigentlich hasst sie Amerika. Sie behauptet auch seit zwanzig Jahren, sie könne kein Wort Englisch. Sie spricht es auch kaum und wenn, dann nur sehr gebrochen. Aber eines Abends saßen wir zu zweit vor dem Fernseher und es lief ein alter Woody-Allen-Film und Woody Allen sagte gerade zu Diane Keaton: »Ich hasse Wagner! Jedes Mal, wenn ich Wagner höre, überkommt mich der innere Drang, Polen überfallen zu wollen!«

Und meine Måmånbosorg lachte. Laut. Ich sah sie verwundert an. Sie sah mich an und ihr Lachen erstarb: »Sein Gesicht!«

»Was?«

Sie wusste genau, dass ihre Lüge aufgeflogen war.

»Sein Gesicht ist lustig! Er macht ein lustiges Gesicht, und da muss ich lachen!«

Ich wollte ihr widersprechen und sie darauf hinweisen, dass man in dieser Szene sein Gesicht gar nicht sehen konnte, weil die Kamera weit von den Schauspielern weg platziert war. Man sah nur den kleinen Woody Allen und die kleine Diane Keaton über den Platz vor der Metropolitan Opera gehen. Es gab keine Großaufnahme. Leider konnte ich meiner Måmånbosorg nicht widersprechen, da ich nicht wusste, was Großaufnahme in Farsi hieß. Farsi, so heißt die persische Sprache. Ich spreche sie leider nur sehr bruchstückhaft. Es reicht für normale Gespräche, aber für tiefgehende Diskussionen ist es zu wenig. Auch habe ich einen Akzent im Persischen – Måmånbosorg meint, ich klänge wie ein Türke.

Sie lacht über Woody Allen, aber hasst Amerika! Also dachte ich mir, diese Frau ist in ihrer tiefsten Seele New Yorkerin, und organisierte eine Reise nach New York. Måmånbosorg war nicht besonders begeistert von New York. Wir kamen mit dem Bus. Fünf Stunden von Worcester nach Manhattan mit einem kleinen Zwischenstopp in Hartford, Connecticut, wo ich mir bei Subway ein Sandwich kaufen wollte.

»Das kommt doch gar nicht in Frage!«

Måmånbosorg kramte in ihrer überdimensionalen Handtasche und förderte eine in Silberpapier gewickelte Jause zutage.

»Hier! Ein persischer Hamburger!«

Tatsächlich. In dem Silberpapier befand sich etwas, das man persischen Hamburger nennen konnte. Ein in ganz dünnem persischem Fladenbrot (*Lawasch*) eingewickeltes *Kebab Kubide* (ein länglicher Hackfleischspieß, gegrillt) mit einer gegrillten Tomate, gehackten Essiggurken, rohen Zwiebelringen und frischem Basilikum.

»Wir müssen diesen amerikanischen Mist nicht essen!«

Und auch sie biss genüsslich in ihren persischen Hamburger. Als wir mit unserer Jause fertig waren, meinte sie: »Schade, dass wir keinen persischen Tee haben!«

Perser trinken nach dem Essen immer schwarzen, bitteren Tee. Auf der Weiterfahrt schlief sie dann ein wenig und ich war sehr nervös, wie ihr New York denn gefallen werde, schließlich brachte ich sie zum ersten Mal in den Big Apple.

Der Port Authority Bus Terminal, also der Busbahnhof von NYC, befindet sich in der 8th Avenue zwischen 42. und 43. Straße, nicht gerade die beste Gegend, aber auch nicht besonders schlimm – New York eben. Laut, hektische Fußgänger, homeless people.

Måmånbosorg stand auf der 8th Avenue, blickte sich um, rümpfte ein wenig die Nase – es riecht auf den Straßen New Yorks immer ein wenig nach altem Küchendunst, gemischt mit Abgasen – und sah sich den der Busstation gegenüberliegenden Wolkenkratzer an. Sie schüttelte nach einer Weile den Kopf, dann sah sie mich an. Ich strahlte über das ganze Gesicht! Meine Oma in New York!

»Großartig, nicht! Diese Wolkenkratzer! Wahnsinn, das ist New York!«

»Schrecklich! Was sind das für Menschen?!«

»Was meinst du?«

»Was sind das für Menschen, die unbedingt so hoch bauen müssen, damit sie direkt unter den Eiern vom lieben Gott wohnen können!«

Wir wohnten in Onkel Fereydouns Appartement in der 88. Straße East zwischen der York Avenue und der 1st Avenue. Es waren zwei wunderbare Wochen, die ich mit meiner Oma in New York verbrachte.

»*Djåje pedar-mådare to chålist!*«, sagte Måmånbosorg, als wir im Wohnzimmer saßen, Süßigkeiten aßen und persischen Tee tranken, den uns Onkel Fereydoun zur Begrüßung aufgesetzt hatte. Eine persische Redensart, die ausdrückt, dass man jemanden vermisst. Wortwörtlich übersetzt würde man sagen: »Der Platz deiner Eltern ist leer!« Man sagt das, wenn man mit Familie oder Freunden beisammensitzt und eine allen nahe stehende Person nicht da sein kann. Vielleicht ist das die eigentliche Geschichte unserer Familie, dass immer irgendwer, der einem sehr nahe steht, nicht da sein kann. Wenn ich in Amerika bin, fehlt meiner Oma ihr Sohn, und wenn ich mit meinem Vater in Schweden bei seinem Bruder zu Besuch bin, fehlt ihnen ihre Mutter.

❦

»Ich habe deinen Vater fünfzehn Jahre nicht gesehen. Das ist nicht gut, eine Mutter soll ihren Sohn nicht solange vermissen. Überrede ihn doch, nach Amerika zu kommen!« Das war vor fünf Monaten, letzten August. Zu Weihnachten desselben Jahres gab es keine Möglichkeit

32

mehr für Måmånbosorg, ihren zweitältesten Sohn in dieser Welt jemals wieder zu sehen.

Meine Mutter stand am 24. Dezember in unserem Wohnzimmer in Wien und wählte die Nummer meines Onkel Fereydoun. Er ist der Älteste, er solle es als Erster erfahren.

Meine Mutter hörte den typischen amerikanischen Klingelton, dann sprang die Mobilbox an und sie hinterließ eine Nachricht, die bedeuten sollte, dass sein Platz für immer leer bleiben wird: »Dariush is dead! Please, call me back – your brother died!«

Persische Weihnacht

Zu Weihnachten, am 24. Dezember, ist es so üblich, dass wir einander anrufen. Globale persische Weihnachtswünsche werden ausgetauscht. Mein Vater musste immer ein wenig lachen, wenn er zu seiner muslimischen Mutter »Merry Christmas!« sagte. Diesmal lachte niemand, wir saßen seit einigen Stunden schon bei den Eltern, die mit einem Schlag nicht mehr »die Eltern«, sondern nur noch »die Mama« waren, im Wohnzimmer und waren etwas ratlos.

»Fereydoun hebt nicht ab!«

»Es ist erst zwölf Uhr Mittag in Amerika!«

Ja, wir feierten Weihnachten. Wobei die ganze Familie natürlich unterschiedliche Weihnachten hat. Hier in Wien und bei Onkel Djafar mit seiner Patchworkfamilie in Berlin kommt das persische Christkind am Abend des 24. Dezembers. Bei der amerikanischen Fraktion kommt am 25. in der Früh der iranische Santa Claus. Die Schweden, mein Onkel Djamjid, meine Tante Salome, meine Cousine Maryam und mein Cousin Omid feiern das Jul-fest. Ich hab bis heute nicht ganz verstanden, was da jetzt wirklich so anders sein soll, außer, dass sie am 13. Jänner, dem Knudstag, nochmal feiern und wie die Wahnsinnigen den Christbaum plündern und allen essbaren Schmuck auf einen Schlag vernichten. Ein aus dem Mittelalter stammender schwedischer Brauch.

Die persische Seite unserer Familie teilt sich nicht nur in die »Europäer« und die »Amerikaner«, sie teilt sich

34

auch in die »Flüchtlinge« und die »freiwilligen Emigranten«, anders gesagt, in die, die vor der Revolution 1979 in den Westen gingen, um zu studieren und dann da geblieben sind, und die, die nach der Revolution vor dem totalitären Regime der Mullahs flüchten mussten. Ich will jetzt keine dummen Klischees bedienen, aber man erkennt an dem Beruf, den ein Perser ausübt, ob er vor oder nach der Revolution geflüchtet ist. Vor der Revolution: Ingenieur, Arzt, Teppichhändler. Nach der Revolution: Taxifahrer. Aber das trifft nur auf Deutschland und Österreich zu. Onkel Djamjid, der 1984 aus dem Iran nach Schweden flüchtete, um meinen Cousin Omid davor zu bewahren, im Krieg gegen den Irak als Kanonenfutter sein Leben lassen zu müssen, war niemals in seinem Leben Taxifahrer. Er war im Iran dabei, Filmemacher zu werden, als Khomeini die Macht übernahm und die Mullahs jede Art von Film und Kino vorerst einmal verboten. Radikale Islamisten stürmten Kinosäle und steckten sie in Brand. Unterhaltung in jeder Form wurde verboten.

Kino im Iran zu verbieten, das wäre so, als wolle man den Engländern das Theater, den Amerikanern Baseball verbieten. Die Perser lieben das Kino, sie lieben den Film. Der Iran war das erste Land im Orient, in dem regelmäßig amerikanische Filme gezeigt wurden, das erste Land im Orient, in dem sich eine Filmkultur entwickelte. Die Menschen in Teheran standen 1936 Schlange vor den Kinokassen, um Charlie Chaplins »Modern Times« zu sehen. Später waren Alain Delon, David Niven und der englische Komiker Norman Wisdom die Helden der persischen Kinobesucher geworden. Es gibt sogar eine persisch synchronisierte Fassung von »The Sound of Music« und alle drei Teile von Romy Schneiders »Sissi« liefen in iranischen Kinos. Als Onkel Djamjid 1968 kurz nach meiner Geburt auf Besuch kam, wollte er unbedingt den Balkon in Schönbrunn sehen, auf dem Sissi ihren Franzl geküsst hatte. Djamjid war ein Filmnarr, er kannte alle europäischen und amerikanischen Produktionen und wollte unbedingt selbst Filmregisseur werden. Also versuchte unsere Großmutter ihn zu überreden, entweder nach Amerika zu gehen, um Film zu studieren oder im Betrieb unseres Stiefgroßvaters zu arbeiten. Es war damals im Iran üblich, die Kinder zum Studieren ins Ausland zu schicken, wenn man das nötige Kleingeld dazu hatte, und unsere Familie hatte es, denn der Stiefgroßvater war ein reicher Architekt. Der einstige Schah von Persien, Mohammad Reza Pahlawi, selbst hatte 1930 seine Ausbildung in der Schweiz abgeschlossen. Danach wurde er zum zweiten Kaiser der Pahlawidynastie und zum letzten Kaiser in der iranischen Geschichte. Über den Schah teilen sich in unserer Familie die Meinungen. Måmånbosorg ist eine glühende Schah-Anhängerin. Mein Vater war das ebenfalls. Er ließ keine Gelegenheit aus, um darauf hinzuweisen, dass alles besser wäre, wäre der Schah noch an der Macht und hätte es die Revolution nicht gegeben. Der gestürzte Schah musste für jede Misere im Leben meines Vaters herhalten. Mein Vater war Teppichhändler in Wien. Wenn eine Kundschaft »nur schaute«, sich zwanzig Teppiche zeigen ließ und dann dankend das Geschäft verließ, ohne etwas zu kaufen, so musste die Revolution herhalten. Er war der festen Überzeugung, dass die Dame, wäre der Schah noch an der Macht und würde im Geschäft ein Bild meines Vater hängen, auf dem er mit dem Schah zu sehen ist, oder besser noch mit der Kaiserin Farah Diba, mindestens zwei Teppiche gekauft hätte. Er hätte sehr ausschmückend erzählen können, wie es zu dem auf dem Foto abgebildeten Treffen kam. Es hätte wie ein Märchen aus »Tausendundeiner Nacht« geklungen, wenn er erzählt hätte, dass er Seine Majestät den Schah von Persien in Wien im Hotel Imperial besucht hatte, um mit ihm über seinen Stiefgroßvater zu sprechen, der Seine Majestät persönlich kannte, weil er als Architekt einen Palast für Seine Majestät hatte bauen dürfen. Stattdessen ist der Schah gestorben, der Thronfolger Reza II. sitzt in Los Angeles im Exil, die Mullahs regieren den Iran, man hört jede Woche von Steinigungen und Menschenrechtsverletzungen und die Kundschaft kauft nicht. Die Revolution war an allem Elend der Teppichbranche Schuld, die Revolution und natürlich der 11. September 2001 – da war es dann ganz zu Ende, mit den Teppichen aus dem Orient.

»Wem will eine Teppisch von Terroristen kaufen – die Leute haben sie Angst, dass dem Teppisch zu Hause in ihre Wohnzimmer explodiert!«, sagte mein Vater drei Tage nach dem Anschlag auf das World Trade Center.

»Papa, das waren Araber!«

Wir saßen in unserem Wohnzimmer in Wien und tranken persischen Tee.

»Für dem Osterreischer, das ist dasselbe!«

Mein Vater lebte seit über fünfzig Jahren in Österreich, hatte aber immer noch einen schrecklichen Akzent. Obwohl er natürlich der Meinung war, sein Deutsch wäre fehlerfrei.

»Isch versteh' isch dem Turken und dem Jugoslawen nischt, warum lernen sie nischt dem Deutsch! Warum e-spreschen sie nischt ohne Aksent, wie dem Perser?!«

Hier sprach der stolze Iraner mit österreichischer Überheblichkeit. Fünfzig Jahre hinterlassen Spuren. Trotzdem konnte Österreich nichts ausrichten gegen »E-Straßenbahn« oder »E-Scheisedereck!« Aus unerfindlichen Gründen sprechen Perser vor einem »sch«

37

immer ein »e« – meistens, wenn danach ein Konsonant folgt. Dieses »e« gibt es im Farsi natürlich nicht. In Farsi braucht kein Perser, wenn er schlafen geht, ein »e« um »e-schabbecheijr!«, also »Gute Nacht!« zu sagen. Es handelt sich hierbei um eine Grammatikregel der Diaspora, die jedoch aus einem sprachlichen Instinkt entstanden sein dürfte, da das nämlich auch im Englischen und im Schwedischen gemacht wird. Da allerdings mit einer Ausnahmeregel, das »Migrations e« wird auch vor dem Buchstaben »s« gesprochen, wenn danach ein Konsonant folgt. Also »e-street!« und » e-smörgås!« Wo auch immer dieses »e« herkommt – ich weiß es nicht. Dafür verschwinden gelegentlich kleine Konsonanten in der persisch-deutschen Aussprache, wie zum Beispiel das »t« in »Was gibt's«. Diese Dinge entstehen einfach von selbst, ohne dass sich da drei Perser zusammensetzen und beschließen: »So! Unser Akzent klingt folgendermaßen: Isch e-spreche dem Deutsch sehr gut!« – allein schon deshalb, weil sich drei Perser nie einigen könnten, wer von ihnen der Chef ist. Drei Perser, drei Alphatiere. Jeder weiß alles besser und bestimmt selbstverständlich, wo es lang geht.

Das war auch der Gedanke, den ich äußerte, als mein Vater meinte, dass jetzt dank der Araber auch alle Perser, nur weil sie Muslime sind und irgendwie da aus dem Osten kommen, als Terroristen dastünden.

»Wie soll das gehen, Papa!? Die Perser könnten sich doch nie darüber einigen, in welches Hochhaus sie reinfliegen sollen – abgesehen davon, dass sie alle vier Flüge versäumt hätten!«

»Über das man macht keine Witze!«

»Außerdem haben diese Terroristen ihr Vorhaben jahrelang geheim gehalten. Wie soll das mit Persern gehen? Fünf Minuten, nachdem beschlossen worden

wäre, was die Perser für einen Anschlag machen, hätte
jeder Zweite in der Gruppe seine Mutter angerufen und
stolz gesagt: ›Hallo, Måmån! Wir werden mit Flugzeug
in Hochhaus fliegen! Ja, wir werden alle berühmt! Ja,
natürlich bin ich der Chef!‹«

»Hörst du auf, bitte! Da sind Menschen gestorben!«

Für meinen Vater war die Revolution eine Katastrophe und dann 9/11. Damit nicht genug, dass Iran keinen
Kaiser mehr hat, dessen Kaiserin in allen Klatschzeitun-
gen erwähnt wird, jetzt sind wir auch alle noch Terroristen.

Tatsächlich scheint mir, dass sich viele Perser in Europa
in den 80er und 90er Jahren einerseits als stolze Iraner
fühlten, sich andererseits für die Revolution schämten
und für das Bild, das der Westen vom Iran hatte. Meine
Großmutter schämte sich, nichts mehr zu sein, keine
Dame der Gesellschaft, die sie durch meinen Stiefgroßvater, den Architekten Seiner Majestät, eigentlich war,
sondern ein Flüchtling.

»Mein Gott! Was wir alles gehabt haben im Iran!«,
pflegte sie zu jammern. »Was wir waren!« Jeder Perser, der in der Emigration lebt, war etwas im Iran.
Interessanterweise war niemand nichts. Ohne Ausnahme. So sind die Perser! Sie waren alle was zur Schah-
zeit. Ich glaube, wenn man alle Onkeln zusammenzählt,
die unter dem Schah Kulturminister waren, so hat Seine
Majestät an die siebenhundert Kulturminister gehabt.
Ganz zu schweigen von Abendessen, die für Seine
Majestät gegeben wurden. Schah Mohammed Reza
Pahlawi hätte fünf Mal am Tag essen müssen, damit alle,
die behaupten, bei so einem Abendessen dabei gewesen
zu sein, auch hätten dabei sein können.

Ich will jetzt nicht sagen, die Perser lügen. Nein, das
tun sie bei weitem nicht. Die Perser übertreiben nur ein

wenig. Es gehört zur persischen Mentalität, alles ein wenig größer darzustellen, als es ist, damit dem Zuhörer auch bewusst wird, wie wichtig die Sache ist oder wie schrecklich oder wie toll. Wenn ein Perser zu Ihnen sagt: »Ich habe dich dreißig Mal angerufen und dich nicht erreicht!«, Sie aber keine Anrufe in Abwesenheit auf Ihrem Handydisplay haben, dann heißt das: »Ich hätte gerne mit dir geplaudert!« Wenn Ihnen ein Perser erzählt, dass sein Urlaub auf den Malediven ... wobei das wirklich sehr, sehr theoretisch ist. Ein Perser würde nicht auf die Malediven fahren. »Was gibt es dort? Nichts! Wasser, Strand und Palmen: nichts! Da könnte man gleich nach New Jersey fahren, da gibt es auch nichts!«, würde ein Perser sagen. Ein Perser braucht im Urlaub die Möglichkeit, herumzufahren und Restaurants zu suchen. Er will essen, und das jeden Tag in einem anderen Restaurant, weil ja doch keines so gut ist wie das persische Restaurant – wenn er Ihnen also erzählt, sein Maledivenurlaub war entsetzlich, es hat zwei Wochen durchgeregnet, dann hat er nur kein gutes Restaurant gefunden.

Wenn ein Perser sagt, er habe eine Million Euro bei der Wirtschaftskrise verloren, dann hat er wahrscheinlich gar keine Aktien gehabt. Wenn er Ihnen sagt: »Ich habe alles verloren!«, dann gehen Sie davon aus, dass seine Fonds um zwei Prozent gesunken sind! Das ist nicht böse gemeint, das soll den Ernst der Lage illustrieren.

Überhaupt sind die Perser von Geld besessen. Es ist weniger so, dass sie viel Geld besitzen – das Geld besitzt sie. Sie werden immer zu Geschäftsleuten, egal, wo und was sie sind. Sie können Arzt, Ingenieur, Filmemacher, Taxifahrer sein – wenn sie zum Beispiel einen Boxkampf im Fernsehen sehen, frisst sie der Neid. Nicht, weil sie gern so stark oder durchtrainiert wären wie die beiden

Boxer, nein, sondern weil sie nur ein Gedanke quält: »Die zwei verdienen in zwanzig Minuten Millionen Dollar! Und was machen sie? Nichts! Der eine lässt sich vom anderen prügeln und ins Gesicht schlagen, dann fällt einer zu Boden und bekommt 500 000 Dollar, der andere zwei Millionen! Das sind keine Sportler, das sind Geschäftsmänner, so muss man das machen!«

Mein Vater war tatsächlich Geschäftsmann. Er eröffnete 1969, ein Jahr nach meiner Geburt, eines der ersten Perserteppichgeschäfte in Wien. Eigentlich wollte er, wie sein Stiefvater, Architektur studieren, aber dann kam ich und eine Familie musste ernährt werden, und wie könnte das ein Perser besser als mit handgeknüpften Teppichen?

In diesem Geschäft ist er auch gestorben.

»Wie ist es eigentlich passiert?«, fragte ich meine Mutter, die sich bemühte, ihre Fassung zu behalten.

»Herzinfarkt! Er ist in eine Schale Pistazien gekippt!«

Jetzt konnte sie ihre Tränen selbst vor ihren Kindern nicht mehr halten und fing zu weinen an. Tatsächlich ist Dariush Ansari im Alter von 62 Jahren an einem Herzinfarkt verstorben. An seinem Schreibtisch in seinem Teppichgeschäft. Das Letzte, was er vor seinem Tod sah, war die Schale Pistazien, die vor ihm auf dem Schreibtisch stand. Niemand konnte sich die Ursache für diesen Herzinfarkt erklären. Die Obduktion ergab: plötzlicher Herzstillstand. Er musste sich über irgendetwas aufgeregt haben, oder hatte er einfach nur ein schwaches Herz, ohne es zu wissen? Einfach so, aus heiterem Himmel, einen Herzinfarkt?

Das Rätsel hätte sich für meine Familie lösen können, wäre irgendjemand von uns drei Tage nach meines Vaters Tod im Teppichgeschäft gewesen und hätte mit dem netten jungen Herrn gesprochen, der traurig das

Schild »Wegen Todesfalls geschlossen!« anstarrte und sich an seine Begegnung mit meinem Vater erinnerte. Er war sozusagen der Mörder von Dariush Ansari, freilich wusste der junge Mann nichts von seiner Schuld. Es war ... nennen wir es: ein Unfall. Jedenfalls geschah es nicht in böser Absicht. Im Gegenteil.

Das Teppichgeschäft ging, wie jedes persische Teppichgeschäft seit Beginn der 90er Jahre, – schlecht wäre untertrieben: Es ging gar nicht. Dies war kein inner-österreichisch-persisches Phänomen. Es war eine global-iranische Katastrophe: Wien, Berlin, London, New York, Paris – überall: Ausverkauf! Minus siebzig Prozent. Aber mein Vater war einer dieser Teppichhändler, die sich auch durch mehrmaligen Konkurs und große Verschuldung nicht davon abbringen ließen, weiterhin Perserteppiche ... nicht zu verkaufen. Er hatte mehrere Kredite laufen und verbrachte die Tage in seinem leeren Geschäft, Tee trinkend, Pistazien essend und gelegentlich ein wenig Opium rauchend. Opium – oder wie er es nannte: Persischer Spezialtabak. Zum Opiumrauchen kam gelegentlich der eine oder andere befreundete Teppichhändler bei Dariush Ansari vorbei. Man saß im Hinterzimmer, jammerte über die schlechten Zeiten in der Teppichbranche und ersann neue Methoden, um die Europäer zum Kauf eines *Nain* oder auch nur eines kleinen *Gabbeh* zu bewegen. Aber es gab fast keine Tricks mehr, die diese hartnäckigen Verweigerer nicht schon gekannt hätten.

»Wir haben alles probiert! Alles! Es ist in Allahs Hand, wir können nichts mehr tun!«, sagte einer von Dariush Ansaris Kollegen. Und tatsächlich! Mein Vater hatte alles Menschenmögliche unternommen, um den Kauf eines Perserteppichs für den Kunden attraktiv zu machen. Er hatte immer wieder sehr innovative Ideen, die aber selten griffen. Das ganze Geschäft war in Wirklichkeit eine Katastrophe. Es war nichts zu verdienen.

Unvergesslich wird mir seine Ikea-Woche bleiben. Mein Vater hatte allen Ernstes die Idee, den Leuten Perserteppiche »zum Selber-Weben« zu verkaufen. Man konnte sich in seinem Geschäft die Wolle, die Mustervorlagen und einen Webstuhl kaufen und für ein paar Euro mehr konnte man sich drei iranische Waisenkinder mieten, die die Teppiche dann knüpften. Das waren natürlich keine Waisenkinder sondern Statisten von einer Agentur. Das war nur so als Gag gedacht, um Kunden anzulocken, und brachte meinem Vater natürlich eine Klage von Ikea ein.

Das Teppichgeschäft ging also ausnehmend schlecht. Die Tage vergingen, die Mahnungen wurden nicht weniger, die Kredite wurden fällig und es nutzte auch nichts mehr, einen Ausverkauf zu machen. Alles hatte man schon probiert: »Wasserschaden – minus 30 %!«, »Abverkauf! Alles muss raus! Wenn Sie einen Tee mit uns trinken, kriegen Sie drei Seidenteppiche gratis!« Nichts! Nichts! Nichts! Niemand wollte mehr einen Perserteppich kaufen. Dann aber, am 24. Dezember letzten Jahres, ist es soweit.

Ein junger Mann betritt das Geschäft meines Vaters. Er sieht sich ein wenig um. Mein Vater betrachtet ihn misstrauisch – schließlich ist er der erste Mensch seit fünf Jahren, der dieses Geschäft betritt, ohne ein Perser und Freund meines Vaters zu sein. Der Mann sieht sich einige Teppiche an und sagt schließlich: »Entschuldigen Sie, mir ist vorige Wochen der Vater gestorben und jetzt hab ich das Schloss geerbt! ... Ich bräuchte ... Was hat meine Frau gesagt?«

Er sieht auf einem Zettel nach. Mein Vater wird immer misstrauischer.

43

»Ah ja! 25 große Seidenteppiche ... und auch was für die Wände ...!«

In diesem Moment hört das Herz auf zu schlagen und mein Vater stürzt kopfüber in die volle Schale Pistazien, die vor ihm auf dem Tisch steht. Es ist zu viel für sein schwaches Herz. Er hat nicht mehr damit gerechnet, jemals wieder einen Teppich zu verkaufen.

Ich blickte »unseren« Hund an. Er war eigentlich der Hund meiner Schwester, aber sie hat ihn »den Eltern« gelassen, als sie vor drei Jahren nach London zog. Meine Schwester ist in der Werbebranche tätig und jobbt gelegentlich in London. Sie reist gerne und viel. Mit ihrem Mann fährt sie in solche Länder wie Thailand, Ghana oder Guatemala. Länder, wo ich schon eine Panikattacke bekomme, wenn ich deren Namen in Google Earth eingebe. Aber meine Schwester liebt diese Spannung, die entsteht, wenn wohlgenährte Westler sich bei unterernährten Drittweltlern vom Stress des Alltags erholen. Der Dschungel der Großstadt ist ja auch nicht ohne, zumal der Überlebenskampf mitten in der Wirtschaftskrise – aber erklären Sie einmal einem Ghanesen, dass Ihre Fonds nichts mehr wert sind! Meine Schwester meint, ich sähe das zu zynisch, schließlich unterstützt sie mit diesem Urlaub die Bevölkerung des jeweiligen Landes, weil sie ja dort ihr Geld ausgibt: »Devisen, jawohl, mein Bruderherz!« Allerdings in einem Fünf-Sterne Ressort ...

»Unser« lieber Hund hatte gefurzt und es stank unendlich. Ich hielt dies nicht für sehr pietätvoll. Wir sitzen im Wohnzimmer meiner Mutter, haben soeben erfahren, dass mein Vater tot ist und es stinkt nach Hundefürzen.

Aber so ist das Leben. Der Hund furzt und wir trauern. Ich stand auf, gab dem Hund heimlich einen kleinen Tritt, um ihn darauf hinzuweisen, dass er, wenn möglich, woanders furzen soll, und ging in die Küche, um mir ein Glas Wasser zu holen. Meine Mutter war soeben dabei, die Telefonnummern der Geschwister meines Vaters herauszusuchen. New York, Berlin, Stockholm, Worcester. Die Nummer meiner Großmutter hatte sie in ihrem Handy gespeichert. In der Küche sah ich unseren Samowar. Also, es ist kein richtiger Samowar, es ist einfach ein Teekessel, mit Wasser gefüllt, auf dem eine kleine Teekanne steht, in der sich die Teeessenz befindet. Mein Vater. Er musste immer Tee haben – den ganzen Tag. Persischen Tee. Ich sah diesen improvisierten Samowar und mir wurde klar, dass mein Vater nie mehr wieder einen Tee trinken wird, dass ich mit ihm gemeinsam nie wieder einen persischen Tee trinken werde ...

Ich musste weinen, kam ins Wohnzimmer und sah, wie unser Hund das Bein meines Schwagers bestieg und sich daran ... rieb ist untertrieben: Er hat es mit gierigem Blick durchgeknallt. Mein Schwager versuchte, der Sexualattacke unseres Hundes mit der Würde, die es zu wahren gilt, wenn der Schwiegervater soeben verstorben ist, zu entkommen. Er hat das eigentlich ganz gut hingekriegt. So ist das Leben. Mein Vater ist tot und unser Hund hat den besten Sex seines Lebens – mit dem rechten Bein meines Schwagers. Das gibt Hoffnung! Man darf sich in der Trauer nicht so gehen lassen! Es geht weiter! Meine Mutter fragte mich, wen wir denn zuerst vom Tod verständigen sollten.

»Måmånbosorg!«, meinte ich. »Sie ist seine Mutter! Sie soll es als Erste wissen!«

Das war jedoch eine heikle Sache. Die Perser sehen das mit den Müttern etwas anders. Müttern soll man keine schlechten Nachrichten überbringen, schon gar nicht, wenn sie tausende Kilometer entfernt in Amerika sitzen und sich grämen, weil sie nichts unternehmen können, wenn der Sohn oder die Tochter krank ist. Wir haben Måmånbosorg nie etwas erzählt, wenn mein Vater krank war. Dass er sich eine Hämorrhoide entfernen ließ, weiß seine Mutter bis heute nicht!

»Aber das ist was anderes, das müssen wir ihr sagen!«, sagte ich. »Er hat ja keinen Schnupfen – er ist tot!«

»Måmånbosorg soll nicht die Erste sein, die das erfährt!«

Zum ersten Mal, seit ich vom Tod meines Vaters erfahren hatte, wurde mir klar, dass wir einer Mutter mitteilen müssen, dass ihr Kind tot ist. Mir wurde schlecht. Ich bekam Angst. Keine Ahnung wovor, aber plötzlich hatte ich Angst.

Meine Mutter probierte noch einmal Onkel Fereydoun, den Ältesten, in New York zu erreichen. Onkel Fereydoun, der einzige Muslim in unserer Familie, der Weihnachten nicht feiert, war an diesem Abend mit seinen knapp 63 Lenzen, in irgendeiner Disco in New York damit beschäftigt, zwei 25- bis 32-jährige schwedische Touristinnen, die auch New Years Eve in New York verbringen wollten, schwer zu beeindrucken, indem er »Ich liebe dich!« auf Schwedisch – »*jag alskar dig*« – sagen konnte, was ihm mein Cousin Omid beigebracht hatte, nachdem ihm Onkel Fereydoun erzählt hatte, dass er diesen Satz bereits in 22 Sprachen sagen kann, man weiß ja nie, wen man trifft, schließlich lebe man in New York, dem Meltingpot, der Hauptstadt der ganzen Welt. Onkel Fereydoun wurde von meiner Mutter als Erster angerufen, da er der älteste Sohn von Måmånbosorg ist, hat aber als Letzter vom Tod meines Vaters erfahren, da er sich erst am 27. Dezember, immer noch betrunken, aus dem Hotelzimmer der drei Schwedinnen bei uns in Wien meldete, zu einem Zeitpunkt, da die große Katastrophe bereits ihren Lauf genommen hatte.

Onkel Fereydoun neigt überhaupt dazu, wichtige Ereignisse in seinem Leben entweder zu verschlafen, oder zu versaufen. Ich glaube, er war der einzige Mensch, der am 11. September 2001 erst kurz vor Mitternacht mitbekommen hat, dass zwei von islamischen Terroristen entführte Flugzeuge in das World Trade Center flogen und es zum Einsturz brachten. Onkel Fereydoun war wieder auf einer seiner wilden Partys gewesen und ging zirka zwei Minuten vor dem Terrorangriff zu Bett. Er hatte, seinen eigenen Berichten zufolge, einen sehr interessanten Cocktail von verschiedenen Substanzen zu sich genommen, die ihm, hätte man sie in seinem Blut feststellen können, bis zu zwei Jahre Gefängnis eingebracht hätten, weshalb er mitten in Manhattan *den* Terroranschlag des 21. Jahrhunderts einfach verschlafen hatte. Er war, glaub ich, auch der einzige Mensch auf der Welt, der zwei Wochen nach der islamischen Revolution im Iran nach Teheran fliegen wollte, weil er nicht mitbekommen hatte, was passiert war. Man möchte meinen, er wäre in Indien oder Thailand gewesen, weit entfernt von jeder Zivilisation! Nein – er hat diese zwei Wochen mit seiner Verlobten Agathe in Österreich auf einer Alm in Tirol verbracht. Tja, so ist mein Onkel Fereydoun. Er hat seinen eigenen Rhythmus.

Wir wussten nicht, wen wir anstelle von Fereydoun als Erstes vom Tod meines Vaters informieren sollten.

»Was ist mit Schweden!?«, fragte ich.

»Ruf deinen Cousin an!«, meinte meine Mutter.

Ich nahm mein iPhone und wählte seine Nummer. Er lachte mir auf dem Foto, das ich seinem Kontakt zugewiesen hatte, entgegen. Wir waren damals in Stockholm unterwegs gewesen und saßen gerade in einem Kaffeehaus in Gamla Stan, dem alten Stadtzentrum. Das Kaffeehaus war in einem Eckhaus. Es kreuzen sich dort zwei kleine Gassen namens Storkyrkobrinken und Västerlånggatan. Omid lachte über meine Versuche, den Namen dieser beiden Gassen richtig auszusprechen. Ich wollte seine Schwester, meine Cousine Maryam, anrufen, um ihr mitzuteilen, wo wir sind. Ich war für eine Woche bei meinem Onkel Djamjid zu Gast, und meine Cousins und ich wollten ein gemeinsames Projekt besprechen. Es ging damals um einen Film, den Omid gerne machen wollte. Er war Schauspieler, hatte einige Wochen zuvor am Stadsteater Stockholm vorgesprochen und wartete auf die Entscheidung.

»We should write a movie – about our family!«

Wie sein Vater liebte auch er das Kino. Er wollte diesen Film über unsere Familie unbedingt machen. Ich sagte ihm, das wäre sicher ein interessantes Projekt, man müsse sich allerdings eine Geschichte ausdenken. Omid war ein Meister darin, sich Geschichten auszudenken. Jedes Mal, wenn er in Wien oder ich in Schweden war, kam er mit einem neuen Filmprojekt. Bis heute hat er noch keinen eigenen Film gedreht, aber sein Gehirn geht über vor Geschichten. Er wollte auch einmal einen Thriller machen. Einen Thriller, der auf dem persischen Buch der Könige, dem »Schahname«, basiert. Er hat mir die wirre Geschichte seines Thrillers erzählt, ich habe bis heute nicht genau verstanden, worum es dabei gehen soll.

»Hör zu!«, sagte er. Wir saßen im Garten seiner Mutter in Upplands Väsby. Meine Tante Salome war noch in der Arbeit und wir warteten darauf, dass sie zurückkam und wir gemeinsam nach Stockholm zum Abendessen fahren konnten. Auch Tante Salome und Onkel Djamjid sind geschieden.

»Hör zu! Du kennst doch die Legende von Zahak, dem Dämonenkönig!«

»Äh, nein, nicht wirklich!«

»Im ›Schahname‹ steht, dass der arabische König Merdas einen Sohn namens Zahak hat!«

»Aha!«

Ich kannte natürlich das »Schahname«, jeder Perser kennt das »Schahname«. Es ist das persische National-epos, von dem Dichter Abdolquasem Ferdowsi geschrie-ben, der angeblich 35 Jahre lang brauchte, um es zu voll-enden. Ich habe es in 43 Jahren nicht geschafft, auch nur eine einzige Geschichte daraus zu lesen. Es gibt näm-lich keine aktuelle deutsche Übersetzung, nur eine von Friedrich Rückert, die aber seit dem 19. Jahrhundert ver-griffen ist, und das persische Nationalepos in Englisch zu lesen, ist mir zu dumm. Man kann ein Werk aus dem 11. Jahrhundert, das doppelt so lang wie die »Ilias« des Homer und zwanzig Mal so lang wie das Nibelungen-lied ist und sich noch dazu reimt, wahrscheinlich gar nicht lesen.

»Zahak besitzt tausend Araberhengste und war ein großer Krieger.« Omid liebte das »Schahname«. »Eines Tages erscheint ihm Eblis. Du weißt, wer das ist?«

»Nein – keine Ahnung!«

»Eblis ist der oberste aller von Gott abgefallenen Engel. Der Chef des Bösen! Eigentlich der Teufel – Ahri-man! Er sagt zu Zahak: ›Du sollst Herrscher werden anstelle deines Vaters!‹ und befiehlt ihm, seinen Vater zu töten, damit er Herrscher über alle arabischen Stämme werden kann. Zuerst weigert sich Zahak, doch Ahriman zwingt ihn dazu, indem er ihm ewige Armut androht. Also, der Zahak bringt dann seinen Vater um und wird König. Aber Ahriman, also der Teufel – du verstehst ...?«

»Ja, ja!«

Mir war ein wenig kühl geworden im Garten, nicht wegen des Teufels, sondern wegen der schwedischen Temperaturen. Ende August kann es dort tagsüber 25 Grad haben, am Abend gerade mal fünf oder sechs.

»Also der Teufel, Ahriman, hat einen weiteren Plan mit Zahak. Er will ihn zu einem bösen Dämon machen. Und wie bewerkstelligt er das?«

»Keine Ahnung!«

»Er kocht für ihn. Er verwandelt sich in einen Koch, lässt sich am Hof engagieren und bekocht den König mit den wunderbarsten Speisen. Er kocht Lamm und Huhn mit Safran, Rosenwasser, Wein, Pflaumen und würzt es mit Moschus. Dem König schmeckt es so sehr, das Essen macht ihn so glücklich, dass er seinen Koch zu sich ruft und zu ihm sagt: ›Du bist ein guter Mann! Du sorgst um mein leibliches Wohl. Ich gewähre dir als Dank jeden Wunsch! Sprich ihn nur aus und der König der Araber wird ihn dir erfüllen!‹ Und der Koch, der ja der Teufel ist, antwortet: ›Ich möchte deine Schultern in Demut küssen, mein König, das wäre mein sehnlichster Wunsch!‹, und der König lässt sich vom Koch die Schultern küssen. Er küsst seine Schultern, reibt seinen Mund und seine Augen an jeder Schulter und verschwindet aus dem Palast auf Nimmerwiedersehen!«

»Wie willst du aus der Kochgeschichte einen Thriller machen?«

»Ja, warte! Eine Gruppe von jungen Islamforschern, die sich gerade mit dem ›Schahname‹ beschäftigen, kommt durch ein geheimes Papier aus dem Mittelalter drauf, dass ein Großteil der Geschichten aus dem ›Schahname‹ nicht erfunden sind, sondern der Wahrheit entsprechen!«

»Aha!?«

Ich hoffte insgeheim, dass meine Tante bald auftauchen

würde, um mich aus den Fesseln von Omids Thriller zu befreien.

»Das heißt, dass auch die Geschichte von Zahak der Wahrheit entspricht!«

»Ein teuflischer Koch mit einem Schulterfetisch. Das ist ja lächerlicher als ›E.T.‹!«

»›E.T.‹ war doch nicht lächerlich! Hör zu: Das ist ja nicht irgendein Koch, das ist der Teufel, der den Plan hat, die Menschheit auszurotten.«

»Dann sollte er was anderes tun, als seinen Kopf an Schultern zu reiben!«

»Nachdem er verschwunden ist, passiert etwas Grauenhaftes: Dem arabischen König Zahak wachsen an der Stelle, wo ihn der Teufel geküsst hat, zwei schwarze Schlangen aus den Schultern! Zahak ist zum Dämonenkönig geworden! Er starrt die Schlangen an und geistesgegenwärtig, wie er ist, nimmt er sein Schwert und schlägt ihnen die Köpfe ab. Aber was passiert? An der Stelle, wo zuerst nur ein Kopf ist, wachsen nun zwei weitere Köpfe! Die Schlangen sind nicht zu töten! Also ruft der König weise Männer zu sich, aber keiner hat eine Lösung, bis auf einen jungen Arzt. Er ist neu am Hof und sagte zum König: ›Ihr müsst die Schlangen am Leben lassen, sie sollen nicht zurückgestutzt werden. Ihr müsst ihnen zu Essen geben, um sie zu beruhigen.‹ Und was glaubst du, will der junge Arzt, dass man ihnen zu essen gibt?«

»Pizza?!«

»Menschengehirne! Die Schlangen sollen mit Menschengehirnen gefüttert werden!«

»Woher hast du solche Geschichten!«

»Das steht im ›Schahname‹! Mein Vater hat mir solche Geschichten immer vor dem Einschlafen vorgelesen. Hör zu: Der junge Arzt ist natürlich der Teufel

– Ahriman hat sich ein weiteres Mal verkleidet. Und er will, dass man die Schlangen mit Menschengehirnen füttert, damit die Menschheit ausstirbt und er den Sieg über Gott, über Ahura Mazda, feiern kann, den Sieg des Bösen über das Gute!«

»Aber wo ist da der Thriller?«

»Na ja, die jungen Forscher in – sagen wir London – kommen darauf, dass eben die Geschichten aus dem ›Schahname‹ stimmen! Und im ›Schahname‹ steht weiters, dass Zahak tausend Jahre über die Araber und nach dem Tod des persischen König Dschamschied auch über die Perser herrscht. Er heiratet auch eine von Dschamschieds Schwestern und bringt ihr Schwarze Magie bei. Jeden Tag werden ihm zwei Männer geopfert, damit die Schlangen deren Hirn verschlingen können. Aber: Er wird von dem persischen König Fereydoun mit Hilfe eines Schmieds, namens Kaveh, besiegt. Er wird also von den beiden nicht getötet, sondern gefangen genommen. Sie werfen ihn in eine unterirdische Höhle im Damavandgebirge. Er wird in Ketten gelegt und man schlägt lange Nägel durch sein Herz und seine Leber, damit er an Kraft verliert – aber er stirbt nicht. Verstehst du! Er lebt heute noch in dieser Höhle in Damavand, und da fängt mein Thriller an. In London verschwinden jede Nacht zwei Männer, deren Leichen man am nächsten Tag findet, ihre Schädeldecken sind geöffnet und ihnen fehlt das Gehirn. Zahak, der Dämonenkönig, ist in London!«

Ich kann mich nicht mehr so genau erinnern, wie ich damals reagierte, als Omid seinen Thriller zu Ende erzählte hatte. Auf seine Geschichte, die er über unsere Familie schreiben wollte, war ich aber schon sehr gespannt.

Wir saßen in dem Kaffeehaus, ich versuchte die

Straßennamen richtig auszusprechen und er lachte – ich machte mit meinem iPhone ein Bild von ihm.

Ich sah dieses Bild, tippte lässig wie immer aufs Display und das iPhone wählte. Ich legte es an mein Ohr und hörte das schwedische Freizeichen, das sich vom österreichischen nicht unterscheidet. Ich wartete. Meine Mutter stand auf und ging in die Küche. Mobilbox. Omid saß auch am 24. Dezember gegen 18 Uhr noch vor seinem Computer und tippte wie ein Wahnsinniger die Geschichte zu seinem neuen Film. In zwei Stunden sollte er bei seinem Vater sein Weihnachten feiern. Die Perser sind verrückt nach Weihnachten. Die Christen in unserer Familie hassen es, die Muslime lieben es. Sie laufen auf diverse Weihnachtsmärkte, backen Kekse, schmücken das ganze Haus mit Tannenzweigen und jeder will den größten, den schönsten Christbaum haben. Die Christen in unserer Familie sind am Heiligen Abend ab fünfzehn Uhr depressiv und betrunken, die Perser feiern, die Herzen voll Freude, bis in die Morgenstunden die Geburt des Messias, an den sie nicht glauben und singen »Stille Nacht, Heilige Nacht« mit orientalischem Rhythmus. So war das jede Weihnachten bei uns – außer diesmal. Meine Mutter kam aus der Küche zurück.

»Ich rufe jetzt Tante Niloufar an!«

Man merkte ihr an, dass sie in der Küche geweint hatte.

Meine Tante Niloufar war die erste der fünf Geschwister, die erfahren hat, dass ihr Bruder tot ist. Ich starrte unseren halb christlichen, halb muslimischen Weihnachtsbaum an. Christlich, weil Weihnachtsbaum. Muslimisch, weil er unter anderem mit goldenen Halbmonden geschmückt war und auf seiner Spitze kein Engel saß, sondern einige goldene arabische Schriftzeichen. Wie jedes Jahr wollte ich meinen Vater heute Abend fragen, was das eigentlich heißt. Stattdessen hörte ich meiner Mutter zu, wie sie mit Amerika telefonierte.

Tante Niloufar konnte es nicht fassen. Sie sagte eine Zeitlang nichts und legte dann auf, rief Sekunden später wieder an und wusste immer noch nicht, was sie sagen sollte. In ihrem Haus in Watertown, einem Vorort von Boston – nicht die beste Gegend, aber immerhin – im Haus von Tante Niloufar waren meine Cousine (die mit der Yankee-Nase), mein Cousin Shapour und deren Vater gerade dabei, den Weihnachtsbaum aufzustellen. Sie hatten noch gut sechs Stunden bis zum Abend, während es bei uns in Wien jetzt Zeit für die Bescherung gewesen wäre. Niloufar rannen Tränen die Wangen runter. Stumm. Sie war immer noch stumm. Einige tausend Kilometer weiter östlich, auf einem anderen Kontinent, stand meine Mutter, ebenfalls stumm, und wartete ab, ob meine Tante irgendetwas sagen würde.

Ich musste an Niloufar denken, als wir vor einigen Jahren in New York spazieren gegangen waren. Ich war auf Besuch in Boston bei meiner Oma und besuchte bei dieser Gelegenheit auch Tante Niloufar, die zu der Zeit in New York zu tun hatte. Sie betreibt in Boston eine kleine Boutique und war damals in New York auf der Suche nach neuer, hipper Mode. Wir waren in einem kleinen japanischen Restaurant gewesen und spazierten die 47th Street Richtung Broadway entlang. Ich erzählte vom Leben in Europa, in Wien, von unserem Sozialsystem, von etwas, das man Krankenschein nennt, das man von der Firma, bei der man arbeitet, bekommt, damit man zum Arzt gehen kann. Etwas, was es ja in Amerika nicht gibt. Da fragt dich der Arzt nicht nach der Versicherungs-, sondern nach deiner Kreditkartennummer.

Meine Tante war sehr begeistert von dieser Idee und
hörte mir aufmerksam zu.

Plötzlich fragte sie mich: »Glaubst du eigentlich, dass
der Mahdi eines Tages zurückkommen wird?« Ich war
ziemlich verwirrt. Ich konnte mit dieser Frage nichts
anfangen. Wer war der Mahdi? Und wieso soll er nicht
zurückkommen? Zuerst dachte ich, es handle sich um
ein verschollenes Familienmitglied, wurde aber dann
von meiner Tante eines Besseren belehrt. Der Mahdi
war der letzte schiitische Imam, der letzte Nachfolger
Mohammeds, der seine irdische Laufbahn nicht mit
einem gewöhnlichen Tod beendet hatte, sondern vor
ungefähr tausend Jahren entrückt wurde. Verschwunden. In irgendeiner Höhle in den Bergen und wenn er
wiederkommt, so glauben die schiitischen Muslime, zu
denen neunzig Prozent der Iraner gehören, wenn der
wiederkommt, dann geht die Welt unter! Dann kommt
das Jüngste Gericht! Ich war erstaunt, dass mir meine
Tante diese Frage stellte, nachdem sie drei Gläser Rotwein und einen doppelten Whiskey getrunken hatte. Sie
war nicht sehr gläubig. Eigentlich gar nicht! Wie alle in
meiner Familie. Bis auf Großmutter.

Meine Großmutter war gläubig – allerdings muslimisch liberal – eigentlich fast abergläubisch. Sie lebte in
einem Haus mit Garten, dessen Türschwelle eine eigene
Staatsgrenze zwischen den Vereinigten Staaten und dem
Iran bildete. Man konnte nicht ohne die von ihr erfunde-
nen Sicherheitsbestimmungen passieren. Måmånbosorg
suchte nicht nach Fläschchen mit Flüssigkeit oder nach
kleinen Feuerzeugen und Scheren. Sie hielt eine kleine
Ausgabe des Koran über die Köpfe der Reisenden, die
ihr Haus verließen, und betete. So konnte sie sicher
gehen, dass uns nichts passieren würde auf dem langen
Flug von Boston nach Wien.

Man wurde immer doppelt versichert im Haus von Måmånbosorg. Vor der Abreise gegen Flugzeugabstürze und während des Besuchs gegen den bösen Blick. Sie verbrannte in einer Silberfolie auf ihrem großen amerikanischen Gasherd kleine persische Samenkörner. Esfand. Vor dem Verbrennen hielt sie das Rauchopfer in ihrer geballten Faust und beschrieb über den Köpfen aller Anwesenden dreimal hintereinander einen Kreis. Von der rechten Schulter vorne vorbei an der Brust und hinter dem Kopf wieder zur rechten Schulter zurück. Dabei murmelte sie: »Esfand, Stück für Stück sollst du den bösen Blick der Eifersucht anderer ablenken und den bösen Blick sollst du zerspringen lassen!« Natürlich in Farsi, ihrer Muttersprache.

Danach standen wir um den Herd herum, verschränkten unsere Hände ineinander, hielten sie über den Rauch, der aus der Silberfolie aufstieg, öffneten die Hände, um sie dann wieder zu verschränken. Das Ganze dreimal und alle waren gegen den bösen Blick gewappnet. Es konnte uns nichts mehr passieren. Das war der Glaube meiner Großmutter und »... dass Mohammed gesagt hat, man solle keinen Alkohol trinken!« Alles andere war ihr egal.

Aber meine Tante Niloufar!? Ich habe von ihr noch nie etwas in dieser Richtung gehört und plötzlich diese Frage, ob ich denn glaube, dass der entrückte letzte Imam auch wieder zurückkehren werde!

»Ich weiß nicht!? Was glaubst du?«

Die Frage irritierte mich sehr. Ich hatte soeben erfahren, wer der Mahdi ist, und jetzt soll ich schon wissen, ob er zurückkommt!

»Weißt du, Niloufar, ich bin katholisch erzogen worden. Ich hab die Geschichte mit Jesus Christus lernen müssen ...!«

»Oh ja! Die kenn ich auch! Der war einer der wichtigsten Propheten Gottes!«

Ich bin wirklich *gar* nicht gläubig – aber wenn meine Tante sagt, dass Christus nur ein Prophet war, dann muss ich den armen Kerl verteidigen!

»Nein, nein – er ist Gottes Sohn!«

»Ach!?«

Also, meine Tante sagte nicht: »Ach!?« Wir sprechen immer Englisch miteinander, weil mein Persisch grauenvoll ist. Ich hab es als Kind nicht wirklich gelernt. Niemand in unserer Familie spricht Persisch mit mir, außer Måmånbosorg, die aber auch nur, weil sie sich nach 24 Jahren in Boston immer noch weigert, Englisch zu lernen. Meine Tante sagte: »Oh, is that right?!« Was auf Deutsch soviel bedeutet wie: »Wirklich wahr? – Da schau her!« Also auf Österreichisch. »Da schau her!« ist etwas, was ich zum Beispiel meinem schwedischen Cousin nie wirklich übersetzten kann, weil sein Englisch wiederum nicht so gut ist wie mein Englisch und mein Persisch fließend ist im Vergleich zu meinem Schwedisch. Wirklich katastrophal ist das Deutsch meiner Großmutter. Nämlich null! Und das, obwohl sie vier deutschsprachige Enkelkinder hat.

Tante Niloufar äußerte sich also etwas pikiert über die Tatsache, dass ich Jesus als Gottes Sohn ausgab. Sie war muslimisch erzogen und ich katholisch und trotzdem gingen da zwei Menschen nebeneinander auf der Straße, die miteinander verwandt waren. Plötzlich sagte sie: »Ich akzeptiere deinen Gottessohn, wenn du auf den Mahdi wartest!«

Und jetzt war ihr Bruder tot und der Mahdi war nicht da, um sie zu trösten, und Gottes Sohn war nicht bei mir, um mir beizustehen, und ich blickte zu meiner Mutter, und dieser dumme Hund furzte schon wieder.

»Call me back later, Niloufar, take your time!«, sagte meine Mutter und das Gespräch zwischen den beiden war fürs Erste beendet.

»Wir sollten noch einmal den Onkel Fereydoun probieren, der ist der Älteste!«, sagte meine Schwester, die meinem Schwager half, den Fleck, den unser Hund auf seinem Hosenbein gemacht hatte, zu entfernen. Der Hund hatte also tatsächlich seinen Spaß gehabt. Ich musste lachen, verzweifelt, aber doch.

Onkel Fereydoun war nach wie vor nicht zu erreichen. Es war in New York jetzt zwölf Uhr mittags und er war unterwegs. Er hatte zu diesem Zeitpunkt sein Handy nicht bei sich. Es lag in seinem Auto. Meine Mutter wählte erneut. Berlin. Onkel Djafar. Onkel Djafar ist ein typischer »Ich mach das schon«-Perser! Egal wer, egal worum es sich handelt, Djafar »macht das schon«. Wenn irgendjemand nebenbei in einem Gespräch erwähnt, dass er Probleme mit seiner Aufenthaltsgenehmigung hat, sagt Djafar nicht: »Oh, wie schade, hoffentlich findet sich ein Weg« oder Ähnliches, nein, er sagt: »Geben Sie mir Ihre Papiere, ich mach das schon!« Wenn sein Gegenüber jetzt ebenfalls Perser ist, gibt es keine Probleme, denn der andere Perser antwortet darauf: »Oh nein, ich würde Sie nie mit meinen Angelegenheiten belästigen!«, worauf Onkel Djafar zu antworten hätte: »Um Gottes Willen, Sie belästigen mich nicht, ich habe ohnehin die nächste Woche nichts zu tun!«, worauf der andere erwidern würde: »Hochverehrter Herr Ansari, bevor ich Ihre kostbare Zeit in Anspruch nehme, lasse ich mich lieber abschieben!«, was in einem »Wenn Sie abgeschoben werden, komme ich selbstverständlich mit!« gipfeln würde und die Angelegenheit wäre erledigt. Man nennt das *Tarof*.

Tarof ist die Bezeichnung für die persische Höflichkeit. Eine Höflichkeit, die bis zur Selbstverleugnung geht, allerdings nur in ihrer Form, nicht in ihrem Inhalt. Nach dem *Tarof* über die Aufenthaltsgenehmigung passiert nämlich ... nichts! Beide Meister der persischen Höflichkeit treffen einander eine Woche später und keiner der beiden geht davon aus, dass man in Sachen Aufenthaltsgenehmigung etwas hätte gemeinsam unternehmen müssen. Es war eben nur *Tarof*. *Tarof* ist aber ein Teufel, denn die hohe Schule des *Tarofs* besteht darin, bevor man *Tarof* macht, zu sagen, dass man kein *Tarof* macht, dass es sich bei diesen leeren Versprechungen also nicht um leere Versprechungen handelt. Auch kann man, was mir des Öfteren schon passierte, dem persischen Taxifahrer, der mit den Worten »*Gabel nadåre!*« (»Sie brauchen nicht bezahlen!«) eine Gratisfahrt anbietet, mit der Formel »*Tarof nakonid!*« (»Machen Sie kein *Tarof*!«) entgegnen, was dieser mit einem »Nein, nein, ich mache kein *Tarof*!« abschmettert. Mein Onkel Djafar ist in diesem speziellen Punkt, Einladungen von Taxifahrern, zum *Tarof*-Gegner geworden: Er bedankt sich höflich und steigt aus. Djafar ist eben schon zu sehr Deutscher.

Djafar könnte uns vielleicht diese schreckliche Aufgabe, Måmånbosorg vom Tod meines Vaters zu erzählen, abnehmen. Vielleicht macht er das ja gerade eben, hofften wir insgeheim. Das Gegenteil war der Fall. Djafar war der Auslöser für die größte Katastrophe in unserer Familie. Er bestand darauf, wenn der älteste Bruder nichts dagegen hätte, Måmånbosorg nichts vom Tod ihres Sohnes zu erzählen.

»Mensch, guck mal! Wir mussen sie anlugen! Wiglisch!

Dem Frau kriegt sie eine Herzinfarkt, wenn sie das erfährt! Guck mal, ich komme morgen nach Wien und besprechen wir alles!«

So ungefähr fasste meine Mutter das Gespräch mit Onkel Djafar zusammen.

»Ja ..., aber wie soll das gehen?! Papa hat regelmäßig einmal die Woche mit seiner Mutter telefoniert!«, fragte ich meine Mutter.

Sie weinte. Sie war überfordert mit all dem, was an diesem Heiligen Abend passierte. Ich griff zum Telefon und rief Djafar noch einmal an.

»*Ghorbunet beram-man!* Isch komme heute schon, bin am Weg zum Flughafen! Eine paar Stunden bin isch bei eusch!«

»Ja und Weihnachten ... mit deinen Kindern?!«

»Die sind erwachsen und bei ihrer Mutter. Außerdem, Leyla kommt morgen sofort nach, hat sie gesagt! Guck mal, isch muss jetzt Flugkarte kaufen! Isch rufe eusch an, bevor isch fliege!«

Onkel Djafar macht das schon

Fünf Stunden später saß Onkel Djafar im Wohnzimmer meiner Eltern ... meiner Mutter. Unser Hund betrachtete ihn lüstern. Djafar trank Tee. Aus dem Samowar seines verstorbenen Bruders. Mein Onkel nahm ein Stück Würfelzucker, führte es zum Mund, biss es in zwei Teile, legte die eine Hälfte wieder zurück, nahm einen Schluck Tee, zerbiss die andere Hälfte, vermischte sie in seinem Mund mit dem bitteren Tee und schluckte hinunter. Die persische Art, den Tee zu trinken. Dann sah er mich an und sagte mit heiligem Ernst, »Eure Großmutter darf das auf gar keinen Fall erfahren!«

Onkel Djafar, dreimal geschieden, Vater zweier Kinder von zwei verschiedenen Müttern, verbrachte den für einen Moslem gar nicht so Heiligen Abend mit uns in Wien. Nachdem sich alle zur Begrüßung umarmt und geweint hatten, wir schon einige Zeitlang stumm beieinander saßen und nicht wussten, was wir in unserer Trauer sagen sollten, beschlossen wir nun endlich, Weihnachten zu feiern. Wir packten die Geschenke aus, taten so, als ob wir uns freuten, und bedankten uns bei dem jeweiligen Christkind. Ein alljährliches Ritual, mit dem Unterschied, dass unsere Enttäuschung heuer nicht an den Geschenken lag. Einige Zeit wussten wir nicht, was wir mit den Geschenken für meinen Vater anfangen sollten, ließen sie dann aber einfach stehen, erwähnten sie mit keinem Wort, rührten sie nicht an, als ob er angerufen hätte, um uns mitzuteilen, dass er sich verspäte und sie dann noch öffnen werde. Wir hatten uns dazu durchgerungen, diesmal auf das Absingen von »Stille Nacht, Heilige Nacht« zu verzichten, nachdem wir kurz darüber diskutiert hatten, ob mein Vater gewollt hätte, dass wir singen, hat er doch selber immer darauf bestanden, dieses Lied zu singen, bevor wir die Geschenke auspacken durften. Bei uns in der Familie war der Muslim der Hüter der christlichen Tradition, meiner Mutter bedeutete Weihnachten gar nichts. Onkel Djafar mochte Weihnachten, war einerseits froh, bei uns zu sein, andererseits hatte er gerade seinen Bruder verloren. Es war ein entsetzlicher Moment. Dann gab es Essen, persisch, wie jedes Weihnachten.

»Wir essen in Deutschland immer Truthahn! Also mit der einen Ex-Frau, bei der anderen Ex-Frau bin isch immer erst nach dem Essen, aber als wir noch verheiratet waren, haben wir immer *Sabzi Polo bå Mahi* gegessen.« Fisch mit Kräuterreis. »Passte eigentlisch besser zu Weihnachten als *Choreschte Badem-djån*!«, meinte Djafar.

Eine kurze Diskussion darüber, welche persische Speise denn nun am besten zu Weihnachten passe, bot sich an. Rasch war es aber wieder still geworden. Die meisten Teller waren noch dreiviertel voll, niemand konnte so recht essen, uns fehlte der Appetit. Nur der Teller meines Schwagers war beinahe leer gegessen. Nach dem Essen rief ich Nadja an.

Ich stand im Schlafzimmer meiner Eltern ... meiner Mutter und telefonierte mit meiner neuen Lebensgefährtin. Wir waren seit drei Monaten zusammen. Ich wollte sie heute meinen Eltern präsentieren.

»Das ist mir unangenehm! Ich kann da nicht hin ...«

»Nein, komm her! Es freuen sich sicher alle, dich kennen zu lernen – also, alle die noch leben! Onkel Djafar ist auch da. Aus Berlin!«

»Ich will eure Trauer nicht stören. Das ist ja doppelt peinlich. Weihnachten mit einer neuen Familie und dem soeben verstorbenen Schwiegervater dazu!«

»Ja, so sind wir Perser eben! Müssen immer übertreiben!«

Sie meinte, sie werde es sich überlegen, sie sei noch bei ihren Eltern und rufe mich dann an. Sie ist 26, ich bin 43. Aber das tut eigentlich nichts zur Sache. Also, das wäre ja eine eigene Geschichte, wenn ich Ihnen erzählen müsste, wie es dazu kam, dass ich jetzt eine 26-jährige Lebensgefährtin habe und warum meine zwei Kinder, zwölf und acht, mit ihrer Mutter nach Salzburg gezogen sind. Das erzähle ich Ihnen nicht. Ich will auch nicht, dass Sie irgendetwas über mein Sexleben erfahren. Tut mir leid. Das werde ich Ihnen verschweigen. Ich sage nur soviel, dass man mit einer 26-jährigen Lebensgefährtin fitter sein sollte, als ich es bin. Nicht nur sexuell. Aber der Orientale als solcher ist ja ohnehin sehr potent – um eines der vielen Klischees zu bedienen, die es über uns gibt. Also, »uns« ist relativ! Ich bin nur zur Hälfte Perser, die andere Hälfte ist Österreicher. Das ist in unserer Familie sehr weit verbreitet. Meine Cousins und Cousinen sind zum Großteil halb / halb, also bis auf die zwei Amerikaner Rochsana und Shapour, die sind hundert Prozent amerikanische Mentalität, resultierend aus hundert Prozent iranischem Blut gepaart mit amerikanischer Erziehung. Cousin Shapour ist sogar zu hundertzwanzig Prozent Amerikaner. Er hat nichts Persisches. Er hat alles Orientalische verleugnet und das, ohne in Guantanamo inhaftiert gewesen zu sein. Er nennt sich nicht Shapour, er nennt sich Jimmy, weil das für die Amerikaner leichter zu verstehen ist.

Jimmy saß an diesem 24. Dezember mit seiner Frau im Wohnzimmer seiner Eltern in Boston und starrte den Weihnachtsbaum an. Er konnte es nicht fassen, dass sein Lieblingsonkel gestorben war. Jimmys Frau öffnete Jimmys Geschenke, er selbst war nicht im Stande dazu.

»Look, that's great!«

Sie zeigte ihm den dreibändigen Bildband mit dem Titel »The Splendour of Iran«, den sie für ihn ausgesucht hatte. Carrie war diejenige im amerikanischen Teil unserer Familie, die sich am meisten für den Iran interessierte. Eine 32-jährige intelligente Frau aus Boston, die die Welt sehen wollte, was daran scheiterte, dass mein iranisch, fast schon texanisch konservativer Cousin Shapour, der sich Jimmy nannte, kein Interesse an irgendetwas auch nur im Entferntesten »Unamerikanischem« hatte.

»Was willst du? Amerika ist großartig! Wir haben hier alles. Wir müssen nirgendwo hin! Wir haben Wüste, wir haben Dschungel, wir haben Wildnis und wir haben Kultur!«

Carrie saß da und war immer noch der Überzeugung, dass sie ihren Mann eines Tages überreden könnte, in seine Heimat zu fahren.

»Das ist nicht meine Heimat, das ist die Heimat meiner Eltern.«

»Ich möchte da unbedingt eines Tages mal hinfahren«, sagte Carrie.

»Ich glaub nicht, dass dir das gefallen würde.«

»Ich finde, es ist ein großartiges Land!«

»Es ist ein schreckliches Land – du müsstest dort einen Tschador tragen!«

»Warum nicht? Man muss andere Kulturen respektieren!«

»Ich will keine Kultur respektieren, die meine ganze Familie aus dem Land vertrieben hat!«

»Was redest du? Du hast mir erzählt, dass die meisten vor der Revolution in den Westen gekommen sind, um zu studieren!«

»Darum geht es ja gar nicht!«

»Natürlich geht es darum! Die haben das Land verlassen, weil sie das wollten, nicht weil sie mussten! Sag, du bist eigentlich gar kein Perser, oder?«

»Bitte?«

»Weil du deinen iranischen Namen nicht verwendest!«

»Was?«

»Du schämst dich immer, wenn ich meinen Freundinnen erzähle, dass du eigentlich Schapour heißt!«

»Weil ich Jimmy heiße. Ich hasse Schapour, die Leute können das nicht richtig aussprechen.«

»Darf ich dich Schapour nennen?«

»Sag Schah zu mir, das reicht!«

»Wieso?«

»Weil ich dein Kaiser bin, Baby!«

Jimmy sah seine Frau an und gab ihr einen Kuß. Er liebte sie sehr, wenn sie ihn mit ihrer, wie er meinte, übertriebenen Toleranz anderen Kulturen gegenüber manchmal auch nervte. Schapour war kein Rassist, aber er konnte es verstehen, dass die Amerikaner nach 9/11 Angst vor Moslems hatten. Was ihm nicht so klar war, war die Tatsache, dass seine Eltern Moslems waren. Er sah sie nie als Moslems, er sah sie nicht einmal als Perser, er sah sie einfach immer nur als seine Eltern.

Nun saß er mit ihnen in der Küche und alle taten so, als wären diese Weihnachten ganz normale Weihnachten. Måmånbosorg stand am Herd und rührte in dem traditionellen Weihnachtsessen für Perser: *Choreschte Bademdjån*, einen Melanzanieintopf. Also, es hat natürlich jede persische Familie ihr eigenes Weihnachtsrezept und ihre eigene Tradition, da es persische Weihnachten in

Wahrheit nicht gibt. Måmånbosorg rührte in ihrem Eintopf und hatte keine Ahnung, dass ihre einzige Tochter, Tante Niloufar, die soeben die Küche betrat, nicht wegen der vorgeschobenen beißenden Kopfschmerzen so rote verweinte Augen hatte, sondern weil ihr Bruder gestorben war. Bei unserem letzten Telefongespräch hatte ich ihr gesagt, dass Djafar beschlossen hatte, Måmånbosorg nichts zu sagen, zumindest solange nicht, bis alle ihre Kinder sich beraten hätten. Djafar sprach dann noch kurz mit ihr, hat sie gebeten, zumindest die Weihnachtsfeiertage abzuwarten ...

»Unsere Mutter ist Muslimin. Weihnachten hat keine Bedeutung für sie, wir müssen es ihr sagen ...!«, meinte Tante Niloufar.

»Es geht nicht um Weihnachten! Wir dürfen es ihr auf gar keinen Fall sagen! Um nichts in der Welt darf sie jemals erfahren, dass ihr Sohn gestorben ist!« Onkel Djafar war von der Richtigkeit seiner Vorgehensweise sehr überzeugt.

»Sie stirbt uns, wenn wir ihr das sagen! Sie kriegt einen Herzinfarkt und fällt tot um!«

Niloufar wusste nicht, was sie darauf sagen sollte. Es entstand abermals eine Gesprächspause zwischen Europa und Amerika.

»Ich kann jetzt nicht mehr! Ich rufe später noch einmal an!«

»Aber nicht zu spät, Niloufar! Hier ist es schon Mitternacht!«

Nach diesem Telefonat ging Niloufar in den Keller, um eine Zeitlang alleine weinen zu können. Måmånbosorg schälte gerade Melanzani in der Küche und mein Cousin Shapour und seine Frau sollten wenig später an der Türe läuten. »*Niloufar-djån*! Mach die Türe auf! *Ghorbunet beram-man*!«, rief Måmånbosorg aus der Küche.

66

Djån bedeutet übersetzt »Liebling« In der persischen Grammatik ist es erlaubt, die Nachsilbe *-djån* an jeden Eigennamen anzuhängen und schon hat man ein Kosewort. Also: Name & Liebling = Kosewort! Und *Ghorbunet beram-man!* bedeutet »Mein Allerliebster!« oder »Meine Allerliebste!«. Allerdings darf man die Worte nicht einzeln übersetzen, weil sich dann ein komplett anderer Sinn ergibt. Um die persische Sprache zu verstehen, muss man an der Kombination von Worten, die einzeln etwas ganz anderes bedeuten, den höheren, den eigentlichen Sinn erkennen. *Ghorbunet beram-man!* heißt wörtlich: »Ich opfere mich für dich!« Also: Ich lasse mich für dich töten – und das bloß so als Floskel für: »Mein Allerliebster!« So sind sie, die Perser! Man sagt so etwas sogar zu ganz kleinen Kindern: *Ghorbune chandehåtto beram-man!* Bei kleinen Kindern opfert man sich sogar für ihr Lachen! Es ist eine sehr blumige Sprache. Ein Perser verkühlt sich nicht einfach – ein Perser hat Kälte gegessen! Ein Perser fällt nicht einfach hin – er hat Boden gegessen! Überhaupt essen die Perser sehr viel. Sie haben nicht einfach Pech gehabt, nein, sie haben Scheiße gegessen! Eine meiner Lieblingsredensarten: *Goh chordim!* Sie passt in vielen Situationen. Wenn man in einem schlechten Hotel in Griechenland auf einer Terrasse beim Mittagessen sitzt und es zu regnen beginnt und das Essen schlecht ist, dann hat man Scheiße gegessen. Nicht passend ist dieser Ausdruck, wenn man unschuldig in Not geraten ist. Um Scheiße zu essen, braucht es immer auch eine Portion Eigenverschulden.

Niloufar saß also im Keller, weinte, weil ihr Bruder nicht mehr war, und hätte sie ihren Zustand beschrieben, hätte sie auf Persisch gesagt: »*Tschigaram kabab shode!*« –was soviel bedeutet wie: »Der Schmerz zerreißt mich!« Wörtlich: »Meine Leber wurde gegrillt!« So sind wir Perser. Uns zerreißt es nicht das Herz, uns grillt es die Leber!

Und damit es meiner Großmutter nicht die Leber grillt, saßen mein Onkel Djafar, meine Schwester, meine Mutter und ich am Küchentisch und diskutierten heftig über die weitere Vorgangsweise. Onkel Djafar war immer noch der Meinung, sie solle es niemals erfahren.

»Ja, nur abgesehen davon, dass das logistisch gar nicht funktioniert, hat eine Mutter das Recht, zu erfahren, dass ihr Sohn gestorben ist!«, meinte meine Mutter. »Wie willst du das vor ihr geheim halten? Wie? Dariush hat jede zweite Woche mit ihr telefoniert!«

Meine Mutter hatte recht. Vater war in ständigem Kontakt mit seiner Mutter gewesen. Es musste ihr schon seltsam vorkommen, dass er sie diese Weihnachten nicht anrief, wie seltsam musste es für sie sein, länger nichts von ihm zu hören? Trotzdem wusste ich nicht recht, auf wessen Seite ich mich schlagen sollte. Bei solchen Familiendiskussionen möchte ich am liebsten immer neutral bleiben, um niemanden vor den Kopf zu stoßen. In diesem Fall war es noch schwieriger als sonst. Es ging um die Zukunft meiner Großmutter. Es ging darum, ob sie tiefen Schmerz erfahren würde oder ob sie so weiter leben könnte wie bisher. Ich versuchte die Vor- und Nachteile abzuwägen, kam jedoch zu keinem Schluss. Ich schwieg und hörte mir die Ausführungen meines Onkels an, wenn auch mit wachsender Ungeduld.

»Angelika!«. Djafar sah meiner Mutter tief in die Augen: »Ich verstehe isch deine Trauern, dein Schmerz!

68

Aber persisch ist andere Kultur! Man kann einer Mutter nicht sagen, dass Kind gestorben ist!«

Das war natürlich eine Ausrede. Onkel Djafar war einfach nicht in der Lage, seiner Mutter diese grauenvolle Nachricht zu überbringen, und was vielleicht noch schlimmer war: Er hatte Angst, sie würde diese Nachricht nicht überleben. Aber selbst das konnte er sich in diesem Moment nicht eingestehen, deshalb schob er die Sache auf die persische Kultur. Ich muss gestehen, das ist – zumindest in unserer Familie – eine gängige Praxis.

Auch ich habe schon etliche Male schlechte Angewohnheiten oder dumme Verhaltensweisen auf die persische Kultur geschoben. Meine Ex-Frau hat mich vor einiger Zeit beim Sex mit einer anderen Frau erwischt. Also erwischt. Es war eine blöde Geschichte – erstens wollte ich mit dieser Frau gar nicht ins Bett und zweitens war ich etwas betrunken und drittens konnte ich ja nicht ahnen, dass sie ausgerechnet an diesem Tag in derselben Straße einen Termin hatte, in der das berühmte Hotel Orient Räume für Intimitäten zur Verfügung stellt, die in der Regel nicht länger als eine Stunde dauern. Sie hat uns nicht direkt beim Sex erwischt, sie hat uns nur das Hotel Orient betreten sehen, woraufhin sie ihren Termin absagte, im Wagen sitzen blieb und wartete, bis wir wieder – drei Stunden später (die Perser übertreiben eben alles) – aus dem Hotel kamen. Ich verabschiedete mich von der Frau mit einem Kuss, wir trennten uns und gingen beide in entgegengesetzte Richtungen davon. Plötzlich hörte ich ein Auto wie gestört hupen! Ich drehte mich in die Richtung, aus der das Hupen kam, und sah meine Frau mit hochrotem Kopf auf das Lenkrad eindreschen. Als wir dann später in unserer Küche saßen und sie bereits über Scheidung sprach, konnte ich meinen Seitensprung nur noch mit dem Argument »Ich bin

Perser, das ist etwas anderes, das ist kulturell bedingt!«
rechtfertigen. Obwohl meine Ex-Frau immer sehr viel
Interesse für die persische Kultur zeigte, konnte sie diesem Aspekt nichts abgewinnen.

»Das hat nichts mit Perser-Sein zu tun!«, sagte ich zu
Onkel Djafar. »Die Frage ist, ob man ihr das rein tech-
nisch vorenthalten kann! Wie soll das gehen?«

»Wir sagen ihr, der Dariush ist krank – er liegt im
Spital!«

»Ich weiß nicht, ob es für eine Mutter besser ist, zu
wissen, dass ihr Sohn im Spital liegt und offensichtlich
so krank ist, dass er sie nicht einmal anrufen kann! Ich
meine, die persische Omi ist erst 78. Was, wenn sie 98
wird? Liegt ihr Sohn dann zwanzig Jahre im Spital, oder
was?«

Jetzt schien auch meine kleine Schwester ein wenig
die Geduld mit Onkel Djafar zu verlieren.

»Es ist natürlich für eine Mutter leichter zu ertragen,
dass der Sohn zwanzig Jahre im Koma liegt!« Onkel
Djafar war sehr verzweifelt: »Da besteht immerhin die
Chance, dass er vielleicht noch aufwacht!«

»Oder sie entscheidet, dass die Maschinen abgeschal-
tet werden, dann hat sie ihn sozusagen umgebracht und
sie hat dann die Aufgabe, uns mitzuteilen, dass er tot
ist!«, hörte ich mich sagen und war ein wenig erstaunt.

In Situationen großer Trauer oder Verzweiflung ent-
wickle ich eine Art Galgenhumor, der sowohl in der
persischen wie auch in der europäischen Kultur regelmäßig auf Befremden stößt. Beide Kulturkreise, sowohl
meine Mutter als auch mein Onkel Djafar, starrten mich
entsetzt an. Meine Mutter zwang sich dann zu einem
Lächeln, das mir zu verstehen gab: »Ich bin dir nicht
böse wegen dieser Bemerkung, schließlich stehen wir
alle unter Schock. Ich werde dir aber ganz sicher dieser

Bemerkung wegen die nächsten zehn Jahre ein schlechtes Gewissen machen.« Meine Schwester musste lachen. Mein Schwager wartete die Reaktion meiner Schwester ab und kicherte dann verhalten in sich hinein. Nach einer längeren Stille setzte ich zu einer Entschuldigung an.

»Wir sind alle unter Schock!«, sagte meine Mutter und warf mir einen strengen Blick zu.

»Und eben so einen Schock uberlebt sie nischt!«

»Ja, aber diese Lüge kann nie funktionieren!« Jetzt verlor ich endgültig die Geduld mit Onkel Djafar.

»Wenn wir das geschickt machen, können wir das Leben unserer Mutter retten!«

Irgendwie fühlte ich mich dennoch verpflichtet, auch etwas Seriöses zu der Situation beizusteuern: »Ich glaube, es ist moralisch nicht vertretbar, in einer solchen Angelegenheit zu lügen. Eine Mutter – das stimmt – hat das Recht, zu erfahren, dass ihr Sohn gestorben ist. Eine Lüge wäre hier komplett fehl am Platz. Eine Notlüge würde die Not nur noch vergrößern.«

»Moral gut und schön ist es auch!«

Onkel Djafar kann sich deutsche Redensarten nie wortgetreu merken. Er sagt dann immer zu irgendeinem Sachverhalt »… gut und schön ist es auch!« oder etwa »Wenn der Krug in den Brunnen geht, zerbricht was, solange man nicht aufpasst!« Zu seinem Repertoire gehört auch: »Jede Grube hat wer anderer gegraben, wenn man selber hineinfällt!« Manchmal glaube ich, er macht das mit Absicht.

»Wenn es regnet, soll man nicht unter die Traufe gehen! Dein Vater ist gestorben! *Chodåh biomorse!* Gott hab ihn selig! Wenn deine Großmutter das erfährt, stirbt sie auch! Es muss also gelogen werden!«

»Wir werden sehen!«, sagte meine Mutter leise. »Ich

lege mich jetzt hin, ich bin sehr müde! Ihr könnt ja noch bleiben, solange ihr wollt. Djafar, ich hab dir das Gästezimmer hergerichtet!«

Sie verschwand, ohne sich von uns zu verabschieden. Wir saßen noch eine Weile da und sagten nichts. Dann verabschiedeten sich meine Schwester und mein Schwager. Wir umarmten einander, weinten wieder und versicherten einander unsere Liebe. Dann gingen mein Onkel Djafar und ich ins Wohnzimmer zurück, um noch einen Tee zu trinken.

»Dein Vater war immer der erste von uns!«, sagte er traurig und sah mich an. Ich wusste nicht, was er damit meinte, traute mich jedoch nicht zu fragen.

»Er war der erste, der ein Auto hatte. Der erste, der eine Freundin hatte – das war noch im Iran, vor deiner Mutter. Er war der erste, der den Iran verlassen hat, der erste, der dann geheiratet und einen Sohn gezeugt hat. Und jetzt ist er der erste, der von uns geht. So war dein Vater, er konnte es nicht ertragen, wenn einer seiner Brüder vor ihm war!«

»Weißt du, ich glaube wirklich, dass wir das nicht geheim halten können«, musste ich noch einmal auf das Thema dieses Tages zurückkommen.

»Ich mach das schon!«

Ich liebe Onkel Djafar für dieses »Ich mach das schon!«. Aber »Ich mach das schon!« hatte auch schon einige Male für eine kleine Katastrophe gesorgt, wie mir meine Cousine Leyla versichert hatte. Onkel Djafar lebt, seit er den Iran verlassen hat, in Berlin, Charlottenburg. Nach dem Mauerfall war er von der Idee begeistert, einmal durch den Osten zu fahren, durch die ehemalige DDR. Fünfzehn Jahre nach der Wende war es soweit. Er nahm sich Urlaub und kaufte sich ein Bahnticket. Auto kam nicht in Frage, er wollte unbedingt mit der Bahn reisen. Seine persischen Freunde rieten ihm davon ab. Sie meinten, es wäre für einen Ausländer zu gefährlich, sich in die Bundesländer mit der größten Neonazidichte zu begeben. Aber das konnte ihn nicht davon abhalten, dort hinzufahren, wo er hinwollte: in den ehemaligen Osten.

Er bestieg also den Zug gemeinsam mit meiner Cousine Leyla, die ihn zumindest bis Dresden begleiten wollte. Allerdings kamen die beiden nicht bis dorthin. Kurz nach Berlin betraten drei kahlgeschorene Burschen in schwarzen Lederstiefeln und Militärmontur das Zugabteil. Offensichtliche Neonazis. Leyla wollte sofort das Abteil verlassen, aber Onkel Djafar meinte nur: »Ich mach das schon!« Er wollte von den drei Burschen, die mittlerweile wortlos Platz genommen hatten, unbedingt in Erfahrung bringen, was denn mit ihnen los sei. Ob sie etwa nicht richtig tickten, was dieses Nazi-Getue denn überhaupt solle, dass Adolf Hitler ein Vollidiot war, weil er dachte, die Deutschen wären Arier, so ein Schwachsinn, die Deutschen sind weiter nichts als dumme Germanen. Die Perser, so wie er, das wären die eigentlichen Arier, die Perser und die Inder, und sie sollen sich also nichts darauf einbilden, Deutsche zu sein! Sie seien nur dumme ungewaschene Germanen. Die Iraner hingegen – was heißt denn Iran, ha?! – Iran kommt von *Ayiran* und das heißt: »Land der Arier!« Sie sollten also gefälligst Respekt vor ihm und seiner Tochter zeigen, weil sie die wahren Arier seien.

Meine Cousine hatte Angst, die vermeintlichen Neonazis würden spätestens jetzt auf diesen Arieranfall von ihrem Vater mit Gewalt reagieren, aber nichts dergleichen passierte. Stattdessen rief der Schaffner, der den Dialog mitbekommen hatte, die Polizei. Beim nächsten Halt wurde Onkel Djafar verhaftet. Somit war der einzige

Nazi, dem er im Osten begegnet war, er selbst gewesen. Er ist nur um ein Haar einer Verurteilung wegen Wiederbetätigung entgangen. Zu guter Letzt konnte er dem Richter glaubhaft machen, dass er bei dieser Geschichtslektion den ursprünglichen historischen Begriff aus dem Orient und nicht den von den Nazis missbrauchten im Sinn hatte.

Seither hat jeder in der Familie ein bisschen Angst, wenn Onkel Djafar meint: »Ich mach das schon!«

Wir leerten unsere Teetassen und wünschten uns eine »Gute Nacht!«. Wir hielten kurz inne: »Dennoch eine gute Nacht!«

Ich war unendlich erschöpft. Traurigkeit ist sehr ermüdend.

Eine schlaflose Nacht

Seltsam, dass man aus Erschöpfung nicht schlafen kann – da läuft biologisch etwas schief. Wenn man vor Aufregung oder Nervosität nicht schlafen kann, so ist das schon dumm genug – aber noch dümmer ist es, vor Erschöpfung nicht schlafen zu können. Und ich konnte vor Erschöpfung nicht schlafen. 2 Uhr 15 und ich lag immer noch wach neben Nadja im Bett. Also schob ich die Bettdecke leise zur Seite, schlüpfte so unauffällig wie möglich aus dem Bett und schlich mich aus dem Schlafzimmer.

Nadja war am Abend noch zu mir gekommen. Wir wohnten ja praktisch in meiner Wohnung, sie war so gut wie nie bei sich zu Hause. Sie meinte, ich solle mich entspannen, ich solle nicht an meinen Vater, an den Tod und alles, was da noch kommen kann, denken, ich solle mich einfach von ihr verwöhnen lassen, sie hatte ihren Kopf bereits zwischen meinen Beinen und öffnete ihren Mund und ich fing an zu weinen. Sie entschuldigte sich, ich versicherte, es wäre in Ordnung, ich dachte auch, ich könnte das, aber mir fehlte die Coolness unseres Hundes. An Sex war nicht zu denken. Dann schlief sie ein und seither lag ich wach neben ihr.

Erstaunlicherweise lässt der Parkettboden immer dann ein lautes Knacken hören, wenn man heimlich ein Zimmer verlassen will, in dem entweder eine Frau oder dein Kind schläft. In der Dunkelheit versuchte ich zu erkennen, ob ich Nadja aufgeweckt hatte – aber nachdem sie nichts sagte, schlief sie wohl tief und fest. Auf halbem Weg fiel mir ein, dass ich vergessen hatte, mir meinen Morgenmantel überzuziehen. Es war einigermaßen kalt in der Wohnung – was wahrscheinlich eher von meinem psychischen Zustand als der tatsächlichen Temperatur herrührte. Ich machte kehrt, nahm meinen Morgenmantel von dem Fauteuil, der neben dem Bett in einer Zimmerecke stand, und schlich mich wieder Richtung Tür. Nadja gab ein Geräusch von sich, das eines dieser vielen seltsamen Geräusche ist, das Menschen hervorzubringen im Stande sind. Ein Geräusch, das klingt, als würde sie jetzt gleich aufwachen und mit mir reden. Aber sie drehte sich zur Seite und schlief weiter. Ich wagte zwei weitere Schritte Richtung Schlafzimmertür. Es knackte kein einziges Mal, es war totenstill, das einzige was man hörte, war Nadjas Stimme: »Martin ... Martin?!« Von einer Sekunde auf die andere klang ihre Stimme nicht mehr heiser verschlafen, sondern panisch: »MAAR-TIIN!«

»Schschsch! Ich bin's!«

Ich flüsterte. Keine Ahnung warum, jetzt war sie ja schon wach – aber wahrscheinlich flüstert man in solchen Momenten, um den armen Menschen nicht »noch mehr« aufzuwecken.

»Was ist denn los ... wieso schläfst du nicht?«

»Kann nicht! Komme gleich – ich trink nur einen Tee!«

»Martin – du musst schlafen ...«

Ich sagte nichts.

»Martin ...!?«

⚜

Tja, ich glaube spätestens jetzt bin ich Ihnen die Erklärung schuldig, warum ich nicht ich bin. Also, warum ich Martin Ansari und nicht Michael Niavarani bin. Sehen Sie, die Sache ist so. Martin Ansari ist der Erzähler dieser Geschichte und Michael Niavarani ist nur der Autor des Buches. Und nachdem auf dem Cover groß der Name des eitlen Autors und nicht der des netten Erzählers steht, nehme ich an, dass Sie bis jetzt angenommen haben, ich sei ich, also ich sei der Autor des Buches. Nun, dem ist nicht so, ich bin nur der Erzähler. Wobei ich natürlich auch zu einem Teil ich bin, weil ja der Autor ein Teil des Erzählers ist. Also die Figur des Erzählers lehnt sich an das Leben des Autors ein wenig an. Also, sie lehnt sich nicht nur ein wenig an, sie sitzt förmlich drauf.

Wir haben einiges gemeinsam. Der Autor Niavarani ist, so wie ich es bin, zur Hälfte Perser, seine Verwandten sind über den ganzen Erdball verstreut. Sein Vater ist verstorben, als seine Großmutter noch am Leben war. Er interessiert sich, so wie ich, sehr für die persische Geschichte, die persische Musik, das persische Essen ... er ist eigentlich genau so wie ich, aber er ist halt eben einfach nicht ich. Sie fragen sich: Warum? Was das ganze soll ...? Tja ... es tut mir leid, das wäre natürlich nicht aufgeflogen, wenn meine Lebensgefährtin Nadja mich mitten in der Nacht nicht »Martin« genannt hätte. Aber es hätte sicherlich einen sehr seltsamen Eindruck auf sie gemacht, wenn ich sie gebeten hätte, mich nicht Martin zu nennen, damit die LeserInnen nichts merken. Dann hätte sie wiederum gemerkt, dass sie nur Teil einer Geschichte ist, also dass wir gar nicht zusammen sind, weil sie ja nur die Figur Nadja in meinem Buch ist und dann wäre sie sehr zornig geworden, weil wir ja eigentlich zusammen ziehen wollen und da ist es ganz blöd, wenn man nur eine Figur in einer Geschichte ist.

Wollen Sie mir noch folgen? Also jetzt ganz ehrlich: Hallo, LeserInnen! Ich bin's, Michael Niavarani ... Natürlich bin das ich – aber es bin halt nicht ich ... wie soll ich sagen ... also jetzt ganz ehrlich: Meine Familie weiß von diesem Buch nichts! Und es muss auch ein Geheimnis bleiben – unbedingt. Wenn sie wüsste, dass ich ihre intimsten Geheimnisse ausplaudere – man würde mich lynchen. Verstehen Sie? – Also ich bitte Sie inständigst: Ich bin nicht der Komiker Michael Niavarani aus Wien – ich bin der ... was weiß ich ... es ist ja egal ... ich bin der Buchhändler Martin Ansari aus Graz – O.k.? Also in Graz geboren. Und dann im Alter von drei Monaten mit den Eltern nach Wien gezogen. Ach ja und: Made in England. Meine Mutter wurde in London von meinem Vater geschwängert. Wobei – das (aber es bleibt unter uns) trifft auch auf den Autor des Buches zu. Ich sagte ja, wir haben einiges gemeinsam. Das mit Graz ist wirklich erfunden – so wie der Rest des Buches auch! Tun Sie mir den Gefallen! – meiner Familie zuliebe. Tun wir beide so, als hätte ich die Geschichte nur erfunden, dann muss ich mir vor allem von Tante Niloufar nichts anhören. Ich danke Ihnen. Und Onkel Fereydoun muss sich nicht mit seinen Sexeskapaden konfrontiert sehen. Und das Toupet! Das Toupet von Onkel Djafar ist ja keines – bitte nicht vergessen! Und kein Wort zu meiner Cousine Rochsanna über die Abtreibung oder ihre Nasenoperation! Ach ja – und falls Sie Cousin Omid zufällig treffen sollten, sagen Sie ihm, er soll mir die zweitausend Euro zurückgeben, die ich ihm vor drei Jahren geborgt habe.

Ich hatte nämlich schon einige schlaflose Nächte wegen der Geschichte mit dieser Geschichte. Nächtelang lag ich wach und hatte Angst davor, dass meine Familie es mir übel nehmen wird, dass ich aus dem Tod meines Vaters ein Buch gemacht habe, in dem ich alles detailgetreu nacherzähle, wie es passiert ist. Also danke für Ihr Verständnis.

Und so hatte ich eine schlaflose Nacht wegen des Todes meines Vaters und wegen der Sorge um meine Großmutter. Schlaflose Nächte sind allerdings eine Spezialität in unserer Familie. Auch mein Vater hatte einige davon.

Iran. Februar 1979.
Ayatollah Chomeinis Flugzeug landet auf dem Mehrabad Flughafen in Teheran. Der Revolutionsführer steigt aus, betritt iranischen Boden – das Ende der persischen Monarchie. Nach dreitausend Jahren soll es keinen Schah mehr geben.
Ich lag in meinem Kinderzimmer und wurde durch die aufgeregte Stimme meines Vaters geweckt. Im Iran war es sieben Uhr früh, in Wien drei Uhr nachts. Mein Vater am Telefon. Er sprach mit seiner Schwester in Amerika – beide waren nervös und verunsichert, denn auch Niloufar konnte keine Leitung nach Persien bekommen. Sowohl die Dame vom österreichischen als auch die vom amerikanischen Meldeamt sagte, die Leitungen seien überlastet. Man musste damals ein Gespräch mit dem Iran oder mit Amerika beim telegrafischen Amt anmelden, die stellten die Verbindung her und man wurde zurückgerufen, wenn eine Leitung frei war. Mein Vater wollte unbedingt wissen, was passiert war. Er hatte von einem Bekannten gehört, Chomeini wäre bereits im Iran. Es gab damals kein Internet – ja nicht einmal CNN berichtete weltweit, man musste bis zum Abend warten, bis die Nachrichten kamen, wenn

man nicht vorher schon etwas im Radio gehört hatte, war man den ganzen Tag über nervös und angespannt.

Mein Vater war seit Tagen nervös und angespannt. Es ging das Gerücht, der Kaiser würde nicht mehr zurückkehren – Chomeini würde ins Land kommen und eine Republik ausrufen. Aber auch Tante Niloufar wusste noch nichts.

Zwanzig Stunden später konnten wir es in den Nachrichten sehen: Ayatollah Chomeini war im Iran gelandet.

※

Istanbul. August 1985.

Måmånbosorg stieg aus einem Bus, den sie an der iranisch-türkischen Grenze bestiegen hatte und begab sich auf die Suche nach einer Telefonzelle. Sie war aus dem Iran geflüchtet, mit gefärbten Haaren und gefälschtem Pass, ohne Visum für die Türkei, geschweige denn für eines der europäischen Länder, die noch lange nicht gemeinsam in der EU sein sollten. Sie irrte durch die Straßen Istanbuls, mit 250 Dollar und einem kleinen Büchlein in der Tasche, einer Miniaturausgabe des Koran, er sollte sie beschützen. Die Schlepper hatten ihr alles Geld abgenommen, mehr als ausgemacht war. Die 250 Dollar hatten sie nicht gefunden, als sie sie im Gebirge, kurz vor der Grenze zur Türkei, mit dem Tod bedrohten, wenn sie ihnen nicht alles Geld geben würde. Es waren Perser, Landsmänner, die sie verachteten, weil sie ihre Heimat verließ, die sie hassten, weil sie sie mit dem Mullahregime zurückließ. Sie hatten keinerlei Achtung vor ihr. Sie war eine 50-jährige Frau auf der Flucht, ein wertloses Stück Fleisch, das sie ...

Sie hat mir nie erzählt, was da in den Bergen wirklich passiert ist. Sie hat nur immer wieder gesagt, dass

sie, wenn sie gewusst hätte, was es in Amerika zu essen
gibt, sich damals lieber mit einem der Schlepper einge-
lassen hätte und mit ihm nach Isfahan gezogen wäre.
Sie begegnete den schrecklichsten Ereignissen ihres
Lebens stets mit großem Humor. Oft hörte ich sie sagen:
»Scheiße hab ich gegessen, dass ich hier nach Amerika
gekommen bin!«

Sie besitzt die Gabe, von den schrecklichsten Dingen
des Lebens in einer Art und Weise zu erzählen, dass die
Zuhörer sich vor Lachen krümmen. Die Zeit der Revolution, die Tage nach Chomeinis Ankunft im Iran, die
Unruhen, die es damals gab, die Hinrichtungen, die
Ausrufung der islamischen Republik Iran – das alles hat
das Leben meiner Großmutter schwerwiegend verändert. Manchmal. Während ihres achtmonatigen Aufenthaltes bei uns in Wien, nachdem sie den ersten Schock
der Emigration überwunden zu haben schien, saßen wir
im Wohnzimmer und hörten ihr zu, wie sie Geschichten
von ihren letzten Tagen im Iran erzählte, von den absur-
den Vorgängen zur Zeit der Revolution.

»Wie soll eine anständige Perserin eine Woche, nachdem der Schah gestürzt wurde, einkaufen gehen? Ich
war komplett unpolitisch! Mir doch egal, ob der Schah
regiert oder ob ein Mullah kommt – aber was soll ich
machen?! Ich muss einkaufen gehen, ich brauche *Sabzi,
Berensch, Goosht* – alles. Also muss ich zu den Menschen-
massen auf die Straße rausgehen. Muss mich durch
Hunderte von Menschen zwängen, die demonstrieren –
für oder gegen den Schah. Für oder gegen Chomeini. Es
waren gefährliche Tage. Wenn du auf der rechten Stra-
ßenseite gehst, befindest du dich inmitten der Demonstranten, die ›Tod dem Schah! Tod dem Schah!‹ rufen. Ein
junger Bursch sieht mich an, sein Gesicht ist hochrot,
seine Augen sind voll Hass und Zorn. Ich habe Angst,

dass er mich niederschlägt, also schreie ich: ›Tod dem Schah! Tod dem Schah!‹ Was soll ich machen? Auf der anderen Seite war der Fleischerladen – ich habe Fleisch gebraucht, für *Ab Goosht*! Ich muss auf die andere Seite. Aber auf der stehen die Demonstranten, die für den Schah demonstrieren. Sie drohen den anderen mit Steinen, die sie in ihren Händen halten und rufen ›Tod dem Ayatholla! Es lebe der Kaiser! Es lebe der Kaiser!‹ Ich bin rüber gegangen, habe gerufen: ›Es lebe der Kaiser, es lebe der Kaiser!‹, und habe zwei Kilo Lammfleisch gekauft! Revolution gut und schön! Aber ich muss kochen!«

Natürlich hatte sie untertrieben und verharmlost. Seit der Schah am 16. Jänner 1979 den Iran – offiziell, um eine Erholungsreise mit seiner gesamten Familie anzutreten – verlassen hatte, lieferten sich Regierungstruppen und revolutionäre Demonstranten erbitterte Kämpfe in den Straßen von Teheran. Nach der Ankunft von Chomeini wurden diese Kämpfe immer härter und forderten immer mehr Tote. Ein Monat nach der Abreise des Schah verkündete seine Leibgarde, die *Djawidan*, was übersetzt »Die Unsterblichen« heißt, dass sie »neutral« wären und nicht weiter gegen die Revolutionäre vorzugehen gedächten. Sie übergaben ihre Waffen den islamischen und kommunistischen Gegnern und distanzierten sich von Mohammad Reza Pahlawi. Die Monarchie war zu Ende, der ehemalige Schah von Persien auf der Suche nach einem Exilland. Und meine Großmutter stand in der Küche, bereitete für ihren Bruder, der sich zum Essen angekündigt hatte, einen Auberginen-Eintopf, *Choreschte Badem-djån,* vor. Der Fernseher lief. Sie zerkleinerte gerade Knoblauch und sah wie die obersten Generäle der *Djawidan* ein Interview gaben, um sich von Mohammad Reza Pahlawi loszusagen.

»Wir werden nichts mehr unternehmen, um die Macht

seiner Majestät Reza Pahlawi zu stützen. Wir haben heute unsere Waffen den Revolutionären übergeben!«

Måmånbosorg hackte acht Zehen Knoblauch, sie war einen Moment unaufmerksam und schnitt sich mit dem Messer eine tiefe Wunde in ihren linken Daumen. Das Blut rann über ihren Daumen bis zum Handballen und tropfte zuerst auf das Schneidbrett, um dann auf den Boden zu rinnen. Sie ärgerte sich, überlegte zuerst ein Pflaster anzubringen, entschloss sich dann aber doch, ihren Hausarzt Dr. Hamid Eskandarian aufzusuchen. Sie ging ins Vorzimmer zu dem Tischchen, auf dem sich das Telefon – eines der ersten, das im Iran in Betrieb genommen wurde – befand, wählte seine Nummer und wartete. Freizeichen. Keine Antwort. Måmånbosorg hörte aus der Küche den Fernseher weiter laufen. Dr. Hamid Eskandarian war, was Måmånbosorg nicht wissen konnte, bereits in einem Flugzeug unterwegs in die Schweiz, unterwegs in die Emigration. Sie wusste noch nicht, dass sie sich nicht nur einen neuen Arzt werde suchen müssen, sondern dass sie auch ein neues Leben in Amerika beginnen würde.

Vielleicht kann sie dem Tod ihres Sohnes auch etwas Komisches abgewinnen? Nicht gleich – aber in zehn Jahren vielleicht. Ich verwarf diesen Gedanken sofort wieder. Wahrscheinlich war es richtig, ihr diesen unendlichen Schmerz, einen Sohn begraben zu müssen, zu ersparen.

Auch damals 1985 hatte mein Vater einige schlaflose Nächte. Er musste seine Mutter sicher nach Wien bringen – ohne Aufenthaltsgenehmigung, ohne Geld. Irgendwie hat er es geschafft und eine Woche nach ihrer Flucht saß sie bei uns im Wohnzimmer. Ich war noch ein kleines Kind und begriff nicht ganz, worum es ging, aber dass etwas nicht ganz in Ordnung war, merkte ich daran, dass

Måmånbosorg keinen Koffer voll iranischer Köstlichkeiten dabei hatte. Sie wirkte aufgelöst, ja fast verwirrt. Sie blieb acht Monate in Wien, um dann zu ihrer Tochter, meiner Tante Niloufar, nach Amerika zu gehen.

Meine Lieblingsgeschichte jedoch ist die Geschichte von unserem Dåi Parvis. Dåi Parvis ist Måmånbosorgs jüngerer Bruder, der sehr früh in seiner Kindheit anfing, sich für amerikanische Autos zu interessieren. Er hatte 1934 zum ersten Mal auf einem Foto, das sein Vater von einer Europareise mitbrachte, einen Ford Phantom C-400 Sedan gesehen. Er brachte es nicht fertig, seinen Blick von diesem wunderbaren Ding wegzulenken. Sein Vater, unser Urgroßvater, den wir nie kannten und den alle nur Aghabosorg nannten, wollte seinem fünfjährigen Sohn das Bild aus der Hand nehmen.

»*Bede binam!* Gib das Bild her, Parvis-djån!«, sagte er mit sehr strengem Blick.

Aghabosorg, geboren 1872 zur Zeit des Nassredin Schah, war der erste in unserer Familie, der den Iran verlassen und Europa besucht hatte. Wir wissen eigentlich nichts über diese Seite unserer Familie, Måmånbosorg hat nie sehr viel über ihre Eltern erzählt. Vielleicht weil es zu schmerzhaft für sie war, sich an die Menschen zu erinnern, die sie im Alter von zwölf Jahren verlassen hatte, um mit ihrem Ehemann nach Teheran zu ziehen. Wir wissen lediglich, dass Aghabosorg, Måmånbosorgs Vater, Abdolreza Jahangir Isfahani 1901 im Alter von 29 Jahren den Iran auf einem Schiff verlassen hatte, um über das Schwarze Meer Russland zu erreichen, von dort nach Italien und schließlich nach Frankreich zu reisen, wo er zwei Jahre seines Lebens verbrachte. Was er dort tat, warum er gerade nach Frankreich wollte, weiß niemand in unserer Familie. Warum er überhaupt die Strapazen einer solchen Reise – 1901 war es nicht einfach, von Isfahan nach Paris zu gelangen – auf sich nahm, kann niemand beantworten.

Er war, so erzählte uns Måmånbosorg einmal, sehr viel unterwegs im Iran. Er war 1908 nach Teheran gereist, um dort seinen Geschäften nachzugehen, und im selben Jahr hielt er sich einige Monate in der Stadt Masdsched Soleyman auf, jener Stadt im Iran, in der zum ersten Mal im gesamten Orient Erdöl gefunden wurde und zwar, wie ich später herausfand, genau in dem Jahr, in dem mein Urgroßvater dort beschäftigt war. Danach war er länger zu Hause bei seiner Familie, bis er 1912 wieder nach Europa aufbrach, um dann, nach einem kurzen Aufenthalt für zwei Jahre wieder nach Masdsched Soleyman zu gehen.

Er sollte noch ein drittes Mal eine Europareise auf sich nehmen. Im Jahre 1928, damals allerdings für ein ganzes Jahr und diesmal nach Deutschland. Danach kehrte er für immer zu seinen Kindern heim.

Natürlich war es jedesmal eine Sensation, wenn er von Europa heimkehrte. Die ganze Familie, die Nachbarn, alle saßen beisammen und erwarteten detaillierte Berichte über das Leben in Europa, über die Sitten in der westlichen Welt und das Essen der Europäer, das, so hatte man gehört, vor allem in Frankreich vorzüglich sei. Aghabosorg hatte allerdings nie großen Spaß daran, einen Bericht abzuliefern, und seine Ausführungen waren nicht nur sehr kurz, sondern auch ein wenig zynisch. Er mochte Europa nicht besonders, er betonte immer wieder, dass er beruflich dort gewesen sei. Niemand jedoch wusste so recht, was sein Beruf sei. Er war ein Händler, ein *Bazari*, wie man im Iran die Händler nennt. Aber warum er nach Europa musste, war auch unter den Nachbarn niemandem klar!

»*Aghaje Abdolrezaje Asis!* Hochverehrter Herr Abdolreza! Verzeiht, dass wir Euren Blick mit unserer Anwesenheit beschmutzen! Aber Ihr ward in Europa, Ihr habt mit eigenen Augen gesehen, wie die Ungläubigen leben! Im Namen der Anwesenden ersuche ich Euch uns zu berichten, was los ist in Europa!«, rief einer der Nachbarn aus.

»Nichts! Nichts ist los in Europa. Sie leben anders als wir, aber sie leben gut!«, sagte mein Urgroßvater gelangweilt.

»Aber, hochverehrter Herr Nachbar! Ich will Euer Ohr durch meine Rede nicht beleidigen, was unterscheidet die Europäer von uns Persern?«

»Nichts. Gar nichts – sie sind im Grunde wie wir!«

»Aber etwas muss doch anders sein, hochverehrter Herr Nachbar!«

Aghabosorg dachte kurz nach und meinte dann lapidar: »Das Einzige, was sie von uns Persern unterscheidet: Sie waschen sich, nachdem sie ihr Geschäft verrichtet haben, ihren Hintern nicht mit Wasser, sondern wischen ihn nur mit Papier aus! Aber sonst sind sie wie wir! Ach ja, noch etwas, sie knien dabei nicht wie wir über einem Loch im Boden, sondern sitzen dabei auf einer, wie sie es nennen, Klomuschel!«

Da saß er also wieder in Isfahan und zeigte seinem kleinen Sohn das Foto eines amerikanischen Wagens, das er in Paris von einem amerikanischen Reisenden bekommen hatte.

Der kleine Parvis hielt sich an dem Foto fest und wollte es nicht aus der Hand geben, denn von da an war ihm klar, dass er eines Tages in einem amerikanischen Auto durch Isfahan fahren wird. Mit acht Jahren hatte

er dann zum ersten Mal den Traum, in der Hauptstadt
Teheran einen Autohandel aufzumachen, um jedem
Iraner zu ermöglichen, so einen großartigen Amischlit-
ten zu erwerben. Måmånbosorgs Familie kommt aus
sehr einfachen Verhältnissen. Drei Mädchen, ein Bub.
Sie stammen aus Isfahan. Dåi Parvis war zehn, als
seine älteste Schwester verheiratet wurde. Jahre später,
nach dem Tod von Aghabosorg, 1946, zog der Rest der
Familie, unsere Urgroßmutter Modarjun, die ebenfalls
um einiges jünger war als ihr Ehemann, mit den zwei
Schwestern meiner Großmutter und Dåi Parvis auch
nach Teheran. Måmånbosorgs Ehemann, Abbas Agha,
ermöglichte dies mit seinem Geld. Er war reich, sehr
reich, mehr wissen wir nicht.

Aber zurück zur Revolutionsgeschichte meines Groß-
onkels Dåi Parvis. Wochen nach der Revolution wurden
antiamerikanische Parolen immer mehr und die Aggres-
sion gegen alles Westliche von Seiten der Revolutionäre
nahm zu. Man steckte in Brand, was auch nur im Entferntesten an Amerika erinnern konnte. So auch das
in einer kleinen Seitenstraße in einem Randbezirk von
Teheran gelegene Autofachgeschäft von Dåi Parvis. Am
17. Juli 1979 brannte sein Geschäft und die Revolutionäre riefen: »Tod dem Teufel! Tod Amerika!« Von heute
auf morgen war seine Existenz vernichtet. Aber Dåi
Parvis hatte nach mehreren schlaflosen Nächten eine
rettende Idee. Einer seiner besten Freunde war Wärter
im Zoo von Teheran, und als sie einige Tage nach dem
Brandanschlag bei einem Tee beisammen saßen, um die
politische Lage zu besprechen und darüber in Streit zu
verfallen, ob denn der Schah nicht selbst an dieser Revolution schuld sei, beteuerte Dåi Parvis' Freund Hossein, nicht einmal die Tiere des Zoos würden von dieser
Revolution verschont bleiben. Der Zoodirektor wurde

von den neu gegründeten Revolutionsgardisten wegen seiner Nähe zur Kaiserfamilie verhaftet und niemand sei jetzt imstande die Versorgung der Tiere sicherzustellen. Es gäbe nicht genügend Futter. Die Kassa des Zoos war gestohlen worden, am selben Abend, an dem eine der letzten Büsten Seiner Majestät Mohammed Reza Pahlawi, die noch nicht entfernt worden war, von Revolutionären gestürzt wurde. Sie waren gewaltsam in den Zoo eingedrungen, umwickelten den Kragen des Schah mit einem Drahtseil und zogen solange daran, bis die Statue zu Boden fiel. Unglücklicherweise zerstörte ihr Aufprall auch einen der Affenkäfige, sodass vier Gibbons entfliehen konnten, um dann wie die, in diesem Falle buchstäblich wild gewordene Affenbande, auf seiner Majestät herumzuspringen und unglaublich laut zu brüllen. Während Hossein und die anderen Wärter die Gibbons einzufangen versuchten, nutzten zwei der Revolutionäre das allgemeine Chaos, um die Kassa des Zoos zu stehlen.

»Vielleicht war es einer der Wärter!«, meinte Dåi Parvis.

»Ganz bestimmt nicht!«, entgegnete sein Freund Hossein entrüstet. »Wie kommst du auf so eine Vermutung?«

»Nun, ein Revolutionär, der für eine heilige Sache kämpft, wird sich doch durch eine politische Aktion nicht bereichern wollen! Tod den Amerikanern! Es lebe Ayatollah Chomeini!«

»Der kann mich kreuzweise!«

Es war kurz still. Beide wussten nicht so recht, wie der andere es gemeint hatte. Dann durchbrach Dåi Parvis die Stille mit einem geschäftlichen Angebot.

»Habt ihr noch Löwen?«

»Ja – sie sind nicht mehr die frischesten, aber sie sind alle noch da!«

»Was verlangst du für einen Löwen?«

»Wie meinst du das?«

»Ich kaufe dem Zoo einen Löwen ab!«

»Was willst du mit einem Löwen?«

»Ich brauche nur einen einzigen!«

Dåi Parvis verriet seinem Freund nicht, was er vorhatte, sondern handelte einen Preis mit ihm aus und vereinbarte, dass er den Löwen in zwei Wochen abholen würde. Auch seinen Schwestern, seiner Frau und seinen Kindern erzählte er nichts von seinem genialen Plan, wieder zu Geld zu kommen.

Er saß mit seiner Frau beim Essen und sagte ihr beiläufig: »Ich werde für ein paar Tage Teheran verlassen. Ich brauche keine amerikanischen Autos, um Geld zu verdienen!«

Seine Frau nahm diese Aussage einfach so hin. Sie fragte nicht nach, was er denn vorhabe, um zu Geld zu kommen, sie war es gewohnt, dass er sich in geschäftlichen Dingen eher bedeckt hielt, er brachte das Geld nach Hause und das reichte ihr.

Dåi Parvis hatte einen Plan. Er begab sich auf die Suche nach einem Bauern in der Nähe von Teheran, der ihm einen Esel verkaufen konnte und der eine eingezäunte Weide besaß, auf der er den Menschen aus Teheran ein Spektakel bieten konnte. Dåi Parvis wusste, dass es in manchen Gegenden von Afghanistan üblich war, für »Raubtierfütterungen« Eintrittskarten zu verlangen. Es gibt in Europa Menschen, die es für ein harmloses Freizeitvergnügen halten, Stierkämpfe zu beobachten, und so gibt es im Orient Menschen, die die Verfütterung eines ausgewachsenen Esels an einen oder mehrere Löwen als ein ebensolches genießen. Natürlich sind dies sehr einfache Menschen, die wenig mit Büchern oder Musik anzufangen wissen. Und aus Dåi Parvis' Sicht war es immer noch »humaner«, einen Vorgang aus der Natur (Esel wird von Löwe zerfleischt) künstlich herbeizuführen, als einen Stier von einem Menschen qualvoll töten zu lassen.

Dåi Parvis sah sich schon als eine Art Schausteller, der von Dorf zu Dorf zog, um den Menschen Abwechslung zu bieten und ihnen vielleicht auch ein wenig Respekt vor der Natur einzuflößen.

Ein Bauer mit einem Esel war rasch gefunden, er wurde mit fünfzehn Prozent an der Sache beteiligt. Es sprach sich schnell herum, dass man für zwanzig Toman einen Löwen sehen konnte, der einen Esel verspeist, und so war die Veranstaltung sehr schnell ausverkauft. An die 250 Menschen warteten an einem Samstag Vormittag in dem Dorf Robat Karim, zwanzig Kilometer südlich von Teheran auf den großen Moment. Nachdem Dåi Parvis das Geld gezählt hatte, überlegte er sich bereits, wie lange der Löwe, den er in einem Käfig auf seinem letzten amerikanischen Pickup nach Robat Karim gebracht hatte, wohl von einem ganzen Esel satt sein werde und wie lange er werde warten müssen, um eine weitere Vorstellung im nächsten Dorf geben zu können. Er nahm sich vor, seinen Freund, den Zoowärter, zu fragen, wie oft in der Woche ein Löwe einen Esel verdrücken könne.

Die Spannung erreichte ihren ersten Höhepunkt, als der Bauer die Käfigtür, die direkt mit dem umzäunten Gelände verbunden war, öffnete. Zuerst registrierte der Löwe gar nicht, dass seine Käfigtüre offen war, denn er war fast blind. Dåi Parvis hatte das nicht bemerkt, er musste lediglich feststellen, dass Löwenpisse einen unerträglich stechenden Geruch hat. Der Löwe kroch nach einiger Zeit langsam aus dem Käfig und legte sich davor gemächlich in die Sonne. Er war schon sehr alt und musste sich von den Strapazen der Reise erholen.

Ein Raunen ging durch die Menge. Der Löwe hatte den Esel noch nicht bemerkt. Dann hob er nach einer Weile den Kopf und schnupperte in die Luft.

Dåi Parvis war sehr zufrieden. Der Löwe war ein hervorragender Darsteller, der sich nicht wie ein Anfänger gierig auf den Esel stürzte und die ganze Show wäre in wenigen Sekunden vorbei gewesen – nein, er brachte Dramatik in die Geschichte. Zuerst hatte sich Dåi Parvis schon Sorgen gemacht, ob denn der Löwe nicht zu alt sei. Aber jetzt – er erhob sich und schlich sich an den Esel an – war er von seinem Star begeistert.

Der Löwe kam beim Esel an, der nichts bemerkt hatte, und schnupperte an dessen Hinterteil. In diesem Moment erschrak der arme, dem Tod geweihte Esel und trat mit seinem rechten Hinterbein nach dem Löwen, traf mit seinem Huf des Löwen linke Schläfe, als dieser sich bereits wieder von dem Esel abgewandt hatte, – und tötete ihn. Der König der Tiere sank tot zu Boden, worauf der Esel noch mehr erschrak und davon lief.

Mit dem Löwen sind auch Dåi Parvis' Träume vom schnellen Geld gestorben, die Zuschauer verlangten ihr Geld zurück und der Bauer wollte trotz des Arbeitsunfalls nicht auf seinen Anteil verzichten.

Dåi Parvis hatte einige schlaflose Nächte ob der Tatsache, dass ausgerechnet sein Löwe von einem Esel getötet wurde.

⁂

Jetzt war mein Vater tot und ich hatte wegen meiner Großmutter eine schlaflose Nacht.

Ich stand immer noch im Schlafzimmer und versuchte

Nadja dazu zu überreden, weiterzuschlafen. Sie meinte, das wäre jetzt, nachdem ich sie geweckt hätte, ohnehin nicht mehr möglich.

»Magst du auch einen Tee?«

»Bleib liegen – ich mach dir einen!«

»Nein, nein – ich mach schon!«

»Dann nehme ich auch einen!«

Ich ging in die Küche. Ich machte Tee. Schwarzen persischen Tee, allerdings nicht auf die persische Art, sondern europäisch. Mit Wasserkocher und Teebeutel. Es war halb drei Uhr nachts. Mein iPhone läutete. Ich sah auf den Touchscreen. Mein Cousin Omid lachte mich an. Ich hob ab.

»Merry Christmas, mein Lieblingscousin! Was ist los mit euch? Bei deiner Mutter zu Hause hebt niemand ab!«

»Hi, wie geht's dir?«

»Großartig! Ich hab eine neue Geschichte für einen Film!«

»Hör zu, es ist ...«

»... Weihnachten, ich weiß, und die Auslandsgebühren sind zu hoch – aber lass mich nur ganz kurz erzählen, wie es dir gefällt, ob du glaubst, dass man daraus etwas machen kann. Also: Nach einem Autounfall wacht ein Typ aus dem Koma auf und er ist plötzlich in Afghanistan. Man sagt ihm, er sei abgeschoben worden, nachdem die Behörden seine Identität feststellen konnten. Er kann sich aber an nichts erinnern. Auf jeden Fall wird er dann, weil er sich ein Bein wegsprengt, als er auf eine Tretmine steigt, von den amerikanischen Soldaten für den Teufel gehalten, weil er bereits eine Prothese getragen hat, die keine echte Prothese war, sondern der abgeschnittene Fuß eines ausgestopften Esels aus dem Naturhistorischen Museum in Kabul! Den haben sie ihm umgeschnallt, weil es keine Prothesen mehr gab, weil die schon alle gebraucht werden! Was hältst du davon?«

Mein Cousin hat eindeutig ein Problem mit dem Teufel.

»Mein Vater ist tot!«

»Ja, und der Messias ist heute gekommen! Allah ist groß!«

»Nein! Hör zu, du Schläfer! Schnall dir deinen Sprengstoffgürtel ab und komm nach Wien. Dein Onkel ist tot!«

Ich hörte im Hintergrund einige Betrunkene schwedische Weihnachtslieder singen. Mein Cousin sagte eine Weile nichts. Dann: »Ich ruf dich gleich wieder zurück!«

Eine Minute später stand er vor dem Lokal, in dem er einige Freunde getroffen hatte, nachdem er mit seinem Vater und dessen Familie Weihnachten gefeiert hatte, rauchte eine Zigarette und rief mich wieder an. Er sprach mir sein Beileid aus und fragte mich: »Weiß es Måmånbosorg schon?«

»Nein. Djafar und Niloufar meinen, wir sollen ihr nichts sagen!«

»Wie lange?«

»Überhaupt nicht. Also, wir sollen es vor ihr für immer geheim halten!«

»Scheiße!«

»Was?«

»Unser Vater hat uns zu Weihnachten eine Reise nach Amerika geschenkt. Er, ich und Maryam fliegen Måmånbosorg besuchen!«

»Oh super! Wann?«

»Unser Flug geht übermorgen früh!«

»Das heißt, ihr überrascht sie!«

»Wir haben sie schon überrascht. Vater hat sie vor zwei Stunden angerufen und ihr gesagt, dass wir übermorgen in Amerika sind!«

»Scheiße!«

In diesem Moment wurde mir klar, dass unsere Lüge bereits im Gange war, obwohl wir noch nicht einmal begonnen hatten zu lügen. Wenn Djamjid, Omid und Maryam in Amerika waren und wissen, dass mein Vater tot ist, können sie a) nicht beim Begräbnis dabei sein und b) müssen sie vor meiner Großmutter so tun, als ob nichts wäre.

»Ich rufe dich wieder an – ich spreche mit Vater!«

Onkel Djamjid meldete sich fünf Minuten später. Er hatte bereits geschlafen. Sein Sohn hatte ihn geweckt. Er sprach mit sehr ruhiger und sanfter Stimme. Ich verstand nicht alles, weil er dazwischen – es war der Schock und vielleicht die Schlaftrunkenheit – immer wieder ein paar Worte Schwedisch einfügte. Er sprach ein kurzes muslimisches Gebet und versicherte mir, sich morgen wieder zu melden. Sein Gebet erinnerte mich natürlich an Måmånbosorg, die zu jeder Gelegenheit ein Gebet für irgendjemanden sprach. Wir müssen es ihr sagen, wir müssen ihr sagen, dass ihr Sohn gestorben ist – sie würde sicher ein Gebet für ihn sprechen wollen. Mein Cousin grinste mich wieder auf meinem iPhone an.

»Er kann jetzt nichts sagen, er steht unter Schock!«

»Ich glaub', wir stehen alle unter Schock!«

»Hör zu! Ich komme morgen nach Wien!«

»Nein, nein! Du musst zu Måmånbosorg nach Amerika! Sie wartet ja jetzt auf euch!«

»Ich erfinde irgendeinen Notfall im Theater, dass ich einspringen muss oder so!«

»Nein, ihr müsst nach Worcester, und so tun als wäre nichts geschehen – alles andere wäre zu auffällig!«

»Aber wir können doch nicht bei Måmånbosorg sitzen und so tun als wäre Amu Dariush noch am Leben!«

»Du bist doch Schauspieler, oder?«

»Ja – aber ich mach keine Reality Shows!«

94

Während ich mit Omid am Telefon sprach, kam Nadja in die Küche. Sie war nackt – wir laufen meist nackt in der Wohnung herum. Doch plötzlich empfand ich unsere Nacktheit meinem Vater gegenüber pietätlos. Was, wenn es stimmt, dass die Toten uns, nachdem sie ihre irdische Hülle verlassen haben, für ein letztes Mal besuchen kommen? Was, wenn die Seele meines Vaters oder der Geist meines Vaters gerade eben anwesend ist? Dann lernt er meine neue Lebensgefährtin gleich so kennen, wie Gott sie schuf! Der Gedanke bereitete mir Unbehagen. Er war Zeit seines Lebens ein großer – nun, höflich ausgedrückt: Charmeur! Irgendwie wollte ich nicht riskieren, dass die Seele meines Vaters keine Ruhe bekommen kann, weil er, kurz bevor er in den feinstofflichen Zustand übergeht, Nadja nackt gesehen hat. Ich weiß, ein sehr unlogischer, paranoider, neurotisch-esoterischer Gedanke. Aber was soll ich machen? Ich stand unter Schock.

Ich bedeutete Nadja, sie solle sich doch etwas überziehen. Eine Geste, die sie missverstand – wie mir klar wurde, als sie begann, mir den Rücken zu kraulen. Ich schüttelte den Kopf, ließ sie alleine in der Küche zurück und ging ins Schlafzimmer, um unsere Bademäntel zu holen.

Omid erzählte mir noch etwas von wegen, er wäre nicht in der Lage bei meiner Großmutter die Fassung zu bewahren, man müsse abwarten, was sein Vater morgen sagen werde und wir beendeten das Gespräch. Ich zog meinen Bademantel an und brachte Nadjas Mantel in die Küche. Sie sah mich verwundert an.

»Wegen Papa!«

»O.k.!«

Sie zog ihn an, nahm unsere Teetassen und wir gingen ins Wohnzimmer, setzten uns an den Esstisch und schwiegen einander eine Zeitlang an.

»Wird er eigentlich muslimisch begraben?«

Ich starrte in Nadjas Gesicht. Diesen Gedanken hatte sich wahrscheinlich noch niemand gemacht. Muss man einen Perser, der über vierzig Jahre in Europa lebte, Bier, Wodka und Whiskey trank und liebend gern einmal im Monat Schweinsbraten aß, muslimisch begraben lassen?

»Ich weiß nicht. Da muss ich meine Mutter fragen!«

»Und am dritten Tage ...«

Am Morgen des 25. Dezember wussten in unserer Familie zwei Menschen noch nicht, dass sie einen nahen Angehörigen verloren hatten: Meine Großmutter und Onkel Fereydoun, der älteste Bruder meines Vaters. Onkel Fereydoun befand sich noch in den Armen einer schwedischen Touristin und meine Großmutter wunderte sich darüber, dass sich ihr Sohn Dariush zu Weihnachten nicht gemeldet hatte. Sie saß gegen drei Uhr nachts American Time, nachdem alle anderen bereits zu Bett gegangen waren, in der Küche von Tante Niloufars Haus und dachte an meinen Vater. Sie erinnerte sich an die Zeit im Iran, an die Kindheit ihres zweitältesten Sohnes. Daran, dass er im Alter von fünfzehn Jahren, gemeinsam mit seinem älteren Bruder, die Autoschlüssel ihres Stiefvaters stahl und mit einem der ersten amerikanischen Schlitten, die es damals in Teheran gab, durch die Stadt brauste.

Sie erinnerte sich daran, dass die Familie Ansari eine der ersten Familien war, die in den 50er Jahren schon einen Fernsehapparat besaß, und dass mein Vater, er war damals dreizehn, gegen den Willen seiner Eltern die halbe Nachbarschaft einlud, um ganz stolz die neueste westliche Errungenschaft zu präsentieren. 67 Personen, alte Männer, Kinder, Frauen, jeder aus ihrer Straße, der zu diesem Zeitpunkt nicht arbeiten oder einkaufen gehen musste, versammelte sich im Wohnzimmer des Hauses mit Garten, das die Familie damals in Teheran bewohnte, und wartete voll Spannung auf den Beginn des Programms. Fernsehen war etwas Neues im Iran. Erst seit einigen Wochen lief ein Programm und kaum jemand besaß einen Fernseher. Man kannte das Kino seit Jahrzehnten und besuchte es fleißig, aber niemand konnte sich etwas unter einem Fernsehprogramm vorstellen. Gebannt starrten sämtliche Besucher den Fernsehapparat an.

Mein Vater stand daneben und hielt eine Rede über die großartigen Errungenschaften des Westens, die er aus einem Buch kannte, das sein Stiefvater von einer Geschäftsreise aus Europa mitgebracht hatte. Tante Niloufar, damals zehn Jahre alt, stand daneben, blickte skeptisch in die Menge und lauschte ihrem Bruder. Er erzählte von Tonbandgeräten, Eiskästen, Bügeleisen und eben von Fernsehapparaten. Seine Augen leuchteten, er war gespannt, wie diese ungebildeten Affen, die sie in seinen Augen waren, auf diese grandiose Errungenschaft des Westens reagieren würden. An der dramaturgisch richtigen Stelle ging er mit seiner Stimme dramatisch hoch, hielt inne – und schaltete den Fernseher ein! Der kleine Dariush Ansari hatte mit vielem gerechnet, mit »Ahs« und »Ohs«, mit Applaus, mit muslimischen Ausrufen wie: »*Jå! Ali!*«, einer Anrufung des heiligen *Ali!* Mit »*Bårikallå! Åfarin!*«, »Bravo! Sehr brav!« oder mit blankem Entsetzen. Auf manch panische Reaktion hatte er sogar gehofft. Womit der kleine Herr Schausteller nicht gerechnet hatte, war, dass sich alle 67 Personen, in der Sekunde, als er den Einschaltknopf betätigte, umdrehten, dem Fernsehapparat ihren Rücken zukehrten, gebannt auf die gegenüberliegende Wand starrten und darauf warteten, was der Fernsehapparat für ein Bild an die Wand projizieren würde. Ein vollkommen logischer Vorgang, den alle aus dem Kino kannten. Mein

Vater war fassungslos. Tante Niloufar drehte sich ebenfalls zur Wand und starrte hoch.

»Hallo, ihr Idioten, das ist das iranische Fernsehen und nicht das Kino! Umdrehen! Das Programm ist da drinnen!«

Mein Vater zeigte mit beiden Händen auf den Fernsehapparat. Langsam drehte sich einer nach dem anderen um. Sie starrten fasziniert und begeistert auf den Fernsehapparat und man sah – das iranische Testbild! Mehr wurde um diese Uhrzeit noch nicht gesendet.

»Ah!«, »Oh!«, »*Bårikallå!*«, riefen einige aus. Man fing an zu applaudieren. »Was ist das schon wieder für ein westlicher Mist?«, meinte einer der Nachbarn.

Nicht alle im Iran waren vom Westen so begeistert wie der kleine Dariush Ansari, der mit den westlichen Errungenschaften seine allergrößte Freude hatte. Besonderen Spaß bereitete ihm der Eiskasten, der einige Wochen vor dem Fernseher von meinem Stiefgroßvater angeschafft worden war. Er versammelte alle Familienmitglieder und das Hauspersonal in der Küche und erklärte den Eiskasten. Durch seine vielen Geschäftsreisen nach Europa brachte er immer wieder die neuesten Dinge aus dem Westen mit in den Iran. Diesmal: den Eiskasten. Mein Vater lauschte begeistert. Meine Großmutter lächelte stolz. Die zwei Gärtner schüttelten ungläubig den Kopf, die Küchengehilfen waren begeistert. Einzig und allein meine 95-jährige Urgroßmutter, Modardjun, die Mutter von Måmånbosorg, saß auf ihrem Sessel in der Küche und nickte ein, bevor der Vortrag meines Stiefgroßvaters begonnen hatte. Sie bekam nichts von der Funktionsweise des Eiskastens mit, nicht einmal die Tatsache, dass es in seinem Inneren um einige Grade kälter war als in der Küche.

Mein Vater bemerkte in den darauf folgenden Tagen,

dass seine Oma nicht den blassesten Schimmer hatte, was das für ein seltsamer Kasten sei und vor allem, warum er in der Küche stand. Aber nachdem die Küche überhaupt nicht ihr Bereich war, kümmerte sie der neue Kasten nur wenig. Eines Nachmittags kam sie mit sauberen Hemden ihres Schwiegersohnes, die im Garten zum Trocknen aufgehängt waren, ins Haus, legte sie sorgfältig zusammen und wollte sie dann im Kasten im Schlafzimmer verstauen. Mein Vater begegnete ihr auf der Treppe und nutze die Gelegenheit für einen kleinen Streich, den er seiner Oma spielen wollte.

»Modardjun!«

»*Bale – Ghorbunet beram!*«

»Papa hat gesagt, du sollst seine frischen Hemden unbedingt in den neuen Kasten in der Küche geben!«

Modardjun bedankte sich bei ihrem Enkelkind für die wertvolle Information, ging in die Küche, öffnete den Eiskasten und legte die Hemden zu den Lebensmitteln, die sie als solche nicht erkannte, da sie schwer kurzsichtig war und sich weigerte, eine Brille zu tragen. Sie kam aus der Küche, ging an meinem Vater vorbei und sagte: »Der Herbst kommt, es wird kühl, zieh dir deine Mütze an, wenn du rausgehst! Ich spüre das, mich hat gerade ein kalter Wind gestreift.« Es war Anfang September und es hatte in Teheran noch immer über 25 Grad. Mein Vater musste grinsen, war jedoch mit dem Effekt seines Streiches fürs Erste in keiner Weise zufrieden. Er hatte sich mehr erwartet.

Am nächsten Tag jedoch konnte er die Früchte schon ernten. Mein Stiefgroßvater bat seine Schwiegermutter, ihm eines seiner Hemden zu bringen. Sie solle sich bitte beeilen, er wäre schon zu spät dran. Modardjun ging in die Küche, öffnete den Schrank und ein markerschütternder Schrei dröhnte durchs ganze Haus! Modardjun war, als sie die Hemden berührte, zu Tode erschrocken! Sie waren eiskalt!

»*Wåj Chodåh!* Oh Gott, Oh Gott!«, schrie sie. »Dieses Haus ist vom Teufel besessen! Wir sind verflucht! Die Luft im Kleiderkasten ist gefroren! Der Teufel ist da! Der Teufel ist da!«

Sie rannte durchs Haus in ihr Zimmer, holte einen Koran und begann zu beten. Nur mit großer Mühe konnten meine Großmutter und ihr zweiter Ehemann sie davon überzeugen, dass es sich nicht um Teufelswerk, vielmehr um eine neue Errungenschaft aus Europa handelte. Nach einer Stunde hatte sie sich beruhigt, betrat jedoch die Küche bis zu ihrem Lebensende nie mehr. Mein Vater bekam den Erfolg seines Streiches nicht unmittelbar mit, da alle Kinder, bis auf den jüngsten, Onkel Djafar, zu diesem Zeitpunkt in der Schule waren. Erst am späten Nachmittag erfuhr mein Vater von der Panik seiner Großmutter und seinem zweiwöchigen Hausarrest.

An diese Geschichten musste Måmånbosorg denken, als sie 45 Jahre später in der Küche im Haus von Tante Niloufar saß und sich wunderte, warum ihr Sohn Dariush sich zu Weihnachten nicht gemeldet hatte. Und irgendwie kam es ihr seltsam vor, dass sie ausgerechnet jetzt so sehr an seine Kindheit denken musste, es wird ihm doch nichts passiert sein? Sie griff zum Telefon und wählte Wien. Meine Mutter war sofort hellwach, erkannte am Display die Nummer aus Amerika und zögerte, den Anruf entgegenzunehmen. Sie starrte das Telefon an und wartete, bis das Läuten zu Ende war. Dann legte sie das Telefon weg und versuchte weiterzuschlafen.

In Wien war es neun Uhr morgens und ich wurde nach drei Stunden Schlaf unvermittelt wach – schreckte aus dem Schlaf, als hätte man mich geweckt. Eine

Zehntelsekunde nach dem Aufwachen schossen mir der Schmerz und der Schock, den der Tod meines Vaters in mir ausgelöst hatten, wieder ins Herz. Fast wehmütig dachte ich an den Schlaf und an die Zehntelsekunde danach, in der ich diesen Schmerz nicht verspürte. Eigenartig, dass man gerade in einer Situation, in der der Schlaf eine äußerst schmerzlindernde Wirkung hat, weder einschlafen noch ausschlafen kann. Als ob eine innere Uhr sagt: »Es ist wieder Zeit traurig zu sein! Komm, wach auf!«

Nadja schlief neben mir. Ich sah sie an und gab ihr einen Kuss auf die Stirn, dann stand ich auf, machte mir einen Tee und setzte mich wieder an den selben Platz am Esstisch im Wohnzimmer, an dem ich bis sechs Uhr früh mit Nadja gesessen hatte.

Ich dachte an meine Großmutter, die sich zu diesem Zeitpunkt gerade im Gästezimmer im Haus meiner Tante ins Bett legte. Sie begann zu beten. Sie betete für ihren Sohn Dariush. Sie bat Allah beziehungsweise *Chodâh* – wie die Perser sagen – ihrem Sohn beizustehen, falls es ihm schlecht ginge. Dann schlief sie ein.

Måmånbosorg betet immer. Es ist für sie eine Art Zeitvertreib. Wenn wir zum Beispiel mit dem Auto unterwegs nach Maine waren, um einen Tag am Meer in dem idyllischen Städchen Ogunquit zu verbringen, fuhren wir die Interstate 495 North Richtung Ogunquit und Måmånbosorg betete schon seit einer dreiviertel Stunde.

»Was machst du da hinten?«, fragte ich sie vom Beifahrersitz aus.

»Ich bete!«

»Wieso, was ist passiert?«

»Nichts! Es muss nichts passieren, dass man betet! Ich spreche mit *Chodâh*!«

»Was sagt er, wie geht es ihm?«

Meine Großmutter musste lachen.

»Nichts! Er hat die Welt erschaffen und lenkt unser Schicksal, aber er redet wenig!«

Sie lächelte. Meine Großmutter ist einer der wenigen Menschen, die Glaube und Humor verbinden können.

»Was genau betest du da eigentlich?«, wollte dann auch meine Tante Niloufar wissen, die am Steuer saß.

»Dass du dich nicht verfährst und eine Ausfahrt verpasst!«

Meine Tante war berühmt dafür, sich zu verfahren, und so verpasste sie natürlich auch die richtige Ausfahrt nach Ogunquit und wir irrten stundenlang herum, auf der Suche nach dem Meer. Das ist auch so eine persische Eigenart: Sich zu verfahren, aber nicht nach dem Weg zu fragen, weil ein Perser weiß doch, wie man dort hinkommt, wo man hin will! Aber nach zehn Minuten hört man in jedem persischen Auto dieselbe Frage: »*Fekr nemikoni, må gomschodim?!*« Was soviel heißt wie: »Glaubst du nicht auch, dass wir uns verirrt haben!« »Aber nein, wie können wir uns verirrt haben – wir sind ja noch nicht einmal losgefahren! Da vorne links und der Rest geht von selbst!« Perser hören auch nicht auf ihr Navigationssystem. Eine Zeitlang hegte man die Hoffnung, es würde durch die Erfindung des Navigationssystems besser werden und es würden von Tag zu Tag weniger verirrte Perser in ihren Autos durch Europa oder Amerika geistern. Das Gegenteil war der Fall. Sagte das Navi, dass man bei der nächsten Kreuzung links fahren müsse, so biegt der Perser gerne nach rechts ab. »Båbå! Das ist eine alte Ausgabe! Außerdem: Isch fahre seit dreißig Jahre mit dem Auto! Das ist irgendein amerikanische Satellit im Weltall – er soll dem kurzere Weg kennen! *Boro, båbå!*« So betete Großmutter also, dass sich Niloufar nicht verirre!

In Wahrheit nutze meine Großmutter die Zeit während jeder längeren Fahrt, um ein Gebet für jedes einzelne Familienmitglied zu sprechen. Sie liebte es zu beten, es war eine Art Hobby für sie. Sie betete, als sie von den jeweiligen Schwangerschaften ihrer Schwiegertöchter und ihrer eigenen Tochter erfuhr. Sie betete bei der jeweiligen Geburt ihrer acht Enkelkinder. Sie betet, wenn man ihr am Telefon erzählt, dass man in den nächsten Tagen einen wichtigen Termin hat. Sie betet, wenn man auf Besuch zu ihr kommt und sie betet, wenn man ihr Haus wieder verlässt. Måmånbosorg ist so gesehen eine Heilige. Ich glaube, dass es für Agnostiker, wie ich es bin, von Vorteil sein kann, so eine Großmutter in der Familie zu haben, für den Fall, dass es Gott doch gibt. Man könnte sich auf sie berufen. Man könnte behaupten, man hätte zumindest ihren Namen des Öfteren ausgerufen und fragen, ob dadurch nicht etwas von der positiven Energie auf einen selbst übergegangen wäre. Und man könnte natürlich die Wirkung der Gebete, die sie für einen gesprochen hat, einfordern.

»Na hallo! So oft, wie die Omi für mich gebetet hat, bin ich ja selbst schon ein Heiliger!«

Ich nahm einen Schluck Tee und fragte mich, ob wir meinen Vater jetzt islamisch begraben sollten oder nicht und ob ich jemals werde beten können. Ich kam, was die zweite Frage betraf, zu keinem Schluss, versuchte zuerst ein paar Worte an einen möglichen Gott zu richten, kam mir dann aber ziemlich dumm vor. Ich hatte das letzte Mal in der Volksschule gebetet, als uns der römisch-katholische Religionslehrer dazu verdonnert hatte. Aber von selbst wäre ich niemals auf die Idee gekommen! Außer ein einziges Mal! Beim letzten Besuch meiner Großmutter in Wien, vor zwanzig Jahren.

Sie war einige Wochen auf Besuch, erlitt in der zweiten

Woche einen Kreislaufkollaps und landete im Spital. Wir waren natürlich alle sehr besorgt und es war ständig jemand von uns bei ihr – alleine schon, um zu übersetzen. Es wurden alle möglichen Untersuchungen an ihr vorgenommen. Ich saß an ihrem Bett und wir plauderten ein wenig. Sie erzählte mir von Niloufar und wie sie sich wieder verfahren hatte, als sie nach Washington fuhren, um ihren Asylantenausweis zu erneuern, damit sie nach Wien reisen konnte. Wir lachten. Gegen Abend verabschiedete ich mich von ihr. Sie sah mich an und bat mich um einen Gefallen: »Sei so gut, *Ghorbanet beramman*! Bete für mich! Kannst du das!?«

»Ja, Natürlich! Klar! Kein Problem!«

Es war ein Problem. Ich hatte, wie gesagt, seit meiner Kindheit nicht mehr gebetet. Was sich angesichts der Tatsache, dass meine Großmutter muslimischen Glaubens ist und ich zumindest getauft bin und katholischen Unterricht genossen habe, als das kleinere Problem herausstellte. Ich wusste nicht, wie ich mit Gott sprechen sollte. Schon gar nicht, wie ich mit Allah oder *Chodåh* sprechen sollte. Ich war damals 25 und hatte bis dahin immer die Vorteile einer multikulturellen Familie gesehen. Jetzt lernte ich zum ersten Mal einen Nachteil kennen. Ich wusste nicht, wie ich dieses Gebet, das ich meiner *Måmånbosorg* versprochen hatte, bewerkstelligen sollte. Vielleicht würde es ja reichen, am nächsten Tag zu ihr ins Spital zu gehen und einfach nur zu sagen, dass ich für sie gebetet hätte. Das würde sie beruhigen und der Atheist in mir wäre zufrieden. Aber leider meldetet sich der Agnostiker in mir zu Wort und befürchtete, dass im Falle einer Existenz Gottes, das Gebet bei dieser Vorgangsweise nicht nur keine Wirkung hätte, weil es ja nicht gesprochen wurde, also sozusagen gar nicht existierte, sondern dass ich mich auch einer Sünde schuldig machte, nämlich der Lüge. Das gilt natürlich nur für den Fall, dass Gott katholisch ist. Für den Fall, dass Allah muslimisch ist, hatte ich gar keine Ansicht parat – ich weiß nicht, wie es für den muslimischen Gott ist, wenn ein Christ für seine muslimische Oma zu ihm beten will.

Ich versuchte diesem Dilemma zu entkommen, indem ich in einer Buchhandlung einen Koran kaufte und mich mit dem heiligen Buch in eine Kirche setzte, ganz vorne in die erste Reihe. Da saß ich, in der einen Hand den Koran, mit der anderen bekreuzige ich mich. Ich forderte die zwei der drei monotheistischen Götter auf, mir zu verzeihen, weil ich ja einen von ihnen auf jeden Fall beleidige, nachdem es ja nur einen gibt, entschuldigte mich dann noch beim dritten, bei Jehowa, falls er der eine ist, begann ein Bittgebet für meine Oma zu sprechen und hoffte, dass nicht doch am Ende die Ägypter recht hatten und jetzt unzählige Götter mit Menschenkörpern lachend ihre Tierköpfe über mich schüttelten.

Drei Tage später wurde meine Großmutter kerngesund aus dem Spital entlassen. Ich erzählte ihr von meiner religiösen Verwirrung und sie lachte sanft und meinte, es gäbe nur einen Gott, egal, wie man ihn nennt und der hat schon gewusst, dass ich ihn meine. So einfach sah das meine muslimische Großmutter. Sie meinte auch, man müsse weder in eine Moschee, eine Synagoge noch eine Kirche gehen, um mit Gott zu sprechen. Man könne dies von überall erledigen, nur auf der Toilette wäre es unhöflich.

Zwanzig Jahre später machte ich mir schon wieder christlich-islamische ökumenische Gedanken. Wie sollten wir meinen Vater begraben? Es war mittlerweile 10 Uhr 30. Nadja stand nackt in der Küchentür, verschlafen, mit zerquetschtem Gesicht, der Körper noch ganz warm vom Schlaf.

»Morgen!«

»Morgen! Ich liebe dich!«

»Ich liebe dich!«

»Es tut mir so leid!«

»Naja – so ist das Leben. Irgendwann ist es aus!«

Mehr fiel mir im Moment nicht ein. Mehr ist mir bis jetzt noch nie eingefallen, wenn ein Verwandter oder Bekannter verstarb. Ich wusste nie, was ich bei einer solchen Gelegenheit sagen sollte, wusste nie, was es eigentlich noch zu sagen gab.

»Mir ist irgendwie erst jetzt so richtig klar geworden, dass ich ihn nie kennen lernen werde!«

»Ja!«

Ich wusste immer weniger, was ich sagen sollte, küsste Nadja auf die Stirn und sagte: »Ich geh mich einmal duschen. Wir fahren dann zu meiner Mutter, wahrscheinlich!«

»Ja, klar!«

Unter der Dusche fiel mir ein, dass ich meinen Kindern noch mitteilen musste, dass ihr persischer Opa tot ist. Eine äußerst unerfreuliche Aufgabe, die ich natürlich nicht meiner Ex-Frau alleine überlassen wollte, weshalb wir in einem kurzen Telefonat, für das ich meine morgendliche Dusche unterbrach, vereinbarten, dass ich in den nächsten Tagen zu ihr und den Kindern nach Salzburg kommen würde. Ich legte das iPhone weg, stieg wieder unter die Dusche und war traurig. Sehr traurig. Alles war traurig in diesem Moment. Sogar das heiße Wasser, das aus dem Duschkopf auf mich herunterprasselte.

»Persische Begräbnis ist drei Tage nach dem Tod. Isch weiß nicht warum, Mohhammed hat gesagt!«, sagte Djafar.

Wir saßen wieder bei meiner Mutter im Wohnzimmer. Diesmal war allerdings nur ich da, meine Mutter und Onkel Djafar.

»Drei Tage nach dem Tod? Das ist übermorgen!«

»Ja. So ist dem islamische Gesetzt! Innerhalb von drei Tagen, muss man den Toten begraben, sonst ist nicht gut, weißte!«

Mein Onkel Djafar hatte einen starken persischen Akzent mit gelegentlichen berlinerischen Einschlägen.

»Tja, da kannste ma kiecken, wie willste dett in Öst'reich hinkriegen, katholisch wie de sinn!«, sagte ich.

»Wieso redest du so komisch!?«, meinte mein Onkel. Er hatte die kleine Spitze entweder auf Grund seiner Trauer oder wegen seiner Taubheit für den eigenen Akzent nicht bemerkt oder souverän ignoriert.

»Wie sollen wir das machen? Es ist der 25. Dezember! Alle sind auf Weihnachtsurlaub. Bis Mitte Jänner ist da nichts zu machen!«

»Muss man mit dem Behörde reden!«

»Wenn keiner da ist, kann man schlecht reden!«

»Mensch, guck mal! Irgendjemand musse doch dasein! Auch wenn ist Weihnachten, egal! Kannste nicht ganze Land zusperren, nur weil iste Weihnachten! Es ist eine Notfall, eine muslimische Mitbürger ist gestorben, in drei Tage muss Begräbnis sein! Man muss dem Präsidenten anrufen oder sonst irgendwas!«

»Ich weiß nicht, wen man da anrufen soll!«

»Ich mach das schon. Gib mir eine Nummer – ich erledige das!«

Ich hatte wirklich keine Ahnung, wen man in einem solchen Fall hätte anrufen können. Die Fremdenpolizei? Die Caritas? Das Integrationshaus?

»Wir mussen wir herausfinden, wer ist dem Ober-
haupt von den Schiiten in Wien!«

Ich hatte keine Ahnung. Mein Vater hatte das letzte
Mal vermutlich im Alter von fünf Jahren oder bei seiner Beschneidung eine Moschee von innen gesehen. Wir
hatten keinerlei Kontakt zu irgendwelchen gläubigen
Muslimen.

»Wie sieht ein muslimisches Begräbnis überhaupt
aus?« Ich hatte wirklich gar keine Ahnung.

»Naja, kommt ein Mullah, redet, betet, der Rest ist
wie bei einem deutschen Begräbnis, nur nachher man
isst kein Eisbein mit Sauerkraut, sondern *Kebab Kubide*
mit Reis!«

»Dein Vater war nicht gläubig, wir brauchen keinen
Mullah und keinen Priester und gar nichts! Dein Vater
war Atheist!«, meinte meine Mutter ernst.

Was nicht ganz stimmte. Mein Vater sagte oft: »Irgendwas gibt es da oben!« Das war seine Religion, das war
sein fester Glaube. Aber wie sieht eine Trauerzeremonie
nach diesem doch etwas vagen Ritus aus? Warum gibt
es keine beruhigenden Rituale für solche Fälle? Man
müsste eine neue Religion gründen, die »Irgendwas-
gibt-es-da-oben-Kirche«, mit eigenen Feiertagen und
Riten.

»Guck mal, es muss eine muslimische Begräbnis sein!«

»Dariush war kein Moslem!«

»Entschuldige, Angelika! Natürlich! Auch wenn hat
er nicht praktisch gemacht, aber theoretisch er ist Moslem!«

Ich enthielt mich wie immer der Meinung und musste
daran denken, dass er mir einmal, als wir zu zweit persisch Essen waren, versucht hat, etwas über den Islam
zu sagen. Ich glaube, ich fragte ihn warum er Alkohol
trinke und Schweinefleisch esse, obwohl er ein Moslem

sei. Und er sagte: »Der Islam ist eine sehr gute Religion. Aber diese Gesetze sind dumm. Natürlich ist Alkohol schlecht für den Menschen und Mohammed hat auch nur gesagt, man soll nicht zu viel trinken. Und das Schweinefleisch. Einmal im Monat esse ich eine Schweinsbraten – Gott sieht nicht alles! Nicht weil er dumm ist, nein, weil er nicht alles sehen muss!«

Mehr habe ich mit meinem persischen Vater nicht über das Thema Islam gesprochen. Es war nicht wirklich sein Fachgebiet. Er liebte immer schon den Westen, vor allem Europa. Deshalb verließ er auch als erstes von den fünf Kindern mit 17 Jahren den Iran, um zunächst nach London und später dann nach Westberlin zu gehen. Auf einem Urlaubstrip nach Wien im Jahre 1964 lernte er meine Mutter kennen, verliebte sich in sie und blieb in Wien.

»Weißt du, für einen Perser ist das egal: London, Paris, Wien, Berlin! Ist alles nicht der Iran!« Das war das einzige, was mein Vater jemals zu seiner Situation als Immigrant sagte. Das und natürlich: »Wenn der Schah noch wäre, alles wäre besser!« Mehr war ihm nicht zu entlocken. Überhaupt hatte mein Vater nicht viel zu sagen. Ich wurde auch nicht von ihm aufgeklärt. Hätte ich mich da auf ihn verlassen, ich würde bis heute davon ausgehen, dass Kinder der Storch bringt. Das einzige, das mein persischer Vater in Bezug auf Sex jemals zu mir sagte, als er mitbekommen hatte, dass es demnächst zu meiner Entjungferung kommen könnte, war: »Hör mal. Isch weiß nischt, wie isch dir sagen soll, aber wenn du was mit einer Frau machst, du weißt schon, was ich meine – also wenn du das machst und du bist fertig, bevor sie fertig geworden ist – dann du musst noch einmal!«

Dies war der einzige Ratschlag fürs Leben, den ich jemals von meinem Vater bekommen habe. Er ging natürlich davon aus, dass ich wusste, was er meinte. Dieser Ratschlag hätte für mich fatale gesundheitliche Folgen haben können, wenn ich mich nicht selber schon aufgeklärt hätte und genau gewusste hätte, was er mit »das machen« meinte. Ich hätte es nämlich auch, harmlos, wie ich denke, für »miteinander Essen gehen« halten können. Und jedes Mal, wenn ich mit einem Gang vor ihr fertig war, hätte ich mir dasselbe noch einmal bestellt und nachdem ich ein sehr schneller Esser und meistens vor allen anderen fertig bin, wäre ich bald mit 180 Kilo extrem herzinfarktgefährdet gewesen. Aber dem, was es da oben gibt, sei Dank, wusste ich, wovon mein Vater sprach.

Ich dachte also mit meinem Onkel und meiner Mutter gemeinsam darüber nach, wie wir meinen Vater begraben könnten, und plötzlich fiel mir ein Gespräch ein, das wir vor einigen Wochen geführt hatten. Mein Vater meinte damals, er interessiere sich seit einiger Zeit für Zarathustra. Er hatte vor ein paar Monaten einen indischen Parsen kennen gelernt, der ihm von seiner Religion erzählt hatte. Dies war die Religion im vorislamischen Iran. Zarathustra war der Prophet von Ahura Mazda, dem Gott des Lichts. Es war der erste Eingottglaube, neben dem Judentum. Staatsreligion im antiken Persien. Einige Anhänger dieser Religion leben heute in Indien, da sie nach der Islamisierung des Iran verfolgt und vertrieben wurden. Mein Vater begann sich dafür zu interessieren. Vielleicht sollten wir ihn nach zoroastrischem Glauben beerdigen lassen? Ich wollte das schon allen Ernstes meinem Onkel und meiner Mutter vorschlagen, da fiel mir noch rechtzeitig ein, dass ich einmal in einem Roman gelesen hatte, dass die Parsen ihre Toten weder verbrennen noch beerdigen, sondern sie auf eigens dafür gebauten Türmen, den Türmen des Schweigens, den Geiern zum Fraß geben. Ich weiß nicht genau, warum, aber ich kann mich erinnern, dass es irgendwie darum geht, den Körper im Kreislauf des Lebens zu halten. Der Leichnam als Nahrung für die Geier. Das wäre natürlich in Wien noch schwieriger zu bewerkstelligen als ein islamisches Begräbnis. Der Turm wäre nicht das Problem, aber wo kriegt man die Geier her? Plötzlich sah ich vor meinem geistigen Auge eine Gruppe sehr gläubiger Parsen mit einem Leichnam auf den Schultern in den Tiergarten Schönbrunn einbrechen. Sie schleichen sich zum Geiergehege, legen den Leichnam hinein, sprechen ihre Gebete und gehen wieder ihrer Wege. Religion ist schon etwas sehr Seltsames!

Das Telefon meiner Mutter läutete. Es war mein Onkel Djamjid aus Schweden. Er sagte ihr, er hätte sehr schlecht geschlafen und würde natürlich sofort nach Wien kommen, die Reise nach Amerika zu Måmånbosorg könne man verschieben, abgesehen davon, werde sie ja sicher auch nach Wien zum Begräbnis kommen wollen.

»Sie wollen es deiner Mutter gar nicht sagen!«, meinte meine Mutter verzweifelt.

»Das geht nicht! Sie muss erfahren, dass mein Bruder tot ist!«

Die Familie war also fürs erste gespalten. Auf der einen Seite die Fraktion »Lügen kann Leben retten«, auf der anderen die Aufrichtigen, die an die Wahrheit glaubten. Jetzt galt es für die jeweiligen Anhänger, die noch unschlüssigen Familienmitglieder auf ihre Seite zu ziehen.

Skype Iranian Style

Onkel Djamjid saß – in einige Schichten Gewand gehüllt, denn es war kalt – auf seinem Balkon und rauchte eine Zigarette. Eigentlich hatte er sich vorgenommen, das Rauchen ganz zu lassen, dann aber beschlossen, nur am Balkon zu rauchen. Somit hatte er das Gefühl, wenigstens ein bisschen was für seine Gesundheit zu tun. Es hatte, wie meistens zu dieser Jahreszeit in Upplands Väsby, Minusgrade. Ebenso in Worcester. In Wien waren es plus 14. In Berlin minus zwei. In keiner dieser Städte gab es allerdings zu Weihnachten Schnee. Die Klimakatastrophe hatte witzige Auswirkungen, unter anderem, dass der einzige in unserer Familie, der zu Weihnachten Schnee sah, Dåi Parvis war. In Teheran gab es seit einigen Tagen fünfzehn Zentimeter Neuschnee, aber dennoch keine weißen Weihnachten, weil es Weihnachten dort nicht gibt. Der Schnee in Teheran hatte nichts mit der Klimakatastrophe zu tun. Es hat immer schon in Teheran geschneit. Der Iran ist so groß, dass es zu fast jeder Jahreszeit fast jedes Klima gibt. Dies war unter anderem eine Sache, auf die man als Perser immer sehr stolz sein konnte. Ein Freund meines Vaters, ein Arzt, Herr Dr. Taheri, pflegte immer zu sagen: »Sehen Sie, im Iran, Sie können zu jeder Jahreszeit alles machen! Im Norden e-schifahren gehen, im Suden e-schwimmen gehen!«

Mein Vater ergänzte dann gerne: »Und in der Mitte: e-spazierengehen!«

Onkel Djamjid nahm den letzten Zug von seiner Zigarette, dämpfte sie in dem Aschenbecher, der zwischen zwei Topfpflanzen eingeklemmt war, aus und ging wieder in die Wohnung zurück. Es war 17 Uhr 55. In fünf Minuten sollte die von ihm einberufene Familienkonferenz über Skype beginnen, an der alle teilnehmen würden, außer Onkel Fereydoun, der zu diesem Zeitpunkt gerade das Appartement der schwedischen Touristinnen, das sie für zwei Monate gemietet hatten, verließ, um Alkoholnachschub von einem nahe gelegenen Deli zu besorgen. Während er durchs minus acht Grad kalte New York eilte, sich vornahm, das Schmerzmittel Advil sofort nach Eintreffen im Appartement einzunehmen, um seine Kopfschmerzen in den Griff zu bekommen, saß Onkel Djamjid bereits vor seinem Computer und startete das Skype-Programm. Neben ihm saßen mein Cousin Omid und meine Cousine Maryam, die beide an einer Tasse Kaffee nippten. Onkel Djamjid ist der einzige seiner Generation in unserer Familie, der einen Computer bedienen kann. Computer sind nichts für persische Eltern oder Tanten und Onkeln, schon gar nichts für persische Großeltern. Aber Onkel Djamjid wollte immer auf dem neuesten Stand der Technik sein, also beschäftigte er sich mit Computern.

Wir waren am Vormittag übereingekommen, dass man die Angelegenheit nicht mit ein paar Telefonaten würde erledigen können. Diese außerordentliche Situation erforderte eine außerordentliche Vorgangsweise: Perser müssen skypen.

Wir bildeten drei Stationen. In meiner Wohnung in Wien versammelten sich Onkel Djafar, meine Mutter und meine Schwester. Djafars Kinder konnten an der Konferenz nicht teilnehmen, Sarah und Azi auf Grund ihres Alters, die Zwillinge waren erst fünf, und meine

Cousine Leyla saß zu dem Zeitpunkt im Flugzeug nach Wien, das in einer Dreiviertelstunde landen würde. Falls es mit der Familienkonferenz länger dauern sollte, baten wir sie, sich ein Taxi zu nehmen und zu mir zu kommen.

In Boston in der Boutique saßen meine Tante Niloufar, der weggeschiedene Onkel Ali (er ließ es sich nicht nehmen, dabei zu sein), mein Cousin Jimmy und meine Cousine Rochsana. Sie hatten die Boutique aus Sicherheitsgründen gewählt. Måmånbosorg verbrachte die Weihnachtsfeiertage immer bei Tante Niloufar im Haus und das Risiko wäre zu groß gewesen, dass sie in Niloufars Schlafzimmer platzt und die Konferenz sprengt. Also entschied man sich dafür, nach Boston in die Boutique zu fahren. Niloufar erzählte ihrer Mutter etwas von wegen sie müsse ihre beste Freundin besuchen, weil die von ihrem Mann betrogen worden sei, was just am 24. Dezember ans Tageslicht gekommen sei, wodurch meine Großmutter sich wieder einmal darin bestätigt sah, dass sie mit ihrer Meinung, der amerikanische Lebenswandel sei unmoralisch und verantwortungslos, schon immer richtig gelegen sei. Sie werde schon zurechtkommen und freue sich darauf, wenigstens den Abend wieder in Gesellschaft ihrer Tochter zu verbringen.

In Upplands Väsby lief bereits der Computer: Omid, Maryam und Onkel Djamjid starrten gebannt auf den Bildschirm und warteten darauf, dass in der Menüleiste mit den Kontakten die aktuellen Online-Teilnehmer angezeigt werden würden.

Ich saß an meinem Schreibtisch, die anderen um mich herum. Onkel Djafar meinte: »*Bårikallå!* Ungelaublich, was man heute zu Tage mit dem Technik machen kann!«

»Ich hab noch gar nichts gemacht, ich hab den Computer aufgedreht.«

Mir war schon klar, dass er nicht das Aufdrehen des Computers, sondern die bevorstehende familiäre Liveschaltung meinte, aber ich hatte meinen Onkel Djafar gern auf der Schaufel, vor allem was die Technik betrifft. Er ist einer von den vielen Persern, die nicht einmal wissen, wie ein Dosenöffner funktioniert, geschweige denn ein Computer oder ein Auto.

»Ich weiß schon! Mensch! Aber ich finde das ungelaubelich, dass eine iranische Familie, die über dem ganze Welt verstreut lebt, durch dem Internet miteinander reden kann! Das meine ich!«

»Jaja, das ist großartig!«

Das Programm war geöffnet, ich ging online und sah, dass mein Onkel Djamjid bereits im Netz war. Neben seinem Skypenamen erschien das grüne Zeichen. Ich klickte »Persepolis24« an. Ja, Onkel Djamjid war der 24. Perser, der den Skypenamen Persepolis trug. Jimmy in Bosten war noch nicht online, das Zeichen neben »Gunfighter2567« war noch grau. Ja, mein Cousin war der 2567. Amerikaner, der »Gunfighter« als Skypenamen verwendete.

»Was ist Limoshirin?«

»Mein Skypename«, gab ich meinem Onkel zur Antwort.

Ja, ich war der einzige Austro-Iraner, der süße Zitronen als Skypenamen verwendete.

»Ich dachte, man kann telefonieren, gibt's keine Nummer zum Anrufen?«

»Naja, der Name ist die Nummer!«

»*Bårikallå!* Bravo! Die Technik!«

Er wandte sich meiner Mutter zu: »Was sagst du, Angelika? Ohne Technik heutzutage, gar nichts funktioniert!?«

Meine Mutter kannte Onkel Djafars Begeisterung für

alle Dinge, von denen er nicht wusste, wie sie funktionieren.

»Das ist Mathematik!«, sagte sie.

»Was ist Mathematik, Angelika-djån?«

»Der Computer. Die Funktionsweise eines Computers ist eigentlich Mathematik!«

»*Bårikallå!* Der Computer kann auch Mathematik!«

Meine Mutter lächelte. Sie wusste, dass sie Djafar damit beeindrucken konnte.

Das Programm lief, ich war online. Wenige Sekunden später meldete sich bereits »Persepolis24«. Ich klickte auf »antworten« und sah im Fenster von »Persepolis24« nur weiß und links unten mich, meinen Onkel Djafar und die anderen im kleinen Fenster. Meine Kamera war eingeschaltet, die von Onkel Djamjid nicht.

»Hallo!? *Salaam alekon!* Hört ihr mich? Hier ist Djamjid Ansari aus Schweden!«

»*Salaam,* Amu-djån – wir hören dich! Wie geht's?«

»*Salaam ghorbunet beram-man! Salaam, Angelika-djoon! Djafar salaam!*«

Das ging noch eine Weile so. Wir begrüßten einander auf die übliche, umständlich-zuvorkommende iranische Art. Jeder fragte jeden dreimal, wie es ihm ginge, und wir wünschten einander herzliches Beileid, dass unser Onkel, Vater, Ehemann und Bruder gestorben war. Dann weinten alle ein wenig. Nicht gleichzeitig, aber jeder für sich immer wieder. Es war eine Szene, die meine Großmutter sicher sehr amüsiert hätte, vor allem auch, weil alle Beteiligten der ersten Generation von Persern in Europa in ohrenbetäubender Lautstärke miteinander sprachen, wie sie es auch beim Telefonieren von jeher für notwendig hielten, wenn am anderen Ende der Iran oder die USA war.

»Ihr könnt ganz normal miteinander reden! Ganz normale Zimmerlautstärke, bitte!«, sagte ich meinen beiden Onkeln.

»Glaubt ihr eigentlich, dass wir abgehört werden?«, fragte mein Cousin Omid.

»Wer soll uns abhören?«, sagte Onkel Djamjid.

»Wer?«, meinte Onkel Djafar höhnisch, »kannst du dir wirklich nicht vorstellen, wer uns abhört?«

»Wir werden nicht abgehört!«, sagte meine Mutter.

»Aber ja doch! Bestimmt. Guck mal, seit der Revolution wird jeder im Ausland lebende Perser abgehört!«, meinte Onkel Djafar sehr bestimmt.

»Das kann natürlich sein«, bestätigte Onkel Djamjid, »und zwar von den Amerikanern!«

»Aber nein, nicht von den Amerikanern! Von den Mullahs! Wir werden alle von den Mullahs abgehört!«

Dann sagte Onkel Djafar:

»Djamjid-djån! Schalte doch deine Kamera ein, damit wir dich sehen können!«

»Bist du wahnsinnig? Dann sehen mich die Mullahs auch noch! So hören sie wenigstens nur meine Stimme!«

»Da hat er nicht unrecht!«, meinte Onkel Djafar.

Dann gab Onkel Djamjid zu, dass er Djafar nur auf den Arm genommen hatte, und entschuldigte sich. Seine Kamera wäre vor ein paar Tagen eingegangen.

»Da sieht man wieder, dass es mit der Technik immer noch nicht so funktioniert, wie die sich das vorstellen! Es ist alles noch im Anfangs-e-stadium!«

Bevor Onkel Djafar wieder zu einem seiner Monologe über die Technik ansetzen konnte, die er so gerne von sich gab, wenn etwas einmal dann doch nicht funktionierte, fuhr meine Mutter dazwischen: »Können wir jetzt dann Amerika zuschalten, damit wir besprechen können, wie es weitergehen soll?«

Ich klickte auf »Konferenzschaltung« und dann auf »Gunfighter2567«, der sich auch prompt meldete: »Hi, folks – this is America calling!«, tönte es aus den Computerlautsprechern. Mein Cousin Jimmy meldete sich als erster.

»Actually we have been calling you guys – so it's: Europe calling!«, rief Cousin Omid Cousin Jimmy zu.

»Hi, darlings – I missed you all so much!«, flötete meine Cousine Rochsana, die gerade aus dem Verkaufsraum der Bostoner Boutique in das Hinterzimmer kam, wo die anderen alle um Tante Niloufar herum vor dem Laptop saßen. Sie war zu spät, weil sie noch Coffee von Starbucks um die Ecke für alle besorgt hatte. Sie stolperte auf die anderen zu und verteilte den Kaffee.

»I am really sorry for your loss! Oh my God, I just can't believe that from now on I have just three uncles – that's so sad!«, schickte uns meine Cousine Rochsana Kondolenzwünsche über den Ozean.

»Hi, it's Niloufar! How are you all?«, überging meine Tante die Ausführungen ihrer Tochter. Es war nicht das erste Mal, dass ich den Eindruck gewann, die beiden mögen einander nicht immer.

»*Niloufar-djån, salaam alekon! Tabrik migam, Ghorbunet beram!*« Onkel Djamjid meldete sich von unserer Seite als erster zu Wort. Er kondolierte Niloufar zum Verlust ihres Bruders, dann begrüßten und kondolierten und weinten wir von Schweden über Österreich bis nach Amerika wieder ein wenig, um uns dann nach und nach zu beruhigen. Es war eine eigenartige Szenerie. Menschen sitzen um einen Computer. Der eine weint, die meisten schweigen, dann fallen wieder Sätze wie: »Es ist unglaublich, er war doch noch so jung!«

»Ich halte das nicht aus! Mein Bruder ist gestorben! *Wåj wåj! Ah Chodåh!*«

»Ja, beruhige dich wieder, ich habe ja auch meinen Mann verloren!«

»Er war mein Lieblingsonkel, mit ihm habe ich meinen ersten Joint geraucht!«

»Was!?«

Tante Niloufar war über die Aussage ihres Sohnes entsetzt. Nicht nur, dass sie nichts von seinem Canabiskonsum wusste, als vehemente Drogengegnerin würde sie es auch bei keinem anderen jemals tolerieren.

»Wann habt ihr einen Joint geraucht? Wie du alleine in Österreich warst!?«

»Ja, mein Gott, damals haben Onkel Dariush und ich einen Joint geraucht!«, sagte Jimmy.

»Das darf doch nicht wahr sein!«, wich Niloufars Trauer großer Wut: »Du warst damals 18 Jahre alt!«

Mit einem Mal kam anstelle des Klagerufens nur noch Stille über den Ozean. Auch in Schweden und Österreich wurde es still. Ich war ebenfalls ein wenig erstaunt. Weniger darüber, dass mein Cousin kifft, als vielmehr darüber, dass er es mit meinem Vater getan hat, dem ich vieles zugetraut habe, nur nicht, dass er kifft. Also, wissen Sie, das passt nicht zu einem persischen Vater. Hin und wieder Opium zu rauchen mit Freunden, von denen man es angeboten bekommen hat, ja, aber mit dem 18-jährigen Neffen aus Amerika kiffen? So cool war mein Vater nicht. Oder doch?

»Ich bin fassungslos! Das darf doch nicht wahr sein! Mein Bruder macht meinen 18-jährigen Sohn drogenabhängig!«

»Mam, nur weil ich damals einmal gekifft habe, das macht mich nicht zu einem Drogenjunkie! Außerdem war das damals cool für mich. Mit Onkel Dariush hab ich auch meinen ersten Wodka getrunken!«

»Mit 18!«, rief meine Tante Niloufar aus.

»Ja, das ist legal dort bei denen!«

»Ja, das kann ich bestätigen, Niloufar!«, wollte ich beruhigend auf sie einwirken.

»Was ist!?«, keifte sie aus Boston nach Wien.

»Das ist bei uns nicht so wie in Amerika. Bei euch dürfen Jugendliche erst mit 21 Jahren, hier darf man sogar schon mit 16 Alkohol trinken. Das ist völlig legal.«

»Siehst du, Mam! Das ist ein Land! Bravo! Was gäbe es sonst für einen Grund, nach Österreich zu fahren!?«

»Ich kann es nicht glauben! Mein Bruder hat aus meinem Sohn einen drogensüchtigen Alkoholiker gemacht!«

Das war eine maßlose Übertreibung. Gewiss, Jimmy trank und kiffte gerne, war aber weit davon entfernt, ein Süchtiger zu sein. Gleichzeitig konnte ich mich allerdings noch an seinen Besuch in Wien erinnern. Komisch! Mir war das damals nicht so aufgefallen, aber jetzt erschien es in einem ganz anderen Licht, dass er kaum aus der Wohnung zu bringen war und sich so gar nicht für irgendwelche Aktivitäten interessierte.

»Hallo, hallo, hier ist Schweden. Wir würden gerne wieder zurück zu dem eigentlichen Grund unserer Familienkonferenz kommen!«

Onkel Djamjid versuchte, die Ordnung wieder herzustellen.

»Hört mir einmal zu!«, setzte er zu einer längeren Rede an.

»Sorry! Bevor du anfängst«, meldete sich Onkel Ali zu Wort, »möchte ich gerne mein tiefstes Beileid ausdrücken! Vor allem für Angelika, die ihren Mann, und Martin und dessen Schwester Petra, die ihren Vater verloren haben.« – »Der Weggeschiedene macht sich wichtig!«, war der Gedanke, den in diesem Moment alle hatten, aber niemand wagte es Onkel Ali zu unterbrechen,

121

schließlich war er College-Professor für Mathe und Physik.

»Natürlich ist es auch für uns sehr schlimm, die wir einen Onkel oder Bruder oder Schwager verloren haben. Das wollte ich nur sagen!«

»Danke dir, Ali!«, schickte meine Mutter ihren aufrichtigen Dank über den Ozean.

»Wir dürfen vor allem nicht vergessen, was unser Bruder Dariush für ein wunderbarer Mensch war!«, ergriff Schweden wieder das Wort.

»… auch wenn er deinen Sohn zu einem Junkie gemacht hat!«, konnte sich Onkel Djafar eine kleine zynische Bemerkung in Richtung USA nicht verkneifen.

»Lass mich doch in Frieden, mein kleiner Bruder!«, schluchzte Tante Niloufar, und man wusste nicht, ob sie nun das Drogenschicksal ihres Sohnes oder den Tod ihres Bruders mehr betrauerte.

»Kinder, egal wer mit wem wann zum ersten Mal was geraucht oder getrunken hat! Ich ersuche um ein bisschen mehr Ernsthaftigkeit!«

»Schweden hat recht«, war der einhellige Tenor rund um den Globus.

»Wir stehen vor einer Katastrophe! Dariush ist tot und unsere Mutter lebt noch. Unsere Mutter hat ein Kind verloren. Es ist jetzt unsere Aufgabe, damit umzugehen in einer Art und Weise, die für sie nicht grausam ist«, meinte Djamjid.

»Darf ich kurz was sagen?«

»Aber natürlich, Angelika, wir bitten dich!«

»Ich denke, dass wir es Måmånbosorg auf jeden Fall sagen müssen. Sie hat das Recht zu erfahren, dass ihr Sohn nicht mehr lebt. Aber ich weiß natürlich, dass es schwierig sein wird. Wir müssen irgendeinen Weg finden, wie wir sie darauf vorbereiten!«, sagte meine

Mutter, die eigentlich am liebsten ihre Schwiegermutter anrufen und am Telefon mit ihr heulen hätte wollen.

»Ich glaube, wir müssen es ihr in Schritten beibringen!«, brachte Onkel Djafar sich ein.

»Wisst ihr! Ein Schritt nach dem anderen. Dann ist es kein Schock für sie!«

» Wie soll denn das wieder gehen? Ich stelle mir gerade vor«, sagte ich, »wie wir einen Schritt nach dem anderen meinen Vater zuerst ein Bein verlieren lassen, dann das zweite, dann die Arme, dann stirbt der Brustkorb ab und schließlich der ganze Dariush Ansari.

»Was soll das heißen? Schritt für Schritt?«

»Nein! Wir müssen ihr zuerst erzählen, er sei ins Koma gefallen, dann haben wir die besten Ärzte der Welt gebeten etwas zu tun, sie haben sich ihn angesehen und alle nicht gewusst, was los ist! Dann haben sie auch noch eine Herz-Lungenmaschine in Betrieb nehmen müssen, damit er überleben kann, und dann haben wir sein Testament gefunden, in dem er geschrieben hat, man soll ihn auf keinen Fall künstlich am Leben erhalten und dann haben sie die Maschinen abgestellt und er ist – jetzt ist die Überraschung nicht mehr so groß – gestorben!«

Als ich Onkel Djamjids Ausführungen lauschte, wurde mir bewusst, dass wir etwas Unmögliches versuchten. Wir versuchten, einer Mutter den Tod ihres Sohnes als »nicht so schlimm« zu verkaufen.

»Das geht so nicht! Lasst mich das machen!«

Danke, Onkel Djafar.

»Wir sagen ihr gar nicht, dass er krank oder ins Koma gefallen ist. Das ist für eine Mutter immer zu schmerzhaft! Selbst das würde sie nicht überstehen!«

Schweden, Amerika und Österreich warteten gespannt auf die Lösung des Problems.

»Abgesehen davon«, Tante Niloufar meldete sich

123

wieder zu Wort, »wenn er ins Koma gefallen ist, dann möchte sie ihn vielleicht sehen. Dann will sie vielleicht nach Wien kommen und ihn im Spital besuchen! Was machen wir dann?«

»Dann muss man ihr sagen, dass er, während sie unterwegs war, gestorben ist!«, meinte Onkel Djamjid.

Für einen kurzen Moment schien das Problem beinahe gelöst und niemand interessierte sich mehr für Onkel Djafars Ansatz. Dann fiel mir der Haken an der Sache auf.

»Moment! Das klingt ja ganz gut!«

Klang es nicht, es klang grauenvoll.

»Ich will meinen Vater kein zweites Mal sterben lassen, nur damit meine Großmutter keinen Herzinfarkt bekommt, den sie wahrscheinlich ohnedies bekommen wird!«, dachte ich bei mir, während ich folgende Bedenken äußerte: »Wenn sie dann in Wien ankommt und wir erzählen ihr, dass er unterdessen gestorben ist, dann wird sie bis zum Begräbnis, das ja nach islamischem Recht drei Tage später stattfinden muss, sicher in Wien bleiben wollen!«

Langsam dämmerte allen, worin die Schwierigkeit bestand.

»Wo sollen wir dann eine Leiche für ein zweites Begräbnis herbekommen?«

»Warum hört ihr mir nicht einfach zu!?«, wurde Djafar ungeduldig: »Ich habe die Lösung!«

»Gut, dann sag!«, meinte seine ältere Schwester.

»Also. Wir sagen ihr nicht, dass er im Koma liegt. Auf gar keinen Fall! Wir sagen ihr, dass er entführt worden ist!«

Kurze Ratlosigkeit bei allen.

»Natürlich ist das auch schlimm. Dein Kind wurde entführt! Aber bei weitem nicht so schlimm, wie wenn du dein Kind begraben musst!«

»Aber wer hat ihn entführt und wo?«, war Djamjid skeptisch.

»Keine Ahnung! Rebellen!«, sagte Djafar genervt, da in Djamjids Stimme die Kritik an seinem Plan deutlich zu hören war.

»*Ghorbunet beram!* In Österreich! Was für Rebellen?«

»Tiroler Freiheitskämpfer! Natürlich!«, konnte ich mich nicht enthalten.

»Nein, wir sagen, er ist nach Ägypten geflogen und wurde dort in der Wüste von irgendwelchen Rebellen entführt!« Djafar hielt seinen Plan für durchführbar.

»Das ist doch völlig unrealistisch!«, sagte meine Mutter. »Warum sollte Dariush nach Ägypten gehen und warum sollte es für seine Mutter weniger schlimm sein, wenn er entführt wird!? Das ewige Zittern, ob er es auch überleben wird, ist ja noch schlimmer als die Gewissheit, dass er tot ist!«

Dem konnte allerdings niemand etwas entgegenhalten.

Darauf hatte mein Cousin Omid gewartet: »Wenn ich auch einmal was sagen darf?«

Ich war gespannt, was denn der Herr Filmemacher für eine Idee hatte. Vielleicht hat meinen Vater ja der Teufel geholt.

»Es müsste etwas sein, was Onkel Dariush freiwillig gemacht hat – ohne Einfluss von Gewalt. Etwas, das unserer Oma keine Angst macht. Etwas, wo sie denkt, dass es ihm gut geht. Etwas, wo sie sich keine Sorgen macht! Er ist zwar nicht da, aber es geht ihm gut.«

»Sie macht sich immer Sorgen!«, wusste ich aus vielen Gesprächen mit ihr nur zu gut. Sie war wie jede Mutter oder Großmutter immer um die Kinder besorgt.

»Wenn wir ihr erzählen, dass jeder von uns einen Lottosechser gemacht hat, würde sie sich Sorgen

machen, dass wir mit dem Geld nicht auskommen oder
es verlieren oder was weiß ich!«

»Ja, aber wenn es etwas ist, was Dariush selber gewählt
hat, weißt du. Dann ist es kein Schicksalsschlag!«

Ich fragte mich, auf was Omid hinauswollte.

»Onkel Dariush hat sich doch in letzter Zeit für *Zartoscht* und den *Zoroastrismus* interessiert?«

Zartoscht ist die persische Aussprache von »Zarathustra«.

»Ja, und?«

»Naja, wir erzählen ihr, dass er auf der Sinnsuche war
und bei Zarathustra nicht fündig geworden ist, wodurch
er – und das passt ja zu euch nach Österreich – katholisch wurde und in einen von diesen Schweigeorden ein-
getreten ist, um zu sich und zu Gott zu finden!«

»Und warum hat er ihr das nicht selber erzählt?!«,
war mein Einwand.

»Es ist ein Schweigeorden!«

Das wäre aus meiner Sicht durchaus möglich gewesen. Mein Vater war nämlich in all den Jahren sehr österreichisch geworden. Eine Zeitlang trug er sogar Trach-
tenanzüge, die aber auch ausnehmend gut zu seiner
orientalischen physiognomischen Grundausstattung
passten. Also wäre es durchaus möglich gewesen, dass
er einer westlichen Glaubensgemeinschaft beitrat, noch
dazu, wo er ein sehr weltoffener Mensch war, der immer
wieder alles Mögliche ausprobierte. Wer mit seinem Neffen kifft, geht vielleicht auch in ein Kloster und legt ein
Schweigegelübde ab. Andererseits – und das würde das
Lügengebäude von seinen Fundamenten her ins Wan-
ken bringen: Einen Perser, der länger als zwei Minuten
nichts redet, gibt es nicht.

»Da ist es wahrscheinlicher, dass er in der Sahara entführt wurde!«, besann sich auch Tante Niloufar.

126

»Ich glaube, man kann eine Mutter nicht schonend darauf vorbereiten, dass ihr Kind gestorben ist! Entweder, wir sagen es ihr oder nicht!« – Der Kiffer hatte Recht. Jimmy, mein unpersischer amerikanischer Cousin hatte vollkommen Recht. Entweder wir lügen sie an oder wir sagen es ihr. Das war zwar nicht gerade der gesuchte Rat, barg aber einen gewissen Trost. Offenbar war jetzt auch dem Letzten der Anlass unseres globalen Palavers klar geworden: Entweder wir lügen sie an oder wir sagen es ihr. Wir drehten uns im Kreis.

»Sie wird das nicht überstehen. Sie hatte schon eine Herzuntersuchung vor ein paar Jahren!« Niloufar war besorgt.

»Was ist dabei herausgekommen?«, fragte Onkel Djamjid.

»Nichts. Sie ist gesund!«

»Ja, aber dann ... äh ... ist ja alles in Ordnung!«

»Eigentlich schon. Aber allein dass sie eine Untersuchung machen lassen wollte, zeigt doch, dass sie selber glaubt, dass sie etwas hat! Und wenn sie erfährt, dass ihr Sohn gestorben ist, dann glaubt sie erst recht, dass sie was hat, und so was geht dann wirklich auf's Herz. Es ist kein gutes Zeichen, wenn jemand glaubt, er hat was mit dem Herz!«

Niloufar war einfach sehr, sehr um ihre Mutter besorgt. Und sie war nicht die einzige. Jeder von uns liebte Måmånbosorg und keiner wollte ihr diesen großen Schmerz zumuten.

»Wir sagen einfach nichts!«, der Herr Physikprofessor war am Wort.

»Wie nichts?!«, ich wusste nicht, was er meinte.

»Wir sagen nichts, bis sie etwas sagt!«

»Aber wird sie nicht bald etwas sagen, wenn er sich nicht bei ihr meldet?«

»Nein. Wir sagen nichts!«

»Vielleicht ist das überhaupt das Beste! Wir sagen einfach nichts!«

»Ja, Kinder! Sagen wir ihr nichts!«

»Wir sagen nichts!«

Und bei dieser Entscheidung wurde es dann auch fürs Erste belassen. War es Feigheit? War es Verzweiflung? War es die Trauer? Ich weiß es nicht. Mein Vater war tot und wir sagten meiner Großmutter einfach nichts. Wir hatten alle Angst und waren mit dieser Situation überfordert. Und vor allem: Wir wollten nicht noch einen geliebten Menschen verlieren. Die Skypesitzung wurde beendet. Wir versicherten einander unsere Liebe und Sehnsucht. In den nächsten Tagen, sobald klar war, wann das Begräbnis sein würde, würden Tante Niloufar und Jimmy nach Wien kommen. Djamjid, Omid und Maryam würden sich auf den Weg nach Amerika machen, um Måmånbosorg für ein paar Tage zu besuchen. Djafar würde bei uns bleiben, bis alles geregelt wäre.

❧

In Boston saßen noch alle um den Computer und wussten nicht so recht, was zu sagen sei. Dann stand Tante Niloufar auf und nahm ein Taschentuch aus ihrer Handtasche, um ihre Tränen wegzuwischen. Jimmy stand auf und wollte seine Mutter umarmen. Sie sah ihn an, erinnerte sich an den Joint, den er mit 18 geraucht hatte, und gab ihm eine Ohrfeige.

»Mam, ich bin 28, du kannst mich doch nicht ohrfeigen!«

»Ich bin deine Mutter, ich kann alles!«

»Du verdienst mehr als nur das!«, sagte seine

Schwester, immer noch an ihrem Starbucksbecher nippend.

»Lasst meinen armen Buben in Ruhe! Er war damals in seiner wilden Zeit, das ist schon O.k.!«, versuchte Ali endlich seinen Sohn zu verteidigen.

»Ich bin kein Kind mehr! Scheißfamilie!«, und er rannte aus der Boutique.

»Es tut mit leid, Shapour!«, rief ihm Tante Niloufar nach.

»Ich heiße Jimmy, ihr Arschlöcher!«, konnte man gerade noch hören, bevor die Eingangstür der Boutique ins Schloss fiel.

Niloufar weinte wieder. Der Anlässe waren zu viele. Ali versuchte sie zu beruhigen und legte den Arm um sie. Niloufar löste sich unsanft aus der Umarmung und rief unter heftigem Schluchzen: »Lass mich! Wir haben uns vor zehn Jahren scheiden lassen! Ich will von dir nicht getröstet werden! Und ich will auch nicht, dass du andauernd um mich herum bist! Wozu haben wir uns scheiden lassen! Lass mich doch endlich in Frieden!«

Der Herr Physikprofessor war etwas aus dem Konzept geraten nach dieser Ansage, sammelte sich jedoch sehr schnell wieder, sah seine Tochter an und sagte: »Das ist eine psychologisch ganz normale Reaktion. Sie hat gerade ihren Bruder verloren ... und ...«

»Dad, das hat nichts mit Dåi Dariush zu tun. Sie will einfach ein neues Leben ohne dich führen!«

Onkel Ali, der in diesen zehn Jahren einige Male versucht hatte, seine Ex-Frau wieder zu erobern, konnte die knallharte Wahrheit nicht akzeptieren, er wollte sie einfach nicht sehen. Wenn dem wirklich so wäre, warum ist Niloufar dann seit zehn Jahren alleine, ohne neuen Lebensgefährten? Sie muss doch noch viel mehr an ihm hängen, als er an ihr, hatte er doch in der Zwischenzeit zwei neue Beziehungen, die allerdings beide daran scheiterten, dass die Damen nicht in einer »Dreiecksbeziehung« leben wollten, wie sie sagten, was Onkel Ali nicht verstehen konnte, aber Frauen sind nun mal irrationale Wesen, dachte er bei sich. Er sah seine Ex-Frau und seine Tochter an und dachte an den fetten Mercedes, den er Niloufar vor einem Monat angeboten hatte, falls sie ihn wieder heiraten wollte. Er hielt das für sehr romantisch. Niloufar meinte, sie wäre nicht käuflich.

»Ich sehe, dass ihr beide noch unter Schock steht. Eine ganz natürliche Reaktion nach so einer Nachricht. Ich lass euch dann mal alleine! Wir sehen uns am Abend. Beim Abendessen mit Måmånbosorg!«

Und er lief aus der Boutique.

In Upplands Väsby stand Onkel Djamjid bereits in seinem Schlafzimmer vor seinem Kasten und kramte in einer Schachtel mit alten Fotos. Er suchte ein Bild von Dariush, seinem Bruder, um es zu rahmen und im Wohnzimmer neben einer Kerze aufzustellen. Er betrachtete einige der Fotos, die er trotz überstürzter Flucht aus dem Iran retten konnte. Sein »Schlepper« hatte ihn angerufen und das Codewort gesagt, was bedeutete, dass er sich unverzüglich mit seinem Sohn beim vereinbarten Treffpunkt einzufinden hatte. Er holte Omid, der damals zwölf Jahre alt war, von seiner Großmutter mütterlicherseits ab und fuhr mit ihm zu dem vereinbarten Treffpunkt. Er konnte ein paar Fotos, einen Koran und ein »Schahname« mitnehmen, alles andere blieb für immer verloren. Djamjid war froh, damals endlich flüchten zu können. Der Iran war im Krieg mit dem Irak und das Militär ging von Schule zu Schule, um dort junge Männer zu rekrutieren. Zwölfjährigen Kindern wurde der sofortige Eintritt ins Paradies versprochen, wenn sie für Ayatollah Chomeini fallen würden. Man hängte ihnen eine Kette um den Hals, an der ein kleiner Holzschlüssel hing, sagte ihnen, dies wäre der Schlüssel zum Paradies und schickte sie über die irakischen Tretminen. Das wollte er seinem Sohn ersparen. Darum verließ er seinen geliebten Iran. Einige Wochen später landeten er und Omid in einem Asylantenheim im Norden von Schweden. Es war verdammt kalt da oben im Norden von Schweden. Manchmal, wenn er besonders fror, meinte mein Cousin: »Ich dachte, wir flüchten in den Westen, nicht in den Norden!«

Omid erzählte mir auch, dass er anfangs dachte, in Europa dauert eine Nacht fünf Tage lang. So lange dauerte es, bis man ihn aufklärte, dass er so nah am Nordpol war, dass die Sonne erst im Frühling wieder aufgeht.

Zwei Jahre später kam seine Frau, meine Tante Salome, mit ihrer Tochter, meiner Cousine Maryam, nach. Sie durchlebten eine harte Zeit als Asylanten, lernten Schwedisch und bauten sich eine neue Existenz in Upplands Väsby auf. Heute sind sie schwedische Staatsbürger und geschieden. Die Zeit in der Emigration hat sie auseinander gebracht.

Onkel betrachtete ein altes Hochzeitsfoto, legte es weg und sah auf ein Bild meines Vaters. Es zeigte ihn mit 22 Jahren in einem eleganten Anzug vor seinem ersten Teppichgeschäft. Djamjid weinte, nahm das Bild und ging in sein Arbeitszimmer, nahm ein Foto von sich und seinen Kindern aus einem alten kitschigen, persischen Bilderrahmen und ersetzte es durch das Bild seines Bruders.

Im Wohnzimmer saßen Omid und Maryam und beobachteten ihren Vater, wie er den Bilderrahmen mit

Dariushs Bild aufstellte, ein Feuerzeug nahm und die Kerze, die daneben stand, anzündete. Dann sprach er leise ein muslimisches Gebet.

»Und wir müssen jetzt wirklich in Amerika vor unserer Måmånbosorg so tun, als wäre alles in Ordnung!« Mein Cousin stellte sich die Situation in Amerika nicht gerade besonders angenehm vor.

Onkel Djamjid seufzte sehr tief und nickte.

In Zahaks Küche

Die Weihnachtsfeiertage vergingen ohne besondere Ereignisse. Leyla, meine halb persische,
halb deutsche Cousine aus Berlin war angekommen. Wir weinten miteinander, redeten, übergaben uns
noch kleine Weihnachtsgeschenke, verbrachten die Tage
ansonsten aber sehr ruhig. Leyla war die Erste in meiner
Familie, die Nadja kennen lernte, weil sie während ihres
Wienaufenthaltes bei mir wohnte. Die beiden plauderten nett miteinander und freundeten sich ein wenig an.
Leyla fand Nadja »sehr reizend«, aber etwas zu jung für
mich.

Wir hatten beschlossen, für meinen Vater ein Begräbnis frei von jedem Bekenntnis zu organisieren. Es würde
zwei Tage nach der Rückkehr von Djamjid, Omid und
Maryam aus Amerika stattfinden, denn sie wollten
unbedingt daran teilnehmen, und nachdem die Behör-
denwege, die in so einem Fall zu erledigen sind, ohnedies viel Zeit in Anspruch nehmen, war es ein Leichtes,
ihnen diesen Wunsch zu erfüllen.

Während wir in Wien damit beschäftigt waren, den
»Nachlass« meines Vaters zu sichten, war Onkel Djamjid mit seinen beiden Kindern unterwegs nach Amerika.
Wir fanden unter anderem Vaters verschlossene Akten-
tasche, was uns in die unangenehme Situation brachte,
uns gewaltsam zu dem Privatleben meines Vaters
Zugang zu verschaffen, was mir sehr peinlich war, mich
aber doch auch mit einer prickelnden Neugier erfüllte.

Wir öffneten also seinen Aktenkoffer. Meine Mutter hielt einige Papiere hoch und legte sie zur Seite. Dann zeigte sie mir und meiner Schwester (Onkel Djafar war mit seiner Tochter spazieren gegangen, um uns in diesem intimen Moment allein zu lassen) drei persische Pässe, alle drei auf meinen Vater ausgestellt. Zuerst dachte ich schon, mein Vater war ein Geheimagent mit drei verschiedenen Identitäten, dann stellte sich jedoch heraus, dass er seine alten Pässe einfach nur aus nostalgischen Gründen aufbewahrt hatte.

»Schau, euer Vater ist im Jahre 2506 geboren.«

Meine Mutter starrte verwundert auf einen der drei Reisepässe meines Vaters.

»Was?«

»Ja, das steht da.«

»Das muss ein Tippfehler sein!«

Sie gab mir den Pass und ich sah auf die Zeile, in der ich das Geburtsdatum vermutete. Ich kann die persischen Schriftzeichen kaum lesen. Meine Mutter ebenfalls nicht. Lediglich die Zahlen sind relativ einfach.

»Ah ja – wirklich!«

Da stand 2506. Zumindest vermuteten wir das mit unseren unzureichenden Kenntnissen der persischen Schrift. Onkel Djafar konnte dann später alles aufklären. Es stand wirklich 2506 als Geburtsjahr meines Vaters in seinem Pass. Der Pass war 1975 ausgestellt worden. In diesem Jahr führte Schah Mohammed Reza Pahlawi eine neue Zeitrechnung ein. Bis zu diesem neuen Gesetz galt im Iran der islamische Kalender, der mit der Hedschrah, der Flucht Mohammeds aus Mekka im Jahre 622 nach Christus beginnt. 1975 hatte der Schah in seinem Größenwahn per Gesetz erlassen, dass man ab der Gründung der iranischen Monarchie durch Kyros den Großen 559 vor Christus zu rechnen hat. So war der Geburtstag meines Vaters der 13. Mai 1947 nach christlicher, der 22. Ordibehescht 1326 nach islamischer und der 22. Ordibehescht 2506 nach kaiserlicher Zeitrechnung. Diese Zeitrechnung wurde allerdings von der Bevölkerung des Iran und vor allem von den Mullahs sehr kritisiert, sodass sich der Schah gezwungen sah, diesen Kalender 1978 wieder rückgängig zu machen.

»Es war damals einer seiner verzweifelten Versuche, die Revolution noch zu verhindern«, klärte uns Onkel Djafar auf, »aber es war zu spät!«

Worüber uns Onkel Djafar nicht aufklären konnte, war der Brief, den wir im Koffer meines Vaters fanden. Ein Brief in persischer Sprache geschrieben, also für uns de facto unlesbar, den mein Vater eine Woche vor seinem Tod erhalten hatte. Hätten wir den Inhalt dieses Briefes rechtzeitig erfahren, wäre die große Katastrophe, die uns in den nächsten Monaten erwartete vielleicht noch zu verhindern gewesen. Der Brief stammte nämlich von meiner Großmutter Måmånbosorg aus Amerika.

Während wir also die Privatsphäre meines Vaters betraten, fanden sich mein schwedischer Onkel Djamjid, meine Cousine Maryam und mein Cousin Omid in der Küche Zahaks, des bösen Dämonenkönigs wieder, in die sich das Haus meiner Måmånbosorg durch diese unsere Lüge verwandelt hatte. Zwei Stunden nach ihrer Ankunft am Boston Logan Airport fiel zum ersten Mal der Name meines Vaters. Bis dahin konnte jeder Bezug zu ihm vermieden werden. Brenzlig wurde es ein wenig bei der Begrüßung am Flughafen. Als sich Tante Niloufar und Onkel Djamjid zur Begrüßung umarmten, musste Niloufar so herzergreifend schluchzen, dass es meiner Großmutter als eine etwas übertriebene Reaktion auffiel. Es war Gang und Gäbe, dass bei internationalen persischen Begrüßungen offen geweint wurde. Ganz zu schweigen von den Verabschiedungen. Niloufars Schluchzen schien Måmånbosorg aber trotz allem etwas übertrieben, selbst wenn sie ihren Bruder das letzte Mal vor 45 Jahren im Iran gesehen hätte und er seither verschollen gewesen wäre und man ihn erst gestern in einer Höhle im Elbruzgebirge wieder gefunden hätte, und selbst wenn er dann sofort die amerikanische Staatsbürgerschaft geschenkt bekommen hätte – so zu weinen, wie Niloufar, wäre übertrieben gewesen.

Auf der Fahrt vom Flughafen nach Worcester kam es dann kurz zu einer weiteren kleinen Brenzligkeit. Måmånbosorg sagte nämlich: »Wie schön es ist euch zu sehen! Wenn meine Kinder auch auf der ganzen Welt verstreut sind und ich sie nur gelegentlich sehen kann, so sind sie doch wenigstens alle gesund und haben ein gutes Leben. *Allhamdullilah! Merci Åj Chodåh!*«

Daraufhin herrschte betretenes Schweigen, das umso auffälliger war, weil sich die CD, die im CD-Player des Autos lief, gerade in der zweisekündigen Stille zwischen zwei Titeln befand. Die längsten zwei Sekunden in der Geschichte der Menschheit. Die nordamerikanische Winterlandschaft zog an dem Wagen voll peinlicher Berührtheit vorüber, bis endlich das Intro zum nächsten Lied erklang. Aber auch das ganze Intro hindurch konnte niemand etwas sagen. Das waren weitere zweieinhalb Minuten, weil Intros zu persischen Popsongs immer sehr lange sind. Es war noch dazu ein besonders trauriger orientalischer Popsong, der zwischen Intro und Strophenbeginn eine Pause von vier Schlägen hatte – die zweite gefühlte Unendlichkeit. Dann aber setzte Gesang ein und die Peinlichkeit wurde immer größer, denn die erste Zeile des Liedes lautete:

Heute, wo ich dich zum Atmen brauche,
bleibt dein Platz leer,
morgen, wenn ich dich besuchen fahre,
wirst du nicht mehr sein!

Für einen persischen Popsong eigentlich gar kein so trauriger Text, eher eine alltägliche Verzweiflung an der Liebe. Die persischen Popsongtexte sind voll von Männern, die erst durch eine bestimmte Frau ihre Lebensberechtigung erlangen, die ohne sie nicht atmen können, die der Frage nachgehen, aus welcher Geschichte die Geliebte stammt, ob man sie in den Strahlen der Sonne oder im Licht des Mondes suchen soll etc. etc. ... Das ist immer alles sehr, sehr traurig, gehört aber zur Alltagskultur der Perser und erregt somit keine besondere Aufmerksamkeit, im Gegenteil, meine Großmutter meinte sogar einmal: »*Inåh hamme Kosse-sher, migan!*«, was soviel bedeutet wie: »Die reden alle nur Schwachsinn!« Wobei das Wort Schwachsinn in diesem Fall von den zwei zusammengesetzten Hauptwörtern *Koss*, eine abfällige Bezeichnung für das weibliche Geschlechtsteil und dem Wort *Sher*, »Gedicht« gebildet wird. Wenn also im persischen jemand Schwachsinn erzählt, so spricht er ein Mösengedicht! Meine Großmutter geizt nicht mit solch deftigen Ausdrücken.

Nachdem der Sänger auf seine schmalzig persische Art eine Zeitlang vor sich hin gesungen hatte, fragte meine Cousine Maryam, einfach um irgendwas zu sagen: »Was gibt es eigentlich zu essen, Måmån?«

»Heute hab ich dein Lieblingsessen gekocht, *Choreschte Karafs!*«

»Och nein! Das hasse ich!«, warf mein Cousin enttäuscht ein. Er hatte fix mit seinem Lieblingsessen gerechnet.

»Du bist morgen dran. Streitet nicht, jeder kommt mit seinem Lieblingsessen dran, ich wollte eigentlich mit eurem Vater beginnen, aber ich hab keine Lammzunge mehr bekommen! Das kriegt man in Amerika nicht so einfach, das muss man vorbestellen. Aber übermorgen gibt es *Chorake Saban*! Heute *Choreschte Karafs*, morgen *Djudje Kebab* und übermorgen *Chorake Saban*!«

»Oma! Ich bin Vegetarierin!«, rief Maryam aus Angst vor der Lammzunge aus.

»*Ghorbunet beram-man*! Es gibt keine persischen Vegetarier, das ist eine amerikanische Erfindung. Persisch essen kann man nicht vegetarisch.«

»Oh ja, Oma, man muss nur das Fleisch weglassen!«

»Das geht auf gar keinen Fall!«, meinte Måmånbosorg. Was das Essen betraf, war sie eine Despotin. Nicht nur, dass es unmöglich gewesen wäre, in ihrer Gegenwart so etwas wie einen Hamburger oder eine Pizza zu essen, es war auch nicht möglich, die jeweiligen Gerichte anders zuzubereiten als man sie ihrer Meinung nach zubereiten musste. Man durfte auch nicht ein einziges Gewürz in Frage stellen, sagen wir zum Beispiel Kurkuma. Ich rief sie einmal verzweifelt aus Wien an. Ich hatte für Freunde persisch gekocht und der Eintopf schmeckte nicht so, wie er schmecken sollte. Ich schilderte ihr detailliert, was ich getan hatte, welche Gewürze ich verwendete und in welcher Reihenfolge ich dem Gericht was beimengte. Sie hörte mir geduldig zu und sagte dann: »Schütte es weg!«

»Um Gottes Willen, wieso?«

»*Asiset delam*! Mein geliebtes Enkelkind! Erstens hast du das Kurkuma nicht gemeinsam mit dem Zimt und dem Zwiebel angebraten, sondern den Knoblauch als Erstes ins Öl geworfen, das geht nicht, dann wird der Knoblauch bitter und das Kurkuma nicht süßlich.

Zweitens hast du die getrockneten Limonen ganz vergessen, also wird das *Chorescht* nicht säuerlich! Und ein *Choreschte Ghejme*, das nicht säuerlich und anstelle von etwas süßlich bitter ist, ist kein *Choreschte Ghejme*, also schütte es weg! Und viertens: Es ist vier Uhr nachts in Amerika! Ich schlafe jetzt weiter, *Ghorbunet beram-man!*«

»Aber, Måmån, was soll ich denn jetzt meinen österreichischen Freunden zum Mittagessen geben?!«

»Es ist für Österreicher!?«

»Ja!«

»Dann gib noch ein wenig Salz dazu und sag, es gehört so, die wissen ohnehin nicht wie es schmecken soll!«

»O.k.! Danke!«

»Aber wenn nur ein einziger Perser dabei ist, dann schütte es weg!«

Die Vorstellung, sie müsse vegetarisches Essen zubereiten, machte meiner Großmutter Angst. Sie drehte sich in ihrem Sitz nach hinten und sah ihrer Enkelin Maryam tief in die Augen.

»Du bist wirklich Vegetarierin?«

»Ja, Måmån!«

»Das gibt es bei uns Persern nicht! Ein Perser, der nur Gemüse isst, ist kein Perser! Wie soll ich das Fleisch weglassen? Ein Eintopf mit Lammfleisch, Kräutern und Bohnen ist dann kein Eintopf mit Lammfleisch, Kräutern und Bohnen mehr, sondern nur noch ein Eintopf mit Kräutern und Bohnen!?«

»Ja, ist doch wunderbar!«

»Das gibt es nicht!«

»Was?«

»Es gibt im ganzen Iran in den dreitausend Jahren Geschichte keinen Eintopf mit Kräutern und Bohnen! Es gibt allerdings einen so ähnlichen Eintopf!«

»Ah! Was denn für einen?«

»Einen mit Bohnen, Kräutern und man gibt ein bisschen Lammfleisch dazu! Davon hab ich schön gehört, aber von Bohnen und Kräutern allein hab ich noch nichts gehört!«

Meine Großmutter lachte herzlich, zwickte Maryam mit ihrem knochigen Mittel- und Zeigefinger, als wäre sie ein Baby, in die rechte Wange, sah Onkel Djamjid an, der ebenfalls lachte, und beruhigte ihr Enkelkind, wie man es mit einem vierjährigen kleinen Kind machen würde: »Natürlich mach ich dir was Vegetarisches! Wenn mein Kind kein Fleisch essen kann, bekommt mein Kind kein Fleisch!«

Måmånbosorgs vegetarische Küche bestand in erster Linie darin, dass sie alles, was mit Fleisch zubereitet werden muss, mit Fleisch zubereitete und für meine Cousine immer eine Extraschüssel auf den Tisch stellte, in der sich dasselbe *Chorescht* ohne Fleischstückchen befand, die sie sorgsam herausgeklaubt hatte. Das war für meine Großmutter schon vegetarisch. Ihr zu erklären, dass man als Vegetarier ungern in Fleischsud gekochte Kräuter, Bohnen und verschiedene Gemüse essen möchte, schien meiner Cousine zu anstrengend und sie begnügte sich für die Zeit ihres Aufenthalts hauptsächlich mit den persischen Vorspeisen, die zu neunzig Prozent vegetarisch sind, von Persern allerdings nie als vegetarisch wahrgenommen werden, sondern als Vorspeisen, in denen kein Fleisch ist, weil keines hineingehört und nicht weil man keines essen möchte. Diese Speisen sind ja genau genommen nicht vegetarisch, sondern einfach fleischlos. Ein Kebab, dass aus gegrillten Tofukeulen besteht, wäre vegetarisch, nicht aber ein *Kashke Bademjan*, diese wunderbare gebratene Melanzanimasse mit Knoblauch, Minze und *Kashk*, einer Art von eingedicktem Schaf-Joghurt, das riecht wie ein ganzer Hammelstall, aber köstlichst schmeckt. In der Vegetarierfrage denke ich eindeutig persisch und bin auf Seite meiner Großmutter.

Die Autofahrt hatte man also mit nur einer kleinen prekären Situation hinter sich gebracht. Koffer wurden ausgeladen und ins Haus getragen, der Garten, der an einem kleinen künstlich angelegten Teich lag, wurde bewundert. Omid und Maryam bezogen das kleine Gästezimmer im ersten Stock und Djamjid wurde im Schlafzimmer seiner Mutter einquartiert, die selbst auf der ausgezogenen Couch im Wohnzimmer schlief, solange ihr Sohn mit seinen Kindern bei ihr zu Besuch war. Das mag befremdlich klingen, aber so gebietet es die persische Gastfreundschaft. Der Gastgeber muss dem Gast sein Schlafzimmer überlassen und selbst anderswo im Haus einen Schlafplatz finden. Gastfreundschaft ist für den Perser überaus wichtig. Auch muss, wenn Gäste im Haus sind, immer für die doppelte Anzahl von Personen gekocht werden als tatsächlich anwesend sind, denn nichts ist beschämender für den Gastgeber als ein hungriger Gast. Für den Gast wiederum geziemt es sich nicht, etwas auf seinem Teller übrig zu lassen. Das wäre ein Zeichen dafür, dass es einem nicht schmeckt. Der Gastgeber aber wiederum ist verpflichtet, dem Gast solange nachzugeben, solange noch etwas da ist, was zur Folge hat, dass man als Gast sich ständig überfrisst, weil man ja nicht unhöflich sein will. Und obwohl jedem Perser dieses Ritual vollkommen klar ist, machen sie es nicht nur alle mit, sondern man kommentiert auch noch das Verhalten des anderen. Wissen Sie, was ich meine? Perser stopfen ihre Gäste und beschweren sich, sobald die aus dem Haus sind, dass sie einem alles leer gefressen haben, und als Gast jammert man nach dem Besuch nicht nur darüber, dass es das schlechteste *Ghormesabzi* war, seit man den Iran verlassen hat, man klagt auch noch darüber, dass die soviel gekocht haben, um zu zeigen, wie reich sie sind und dass man das nächste Mal ihre Einladung nicht annehmen wird. Aber da lauert schon das nächste Problem auf den höflichen Perser. Unter Persern ist es ein Affront, eine Einladung abzulehnen. Man sagt nicht: »Danke für die Einladung, aber an dem Tag kann ich nicht, da lass ich mir ein Hühnerauge entfernen!« Man muss sagen: »Ich danke Ihnen für Ihre Einladung, nichts täte ich lieber! Ich komme nächsten Montag zu Ihnen!«

Und dann hat aber die persische Höflichkeit etwas Geniales erfunden. An diesen Satz fügt man einfach ein »*Inschallah!*« an: »Wenn Gott es will!«

Damit kommt man aus jeder Verabredung, aus jeder Verpflichtung wieder heraus. Man muss nur »Wenn Gott es will« anfügen! Es ist einem auch niemand gram oder ist enttäuscht, wenn aus dieser Verabredung dann nichts wird. Alle Beteiligten wollten ja, Gott wollte nicht!

»Nächste Woche zahle ich Ihnen Ihre siebentausend Dollar wieder zurück. *Inschallah!*«, und niemand wundert sich, wenn er kein Geld sieht.

»*Inschallah!*«, fügte meine Großmutter auch dem Versprechen ihrer besten Freundin gegenüber an, sie werde sie mit ihrer Familie, sobald sie angekommen sind, auf jeden Fall besuchen.

Der Wortlaut war: »Ich habe schon mit ihnen gesprochen, sie freuen sich, dich zu sehen, *Inschallah!*« Selbstverständlich hatte sie mit niemandem darüber gesprochen, und auch wenn sie das hätte, freute sich niemand, sie zu sehen, weil weder Onkel Djamjid noch meine Cousins Mrs. Ghawidel kannten. Drei Tage nach dem Ende ihres USA-Aufenthalts saß Måmånbosorg in der Küche bei Frau Ghawidel. Beide tranken Tee, rauchten eine Zigarette und Måmånbosorg bedauerte, dass es sich diesmal wieder nicht ausging, sie mit ihrer Familie zu besuchen. Mrs. Ghawidel drückte daraufhin ihr Bedauern aus und Måmånbosorg sagte: »Beim nächsten mal, ganz bestimmt, *Inschallah*!«

Mrs. Ghawidel war auch gar nicht traurig darüber, dass sie nicht besucht wurde. Sie versprach sich von so einem Besuch nicht viel außer Arbeit. Aber es war nach der persischen Art, höflich zu sein, unmöglich, keine Einladung auszusprechen, wenn man erfährt, dass der Sohn aus Übersee mit den beiden Enkelkindern nach Jahren der Trennung wieder zu Besuch kommt. Also sagte Mrs. Ghawidel: »Du musst mit ihnen unbedingt zum Essen kommen! Ich werde eine Einladung für sie geben. Ein paar meiner persischen Freunde hier in den USA, die freuen sich alle, deinen Sohn und deine Enkelkinder kennen zu lernen!«

Kurz war Mrs. Ghawidel schon beunruhigt und fürchtete, wirklich für mehrere Gäste kochen zu müssen, aber dann hörte sie meine Großmutter *»Inschallah*!« sagen und war beruhigt. Dieses Spielchen trieben die beiden, seit sie sich kannten. Sie waren eben nach persischer Art sehr höflich zueinander.

Onkel Djamjid sank im Schlafzimmer seiner Mutter erschöpft auf das Bett. Acht Stunden Flug über den Ozean hatten ihn ermüdet, mehr noch hatte ihn die Lüge ermüdet, das Spiel, dass er seiner Mutter vorzuspielen hatte. Das fröhliche Gesicht, das er trotz des Todes seines Bruders machen musste, ermüdete ihn am meisten.

Es war ihm unangenehm, seine Mutter aus ihrem Schlafzimmer zu verbannen, aber sie hatte darauf bestanden. Er selbst hatte diese Art der Höflichkeit bereits, wenn nicht abgelegt, so doch durch das Leben in Europa modifiziert. Abgesehen davon, dass sich europäische Gäste sehr wundern würden, müssten sie im Schlafzimmer des Gastgebers schlafen, war es auch nur mit Unannehmlichkeiten verbunden, man konnte den eigenen Kleiderkasten nicht benutzen und im zentral gelegenen Wohnzimmer nicht furzen, ohne dass es jemand hörte. Onkel Djamjids persische Art höflich zu sein, zeigte sich darin, dass er sich bei mir oder bei anderen persischen Gästen dafür entschuldigte, dass er ihnen nicht sein Schlafzimmer überlassen konnte, weil seine zweite Frau, sie war Schwedin, mit diesen Bräuchen nicht so vertraut sei.

Er beschloss, seinen Koffer später auszupacken, ging ins Badezimmer, erfrischte sich mit einer Dusche, in der in Amerika das Wasser immer nach Chlor riecht, was einem die ersten Male besonders auffällt, zog sich frisches Gewand an und ging dann hinunter ins Wohnzimmer, wo Omid und Maryam mit versteinertem Blick auf der Couch vor einem Glas Tee, einer Schale mit frischem Obst und einem Teller mit getrockneten Früchten, Pistazien und gesalzenen Kichererbsen saßen.

Omid blickte drein, als ob er gerade den Teufel gesehen hätte, und zwar nicht den aus seinen Drehbüchern, sondern den leibhaftigen. Maryam nahm einen Schluck Tee.

»Sie ist gerade in der Küche«, flüsterte sie.

»Was ist los?«

»Sie hat uns gefragt, ob wir zu Weihnachten mit Amu Dariush telefoniert haben. Er hat sich nämlich bei ihr nicht gemeldet!«

Onkel Djamjid wurde ein wenig übel, er überlegte, schnell ins Badezimmer zu gehen und sich entweder zu übergeben oder kaltes Wasser ins Gesicht zu schütten. Nahm jedoch von beiden Klischeehandlungen Abstand und sagte zu seinen Kindern: »Wir müssen so tun, als wäre nichts!«

Es wurde ihm noch übler, sodass ihm der Gang ins

Badezimmer zwar noch immer als Klischee vorkam, ein Klischee, das aber immer drängender nach Handlung verlangte. Mein Cousin Omid stand auf und ging in die Küche. Immerhin war er Schauspieler. Wer, wenn nicht er, würde diese Situation am besten meistern können, dachte er.

»Wir müssen das Thema auf etwas anderes lenken!«, flüsterte er im Vorbeigehen seinem Vater zu.

»Ich bin kurz auf der Toilette!«, sagte Maryam und verschwand aus dem Wohnzimmer.

»Wie machen wir das!?«, fragte Djamjid seinen Sohn und hielt ihn am Ärmel fest.

»Wir müssen alles vermeiden, was mit Onkel Dariush zu tun hat. Wir dürfen nicht über Tod oder Krankheit reden – wir müssen sie ablenken!«

»Nein. Wir müssen von Dariush erzählen, dass er mit uns telefoniert hat und es ihm gut geht!«

»Nein, wir sagen einfach nichts über Onkel Dariush!«

Måmånbosorg kam aus der Küche zurück und sah ihren Sohn und ihr Enkelkind wie angewurzelt dastehen.

»Was ist mit euch!?«, fragte sie.

»Nichts!«, antwortete Omid und war der festen Überzeugung, dass Måmånbosorg alles wusste. Er war sich sicher, dass sie dieses Spiel durchschaut hatte, dass sie sich verraten hatten. In dieser Sekunde schien Omid nichts logischer, als dass man aus der Tatsache, dass ein Vater neben seinem Sohn angewurzelt im Wohnzimmer seiner Mutter steht, schließen kann, dass der zweitälteste Bruder gestorben ist.

»Nichts – wir wollten gerade zu dir in die Küche kommen!« Dieser Satz klang, als hätte Omid gesagt: »Nichts, dein Sohn ist tot!« Es schien ihm auch, als hätte er genau diese Worte gesagt, als wäre es eine Geheimsprache, die er sprach. Als wäre der Code für »Dein Sohn ist tot« der Satz »Wir wollten gerade zu dir in die Küche kommen«.

»Habt ihr jetzt mit Dariush telefoniert, oder nicht!?«

Und das war der Code für »Ich weiß alles, wieso verkauft ihr mich für dumm?«.

Måmånbosorg ging zu einer Kommode, öffnete eine Lade und nahm einen Briefumschlag heraus. Omid und Djamjid wussten zuerst nicht so recht, was sie sagen sollten, doch dann hatte Omid die rettende Idee, mit der er sich aus der Affäre ziehen konnte.

»Ich wollte mit ihm reden – war dann aber zu spät bei Papa in der Wohnung! Ihr habt doch mit ihm geredet, Papa? Oder?«

Djamjid wäre gerne erstarrt, da er aber schon die längste Zeit erstarrt dastand, war dies nicht möglich und ihm wurde unendlich heiß um die Ohren, er hörte ein lautes Sausen in seinem Kopf, als würde Pressluft entweichen, und hoffte, dass er ohnmächtig werden würde. Stattdessen hörte er seine Tochter, die soeben in der Wohnzimmertüre erschien, sagen: »Måmån! Das Toilettenpapier ist aus!«

»Das kann nicht sein! Ich habe, bevor wir zum Flughafen gefahren sind, extra noch welches reingetan!«

Maryam hatte natürlich das ganze Gespräch mitgehört, sie war gar nicht auf der Toilette gewesen, sondern hatte sich nur aus der Situation geschlichen und in sicherem Abstand auf der Treppe gestanden und mitgehört. Sie versuchte jetzt aus schlechtem Gewissen, ihren Bruder und ihren Vater alleine gelassen zu haben, die Situation zu retten. Aber Toilettenpapier ist keine so gute Ablenkung wie es zum Beispiel ein Erdbeben gewesen wäre. Ausgerechnet unsere Familie musste in New England wohnen, wo es keine Erdbeben gab! So viele Perser leben in Los Angeles – einem bekannten Erdbebengebiet – aber nein: Unsere Familie muss ja an die Ostküste!

»Was ist jetzt? Hat jetzt jemand von euch mit Dariush geredet oder nicht!«

Die drei standen wie angewurzelt da. Keiner wusste etwas zu sagen. Nach vier Sekunden, die allen wie eine Ewigkeit vorkam, sagte Måmånbosorg: »Was ist los mit euch? Ihr seht drein wie die drei Musketiere, denen Mantel und Degen gestohlen wurde!«

»Geredet! Geredet! Gereeeedet! – Natürlich habe ich mit meinem Bruder geredet! Warum sollte ich nicht mit meinem eigenen Bruder reden!?«

»Ich meine zu Weihnachten! Er hat sich bei mir nicht gemeldet.«

»Fragt mich, ob ich mit meinem Bruder geredet habe! Bin ich verfeindet mit ihm? Nein! Wenn ich verfeindet wäre – ja – dann – ja – dann wäre die Frage berechtigt! Aber so, was für eine Frage – natürlich habe ich mit meinem Bruder geredet!«

»Zu Weihnachten?«

»Nein, zu Weihnachten habe ich nicht mit ihm geredet!«

Onkel Djamjid brachte es nicht übers Herz, seiner Mutter ins Gesicht zu lügen. Er setzte sich hastig auf das Sofa, nahm eines der Teegläser in die Hand und trank den Tee in einem Zug aus. Sechs Paar Augen verfolgten sein eigenartiges Verhalten. Djamjid blickte auf: »War das kein Whiskey? Oh, das war Tee! Den muss man langsam trinken, der ist heiß!«

Und er stieß einen ohrenbetäubenden Schrei aus, denn er hatte sich an dem heißen Tee seinen Mund verbrannt.

»*Allahu akbar! Astaffollelah!* Mein Kind hat sich den Mund verbrannt! Wir müssen die Rettung holen!«

»Nein, nein, Måmån – es geht schon!«

Måmånbosorg wollte Djamjid das Glas aus der Hand

nehmen, in diesem Moment schrie er noch einmal auf und ließ es zu Boden fallen.

»Heiß – wieso ist denn das immer noch so heiß! Måmån – hast du keine Brandsalbe zu Hause!?«

Måmånbosorg sah etwas verdutzt drein, schüttelte den Kopf und sagte, dass sie zwar keine Salbe hätte, aber dass Djamjid sich Joghurt auf die verbrannte Hand schmieren solle, das würde ohnedies besser helfen als irgendeine von unfähigen amerikanischen Ärzten verschriebene Chemikalie. Sie startete in die Küche, um das Joghurt zu holen. Djamjids Kinder sahen ihn verblüfft an.

»Bravo, Papa! Bravo!«

Omid war von der schauspielerischen Einlage seines Vaters begeistert!

»Was heißt bravo!«, entgegnete meine Cousine. »Es ist ein Wunder, dass sie dir das abgenommen hat. Du hast dich benommen wie Inspektor Clouseau!«

»Der Tee war eiskalt! Ich bin kein Schauspieler!«

»Du hättest noch unabsichtlich auf das Glas steigen und dir in den Fuß schneiden müssen! Das wäre dann Inspektor Clouseau!« Omid sah die Szene bereits vor sich. »Dann hättest du dich an den Vorhängen angehalten, diese heruntergerissen und wärst, um der Katze, die neben dir vorbeiläuft, auszuweichen, in den Fernseher gestiegen!«

In diesem Moment kam Måmånbosorg wieder aus der Küche, sie hatte ein offensichtlich feuchtes Geschirrtuch in Händen, dass sie Djamjid um seine »verbrannte« Hand wickelte.

»Au! Måmån! Das Tuch ist ja heiß!«

»Ja, natürlich! Der Tee steht seit 25 Minuten da auf dem Tisch! Verbrennungen kannst du dir keine geholt haben – der Tee ist eiskalt! Aber ich kann dir einen Wickel gegen Frostbeulen machen!«

Der Vorteil in einem Inspektor-Clouseau-Film besteht darin, dass man am Höhepunkt der Peinlichkeit entweder noch einen draufsetzt (demzufolge müsste jetzt Djamjid aus dem Fenster stürzen und von einem Bus überfahren werden) oder man einfach »wegschneidet«. Das heißt, man macht einen Zeitsprung vom Höhepunkt der Peinlichkeit zur Reue oder Versöhnung oder man geht einfach darüber hinweg (was nur in schlechten Filmen der Fall ist). Schön wäre es, wenn jetzt im wahren Leben ein Schnitt käme, dachte Omid, und Måmånbosorg mit ihm, Maryam und Onkel Djamjid im Flugzeug säße, auf dem Weg nach Wien zum Begräbnis ihres Sohnes und sie der Familie versichern würde, dass es gut ist, dass man es ihr gesagt hat, dass sie keinen Herzinfarkt bekommen hat, dass sie unendlich traurig ist, aber dennoch froh, sich von ihm verabschieden zu können. Alle würden kurz vor Rührung weinen, dann käme der Abspann und dann vielleicht noch eine kleine lustige Szene vom Begräbnis, wo Djamjid ins Grab fällt oder die Asche ihres Sohnes, die Måmånbosorg in den Zahyande Fluss in Isfahan streut, weht allen ins Gesicht, weil sich der Wind gedreht hat. Einer dieser üblichen Schlüsse eben. Aber im wahren Leben gibt es keine Schnitte und auch keine fein gedrechselte Dramaturgie. Im wahren Leben muss man durch diese Peinlichkeiten durch und deswegen sagte Omid: »Ja! Gewonnen! Ich habe hundert Dollar gewonnen! Ich habe es gewusst! Papa! Du hast verloren! Ich kenne doch meine Großmutter!«

Er lief auf Måmånbosorg zu, umarmte sie und führte ein kleines Tänzchen mit ihr auf, während er sich überlegte, was er jetzt als nächstes sagen könnte. Ihm war klar, dass er eine Wette gewonnen hatte – aber welche und warum und mit wem ...?

»Was ist los mit euch? Haben sie euch bei der Einreise einer Gehirnwäsche unterzogen!?«

»Nein – das kann man nur mit Leuten machen, die ein Gehirn haben!«, war der einzige Satz, den Maryam zu dieser Situation beitragen konnte, ein Umstand, der später noch zu einem heftigen Streit zwischen ihr und ihrem Bruder führte, der sich gezwungen sah, die Situation alleine zu retten.

»*Bâbâ* und ich haben am Flug hierher über seine Kindheit gesprochen und über unsere Kindheit und so ... und da hat er gemeint, dass wir ihn, als wir noch klein waren, nie anlügen konnten, dass er immer auf die Wahrheit draufgekommen ist und da ... da hab ich ihn gefragt, wie das in seiner Kindheit war und da hat er gesagt ... er konnte dich und seinen Stiefvater immer anlügen und ihr hättet es nie gemerkt!«

»Euer Vater konnte mich überhaupt nicht anlügen! Er hat immer sofort ein rotes Gesicht bekommen!«, sagte Mâmânbosorg zu Djamjid, der ein rotes Gesicht hatte.

»Naja, und da haben wir gewettet, weil er behauptet hat, dass er dich sogar heute noch anlügen kann. Um hundert Dollar! Und ich hab gesagt – nein! Das kann er nicht, weil meine Oma kommt auf alles drauf, und da hat er behauptet, das wäre kein Problem, und so sind wir auf das alles gekommen!«

»Aber das mit dem Tee ist doch wahnsinnig dumm!«

»Ja, ja – aber er hat behauptet, er könne dir sogar kalten Tee für heißen Tee vormachen!«

»Ihr seid alle drei, glaub ich, ein bisschen verrückt geworden! Wahrscheinlich haben die keinen Sauerstoff im Flugzeug gehabt!«

»Nein, das ist ja ein altes schwedisches Sprichwort, weißt du, Mâmân: Jemandem einen kalten Tee für einen heißen vormachen!«

Ich glaube, man muss nicht dazusagen, dass niemand in Schweden dieses Sprichwort kennt, aber nachdem Måmånbosorg nicht Schwedisch spricht, schien es Omid die perfekte Tarnung für diese absurde Szene.

»Ja, ja – dein Sohn hat gemeint, er könne dich so perfekt anlügen, dass er dir sogar kalten Tee für heißen vormachen kann!«

Stille. Måmånbosorg schüttelte den Kopf. Sah ihren Sohn und seine beiden Kinder an und lachte dann aus vollem Herzen. Die Situation war gerettet, Großmutter war abgelenkt, sie hatte Dariush vergessen und würde ihn hoffentlich bis zum Abendessen nicht mehr erwähnen. Wir haben ein wenig Zeit gewonnen, dachte Omid, eine Sekunde, bevor er seine Großmutter sagen hörte: »Wisst ihr, wer wirklich gut lügen konnte als Kind!?«

Und als ob das Leben eine Boulevardkomödie wäre, war es tatsächlich mein Vater, der seine Eltern am besten von allen fünf Kindern anlügen konnte.

»Onkel Dariush!«

Die drei Musketiere, denen man jetzt auch noch die Pferde gestohlen hatte, sahen Großmutter an und warteten, ob man ihnen jetzt auch noch die Unterwäsche stehlen würde.

»Wie spät ist es eigentlich in Wien? Wir könnten ihn und Angelika jetzt anrufen. Ich hab schon länger nichts von ihnen gehört.«

Sie ging zu der Kommode, aus der sie den Brief genommen hatte und entnahm einer anderen Lade ein Telefonbuch, das sie Omid in die Hand drückte.

»*Ghorbunet beram-man!* Ruf bitte an und gebt ihn mir dann – ich bin schnell in der Küche und setze frischen Tee auf.«

Damit ging sie Richtung Küche, drehte sich noch einmal um und sagte: »Und du, Djamjid, gib deinem Sohn die hundert Dollar! Falls du sie ihm nicht geben möchtest und mir dann erzählst, du hättest sie ihm gegeben, wirst du ohnehin wieder rot und alles fliegt auf! Also gib meinem intelligenten Enkelkind sein Geld!«

Und sie verschwand in der Küche.

»Ich werde den Rest der Jahre mit einem roten Kopf herumrennen!«

»Was machen wir jetzt? Wir können doch niemals in Wien anrufen – wie soll das gehen?«

»Wer hat eigentlich diesen idiotischen Beschluss gefasst, nichts zu sagen?«

»Wir alle!« Djamjid wurde wieder rot: »Wir alle haben das beschlossen und es ist auch sehr gut so!«

»Ich will hier weg!« Maryam stand immer noch auf der Treppe. Måmånbosorg steckte ihren Kopf aus der Küchentür.

»Und ruft auch Fereydoun an. Er muss auf dem Weg hier her sein. Er hat heute Vormittag angerufen und gesagt, er freut sich schon sehr, euch zu sehen! Fragt, wie lange er noch braucht, wegen dem Abendessen!«, und sie verschwand wieder in der Küche.

Onkel Fereydoun hatte sich bis zu diesem Zeitpunkt noch bei niemandem in der Familie gemeldet, außer bei seiner Mutter. Auch hatte er seine Mobilbox mit der Nachricht vom Tode seines Bruders noch immer nicht abgehört. Im Gegenteil, die 27 Anrufe in Abwesenheit auf seinem Handy, alles Anrufe von Familienmitgliedern amüsierten ihn eher und er dachte sich, er werde seinen Geschwistern zum Trotz erst recht nicht zurückrufen, noch dazu, wo er sich ja immer noch in den Armen und zwischen den Beinen zweier Schwedinnen befand. Nach dem Anruf bei seiner Mutter legte er sein Handy wieder auf seinen Küchentisch – nahm die Flasche Champagner, die er schnell in einem 7/11 Store gekauft hatte und ging ins Schlafzimmer im zweiten Stock seiner Wohnung, wo die beiden schwedischen Touristinnen im Alkohol- und Marihuana-Koma vor sich hin dösten. Fereydoun sah vier nackte Beine, von denen zwei kurz über dem Knie unter der Bettdecke verschwanden – wohingegen sich die anderen zwei zu einem, wie Fereydoun befand, prächtig geformten weiblichen Hintern verwandelten, der, kurz nachdem er in einen sanften Rücken überging, unter der selben Bettdecke verschwand. Er hörte lautes Schnarchen, durch den Genuss von zuviel Alkohol und Joints verursacht. Er hielt kurz inne und dankte dem Herren, dass er in seinem Alter so etwas noch erleben durfte. Seit seinem vierzigsten Geburtstag wünschte er sich nichts sehnlicher, als mit zwei Frauen gleichzeitig Sex haben zu können. Zwanzig Jahre musste er warten, bis sich diese Gelegenheit ergab. Jetzt, so sagte er sich, wäre er bereit zu heiraten, Kinder zu zeugen und ein ruhiger, verständnisvoller, amerikanische Kleinbürger zu werden. Denn er hatte das Unglaubliche erlebt. Jetzt war es soweit – jetzt wollte er ein Zuhause suchen. Mit 63 hatte er sich endlich die Hörner abgestoßen und sehnte sich nach Geborgenheit und Familie. Er wurde traurig, was jedoch in erster Linie mit dem beginnenden Kater zu tun hatte, der sich nach dem Verschwinden des Rest-alkohols und des THCs in seinem Körper ausbreitete. Ihm fiel der Satz eines französischen Philosophen ein, an dessen Namen er sich nicht mehr erinnern konnte: »Nach jedem Exzess fühlt man sich nur noch einsamer!«

Er blickte auf den weiblichen Teil des dreitägigen durchgehenden Exzesses und abermals dankte er Gott, dass er das erleben hatte dürfen, worauf einer der bei-den Touristinnen ein Furz entfuhr, welcher, war nicht auszumachen. Ein lauter, penetrant riechender Furz, der nicht nur die wieder aufkeimende sexuelle Begierde in

153

Onkel Fereydoun zunichte machte, sondern ihn auch in eine tiefe Depression stürzte, von der er sich jahrelang nicht mehr erholen sollte.

Gegen fünfzehn Uhr machte er sich mit seinem Wagen auf den Weg nach Worcester, um seinen Bruder und dessen zwei Kinder zu begrüßen. Es war zirka eine Stunde, bevor er EXIT 16 auf der Interstate 290 erreichte, als er zu seinem Handy griff und sich überlegte, ob er die Nachrichten auf der Mobilbox abhören sollte. Er entschied sich, zu warten, bis er aus dem Auto aussteigen würde, schließlich wollte er kein Strafmandat riskieren.

Im Wohnzimmer meiner Großmutter standen immer noch die drei Musketiere wie angewurzelt in der Landschaft.

»Es wird immer schlimmer! Onkel Fereydoun weiß doch noch nichts!« Omid war jetzt ein wenig bleich im Gesicht, wohingegen Djamjid sein Rot beibehielt.

»Das ist gut, wenn er nichts weiß! Dann kann er nichts verraten!« Maryam hatte ihre normale Gesichtsfarbe – noch.

»Ja, aber wir müssen es ihm sagen!«

»Moment, langsam! Wir können ihm nicht sagen, dass sein Bruder gestorben ist und ihn im selben Moment darum bitten, vor unserer Mutter so zu tun, als wäre nichts!«

»Wir sagen es ihm danach!«

»Wonach?«

»Nach dem Essen!«

Omid wurde ungeduldig: »Es geht jetzt nicht um Onkel Fereydoun! Wir müssen uns überlegen, wie wir das mit dem Anruf in Wien machen!«

»Wir können hier nicht reden! Eure Großmutter hört uns!«

»Wir müssen Tante Niloufar vom Ernst der Lage unterrichten!«

Onkel Djamjid sprang von der Couch auf: »Moment! Ich weiß was!«

Er ging in die Küche. Seine beiden Kinder folgten ihm. Als ob sie eine geheimnisvolle Höhle betreten würden, kamen sie in die Küche. Måmånbosorg schaute von ihren Töpfen auf.

»Habt ihr angerufen?«

»Nein, noch nicht! Machen wir gleich! Måmån, ich gehe nur schnell in den Supermarkt Bier holen! Fereydoun trinkt doch so gerne Bier!«

»Ich habe Bier!«

»Dann hole ich welches! Bis gleich!«

»Bis gleich!«

»Bis gleich!«

Und die drei verschwanden aus der Küche, rannten durchs Wohnzimmer, öffneten die Haustüre und standen im Vorgarten. Sie riefen Tante Niloufar an und zehn Minuten später saßen sie bei ihr im Auto. Sie hatte sie zwei Straßen weiter aufgelesen und nun standen sie auf dem Parkplatz eines großen Einkaufszentrums.

Tante Niloufar gab klare Anweisungen, was zu machen war.

»Omid, du bist Schauspieler! Du wirst so tun, als würdest du mit Onkel Dariush telefonieren und in dem Moment, indem du das Telefon an Måmånbosorg übergibst, tust du so, als würde der Empfang abreißen. Dann hört sie nur die tote Leitung.«

»Und nicht ihren toten Sohn!«, sagte Omid mit nervösem Zittern in der Stimme, das man bei Schauspielern immer kurz vor ihrem Auftritt hören kann.

»Jetzt hör zu! Dann tust du so, als würdest du noch einmal anrufen. Bekommst aber keine Verbindung!

155

Zehn Minuten später sagst du Måmånbosorg, Onkel Dariush habe ein SMS geschickt, sein Akku ist leer, er gehe jetzt schlafen und freue sich, morgen mit uns zu telefonieren!«

»Aha! Und warum rufen wir nicht auf dem Handy von Angelika an?« Maryam war die ganze Situation äußerst unangenehm. Sie wünschte sich, in Stockholm geblieben zu sein, mit ihren Freundinnen in Gamla Stan in einem Lokal herumzuhängen.

»Das wird sie uns nicht fragen!« Niloufar wurde ungeduldig. »Ich kenne meine Mutter! Dann haben wir bis morgen, übermorgen, Zeit, uns was anderes zu überlegen!«

Und so kam es, dass mein Cousin am 26. Dezember letzten Jahres in Worcester, Massachusetts, gegen 19 Uhr 30 Ortszeit am Telefon so tat, als würde er mit seinem verstorbenen Onkel sprechen. Måmånbosorg, Tante Niloufar und Maryam deckten in der Küche den Esstisch, während Djamjid mit rotem Kopf seinem Sohn beistand: »Du musst lauter reden, damit sie dich hört!«

Omid brüllte ins Telefon: »Hallo, Onkel Dariush!« Er machte eine Pause. »Danke, sehr gut! Dir?« – Wieder eine Pause – »Euch auch allen!«

»Geh jetzt rein in die Küche!«

»Wirklich?! Sehr gut ...! *Bårikallå!*«

»Jetzt hör schon auf! Mir musst du nichts vorspielen ... geh in die Küche!«

Omid hielt seine Hand über das Handy: »Lass ihn doch – wenn er mit mir reden will!«

»Was machst du da? Willst du von mir einen Oscar!?«

»Ich muss das üben – es muss doch realistisch sein!«

In diesem Moment parkte Onkel Fereydouns Auto vor Måmånbosorgs Haus. Fereydoun stieg aus, nahm sein Telefon und hörte die Mobilbox ab. Er drückte auf die Taste mit der Ziffer 1 und einige Sekunden später hörte er meine Mutter sagen: »Dariush is dead! Please call me back – your brother died!«.

In der Zwischenzeit war Omid mit seinem oscarreifen Telefonat in der Küche angelangt: »Bleib dran – ich gebe dir Måmån!«

Tante Niloufar und Maryam sahen gespannt auf Omid, während Måmånbosorg den Reis mit einer Kelle aus dem Topf auf einen großen Anrichteteller schöpfte.

»Bleib dran, ich geb sie dir. Hallo! Hallo! Bleib dran!«

Er beugte sich seltsam zur Seite, um »besseren Empfang« zu bekommen. Eine Eigenart vieler Menschen, als ob zwanzig Zentimeter näher zum Boden eine bessere Verbindung zu finden wäre.

»Hallo! Hallo! ...«

»Sag ihm, er soll später anrufen – wir essen jetzt!«, sagte Tante Niloufar, die befürchtete, dass durch Omids Theatralik die ganze Sache auffliegen könnte.

»Nein!«, sagte Måmånbosorg, »Gib mir den Hörer!« Sie legte die Reiskelle zur Seite und griff mit freudig strahlendem Blick zu Omids Telefon. Omid übergab ihr das Telefon.

»›'Allo! ›'Allo! Dariush! ›'Allo! Ghorbunet beram-man! Djånam! ›'Allo! ›'Allo! Dariush!«

Sie sah Omid enttäuscht an.

»Ich kann ihn nicht hören?! Die Verbindung ist abgerissen!«

»So was Dummes! Wir rufen ihn später noch mal an!«

In diesem Moment läutete es an der Haustüre. Onkel Fereydoun stand verweint und komplett aufgelöst davor. Er konnte nicht fassen, was passiert war! Er wollte so schnell wie möglich in die Arme seiner Mutter, um mit ihr den Tod seines Bruders zu beweinen.

Tadigh sei Dank

Ich weiß natürlich, dass das total unfair ist, am Höhepunkt der Spannung, kurz bevor meine Großmutter zur Tür geht, um ihrem weinenden Sohn zu öffnen und alles auffliegt, ein neues Kapitel zu beginnen, nur um die Spannung zu erhöhen. Glauben Sie mir, ich mache das nicht, um die Spannung zu erhöhen und Sie damit auf die Folter zu spannen. Ich mache das, weil ich Ihnen erzählen muss, was ich zu diesem Zeitpunkt getan habe. Ich hatte zu diesem Zeitpunkt nämlich etwas Folgenschweres herausgefunden und zwar mit Hilfe meines Onkels Djafar, gegen das sich der Auftritt meines Onkels Fereydoun bei seiner Mutter wie eine Kleinigkeit ausnimmt.

Zu dem Zeitpunkt, als mein Onkel Fereydoun vor der Tür seiner Mutter stand und anläutete, war es in Europa zwei Uhr nachts und Onkel Djafar, seine Tochter Leyla und ich saßen kreidebleich in einem Lokal in Wien. Meine Mutter schlief bereits. Ich hatte Onkel Djafar vom Fernseher weggeholt, nachdem ich bei mir zu Hause die Papiere aus dem Nachlass meines Vaters durchgegangen war, die mir meine Mutter mitgegeben hatte. Es waren einige Familienfotos dabei und eine Mappe mit Werbeprospekten für seine neue Teppich-Kampagne. Und ein weiterer Brief in persischer Sprache. Bevor ich mir den Brief, der übrigens nach seiner Übersetzung ins Deutsche durch Onkel Djafar dazu führte, dass wir kreidebleich geworden waren, genauer ansah, hatte ich einen dieser Werbeprospekte herausgenommen. Ich musste posthum bemerken, dass mein Vater ein Verkaufsgenie gewesen war, den sicheren Erfolg seiner letzten Werbekampagne aber leider nicht mehr erleben würde können. Ich war fassungslos, was meinem Vater da eingefallen war. Er hat sich nicht nur etwas ausgedacht, um Perserteppiche loszuwerden, nein, er hatte mit seiner Idee dem Perserteppich ein komplett neues Image verschafft.

Ich sah mir den Prospekt genauer an. Die Überschrift lautete: »Der Wellness-Teppich! Gesundheit und Wohlbefinden aus dem Iran.« Und darunter stand:

Wissenschaftliche Sensation: Nach den drei Typen der Ayurvedischen Medizin (Kapha, Vatta und Pita) konnten iranische Ärzte, die nach der traditionellen iranischen Medizin (TIC) behandeln, die vier Typen nach der iranischen Teppichheilkunde (seit Anfang des 12. Jahrhunderts) auch für europäische Standards neu definieren. Die iranische Teppichheilkunde, die ihre Blütezeit im 16. Jahrhundert unter der Regierung der safawidischen Kaiser (von Ismail I bis Abbas III.) erlebte, teilt die Menschen in vier Typen ein: Nain, Keshan, Ghom und Täbris. Nicht zufällig handelt es sich bei der Bezeichnung dieser vier Typen um die Namen, die auch vier Perserteppiche unterschiedlicher Herkunft tragen. Nain, Keshan, Ghom und Täbris sind die vier wichtigsten Teppichmuster des Iran. Und wie sagt Abu al Ghassem Mulla Nasser al Din, der berühmte persische Teppichheiler aus dem 16. Jahrhundert (der auch der Hofarzt von Kaiser Abbas dem Großen war): »Gegen jede Krankheit wurde ein Teppich geknüpft.«

Lange Zeit hielt man diese Medizin für Scharlatanerie, aber neueste Forschungen amerikanischer Mediziner haben zutage gebracht, was nur allzu lang im Verborgenen lag: Die Heilkraft des Perserteppichs.

Natürlich ist es nicht der Teppich selbst, der die Heilkraft

159

besitzt – es ist die Schafswolle, aus der er geknüpft wird. Was man mit den jeweiligen Teppichen heilen kann, hängt davon ab, in welcher Gegend das Schaf, das seine Wolle für den Teppich zur Verfügung gestellt hat, aufgewachsen ist und sein wolliges Leben verbracht hat. Nehmen wir zum Beispiel den Nain mit Seide. Diese Art von Teppich wird im Dorf Nain geknüpft, die Wolle kommt aus der Gegend um Nain und die Schafe stehen dort den ganzen Tag in einer sehr heißen und trockenen Umgebung. Deshalb kann der Nain bei Menschen, die zu »feuchtem Befinden neigen«, wie es die Teppichheiler nennen, zu positiven Effekten führen. Er kann bei diesem Typ Mensch Entzündungen hemmen, Schweißausbrüche lindern und psychisch führt der Nain zu trockenem Humor und Gelassenheit. Und das ist nur ein Beispiel. Ein anderes ist der Keshan. Ein Teppich, geknüpft aus der Wolle von Schafen, die die meiste Zeit ihres Lebens im Regen stehen. Wenn Sie also der trockene Keshan-Typ sind, dann kann dieser Teppich das Jucken Ihrer trockenen Haut lindern, er kann Ihren Wasserhaushalt wieder in Ordnung bringen und hilft auch gegen leichtes Brennen im Intimbereich.

Wie aber soll man den Heilteppich anwenden? Muss man ihn mühsam zubereiten, auskochen, in kleine Stücke schneiden, mit heißem Wasser übergießen und dann ja nicht zu lange ziehen lassen, damit die Wirkung erhalten bleibt? Nein! Legen Sie sich Ihren Heilteppich ins Wohnzimmer, gehen Sie zwei, drei Mal am Tag mit nackten Füßen darüber und Sie werden sehen: Er entwickelt seine Heilkraft mit jedem Schritt, den Sie auf ihm machen. So einfach ist das! Wie sagt Abu al Ghassem Mulla Nasser al Din: »Wozu teure Medikamente kaufen, wenn ein Teppich besseres zu leisten im Stande ist!«

Der letzte Satz war mit Bleistift unterstrichen und am Rand mit einem Fragezeichen versehen. Am unteren Blattrand war etwas in persischer Schrift gekritzelt, daneben einige arabische Ziffern. Ich legte den Prospekt wieder weg und nahm einen Brief in die Hand, den mein Vater offensichtlich kurz vor seinem Tod bekommen haben musste. Meine Cousine Leyla saß neben mir auf der Couch in unserem Wohnzimmer. Sie erinnern sich? Leyla, die Cousine aus Berlin, die den Altersunterschied zwischen mir und meiner Lebensgefährtin Nadja mit »ach ne, nich zu groß, aber doch so groß, dass er auffällt!« kommentiert hatte – Wahnsinn, diese Deutschen! Nadja war in der Küche und brühte Kaffee. Es war spätabends, doch sie hat die Angewohnheit, am Abend Kaffee zu trinken. Es macht ihr nichts aus, er hat keinerlei Wirkung auf sie – im Gegenteil, ich stelle oft fest, dass er sie nicht munter macht, sondern bei ihr als Schlaftrunk wirkt. Leyla lachte noch über den Prospekt.

»Es gibt nichts Verzweifelteres als einen Teppichhändler, der Geld braucht!«

»Es gibt überhaupt nichts Verzweifelteres als Teppichhändler!«

Aber der Prospekt war es nicht, der uns eine Stunde später die Gesichtsfarbe raubte. Es war ein an meinen Vater adressierter Brief in persischer Sprache.

»Was ist das?«

Ich nahm den Brief aus seinem Umschlag.

»Das ist Farsi!«

»Ja, ich weiß!«

Nachdem ich Farsi lediglich wie ein Volksschüler lesen kann, fiel mir nicht gleich auf, dass der Absender des Briefes unser Großonkel Dâi Parvis war. Cousine Leyla lehnte sich auf der Couch zurück und schloss ihre Augen. Nadja kam mit Kaffee ins Wohnzimmer und fragte, ob jemand eine Tasse wolle. Meine Cousine und ich verneinten. Nadja setzte sich neben mich und sah den Brief an.

»Was ist das?«

»Wissen wir nicht, weil wir zwar Perser sind, aber nicht Farsi lesen können!«

»Ja, diese arabischen Sprachen sind sehr kompliziert!«, meinte Nadja und nahm einen Schluck aus ihrer Kaffeetasse. Ich betrachtete den Brief und sagte: »Farsi ist keine arabische Sprache! Die Schriftzeichen sind arabisch, aber die Sprache ist persisch!«

»Ist das anders als arabisch?«

»Ganz anders!« Meine Empörung war nicht gespielt. »Persisch ist doch nicht Arabisch! Persisch, also Farsi, ist eine indogermanische Sprache. So wie Deutsch und Englisch!«

»Was? Persisch ist mit Deutsch und Englisch verwandt?!«

»Ja! Da gibt's viele Wörter, die gleich sind!«

Meine Cousine lehnte sich plötzlich vor, öffnete ihre Augen und sagte: »Mohammed, Ramadan, Fatima ... zum Beispiel!«

»Nein, wirklich!«

»Weiß ich doch.« Sie verdrehte ihre Augen und sah Nadja an. »Ich nehm' vielleicht doch noch'n Käffchen! Englisch ist doch keine indogermanische Sprache!?«

»Naja – das weiß ich jetzt nicht so genau, aber ... oh ja, doch natürlich! Und es gibt viele gleiche Wörter. ›Bruder‹ zum Beispiel heißt auf Persisch *Barådar*. ›Tochter‹: *Dochtar*. ›Tür‹: *Dar*. ›Zucker‹ heißt *Ghand*, englisch ›Candy‹!«

»Und das hier heißt: Dariush!« Leyla zeigte auf einige Schriftzeichen am Anfang des Briefes.

»Kannst du's lesen?«

»Ja, ein bisschen. Wie ein Volksschulkind!«

»Ich auch. Wie ein Volkschulkind in der ersten Klasse.«

Nadja stand auf und ging Richtung Küche, um Leylas Kaffee zu holen.

»He! Wette: Wer einen ganzen Satz lesen kann, bekommt vom andern zehn Euro!«

»Wie?«

»Naja, ich zeige auf einen Satz, und wenn du ihn lesen kannst, schulde ich dir zehn Euro! Und umgekehrt!«

»Und umgekehrt! O.k. Wer fängt an?«

Leyla nahm den Brief in die Hand und zeigte auf einen Satz.

»Und bitte: Die Wette gilt!«

Ich sah mir den Satz an und erkannte einige Schriftzeichen sofort wieder, andere waren so hingeschmiert, dass ich überhaupt nichts erkennen konnte. Wenn ich sage, ich könne wie ein Volksschulkind Farsi lesen, so bezieht sich das auf die Druckschrift. Handschrift zu lesen ist mir fast unmöglich. Aber die Schrift war im Großen und Ganzen recht sorgfältig geschrieben. Es gibt mehrere Arten von »offizieller« Schriftart. Der Verfasser verwendete eine nicht zu sehr verschnörkelte Art, sodass ich die ersten paar Wörter schnell erfasst hatte …

»*Man az hålå khoshhålam keh noruze 1386 ro bå hameye shomå dar otrisch jashån khåham gereft.*« Was heißt das …?«

»Ich freue mich …!«

Es dauerte einige Zeit, bis ich diese Worte entziffert hatte. Ich fragte mich, ob ich überhaupt das Recht habe, mich »Perser« oder »persisch« zu nennen, wenn ich im Alter von 43 Jahren zweieinhalb Minuten brauche, um zwei Wörter zu entziffern. Was an mir ist eigentlich persisch? Ja, ich komme gerne zu spät, ich esse *Kashk*, die Art Schafsmilchmolke, die wie eine ganze Hammelherde riecht. Ich habe keine Ahnung von persischer Geschichte, von persischer Literatur, und trotzdem würde ich jedem, der mir die Frage stellt, ob ich Perser sei, mit einem stolzen »Ja, natürlich!« antworten. Und das obwohl ich sogar nur halber Perser bin. Aber vielleicht ist das das Persische an mir! Ich übertreibe. Alle Perser übertreiben. Nichts ist »schön«, sondern »fantastisch!« Es hat nicht »einen Tag im Urlaub geregnet«, »es hat wochenlang geschüttet!« Aber wer ein Weltreich hatte, das von Indien bis Griechenland reichte, ist eben andere Dimensionen gewöhnt.

Nadja kam aus der Küche und stellte Cousine Leylas Kaffee auf das Couchtischchen. Sie setzte sich in den Fauteuil und sah uns an.

»Und?«

»Der Verfasser des Briefes freut sich …!«

»Worauf …?«

»Soweit sind wir noch nicht!«, wehrte meine Cousine ab und nahm einen Schluck von ihrem Kaffee, nicht ohne sich vorher bei Leyla zu bedanken. Ich steckte meinen Kopf wieder in den Brief und versuchte die Schriftzeichen weiter zu entziffern. Leyla lachte und meinte, dass wir ein sehr komisches Bild abgeben würden: zwei offensichtliche Analphabeten beim Versuch zu lesen! Ich bemerkte, dass ich mich zum ersten Mal dafür schämte, Farsi nicht lesen zu können. Ich ging zur Verteidigung über.

»Was soll ich machen? Unser Vater hat immer nur Deutsch mit uns gesprochen … Wir haben als Kinder keine Chance gehabt, ordentlich Persisch zu lernen, unser Vater ist Schuld! *Chodåh biåmorseh!*«

»Gott hab ihn selig!«, übersetzte Cousine Leyla die letzten zwei Worte.

Ich hatte natürlich absichtlich »*Chodåh biåmorseh*« und nicht »Gott hab ihn selig« gesagt, um zu beweisen, dass ich Perser bin. Plötzlich starrte Leyla auf den Brief.

»Sag, das heißt doch ›*Nowrouz*‹ da?«

Sie zeigte auf ein Wort gegen Ende des Satzes.

»*N – o – w – r – o – u – z!* Ja, das heißt *Nowrouz!*«

Nowrouz ist das persische Neujahrsfest, das am
20. März gefeiert wird. Mit dem Frühling beginnt im
Iran auch das neue Jahr.

»Und die Jahreszahl daneben?« Leyla sah mich fragend an.

»Äh, wart einmal … äh …« Ich sah mir die Jahreszahl
an. Da stand: ١٣٨٦

»Das … ja natürlich, das heißt dreizehnhundertfünf-
undachtzig oder … nein! Sechsundsiebzig! Ja genau!«

Ich konnte mir nie merken, welche der beiden Ziffern
die Acht und welche die Sieben ist, die eine zeigt nach
unten, die andere nach oben. Leyla war sich sicher, es
war 1386.

»Da freut sich jemand auf irgendwas zum *Nowrouz*-
Fest 1386.«

»Das ist aber schon sehr lange her!«, meinte Nadjda.

»Nein, nein, islamische Zeitrechnung, der Brief ist ja
aus Persien!«, sagte ich. «Wann ist 1386? Was ist heuer,
was haben wir heuer?«

»Naja … äh … 1386 plus sechshundert irgendwas …!«,
versuchte Leyla das europäische Datum zu rekonstruie-
ren. »Wir rechnen ab der Hedschra, also ab dem Jahr 622,
oder?«

»Ja …« Ich dachte nach. »Also, ab der Hedschra, also
das ist … ganz normal die islamische Zeitrechung, die
ist ab … ja … ab … Wikipedia!«

»Was?«

»Ich schau in Wikipedia.«

Wenn ein Perser nicht weiß, welches Jahr gerade ist,
weil er a) die iranischen Ziffern nicht lesen kann und
b) nicht weiß, wann die Hedschra war, so schaut er im
Internet auf Wikipedia nach. Was für eine Schande! Wikipedia hat mehr recht, sich »persisch« zu nennen als ich.
Und tatsächlich, Wikipedia wusste um den iranischen

Kalender Bescheid: »Die Zeitrechnung des iranischen Kalenders beginnt mit der Umsiedlung (Flucht bzw. Hedschra) des Propheten Mohammed von Mekka nach Medina. Vom 21. März 2007 bis 19. März 2008 laut persischem Kalender das Jahr 1386. Für Daten zwischen dem 1. Jänner und dem 20. März müssen 622 Jahre, für Daten zwischen dem 21. März und dem 31. Dezember 621 Jahre von der westlichen Zeitrechnung abgezogen werden.«

»Habt ihr das verstanden?«

Ich rief von meinem Arbeitszimmer aus ins Wohnzimmer hinüber. Nadja stand hinter mir am Computer und Leyla kam gerade ins Arbeitszimmer.

»Da freut sich also der Verfasser des Briefes, heuer 2007 (also 1386) auf das *Nowrouz*-Fest ...« »Sag ...«, sie zeigte auf ein weiteres Wort, »das heißt doch Österreich, oder?«

Da stand es: »*Otrisch*« – wie die Perser Österreich nennen.

»Ja... da steht ›*Dar Otrisch*‹ – das heißt ›in Österreich‹.«

»Der Verfasser freut sich auf das *Nowrouz*-Fest 2007 in Österreich.«

»Mit anderen Worten: Jemand aus Persien hat meinem Vater einen Brief geschrieben, dass er sich freut, die nächste Neujahrsfeier in Österreich zu verbringen.«

»Aha! Ja!«

Leyla war sich nicht ganz sicher, ob diese Interpretation richtig war.

»Jaja, auf jeden Fall!«

Ich nahm noch einmal das Kuvert zur Hand, in dem der Brief gesteckt hatte und sah mir den Absender an, während Leyla versuchte, den Satz weiter zu entziffern. Ich konnte am Absender das Wort »Teheran« erkennen und natürlich »Iran«. Den Straßennamen konnte ich nicht entziffern.

Nadja starrte uns an. Wir müssen einen seltsamen Eindruck auf sie gemacht haben, vielleicht, weil uns in diesem Moment beiden gleichzeitig klar geworden war, wer da nach Wien kommen möchte, um meinen Vater zu Besuchen.

»Ich komme mir ein bisschen vor, wie in einer Szene von ›Indiana Jones‹, wo die versuchen eine Schatzkarte zu entziffern.«

»Dåi Parvis!«, rief ich erschrocken aus. »Der Absender ist Onkel Parvis! Onkel Parvis!«

»Da steht irgendwas mit ›Schwester‹!« Meine Schwester!«

»Da meint er Måmånbosorg!«

»Wenn es Onkel Parvis ist!«

»Vielleicht will er mit seiner Schwester nach Wien kommen, um *Nowrouz* mit deinem Vater zu feiern?«

Ich wusste, dass es von großer Wichtigkeit war, diesen Brief auf der Stelle komplett ins Deutsche zu übersetzten.

»Glaubst du, schläft dein Vater schon?«

Eine halbe Stunde später saßen Leyla, ich und Onkel Djafar an einem Tisch in einem Lokal im dritten Wiener Gemeindebezirk. Djafar war noch wach gewesen, er hat vor dem Fernseher gesessen und sah sich eine der unzähligen Hollywood–Weihnachtsschinken–Wiederholungen an. Nachdem wir ihm von unserer Vermutung, Onkel Parvis wolle mit Måmånbosorg womöglich nach Wien kommen, erzählten, versuchte er uns zunächst zu beruhigen. Erstens wäre das noch lange hin und zweitens können wir nicht Farsi lesen, also kann es auch sein, dass das alles etwas ganz anderes bedeutet.

»Aber wir müssen doch wissen, ob Dåi Parvis auch mit Måmånbosorg darüber schon gesprochen hat! Vielleicht wartet sie auf einen Brief oder einen Anruf von meinem Vater!«

Onkel Djafar hatte ins Telefon gebrüllt: »Ich bin in einer Minute bei euch! Keine Angst – ich mache das schon!«

Jetzt saßen wir einander gegenüber. Djafar hatte ein Bier bestellt, Cousine Leyla »eine Cola«, wie sie sagte, und ich ein Glas Rotwein und ein Glas Wasser. Djafar starrte auf den Brief. Er las. Nach einer Weile kam die Kellnerin und stellte die Getränke ab. Onkel Djafar las weiter, schaute nicht auf, nahm sein großes Bier gar nicht wahr.

»Was ist jetzt?«

Ich war ungeduldig geworden.

»Prost!«

Leyla prostete mir mit ihrer weiblichen Cola zu. Ich nahm mein Glas und erwiderte. Wir tranken. Onkel Djafar sah vom Brief auf, legte seine Brille ab und starrte auf sein Bier. Es schien, als wären wir für ihn gar nicht anwesend.

»Was ist jetzt? Was steht da drinnen?«

»Wie spät ist es jetzt in Amerika!?«

Ich sah auf meine Uhr. Es war 2 Uhr 12, das heißt in Amerika war es jetzt 20 Uhr 12.

»Viertel neun!«, sagte ich.

»Ne – sechs Stunden! Nicht viertel vor neun! Viertel nach acht!«

»Das meine ich ja! In Wien ist viertel neun, viertel nach acht!«

»Und was ist dann viertel vor neun?«

»Deiviertel neun!«

»Mensch, dreiviertel jibt's bei uns garnich!«

Onkel Djafar stand vom Tisch auf und wollte das Lokal verlassen.

»Aber was ist jetzt? Wo geht er hin was macht er?«

»Ich muss in Amerika anrufen! Ich muss mit Djamjid reden! In dem Brief es steht Katastrophe!«

»Papa, jetzt sach doch mal, was da drinne steht!«

Onkle Djafar machte kehrt, kam zu unserem Tisch zurück und setzte sich wieder hin, nahm einen großen Schluck Bier, stellte das Glas ab, wischte sich den Schaum aus seinem Schnurrbart und sah uns sehr ernst an.

»Kann sein, dass durch dem Brief, dem ganze Sache mit deine Vater sehr kompliziert sein kann!«

Er sah uns wieder stumm an.

»Sein Deutsch wird schlechter, wenn er nervös ist!«, klärte mich Leyla auf.

»Deutsch is egal – Situation is e-scheiße!«

»Was steht denn jetzt in diesem Brief, Onkel Djafar!?«

»Onkel Parvis hat deine Vater, was an Weihnachten gestorben ist, mitgeteilt, er wird mit seine Schwester, deine Großmutter, was nichts vom Tod ihres Sohnes weiß, *baråje Djaschneje Norouz michån båham biån Otrisch. Ghabl as in Måmånbosorg michåd biåd Berlin, chuneje må*!«

Er machte wieder eine bedeutungsschwangere Pause.

»Und wenn er sehr aufgeregt ist, redet er persisch!«

Wir wurden alle drei kreidebleich. Dåi Parvis aus Teheran hat meinem Vater in diesem Brief geschrieben, dass er vorhat, uns zum *Nowrouz*-Fest zu besuchen und zwar (und das war der Grund, weshalb wir so bleich geworden waren) gemeinsam mit seiner Schwester, meiner persischen Oma, die nichts vom Tod ihres Sohnes wusste.

Exakt in dem Moment, in dem wir in Österreich so kreidebleich wurden, läutete in Amerika die Türglocke im Haus meiner Großmutter und Onkel Fereydoun stand verweint und komplett aufgelöst vor der Tür. Er konnte nicht fassen, was passiert war!

Er drückte die Türklingel ein zweites Mal. Måmånbosorg stand mit Onkel Djamjid, Tante Niloufar, meiner Cousine Maryam und meinem Cousin Omid, der ihr soeben am Telefon vorgespielt hatte, mit meinem verstorbenen Vater zu telefonieren, in ihrer Küche.

»*Djåne man*, Niloufar, mach bitte die Türe auf, ich kann jetzt nicht, ich muss das *Tadigh* machen!«

»*Bale*, Måmån!«

Niloufar ging aus der Küche ins Wohnzimmer und öffnete die Haustüre. Falls Sie sich wundern, warum sie die Haustüre im Wohnzimmer öffnete und nicht im Vorzimmer, dann denken sie einmal an amerikanische Fernsehserien, da stehen die Menschen, nachdem sie angeläutet haben immer gleich im Wohnzimmer. Das ist nicht, damit man im Film Zeit spart, sondern, weil in Amerika so gebaut wird: von der Straße direkt ins Wohnzimmer. Onkel Fereydoun stand vor seiner Schwester Niloufar.

»Ich habe es erst jetzt erfahren!« Er fiel meiner Tante um den Hals und weinte bitterlich.

Zu unser aller Glück, hatte Großmutter nicht selbst die Tür geöffnet, sondern sich um die sehr heikle Zubereitung der persischen Reiskruste *Tadigh* gekümmert. Der Topf für den al dente gekochten Reis stand bereits auf dem Herd. Der al dente gekochte Reis selbst befand sich in einem Sieb in der Abwasch, er musste ja noch einmal gewaschen werden. Måmånbosorg schüttete ein wenig Öl in den Topf, gab Butter hinzu, Joghurt und in Kristallzucker zerstoßenen Safran, das Ganze verrührte sie mit zwei Spachteln Reis. Sie gab noch eine weitere Spachtel Reis dazu, da ihr die Kruste zu dünn schien. Dann häufte sie den weiteren Reis zu einer Pyramide auf, stach mit dem umgedrehten Kochlöffel drei Löcher in den Reis, legte drei große Stück Butter darauf, salzte den Reis und bedeckte den Topf mit dem Deckel, um den sie ein Geschirrtuch gewickelt hatte, das über dem Topfgriff zu einem Knoten gebunden war. Das große Geheimnis von persischem Reis – niemand weiß, was unter dem Tuch geschieht, denn man darf, solange der Reis dampft, kein einziges Mal den Deckel hochheben, sonst misslingt der Reis und er wird eklig und klebt »wie in diesen schrecklichen chinesischen Lokalen!«, laut Måmånbosorg.

Dank der komplizierten Zubereitung des *Tadigh* war es uns möglich, unsere Lüge noch länger aufrecht zu erhalten.

Während der ganzen Zeit, in der meine Großmutter mit dem *Tadigh* beschäftigt war, versuchte Tante Niloufar, den völlig aufgelösten Fereydoun zu beruhigen. Da es ihm in diesem Moment noch unmöglich war, seine Tränen in den Griff zu bekommen, drängte sie ihn wieder aus dem Haus in den Garten. Sie nahm ihn, wie einen kleinen Buben, an den Armen und sie versteckten sich hinter einem Baum, um von ihrer Mutter nicht gesehen zu werden.

Sie hatten beide diese Situation schon einmal erlebt, allerdings auf einem anderen Kontinent, unter ganz anderen Voraussetzungen und vor sehr langer Zeit. Es war hinter einem Granatapfelbaum im Garten meiner Großeltern in Teheran im Jahre 1958. Damals versuchte Onkel Fereydoun, seine kleine Schwester Niloufar zu beruhigen, da ihre Katze Barfi gestorben war. Es war für ihn in doppelter Hinsicht schwer dies zu bewerkstelligen, denn Måmånbosorg war im Haus und durfte sie nicht hören, da die kleine Niloufar unaufhörlich ihn selbst, Fereydoun für den Tod der Katze verantwortlich machte, was auch der Wahrheit entsprach, denn der 18-jährige Fereydoun hatte sich, ohne zu fragen, das Auto seines Stiefvaters »ausgeborgt« und war damit vor dem Haus herumgedüst, was dazu führte, dass er die Katze, natürlich unabsichtlich, gerade in jenem Moment überfuhr, in dem die elfjährige Niloufar aus dem Haus kam, um für ihre Mutter Liebstöckel aus dem Kräutergarten zu holen. Das heißt, Onkel Fereydoun musste Niloufar einerseits beruhigen, damit sie mit ihrem hysterischen Geschrei Måmånbosorg nicht aus dem Haus holte, und musste ihr andererseits, als sie sich dann endlich beruhigt hatte, das Versprechen abringen, ihrer Mutter nichts über das »geborgte« Auto zu erzählen.

Fast fünfzig Jahre später standen die beiden in den USA hinter einer amerikanischen Ulme und Tante Niloufar musste Onkel Fereydoun einerseits beruhigen und ihm andererseits, als er sich dann endlich beruhigt hatte, das Versprechen abringen, Måmånbosorg nichts vom Tod meines Vaters zu erzählen.

Noch war sie nicht soweit gekommen. Noch schluchzte Fereydoun aus vollem Herzen. Tante Niloufar unterbrach ihn.

»Hör zu, du musst dich zusammenreißen! Måmån weiß nichts – es würde sie umbringen! Du musst jetzt da reingehen und so tun, als ob nichts passiert wäre! Verstehst du!?«

»Dariush ist tot! Dariush ist tot!«

In der Küche war Måmånbosorg mittlerweile mit dem Reis fertig geworden, er dünstete vor sich hin, was er noch eine weitere Stunde tun würde. Omid saß mit seinem Vater am Küchentisch und Maryam war wieder in das Gästezimmer gegangen, um in einem ihrer mitgebrachten Bücher zu lesen, bis es Zeit zum Abendessen wäre. Ihr war vom langen Flug immer noch etwas übel, und sie war durch die Zeitverschiebung sehr müde geworden, sodass sie nach drei Zeilen einnickte und einen seltsamen Traum hatte, den sie später sehr detailliert ihrer Großmutter erzählen wird. Sie träumte, sie wären in Teheran. Sie spazierten ohne Schuhe durch die Straßen. Auf einem seidenen Teppich. Ganz Teheran war mit einem Teppich ausgelegt. Nicht einfach auf den Asphalt gelegt, nein, sorgfältig in den Boden eingearbeitet. Vor tausenden Jahren war er an Ort und Stelle geknüpft worden. Und es duftete nach Rosen. Der Teppich war weich. Der Übergang zu den Häusern war fließend. Obwohl der Teppich nirgendwo aufhörte, fingen irgendwo die Häuser an. Als tropften die Teppiche auf die Hauswände. Von unten nach oben. Sie spazierten eine Weile. Still, fast andächtig. Ohne jede Trauer über eine verlorene Zeit. Måmånbosorg ging voraus – als zeige sie den Weg. Sie blieb mit einem Mal stehen und begann zu singen. Die Menge tobte. Musste sie doch 21 Jahre schweigen. Sie sang ein Lied der persischen Sängerin Googoosh. Die Menschen weinten. Hunderte liefen aus ihren Häusern und waren erstaunt. Erstaunt über den Teppich. So etwas hatte man in Teheran schon lange nicht mehr gesehen. Die Straßen ein Teppich. Viele mussten weinen. Andere sangen mit. Kinder spielten zwischen den Zusehern und einige tanzten. Tanzen! War es denn nicht mehr verboten? Aus einer Seitengasse näherte sich ein Zug von Menschen, mit Transparenten. Sie riefen: »Måmånbosorg! Måmånbosorg!«

Und mit einem Mal waren sie in der Wohnung des alten Mannes. Es roch nach Kardamom, Safran und Rosenwasser. Der alte Mann telefonierte. Es gab Eis. *Bastani*! Echtes persisches *Bastani*! Måmånbosorg nahm sich eine große Portion und begann das Eis zu verschlingen. Milcheis mit Rosenwasser und Safran. Der alte Mann hatte keinen Unterleib, der war zerfressen vom Krebs. Er war krank gewesen. Er blickte sie nicht an. Er sah seine Schwester nicht, seinen Enkel und seine Enkelin. Es war Dåi Parvis. Måmånbosorgs Bruder. Er telefonierte immer noch. Er konnte es nicht fassen. Sie hatten Teheran wieder mit einem Teppich ausgelegt. Alles war gut, der Teppich war wieder da, man konnte wieder barfuss gehen.

Während Maryam ihren Traum träumte, fragte sich meine Großmutter, wer denn an der Türe geläutet hätte.

»Omid-djoon, gehst du bitte nachsehen, wo Niloufar bleibt! Wer hat denn da angeläutet?«

»*Bale*, Måmån!«

Omid fand das Wohnzimmer leer vor.

Måmånbosorg hatte im *Chorescht* umgerührt, schenkte sich Tee ein, setzte sich zu ihrem Sohn an den Küchentisch, zündete sich eine Zigarette an und nahm den Brief, den sie vorher im Wohnzimmer aus der Schachtel genommen hatte, in die Hand und überreichte ihn meinem Onkel Djamjid.

»Hier! Lies das!«

Onkel Djamjid muss ähnlich bleich gewesen sein, wie wir in Europa, nachdem er den Brief gelesen hatte. Es war der Brief, den mein Vater an meine Großmutter geschrieben hatte, nachdem er den Brief von Dåi Parvis bekommen hatte. Er schreibt darin, dass er sich sehr freue, sie und seinen Onkel zum *Nowrouz*-Fest begrüßen zu können und dass er seinen anderen Geschwistern vorschlagen werde, ebenfalls nach Österreich zu kommen. Es wäre an der Zeit, dass die Familie wieder einmal vereint ein Fest feiert! Er werde sich um alles kümmern, er würde ein kleines Haus in der Nähe von Wien mieten, damit man dort alle Familienmitglieder unterbringen könne. Anbei die Tickets von Boston nach Wien für Måmånbosorg. Sie werde am 19. März nächsten Jahres nach Wien kommen und dann bis zum 30. März bleiben. Er freue sich sehr, er liebe seine großartige Mutter und vermisse sie: »Dein dich liebender Sohn Dariush!«

Måmånbosorg sah Djamjid erwartungsvoll an. Er war diesmal nicht rot, sondern kreidebleich.

»Um so mehr wundert es mich, dass er sich nicht meldet. Wir wollten über die Weihnachtsfeiertage die Details besprechen und euch allen davon erzählen.«

»Nein, nein ... das ist eine tolle Idee ... wie wunderbar, wenn die ganze Familie wieder einmal beisammen ist ... ich komme gleich, ich muss nur auf die Toilette!«

Djamjid stand eilig auf und ging auf die Toilette. Dort nahm er sein Handy, schaltete es ein und wartete darauf, dass sich sein schwedischer Anbieter bei seinem amerikanischen Roamingpartner meldete. Nach einiger Zeit hatte er Empfang. Er wählte die Nummer seines Bruders Djafar.

Onkel Djafar nahm gerade einen weiteren Schluck von seinem Bier, da läutete sein Telefon. Es war Onkel Djamjid. Und selbst in einer solchen Situation wurde *Tarof* gemacht: »Wie geht es dir?« »Danke gute, wie geht es dir?« »Danke, aber geht es dir auch gut!?« »Ja, mir geht es gut, aber wichtig ist, wie geht es dir?« »Danke, ich hoffe es geht dir gut, das ist wichtig! Du mögest lange leben ...«

»Jetzt hör doch mit dem *Tarof* auf, was ist los bei euch in Amerika!?«

»Hör zu, es gibt da einen Brief ...!«

»Bei uns in Wien auch ... einen sehr beunruhigenden Brief!«

»Unserer ist auch sehr beunruhigend – die Sache wird auffliegen!«

Nachdem auch mir der Inhalt des zweiten oder, wie wir ihn dann später immer nannten, des Amerika-Briefes erzählt worden war, stand mir die ganze Tragweite unserer dummen Lüge klar vor Augen, und plötzlich war meine größte Befürchtung nicht mehr, dass die

175

Sache auffliegen würde, sondern im Gegenteil, dass sie nicht auffliegen würde. Wäre die Sache an diesem Abend aufgeflogen, wir hätten uns so einiges erspart.

Meine beiden Onkel brachten sich auf den aktuellen Stand der Dinge und ich bestellte mir ein weiteres Glas Rotwein. Ich überlegte kurz, mich zu betrinken. Einzig der morgige Termin bei der Wiener Bestattung hielt mich davon ab. Wir mussten morgen die Begräbnisformalitäten erledigen. Wir mussten eine Urne aussuchen für den Mann, der im März mit meiner Großmutter den persischen Jahreswechsel feiern würde.

Djafar legte auf.

»Wir werden morgen noch mal Skype machen! Wir müssen eine Lösung finden! Was soll man machen? Måmånbosorg wird in zwei Monaten nach Wien kommen, um ihren Sohn zu besuchen!«

Die Lage hinter der amerikanischen Ulme hatte sich ein wenig beruhigt. Onkel Fereydoun bekam langsam seine Fassung wieder. Ihm wurden von Tante Niloufar klare, leicht verständliche Anweisungen gegeben. Er solle jetzt in das Haus hineingehen, seine Mutter begrüßen und kein Wort über Dariush verlieren.

»Sie wird es merken – irgendwann wird sie es merken!«

»Bis dahin haben wir uns etwas überlegt. Wir müssen nur sehen, wie wir über die nächsten Tage kommen!«

Tante Niloufar gab ihrem Bruder ein weiteres Taschentuch. Er wischte sich die Tränen ab und versuchte, so gut es ging, normal auszusehen. Sie gingen vom Garten wieder in Richtung Haus. Onkel Fereydoun zögerte kurz.

»Jetzt reiß dich zusammen!«, herrschte ihn meine Tante an. Die Nerven lagen bereits blank.

»Wie soll ich da jetzt hineingehen und meiner Mutter in die Augen sehen?«

Er begann wieder zu schluchzen, konnte jedoch mit viel Kraft einen ganz großen Weinkrampf verhindern. Sie steuerten auf die Eingangstüre zu. Dort standen bereits Omid und Onkel Djamjid.

»Wo wart ihr so lange?«

Onkel Djamjid sah Fereydouns verweinte Augen. Onkel Fereydoun umarmte seinen Bruder und begann wieder mit einem ungeheuerlichen Geschluchze. Omid tippte seinem Vater auf die Schulter.

»Leise! Großmutter darf nichts hören …!«

»Was darf ich nicht hören?«

Måmånbosorg stand in der Tür und betrachtete ihre drei Kinder und ihren Enkel. Sie hatte ein Geschirrtuch in der Hand.

»Was ist denn los?«

Onkel Fereydoun löste sich aus der Umarmung, sah seine Mutter und schrie sie weinend an: »Barfi ist tot!«

Kurze Verwunderung allerseits. Außer Tante Niloufar und Måmånbosorg wusste niemand, wer Barfi war.

»Meine süße kleine Barfi ist gestern auf der 5th Avenue von einem Auto überfahren worden!«

Großmutter konnte es nicht glauben. Die Katze, die sie ihrem Sohn vor acht Jahren zum Geburtstag geschenkt hatte, war tot.

»Ich hab dir doch gesagt, du sollst gut auf sie aufpassen. Wieso lebst du überhaupt in New York? New York ist kein gutes Pflaster für eine Katze, wie man das jetzt deutlich gesehen hat! Ich war immer schon dagegen, dass du nach New York ziehst! Der Mann ist über sechzig Jahre alt und kann nicht einmal auf eine Katze aufpassen! *Wåj Chodå!* Das arme Tier! Um Gottes Willen!«

Meine Großmutter verfiel in einen dieser typisch islamischen Trauergesänge und verschwand dann im Haus. Sekunden später erschien sie wieder in der Tür.

Die Trauer wie weggeblasen, forderte sie alle entschlossen auf: »Was steht ihr da herum!? Kommt rein! Ich muss noch das *Tadigh* aus dem Topf kratzen, dann können wir essen!«

Damit verschwand sie wieder in ihrem Haus. Die anderen folgten ihr. Am Weg hinein wurde Onkel Fereydoun plötzlich schwindlig. Er sah sein Leben an sich vorüberziehen. Er sah sich als Kind mit Dariush spielen und streiten. Er sah den Flughafen Wien-Schwechat im Jahre 1966 und seinen Bruder, der ihn abholte. Er sah sich mit Dariush in Wien in einem Casino das Geld verspielen, das ihnen ihr Stiefvater aus dem Iran nach Europa geschickt hatte, damit sie ihr Studium finanzieren konnten. Er sah das erste Glas Tee, das er mit Dariush 1974 im Hinterzimmer ihres ersten gemeinsamen Teppichgeschäfts trank, er spürte die rauen Bartstoppeln seines Bruders, als er ihn 1968 küsste und umarmte, weil ihm ein Sohn geboren ward. Er roch den Whiskey, den Dariush 1978 versehentlich über Fereydouns Hose kippte, weil er so erschrocken darüber war, dass ihr fundamentalistischer Großonkel Hossein das Zimmer betrat, in dem sie heimlich Alkohol zu sich nahmen, als er zu Besuch in Wien war. Er sah die 47 000 Schilling, die er 1983 aus der gemeinsamen Kasse nahm und von denen er Dariush nie etwas erzählte, mit denen er sich seine Reise nach Amerika finanzierte, und er sah seinen Bruder Dariush, wie er 1995 in New York am Times Square stand und Amerika verfluchte, weil man nirgendwo eine Wiener Melange auftreiben konnte.

Kurz dachte Fereydoun, er werde sterben. Aus. Sein Ende wäre nah. Dann wurde ihm jedoch klar, dass es sich bei dem Film, der hier ablief, nur um Erinnerungen mit Dariush handelte. Nachdem nichts aus seinem übrigen Leben dabei war, beruhigte er sich auch in dieser

Hinsicht, wischte sich die Tränen aus dem Gesicht und sagte leise zu seiner Schwester: »Ich würde allen Sex, den ich in meinem Leben jemals gehabt habe, dagegen eintauschen, Dariush wieder lebend zu sehen!«

Was er noch nicht wissen konnte ist, dass drei Monate später, am *Nowrouz*-Fest 1386, sein Wunsch in Erfüllung gehen würde.

Zuerst aber musste er gefunden werden. Er. Der Erlöser. Der wieder auferstandene Dariush Ansari. Der saß nämlich zu diesem Zeitpunkt mit seiner Frau in seiner Wohnung in London und erholte sich von den Strapazen des Chanukkahfestes. Vikram Rosenblatt, so sein bürgerlicher Name, konnte natürlich nicht ahnen, dass er einem eben verstorbenen Perser wie aus dem Gesicht geschnitten ähnlich sah. Niemand in seiner und niemand in unserer Familie wusste es.

Das heißt, nein. Einer von uns wusste es, hatte die Ähnlichkeit bereits einmal festgestellt, hatte sie aber, da diese Begegnung mit Vikram Rosenblatt viele Jahre zurücklag, längst wieder vergessen. Dabei war es eine sehr witzige Konfrontation gewesen. Aber es wird noch einige Zeit vergehen, bis diesem Familienmitglied dämmern wird, dass er den Doppelgänger von Dariush Ansari schon einmal gesehen hat.

Auferstehung in London II

Ja, ich weiß! Wie dumm kann man eigentlich sein, in einer solchen Situation zu vergessen, dass man den Doppelgänger seines Vaters vor 19 Jahren in einem kleinen Zimmer im Mountbatten Hotel in London zum ersten Mal gesehen hat! Es war an einem Novembertag vor 19 Jahren gegen vierzehn Uhr. Meine damalige Lebensgefährtin und ich waren gerade vom Flughafen ins Hotel gekommen. Ich legte mich auf das Bett, schnappte die Fernbedienung und schaltete den Fernseher ein, während Martina eine Dusche nahm, um den Schmutz von der Reise loszuwerden. Da sah ich auf BBC 1 meinen Vater, wie er den Zusehern versicherte, dass es keinen besseren Schutz gegen Hämorrhoiden gäbe als »Mayinglong Musk Hemorrhoids Ointment«, eine in China hergestellte Salbe gegen Hämorrhoiden. Es war ein sehr einfacher Werbespot. »Mein Vater« spielte darin einen Menschen, der unter Hämorrhoiden litt. Es waren drei verschiedene Sujets. Er im Bett: Der arme Mensch kann sich vor Schmerz nicht einmal von der einen Seite auf die andere wälzen. Er in der U-Bahn: Selbst im Stehen bereitet ihm das Ruckeln der U-Bahn enormen Schmerz. Er im Stall: Das Pferd des armen, unter Hämorrhoiden leidenden Menschen blickt ihn traurig an – es gibt wieder keinen Ausritt heute. Als nächstes eine Schachtel mit chinesischen Schriftzeichen und heraus kommt: die Salbe! Bild füllend. Eine Stimme, die ich eindeutig

als die Stimme meines Vaters erkannte: »Mayinglong
Musk Hemorrhoids Ointment and you feel human
again!« Dann sah ich meinen Vater in einer Großaufnahme lächelnd in die Kamera blicken und auf seinem Pferd selig davon traben.

Nachdem der Werbespot zu Ende war, sprang ich
vom Bett auf und stürmte ins Badezimmer. Martina
hatte die Angewohnheit, weder die Badezimmer- noch
die Toilettentüre jemals abzusperren, im Gegenteil, sie
ließ sie meist sperrangelweit offen stehen.

»Ich hab grad meinen Vater im Fernsehen gesehen!?«

»Was?«

»Mein Vater war gerade im Fernsehen. In einer Werbung! Die Stimme klingt auch genau wie er!«

»Witzig!«

»Der Typ ist exakt wie mein Papa!«

»Na arg!«

»Ja! Wahnsinn, oder? Aber echt genau, wie er! Vielleicht
hat er heimlich ein zweites Leben in England?«

»Na witzig! Wofür war die Werbung?«

»Für eine Hämorrhoidensalbe.«

»Oh!«

Das war vor 19 Jahren, damals war ich 24 Jahre alt. Es
ist sehr lange her. Vielleicht mag das als Entschuldigung
gelten, dass ich den großartigen englischen Schauspieler, der meinem Vater glich wie ein Ei dem anderen, vergessen hatte.

Wer diesen Fernsehspot damals ebenfalls gesehen
hatte, war meine Tante Agathe, die wir drei Tage später in ihrem Haus in Pinner besuchten. Wir plauderten
ein wenig über den Werbespot und brachten unsere Verwunderung darüber zum Ausdruck, dass es möglich
sei, dass zwei Menschen in unterschiedlichen Ländern
einander so ähnlich sein konnten. Wir wussten nicht,

dass wir 19 Jahre später diesem Menschen gegenüber sitzen und ihm eine Rolle anbieten würden.

Martina und ich verließen damals kurz darauf das Hotel, um meine Tante Agathe zu treffen. Nachdem wir beim vereinbarten Treffpunkt an der Shaftesbury Avenue angekommen waren, mussten wir noch einige Zeit auf Tante Agathe warten. Sie steckte, wie immer, im Londoner Abendverkehr. Dann sprangen wir zu ihr ins Auto und fuhren Richtung Nealstreet, wo wir ein naheliegendes italienisches Restaurant gingen. Nach den üblichen überschwänglichen Begrüßungen – Tante Agathe war immer sehr lebensfroh und aufgeweckt – kamen wir, wie jedes Mal, sehr rasch auf meinen Onkel Fereydoun zu sprechen. Tante Agathe und Onkel Fereydoun waren acht Jahre lang verheiratet. Ich habe sie als Kind immer gemeinsam erlebt. Jetzt lebt Tante Agathe in London und Onkel Fereydoun in New York. Wir plauderten ein wenig über die Familie, die nicht mehr ihre Familie ist, bevor ich auf den Schauspieler im Hämorrhoiden-Werbespot zu sprechen kam.

»Oh, nein! Den hab ich noch gar nicht gesehen! Wie witzig! Und er sieht aus wie Dariush?«

»Ja, exakt, man kann keinen Unterschied feststellen!«

»Er wird doch keinen Zwillingsbruder haben, der nach England verbannt wurde?«

Tante Agathe lachte laut. Sie kannte meinen Vater recht gut, hatte sie doch zuerst ihn und durch ihn erst meinen Onkel kennen gelernt.

»Würde mich nicht wundern. Wenn sie noch so einen gehabt hätten wie deinen Papa, den hätten sie dann wirklich verbannen müssen!«

Wir lachten noch darüber, was für ein Schuft mein Vater als Kind gewesen sein musste und dass sein älterer Bruder Fereydoun sicher sehr darunter gelitten hat, dass

er dem kleinen Bruder aus dem Iran nach Wien nachge-
schickt wurde, um auf ihn aufzupassen. Tante Agathe
war meiner Ansicht nach noch immer in meinen Onkel
Fereydoun verliebt, zumindest sprach sie auffallend viel
über ihn.

Weiter schien uns die Ähnlichkeit zwischen dem
Schauspieler und meinem Vater nicht sonderlich erwäh-
nenswert. Damals wussten wir ja nicht, dass wir diesen
Menschen 19 Jahre später verzweifelt suchen würden.

⚜

Tante Agathe und ich standen vor dem persischen Restaurant Simurgh und waren beide ziemlich nervös. Es
war uns unmöglich, auch nur ansatzweise vorherzuse-
hen, wie Mr. William Harding auf unser Angebot reagieren würde. Vikram Rosenblatt hatte sich den Künstlernamen William Harding zugelegt, um für die Engländer
englisch und für die Amerikaner europäisch zu klingen.
Wir hatten von Mr. William Hardings Management
erfahren, dass er prinzipiell schon bereit wäre, sich mit
uns zu treffen, dass er aber gleich hinzufügen möchte,
dass dieser Auftrag sehr ungewöhnlich sei und er nicht
wisse, ob er überhaupt in der Lage wäre, eine solch
heikle Aufgabe zu übernehmen. William Harding war,
obwohl er eigentlich Vikram Rosenblatt hieß, sehr sehr
britisch.

Wir wollten gerade das Lokal betreten, da fiel mir
plötzlich ein, wo ich das Wort *Simurgh* zum ersten Mal
gehört hatte. Mein Vater hat mir das Märchen von dem
König Sam erzählt. Ein einziges Mal in seinem Leben hat
er mir vor dem Einschlafen ein Märchen erzählt und ich
muss gestehen, ich war damals 25. Ja, also die Sache war
die – mir ist das jetzt ein wenig peinlich – aber was soll´s:

Ich war zu der Zeit sehr gut mit einem Psychologiestudenten befreundet. Wir hatten uns in einer Bar um fünf Uhr früh kennen gelernt und waren einander so sympathisch, dass wir noch miteinander frühstücken wollten. Wir saßen also einige Stunden später jeder vor einer Portion Ham and Eggs, einem Kaffee und einem großen Bier. Wir hatten durchgesoffen und wollten die Nacht nicht ganz ohne Alkohol ausklingen lassen. Bei diesem unserem ersten Treffen setzte er mir einen Floh ins Ohr. Er arbeite gerade an einer Studie über das Erwachsenwerden, sagte er. Und er wäre durch Befragung von über fünfhundert Menschen dahinter gekommen, dass viele von uns nur aus einem einzigen Grund nicht erwachsen werden könnten: Sie suchen immer noch nach der Liebe ihrer Eltern. Das treffe besonders auf Väter und deren Söhne zu. Männern fällt es so schwer, erwachsen zu werden und Verantwortung zu übernehmen, weil sie immer noch darauf warten, dass ihr Papa ihnen sagt, dass er sie lieb hat.

Wenige Monate später schickte mir mein Saufkumpane seine Dissertation zu diesem Thema. Ich habe es bis heute nicht geschafft, sie fertig zu lesen, aber ich habe seinen Rat befolgt, den er mir damals gegeben hat. Er meinte, um den ersten Schritt in ein selbstbestimmtes Leben als erwachsener Mann machen zu können, muss man sich von seinem Vater abnabeln. Diese Abnabelung kann allerdings nur gelingen, wenn man ihn (ungeachtet dessen, wie alt man selbst ist) um etwas bittet, was man sich als Kind schon immer von ihm gewünscht hat.

Ich traf also meinen Vater und musste feststellen, dass er nicht bereit war, mir ein Pferd zu kaufen.

»Was is das für eine sychologische Escheißedereck?«

Er hatte nicht sehr viel für Psychologie über.

»Bist du funfundswansig Jahre alt und ich soll dir eine Ferd kaufen? Warum?«

Ich erklärte ihm die Theorie meines Freundes aus der Psychologie und musste feststellen, dass mein Vater mit großem Interesse zuhörte. Die ganze Sache schien ihn zu faszinieren, es sah ganz so aus, als könnte er dieser Theorie etwas abgewinnen.

»Das is aber nischt eschlescht! Wenn man hat etwas verabsäumt, man kann es nachholen! Das ist sehr gut fur dem Seele! Martin-djån!«

»Siehst du, Papa!«

»Sag mal: Wolltest du nicht immer schon, dass isch dir eine Gute-Nacht-Geschichte erzähle?«

Mein Vater hat mir niemals eine Gute-Nacht-Geschichte erzählt. Und ich muss ehrlich sagen, das ging mir auch nicht besonders ab, ich wollte immer schon ein Pferd von ihm.

»Isch werde dir heute Abend eine Gute-Nacht-Geschichte vorlesen! Was sagst du?«

Ich wollte ihn nicht enttäuschen, also stimmte ich zu. Er machte ganz den Eindruck, als wäre ihm das ein großes Anliegen.

»Sehr gut! Weißt du, das ist mir schon seit Jahren auf die Herzen gelegen! Deine Mutter! Immer sagt sie, warum isch dir nischts vorgelesen habe! Trifft sich sehr gut. So wir können beide etwas nachholen! Dein psychologische Freund gefällt mir! Bravo!«

Es hatte sich also herausgestellt, dass es hier mehr um seine Befindlichkeit ging als um meine. Wie auch immer, an diesem Abend kam mein Vater so gegen halb sieben zu mir in meine Wohnung und verlangte von seinem 25-jährigen Sohn, dass er jetzt schlafen geht, damit er ihm die Gute-Nacht-Geschichte erzählen kann.

»Wieso denn so früh! Ich gehe vor halb eins nicht schlafen!«

»Isch treffe mich noch mit Freunden! Gehst du schlafen, damit isch erzählen kann!«

So putzte ich mir also brav die Zähne, legte mich hin und wartete, dass mein Vater sich zu mir ans Bett setzte.

»Isch komme geleisch – isch muss noch telefonieren!«

Und während ich so da lag und mich darüber ärgerte, dass ich wieder kein Pferd bekommen hatte, wurde mir plötzlich sehr warm ums Herz. Ich fühlte mich wie ein kleiner Bub, ich war doch tatsächlich mit meinen 25 Jahren aufgeregt, was er mir denn für eine Geschichte erzählen würde.

Es war eine Geschichte aus dem »Schahname« die Geschichte von dem König Sam. Der König war kinderlos, was ihn sehr unglücklich machte. Eines Tages besuchte er wieder seinen Harem und suchte sich aus den hundert Frauen die Schönste aus. Ihre Augen waren wie Sterne, ihre Wangen sanft, wie Seide – eine Mörderbraut, wie man heute sagen würde. Der König nahm sie mit in sein Schlafgemach. Und tatsächlich neun Monate später gebar sie ihm einen Sohn. Der ganze Harem war außer sich, denn der Sohn kam mit grauen Haaren auf die Welt. Sein Gesicht war jung, seine Haut wie Seide – doch er hatte graues Haar, wie ein alter Mann. Zwei Wochen lang traute sich niemand, dem König die Wahrheit zu sagen. Doch dann stieg der König von seinem Thron, lief in den Harem und sah sich seinen Sohn an. Er war entsetzt. Er fürchtete dieses kleine Baby. Es könnte ein Zeichen des Teufels sein. Deshalb ließ er seinen Sohn in einem Wald aussetzen.

Doch der kleine Prinz überlebte, denn der große und starke Vogel Simurgh, der gerade unterwegs war, um für seine Kücken Nahrung zu suchen, fand den Kleinen, nahm ihn in seinem Nest auf und zog ihn groß. So kam es, dass der Junge gerettet wurde, von Simurgh, dem großen Vogel.

Die Geschichte ging dann noch weiter. Der gerettete Prinz kam natürlich zurück und wurde dann unter dem Namen Zal bekannt. Er verliebte sich in Rudabeh, heiratete sie und bekam mit ihr einen Sohn namens Rostam. Rostam ist der tapferste und bekannteste Held des »Schahname«. Seine Heldentaten füllen hunderte Seiten in diesem Buch.

Bei seiner Geburt gab es Komplikationen, seine Mutter Rudabeh war in Lebensgefahr. Da rief Zal seinen Stiefvater zu Hilfe, den großen Vogel Simurgh. Und der hatte die rettende Idee. Er schnitt mit seinem Schnabel der Mutter den Bauch auf und entnahm ihrem schwangeren Bauch Rostam. So konnten Mutter und Sohn überleben.

Daher kannte ich also den Namen Simurgh. Simurgh war der Retter!

Tante Agathe und ich betraten das Lokal Simurgh und hofften beide, dass wir hier dem Retter begegnen würden. Dem Schauspieler, der meinen Vater spielen musste, wenn Måmånbosorg und Dåi Parvis in drei Wochen zum *Nowrouz*-Fest nach Wien kommen würden.

Wir schauten uns im Lokal um. Es war ziemlich laut. Alles besetzt. Zur einen Hälfte Perser, zur anderen Hälfte Engländer. An einem kleinen Tischchen saßen zwei deutsche Touristen, die, über einem Stadtplan gebeugt, heftig miteinander diskutierten, wo denn die New Bondstreet sei. Wir gingen tiefer ins Lokal hinein. Und da saß er an einem Tisch in einer Ecke des Lokals: Mein Vater.

Aber so weit sind wir noch gar nicht, ich habe jetzt ein wenig vorgegriffen. Noch ist mir ja nicht mal eingefallen, dass ich diesen Schauspieler schon mal gesehen hatte. Noch bin ich nicht mit meiner Tante Agathe in London.

Zweiter Teil

Vikram Rosenblatt

Simurgh der Retter

Während wir in Wien das Begräbnis meines Vaters organisierten, waren die Schweden nach ihrem Amerikabesuch bereits wieder in Stockholm und warteten darauf, nach Wien zu den Trauerfeierlichkeiten zu kommen. Der Aufenthalt bei Måmånbosorg war in weiterer Folge sehr ruhig verlaufen. Es kam zu keinen weiteren Situationen mehr, in denen die Lüge hätte auffliegen können. Wahrscheinlich auch deswegen, weil Onkel Djamjid beschlossen hatte, die restlichen Tage ihres Aufenthaltes mit Onkel Fereydoun in New York zu verbringen.

Onkel Fereydoun war in New York ebenfalls darauf vorbereitet, zum Begräbnis nach Wien zu kommen. Sein Koffer war gepackt. Er verbrachte die Tage bis dahin in Buchhandlungen auf der Suche nach Lebenshilfe-Büchern, konnte jedoch zu den beiden Themen, die ihn betrafen, »Wie werde ich mit über 60 meine Sexbesessenheit los und finde eine Frau, die mit mir eine Zukunft aufbauen will?« und »Was machen, wenn der Bruder tot ist und die Mutter nichts davon wissen darf?«, keine entsprechende Literatur finden.

Tante Niloufar überlegte, was sie ihrer Mutter erzählen solle, warum sie zwei Wochen nicht in Amerika sein werde. Sie erfand dann letztendlich eine Dienstreise nach Paris, was zu einer großen Diskussion zwischen Måmånbosorg und ihr führte, da Großmutter es übertrieben fand, wegen dieser kleinen Boutique eigens nach

Paris zu fliegen. Da würde es doch genügen, den Stoff aus New York oder, meinetwegen, aus Kanada – aber doch nicht aus Paris! – kommen zu lassen! Tante Niloufar bestand darauf, dass es diesen Stoff nur in Paris gäbe und dass sie ihn auch vor dem Kauf persönlich sehen und sie deshalb zwei Wochen nach Paris müsse.

»Ach, da steckt ein Mann dahinter! Gib zu, wer ist es?«

»Nein, Måmån, wirklich nicht!«

»Jetzt zier dich nicht so. Du bist eine erwachsene, geschiedene Frau. Du hast das Recht dich von einem Gentleman nach Paris einladen zu lassen!«

»Also gut ..., du hast die Wahrheit herausgefunden, es ist ein Mann. Ich fahre wegen eines Mannes nach Paris!«

»Siehst du – mir kannst du nichts vormachen!«

In diesem Moment dachte Niloufar, die ganze Sache könnte am Ende doch gut ausgehen. Sie hatte die Hoffnung, dass ihrer Mutter der Tod des Sohnes für immer verschwiegen werden könne.

Cousine Leyla war von Wien wieder nach Berlin abgereist, sie konnte sich nicht länger Urlaub nehmen. Nur Onkel Djafar war bei uns geblieben.

»Isch e-sperre isch meine Teppischgeschäft su und beleibe isch bis Beerdigung da!«

Er war immer noch sehr aufgeregt. Zwischen den Vorbereitungen für das Begräbnis meines Vaters und den Telefonaten mit Amerika, Schweden und dem Iran versuchten mein Onkel Djafar und ich einen Plan auszuhecken.

»Irgendwas muss uns einfallen. Was machen wir, wenn Måmånbosorg nach Wien kommt?«

Mittlerweile war uns von meiner Großmutter auch ihre Reiseroute mitgeteilt worden. Sie hatte mit meinem Vater ausgemacht, am 19. März 2007 in Wien zu erscheinen. Dann werde sie mit uns zwei Wochen in Wien verbringen, um dann weiter nach Deutschland zu Onkel Djafar zu reisen. Dort wolle sie ebenfalls zwei Wochen verbringen. Nachdem Maryam, Omid und Onkel Djamjid zu Weihnachten bei ihr gewesen waren, hatte sie ihren Plan geändert und würde nun jeweils eine Woche länger als ursprünglich vorgesehen in Wien und Berlin verbringen. Demnach bliebe dann noch eine Woche in Stockholm.

»Sie ist zwei Wochen in Wien! Wie soll das gehen!?«

Ich war verzweifelt. Ich hatte nicht die geringste Ahnung, wie wir diese zwei Wochen überstehen sollten.

»Da müssen wir es ihr sagen. Wenn sie hier ist, müssen wir sie langsam darauf vorbereiten, dass ihr Sohn tot ist!«

»Nein, Martin-djån! Das geht auf kein Fall! Warum es gibt niemanden, der aussieht wie dein Vater! Jemand, der ihn spielen kann!«

Man möchte meinen, dass einem bei diesen Worten einfällt, dass man vor 19 Jahren den Doppelgänger seines Vaters in einem Werbespot im Fernsehen gesehen hat. Aber nein, das menschliche Gehirn funktioniert anders, ganz anders.

Wir saßen gerade um den Küchentisch in der Wohnung meiner Mutter und waren dabei die Familienmitglieder, die zu dem Begräbnis kommen würden, auf Schlafplätze aufzuteilen. Meine Mutter saß vor ihrem Laptop und hatte sich für eine Excel-Datei entschieden.

»Also! Es kommen morgen: Aus Boston – Tante Niloufar mit ihren zwei Kindern Rochsana und Jimmy. Onkel Fereydoun kommt auch morgen, allerdings aus New York, und diese Maschine landet zwei Stunden später als die aus Boston. Also, entweder wir warten alle gemeinsam zwei Stunden oder wir bringen einen Teil zuerst hier her und fahren dann wieder zum Flughafen.«

»Wo schlafen die vier?«

»Naja, äh ... Ich würde vorschlagen, wir teilen nach Generationen ein. Die Brüder deines Vaters und seine Schwester bei mir. Und die Cousins und Cousinen bei dir!«

»O.k.!«

Das bedeutete, dass ich insgesamt fünf Personen in meiner Wohnung beherbergen musste: die Cousinen Rochsana, Leyla und Maryam (USA, Schweden, Berlin) und die Cousins Omid und Shapour (Schweden und USA). Die Wohnung meiner Schwester war leider zu klein, sodass wir uns darauf einigten, alle Cousins und Cousinen bei mir unterzubringen. Meine Mutter machte Quartier für die Onkeln Fereydoun, Djafar und Djamjid (USA, Deutschland, Schweden) und Tante Niloufar (USA).

Ich hoffe, Sie haben jetzt nicht die Übersicht über meine Familie verloren! Oder besser gesagt, ich möchte mich bei Ihnen bedanken, dass Sie immer noch weiter lesen, obwohl Sie schon seit mindestens neunzig Seiten keine Ahnung mehr haben, wer wer ist. Also dafür möchte ich mich bei Ihnen ganz herzlich bedanken. Danke!

Sie sind mit diesem Problem nicht allein. Nadja hatte dieselben Schwierigkeiten, als ich ihr berichtete, dass bis auf ein paar wenige Ausnahmen alle Familienmitglieder zum Begräbnis meines Vaters kommen würden. Falls Sie auch vergessen haben, wer Nadja ist: meine um einiges jüngere Lebensgefährtin.

»Schau – du musst dir Eselsbrücken bauen!«

»Kann ich nicht einfach nicht dabei sein?«

»Ganz wie du willst – aber ...«

»Nein. Dummer Scherz. Natürlich bin ich bei dir in dieser schwierigen Zeit!«

»Du sagst das so komisch!«

»Wie?«

»Naja – allein der Satz ist schon komisch … in einer so schwierigen Zeit. Das klingt so unbeteiligt!«

»Überhaupt nicht. Ich bin nicht unbeteiligt. Ich bin nur etwas gestresst, weil ich deinen Vater gar nicht gekannt habe, und jetzt auf seinem Begräbnis deine ganze Familie kennen lerne.«

»Ist doch egal. Ich kenn ja auch ein paar nicht!«

»Echt? Wen?«

»Nein, Scherz! Natürlich kenn ich die alle! Schau, wir machen folgendes!«

Ich lief in mein Arbeitszimmer, setzte mich an den Computer und druckte für Nadja von jedem Familienmitglied ein Foto in der Größe eines Passbildes aus. Hinten notierte ich den Namen und wer er oder sie zu mir war.

»Also, das ist Onkel Djafar, der Berliner, der immer sagt: ›Ich mach das schon!‹ und dann nichts macht. Und der ein Toupet hat! Du erkennst Onkel Djafar an seinem Toupet, es ist ganz deutlich als solches zu erkennen! Du darfst aber nie sagen, dass er ein Toupet trägt – wir tun alle so, als wären das seine echten Haare!«

Nadja steckte das erste Bild in ihre Geldbörse. Ich gab ihr das zweite Bild.

»Onkel Fereydoun, der New Yorker! Du wirst ihn daran erkennen, dass er dich anbaggern wird. Er ist 63 und flirtet mit allem, was nicht männlich ist! Leicht zu merken, oder?«

Nadja sah mich verzweifelt an und nahm einen Schluck Tee.

»Das ist Onkel Djamjid. Du erkennst ihn daran, dass er nichts sagt. Oft tagelang! Er ist sehr nachdenklich und wird immer rot, wenn er lügt. Er macht sich gerne jünger als er ist. Das heißt, du musst ihn nur nach seinem

Alter fragen und erkennst ihn daran, dass er dir mit hochrotem Gesicht eine Zahl unter 55 nennt.«

»Ich kann es gar nicht erwarten, deine Familie kennen zu lernen. Gibt's auch welche, die psychisch nicht gestört sind?«

»Ja, aber die kommen nicht zum Begräbnis, weil sie nicht wissen dürfen, das mein Vater tot ist!«

Tatsächlich schien es mir, als wäre meine Großmutter die einzige Normale in unserer Familie. Ich nahm das nächste Bild und gab es Nadja.

»Tante Niloufar.«

»Da brauch ich kein Bild, das ist ja die einzige Tante!«

»Richtig! Nimm's trotzdem … Falls noch irgendeine andere Perserin auftaucht ... sicherheitshalber.«

Ich legte die weiteren Bilder auf den Couchtisch. Da lagen sie, meine Cousins und Cousinen.

»So, die ordnen wir jetzt nach Europa und Amerika. Da, das sind die Amerikaner Rochsana, die Tussi mit der operierten Nase, und Shapour, der sich Jimmy nennt, weil er kein Perser sein will.«

Ich trennte die Amerikaner von den Europäern, indem ich die Europäer ein wenig nach links verschob.

»Und das sind Omid und Maryam. Omid erkennst du daran, dass er dir wahrscheinlich mindestens drei Ideen für Filme erzählen wird, und Maryam erkennst du daran, dass sie ein wenig Deutsch kann. Die anderen sprechen ja nur Englisch.«

»Aha – aber doch die aus Berlin nicht?«

»Nein, nein, die aus Berlin haben einen deutschen Akzent und Maryam spricht ganz schlecht Deutsch mit schwedischem Akzent.«

»Ach so ja, das sind die zwei Schweden!«

»Ja, das sind die Schweden. Und dann noch Cousine Leyla, aber die kennst du ja ohnehin schon!«

»Ja, der bin ich zu jung!«

Nadjas Gesicht verfinsterte sich.

»Nein. Was sie damit meint, ist nur, dass ich zu alt bin, nicht du zu jung!«

Mit den Bildern bewaffnet, machten wir uns auf den Weg zum Flughafen. Meine Mutter, meine Schwester Petra, Onkel Djafar mit seinem Toupet, Nadja und ich. Wir warteten eine halbe Stunde und nahmen zuerst Tante Niloufar und ihre zwei Kinder in Empfang. Wir umarmten einander, weinten, waren traurig und zugleich auch froh, dass wir einander nach langer Zeit wieder sahen. Wir setzten uns in eines der Flughafen-restaurants und warteten auf die Maschine aus New York, mit der Onkel Fereydoun unterwegs nach Wien war. Wir hatten also zwei Stunden, um uns wieder aneinander zu gewöhnen.

Tante Niloufar verwickelte Nadja recht bald in ein Gespräch über die Wiener Oper, die Wiener Musik, die Wiener Philharmoniker und die Wiener Museen – sie liebt Wien. Sie liebt alles, was Stil und Kultur hat, zumindest aus ihrer Sicht. Rochsana machte sich Sorgen, ob man denn in Europa auch so gute Lebensmittel bekommen würde wie in Amerika. Sie trinke nämlich nur »half and half«-Milk, in der keine Lactose, dafür aber zehn Vitamine, Calcium, Magnesium und Selen drinnen sind. Und ob es Starbucks bei uns gäbe, denn sie vertrage nur den guten amerikanischen Kaffee. Sie wissen zehn Liter Wasser pro Bohne.

»Als ich vor acht Jahren hier in Wien war ... was hab ich da getrunken?«

»Es war, wie wir in Wien sagen, eine Melange! Einen Milchkaffee!«

»Ja, der war zu stark! Oh my god! Ich hab den vor acht Jahren getrunken und konnte bis gestern nicht schlafen! Euer Kaffee ist grauenhaft!«

Und ich wollte sie schon wieder nach Hause schicken. Einige Zeitlang tat ich so, als hätte ich das Wort Starbucks noch nie gehört.

»Hier in Europa? Nein, das kann ich mir nicht vorstellen ...!«

Aber dann sprach sie mit meiner Mutter, die Mitleid mit ihr hatte und ihr versprach, ihr als eine der ersten Sehenswürdigkeiten von Vienna den Starbucks auf der Mariahilfer Straße zu zeigen.

Jimmy erkundigte sich leise, wo man denn in Wien Marihuana bekäme. Ich machte ihn darauf aufmerksam, dass es illegal sei und ich leider auch nicht wisse, wo man Marihuana bekommt.

»Wir müssen im Teppichgeschäft von deinem Vater nachsehen. Er hat sicher was gehabt.«

»Ja, das können wir ja morgen machen!«

»Ist es weit von Wien nach Amsterdam? Sonst könnten wir schnell was holen von dort. Warum ist es eigentlich nur dort legal und nicht in ganz Europa?«

Ich erklärte ihm, dass Amsterdam in Holland liegt und dass das ein anderer Staat sei, der zwar mit Österreich in der EU wäre, aber trotzdem eben ein eigener Staat mit eigenen Gesetzen sei.

»Aha, und wozu gibt es dann die EU?«

Ich konnte ihm diese Frage nicht beantworten.

Die zwei Stunden am Flughafen vergingen sogar im Restaurant wie im Flug und Onkel Fereydoun, dessen Maschine aus New York pünktlich landete, war von Nadja überaus begeistert. Nadja und ich waren in die

Ankunftshalle gegangen, die anderen blieben im Restaurant, da wir ja noch auf zwei weitere Maschinen warteten. Stockholm und Berlin fehlten noch.

Bereits auf dem Weg ins Restaurant beschäftigte sich Onkel Fereydoun sehr intensiv mit Nadja. Woher sie komme, was sie mache, ob wir schon zusammengezogen seien oder nicht, ob sie Haustiere habe.

»Ja. Eine Katze!«

»Das ist aber interessant! Wirklich! Ich habe in New York auch eine Katze!«

»Wirklich!?«

Nadja schien genervt, oder musste sie wirklich auf die Toilette? Keine Ahnung, jedenfalls verließ sie uns auf halbem Weg.

»Ich komme gleich! Bis dann!«

Onkel Fereydoun sah ihr nach.

»Wo nimmst du immer diese Frauen her? Bravo! Stolz bin ich auf meinen Neffen, dass er mit so einer schönen Frau zusammen ist! *Bårikallå!*«

»Und du? Immer noch nicht verheiratet?«

Onkel Fereydoun wurde plötzlich ganz ernst. Ihm fielen die zwei Schwedinnen wieder ein und seine unglaublich große Sehnsucht nach Geborgenheit und Liebe. Und er spürte, dass er sich nach nichts mehr sehnte als einer eigenen Familie. Er sah mich ernst an und sagte: »Wozu braucht man eine Ehefrau? Wenn man mit ...« Er versicherte sich, dass uns auch niemand belauschte, »... mit zwei 25-jährigen Mädchen drei Tage lang Sex haben kann!«

»Was?«

Ich war sehr erstaunt über seine Worte. Ich hatte nicht damit gerechnet, dass Onkel Fereydoun schon fünfzehn Minuten nach der Landung mit seinen Geschichten anfangen würde.

»Ja! Merry Christmas! Zwei Frauen, drei Tage –
dadurch ergibt sich eine unendliche Anzahl an Variati-
onen und Stellungen!«, gab er den Draufgänger, doch
seine Augen verrieten, wie verzweifelt er eigentlich war.

Eine weitere Stunde im Flughafenrestaurant und
schon kam Leyla aus Berlin an. Und nach nur zwei weiteren Stunden war mit Onkel Djamjid, Cousin Omid
und Cousine Maryam der Trauerzug komplett. Ich
wollte mich schon beschweren, wer denn die dumme
Idee hatte, dass wir am Flughafen auf alle warten sollten, musste dann aber feststellen, dass das meine Idee
gewesen war, und hielt deshalb den Mund.

Nach der üblichen Begrüßung, dem Weinen und dem
Umarmen, trotteten wir in die Parkgarage und verteilten uns auf die Autos. Ein Abendessen in der Wohnung
meiner Mutter war geplant, also fuhren wir alle im Kon-
voi dorthin.

Da wir ja den ganzen Tag am Flughafen zugebracht
hatten, war die Küche kalt geblieben. Es wurde persisches Essen aus einem Restaurant bestellt. Onkel Djafar
übernahm diesen Job.

»Wie viele Personen sind wir?«

Er sah sich im Wohnzimmer um. Natürlich waren nicht
alle anwesend, denn wir hatten dann doch beschlossen, es wäre besser, wenn zuerst jeder dorthin gebracht
würde, wo er übernachtet, um seine Koffer abzustellen
und sich eine wenig frisch zu machen. Also fuhren die
Cousinen und Cousins zu mir in die Wohnung, der Rest
gleich zu meiner Mutter.

»Es sind noch nicht alle da ... aber wir sind ... warte ...!«

Ich musste überlegen: »Also: Du, ich, Mutti, meine
Schwester, Djamjid, Fereydoun, Niloufar, Maryam,
Omid, Rochsana, Jimmy, Leyla und Nadja. Das sind
dreizehn.«

»O.k. Dann isch bestelle Vorspeise für zwanzig Personen, zehnmal *Kebab* und zehnmal verschiedene *Chorescht* und Salat und *Mast o Chiar* und Brot und Reis!«

»Ja, aber wir sind dreizehn, nicht fünfzig Leute!«

»Besser es bleibt etwas, als wir haben zu wenig!«

Onkel Djafar bestellte also für 350 Personen persisches Essen. Ich setzte mich an den Wohnzimmertisch und fragte mich, wie weitere zwölf Personen hier Platz finden sollten. Der Tisch bot höchstens Platz für sechs Personen. Onkel Djafar telefonierte und setzte sich dann zu mir.

»Glaubst du, ich habe zu viel bestellt? Nee! Wir essen das schon! Wenn nicht heute, dann morgen ...!«

»Oder die nächsten drei Wochen!«

Das Essen wurde geliefert, per Taxi. Meine drei Onkel stritten sich, wer nun das Essen bezahlen würde. Eine nette kleine Szene. Der Taxifahrer stand in der Türe mit der Taxi- und Restaurantrechnung in der Hand. Er hatte das Geld für die Bestellung ausgelegt und starrte fassungslos auf die drei ausländisch aussehenden Herren, die sich nicht einigen konnten, wer das zu bezahlen hat.

»Nein, bitte lass mich bezahlen!«

»Nein, das kommt gar nicht in Frage – ich werden das übernehemen!«

»Ich bin der Älteste! Ich bezahle!«

Während die Frauen in der Küche bereits die Speisen aus den Plastikbehältern auf die Teller beförderten, »tarofierten« die drei Herren noch eine Weile. Ich glaube, es hat dann letztendlich meine Mutter bezahlt, weil Onkel Fereydoun, der die *Tarof*-Partie gewonnen hatte, nicht genug Euro dabei hatte und der Taxifahrer sich weigerte, Dollar anzunehmen.

Wir verteilten uns mit dem Essen auf die ganze Wohnung. Der Tisch war natürlich zu klein für uns alle. Wie das mit Persern so üblich ist, hatte jeder etwas am Essen auszusetzen, dem einen war zu viel Minze im Joghurt, der anderen zu wenig Joghurt auf den Melanzani, dem dritten zu wenig Melanzani im Eintopf, meiner Mutter der Eintopf zu salzig und mein Cousin Jimmy hätte lieber eine Pizza gehabt.

Nach dem Essen gab es persischen Tee und Jimmy fragte nach American Coffee. Nachdem sich meine Mutter weigerte, einen kleinen Mokka mit heißem Wasser auf einen halben Liter zu strecken, musste sich Jimmy mit einer Wiener Melange zufrieden geben. Meine Cousine Rochsana allerdings konnte meine Schwester dazu überreden, zum Starbucks in die Mariahilfer Straße, die nicht um die Ecke war, zu fahren, um echten Coffee zu holen.

»Mag noch jemand Coffee vom Starbucks?«

»Deine österreichische Tante hat dir besten Wiener Kaffee gemacht, trink den!«, fauchte Tante Niloufar ihre Tochter an.

»Ich will heute Nacht nicht einen Herzinfarkt kriegen!«

Stille. Alle Anwesenden fanden es unangebracht, angesichts des morgigen Begräbnisses so eine Bemerkung zu machen.

»Sie ist und bleibt eine Tussi!«, flüsterte mir Cousin Omid zu. »Ein Charakter, wie er nur in einem Film vorkommen darf.«

Meine Schwester und Rochsana fuhren zum Starbucks, American Coffee holen. Meine Onkel saßen in der Küche und besprachen die internationale Wirtschaftslage mit besonderer Rücksichtnahme auf den Handel mit Perserteppichen. Ich musste an Måmånbosorg denken und daran, dass die Brüder Ansari schon einmal in einer Küche beieinander gesessen und die Lage des Teppichgeschäfts besprochen hatten.

Mein Vater war zum ersten Mal in Amerika zu

Besuch und sah seine Brüder nach langer Zeit wieder. Schon damals ging das Teppichgeschäft sehr schleppend, aber keiner der Brüder wollte zugeben, dass er finanziell am Rande des Ruins war. Es wurde mit Verkaufssummen geprahlt und man einigte sich darauf, dass das Teppichgeschäft weltweit am Ende sei, außer in New York, Wien und Boston. Meine Großmutter und ich saßen im Wohnzimmer. Wir tranken Tee und aßen Süßigkeiten. Natürlich war es unvermeidlich, das Gespräch der Brüder nicht mit anzuhören. Nach einiger Zeit drehte sich Großmutter zu mir und sagte: »Weißt du, da reden sie darüber, wie viel Geld sie mit den Teppichen machen und was sie nicht alles für gute Kundschaft hätten! Weißt du, was die Wahrheit ist?«

Sie sah mich verschwörerisch an: »Wenn sie statt Teppichen *Âsch Reschte* verkaufen würden, dann würden sie nicht alle vor dem Konkurs stehen!«

Âsch Reschte ist eine persische Nudelsuppe mit Bohnen, Spinat, Minze und Kichererbsen.

»Warum können sie voreinander nicht zugeben, dass das Geschäft am Ende ist?«

»Um 500 000 Dollar hab ich in Hamburg vorige Woche neue Ware gekauft!«, hörte ich meinen Vater sagen.

Ich musste an diese Szene denken und fragte mich, was wir in drei Monaten machen würden, wenn Großmutter meinen Vater besuchen kommen würde.

»Gar nichts!«, sagte Cousin Omid, der sich im Wohnzimmer zu mir auf die Couch gesetzt hatte. Tante Niloufar und meine Mutter waren in meinem ehemaligen Kinderzimmer, das seit Jahren als riesiger Abstellraum für allen möglichen Kram herhalten muss, verschwunden, um sich alte Fotos von meinem Vater anzusehen. Jimmy zappte verzweifelt durch das deutsche Fernsehangebot,

203

Cousine Maryam und Leyla waren mit dem Hund spazieren gegangen.

»Gar nichts machen wir! Bis dahin ... das sind drei Monate ... bis dahin wird man es ihr gesagt haben, Martin, ganz sicher!«

»Außer wir finden jemanden, der meinem Vater so ähnlich sieht und der die gleiche Stimme hat und der persisch und deutsch fließend spricht und der Schauspieler ist – der meinen Vater spielen kann, damit wir der armen alten Frau diesen Schock ersparen und ihr damit vielleicht das Leben retten!«

Ich sprach diesen Satz aus und mein Gehirn konnte sich noch immer nicht an William Harding erinnern. Irgendwo in einer Gehirnwindung war diese Szene gespeichert, aber sie konnte nicht abgerufen werden. Sie versteckte sich. Sie weigerte sich, ans Tageslicht zu kommen. Ich hatte laut und deutlich ausgesprochen, was in meinem Gehirn gespeichert war: Ein Mann, der aussieht und sich anhört, wie mein Vater. Aber nichts. Auch weitere Assoziationen halfen nichts.

Omid wechselte nämlich sehr schnell das Thema, er meinte, dass diese Sache natürlich eine gute Story für einen Film hergäbe, dass man aber, international gesehen, sich nicht so sehr für die Iraner interessiere, wobei es, wie er meinte, eben auf die Geschichte ankäme. Damit kam er auf England zu sprechen.

»Shakespeare zum Beispiel. Der hat englische Königsdramen geschrieben. Und man möchte denken, wen interessiert die Geschichte von Heinrich VIII. oder King Lear! Aber nein, die ganze Welt sieht sich das an – weil die Geschichte gut erzählt ist!«

Mein Gehirn hätte zwei Möglichkeiten gehabt, sich an William Harding zu erinnern. Erstens: England im Allgemeinen. Und zweitens: Heinrich VIII. Wir hatten

damals den Tower besucht und waren auf dem Platz
gestanden, an dem Anne Boylen, Heinrichs zweite Frau,
geköpft worden war. Sie war sieben Jahre lang seine
Geliebte gewesen, hatte ihn zur Scheidung gezwungen,
was nur möglich war, nachdem er die Anglikanische
Kirche gegründet und sich mit dem Papst verfeindet
hatte, da dieser gegen die Scheidung war. Dann hatte sie
ihm doch keinen Thronfolger geboren und ihn nach alle-
dem angeblich mit ihrem eigenen Bruder betrogen. Das
war Heinrich zu viel gewesen und so hatte er sie köpfen
lassen. Diese Geschichte hatte ich in einem Prospekt des
Towers gelesen, in unserem Hotelzimmer, am Bett lie-
gend, während ich zum zweiten Mal diese Werbung mit
William Harding im Fernsehen gesehen hatte.

Aber mein Gehirn führte mich noch immer nicht zu
ihm. Zu meinem großen Erstaunen musste ich feststellen, dass es letztlich nicht mein Gehirn war, das mich an
William Harding erinnerte, sondern mein Arsch.

⚜

Schließlich war der Tag da, an dem mein Vater begraben werden sollte. Die ganze Familie teilte sich auf vier
Autos auf. Es waren viele persische und österreichische
Freunde meines Vaters gekommen. Menschen, die ich
nicht kannte. Einige Gesichter waren mir vertraut. Die
meisten persischen Freunde meines Vaters versicherten
mir, dass sie mich schon gekannt hätten »als Sie noch
soo klein waren«, und sie zeigten mit ihrer Hand meine
damalige Größe an.

»Mein herzliches Beileid. Wissen Sie, ich war der beste
Freund Ihres Vaters – wir sind gemeinsam aus dem Iran
nach Wien gekommen!«

Das Flugzeug mit Freunden meines Vaters muss damals erheblich überbucht gewesen sein.

»Ich kannte ihn schon seit Teheran!«, sagte ein weißhaariger Herr mit enormen Ringen unter den Augen. »Wir haben zusammen in London in einem Studentenheim gewohnt!«

Ich wusste gar nicht, dass mein Vater in London studiert hatte. Das einzige, das ich wusste, war, dass er in London in dem Kaufhaus Herolds im letzten Stock als Küchengehilfe gearbeitet hatte. Er war damals 18 Jahre alt.

Auch diese Bemerkung löste in meinem Gehirn keine besonderen elektro-chemischen Reaktionen aus. Mein Vater in London! Hallo! Das wäre doch die Assoziation gewesen – aber null.

Einen Tag vor dem Begräbnis hatte ich ein Foto meiner Großmutter ausgedruckt, es gerahmt und es mit zum Begräbnis genommen. Wir hatten einen Kranz bestellt, auf dem »In Liebe, Måmån!« stand. Wir kamen alle überein, dass dies eine nette Geste wäre und dass Großmutter eines Tages, falls sie die Wahrheit doch erfahren würde, sicher sein konnte, dass wir an sie gedacht hatten. Ich stand vor diesem Kranz, nahm das Foto meiner Großmutter aus meiner Tasche und stellte es neben den Kranz auf den Boden. Als ich mich bückte, spürte ich ein kleines Stechen in meinem After. Ich nahm es nicht weiter ernst und stellte mich wieder neben meine Mutter in die Reihe der Familienmitglieder, um die Kondolenzwünsche der Trauergäste entgegen zu nehmen.

Es war ein sehr kalter Tag. Schnee fiel und es ging sehr starker Wind. Die Zeremonie war schlicht. Eine persische Sängerin sang ein trauriges persisches Lied, begleitet von einem persischen Tar-Spieler. Mein Onkel Djamjid las ein Gedicht vor, in schönem poetischem Persisch geschrieben, das ich nicht einmal zur Hälfte verstand, aber so rührend fand, dass ich weinen musste. Es war weder ein christlicher Priester noch ein muslimischer Mullah anwesend. Beides hätte mein Vater nicht gewollt. Weinend flüsterte mein Cousin Jimmy mir zu: »Ihm zu Ehren sollten wir uns heute bekiffen!« Und Tante Niloufar meinte später: »Lasst uns einen doppelten Wodka auf meinen Bruder trinken!«

Der Trauerzug machte sich nach der kleinen Zeremonie auf den Weg zum offenen Grab. Wir trotteten alle hinter dem Sarg her. Es war unendlich kalt, und der Wind blies immer stärker. Wir waren in einen Schneesturm geraten. Es wehte einen der Kränze vom Sarg, als die Totengräber ihn in die Grube abseilten. Einer der Totengräber lief dem Kranz hinter her, hob ihn auf und legte ihn wieder auf den Sarg. Alle hielten sich ihre Hüte und Mützen, die Männer hatten die Krägen ihrer Mäntel hochgestellt.

Und dann passierte etwas Unerhörtes. Wir alle wurden von einer mächtigen Windböe erfasst. Wir konnten uns mit Mühe auf den Beinen halten, ganz im Gegensatz zu Onkel Djafars Toupet, das zusammen mit der Kappe ins Rutschen geriet und dem Wind nichts mehr entgegenzusetzen hatte. Das deutsche Kunsthaar wirbelte von Schneeflocken umgeben durch die Luft.

Onkel Djafar musste einen Schock erlitten haben, denn er stand wie angewurzelt da, rührte sich nicht, verharrte wie in Totenstarre. Er war kreidebleich geworden und seine Glatze war einwandfrei zu sehen. Um sie herum ein Ring von persischem Echthaar, das ihm, so gut es noch konnte, zu Berg stand, einerseits wegen des Schreckens, dass ihm sein Toupet davon geflogen war, andererseits sicher auch wegen des plötzlichen Kälteeinbruchs auf Onkel Djafars Kopf. Durch den gleichzeitigen plötzlichen Verlust von Kappe und Toupet war die

Temperatur auf Onkel Djafars Schädeldecke in Sekundenschnelle um mehr als zwanzig Grad gesunken.

Die Kappe lag recht bald am Boden, war sie doch um einiges schwerer als das Toupet, das sich noch immer in der Luft befand. Es wirbelte herum. Onkel Djafar machte keinerlei Anstalten es einzufangen. Erst als es – wie könnte es auch anders sein – auf dem Sarg meines Vaters gelandet war, sprang Onkel Djafar wie von der Tarantel gestochen los und warf sich auf den Sarg, um sein Toupet einzufangen. Dabei rief er laut: »Oh meine Bruder! Ach, meine Bruder!«, womit er die Tatsache, dass er seinem Toupet nachjagte, elegant zu verbergen suchte und allen Anwesenden weismachen wollte, er werfe sich aus Trauer und Schmerz um den Verlust seine Bruders auf dessen Grab.

Ich konnte nicht mehr an mir halten und platzte vor Lachen. Es war dieses Lachen, das man nicht beherrschen kann, das aus tiefstem Herzen kommt, das einen Schwall an Gefühlen frei lässt, das einen den Schweiß ins Gesicht und die Tränen in die Augen treibt, das größer und größer wird, je bewusster einem wird, dass man jetzt auf keinen Fall lachen darf, möchte man auch weiterhin von seinen Verwandten zur menschlichen Spezies gerechnet werden. Dieses Lachen drückt das Zwerchfell nach unten, wodurch ein sehr starker Druck auf Magen und Darm ausgeübt wird, was in meinem Fall dazu führte, dass die Ader, die mir schon beim Hinknien vor dem Kranz meiner Großmutter einen Stich gegeben hatte, endgültig platzte und ich im Besitz der ersten Hämorrhoide meines Lebens war.

Das Feuerwerk in meinen Arschwindungen übertraf meine Gehirnaktivität offenbar bei weitem und hob augenblicklich alle Erinnerungen an William Harding in mein Bewusstsein. Ich erinnerte mich an ihn, der vor

Schmerz sein Pferd nicht reiten und in der U-Bahn nicht sitzen konnte, bis er Heilung durch diese chinesische Hämorrhoidensalbe fand. Ich sah meinen Vater vor mir, wie er in die Kamera lächelte und davon ritt!

Wir waren gerettet!

Der Diamant im Turban

William Harding war 63 Jahre alt und konnte auf eine nicht sonderlich erfolgreiche Karriere als Schauspieler zurückblicken. Er besuchte die Royal Academy of Dramatic Arts in London und nach seinem Abschluss sah seine Karriere zunächst vielversprechend aus.

William Harding war zwei Jahre lang ununterbrochen beschäftigt, und zwar in dem Stück »The Mousetrap« von Agatha Christie. Er spielte den jungen Christopher Wren zwei Jahre lang im ausverkauften New Ambassadors Theatre in London. Nach zwei Jahren und fünfhundert Vorstellungen lief sein Vertrag aus, worüber er sehr froh war. Er hielt das Stück für künstlerisch nicht besonders wertvoll. Er konnte damals noch nicht wissen, dass es das am längsten laufende Stück der Geschichte werden würde. Es wird heute immer noch in London gespielt und hat bis dato 20 000 Vorstellungen erlebt. Vor allem aber hatte er genug davon, diese eine Rolle zu verkörpern, er wollte sich künstlerisch weiterentwickeln. Damit musste er allerdings vier Jahre lang warten. Er war arbeitsloser Schauspieler und verdiente sein Geld als Kellner in einem italienischen Restaurant im Norden von London. In dieser Zeit lernte er seine Frau kennen und er schrieb auch an einem eigenen Theaterstück, das er allerdings nicht fertig stellen konnte, da er 1974 ans West End engagiert wurde. Eine kleine Rolle in einer Musical Comedy, von der man nach zwanzig

Vorstellungen nie wieder etwas gehört hat. Die Premiere war ein Desaster und William Harding saß wieder auf der Straße.

Er hielt sich mit Sprecherjobs über Wasser und bekam nach einiger Zeit ein Engagement in Peter Shaffers Tour Produktion von »Amadeus«. Drei Jahre war er damit unterwegs, zwei in England und ein Jahr in den USA. Er spielte eine sehr kleine Rolle.

Und dann kam »Mayinglong Musk Hemorrhoids Ointment«, die Hämorrhoiden Salbe. Sein Agent handelte einen guten Vertrag für ihn aus und er spielte in insgesamt zwölf verschiedenen Werbespots den Hämorrhoiden-Mann. Er wurde eine kleine Berühmtheit. Man lächelte ihn zum ersten Mal in der U-Bahn an. Und eine alte Dame, die an Hämorrhoiden litt, bat ihn um ein Autogramm.

Er bekam eine kleine Rolle in einer Sitcom. Er war der orientalische Nachbar, der gelegentlich als Witzfigur herhalten musste. Das Fernsehen war ihm allerdings verhasst. Er betrachtete es als Zwitterwesen. »Es ist nicht mehr Theater und es ist noch nicht Film! Es ist weder ein unmittelbares Live-Erlebnis, noch lebt es von großen Bildern und Geschichten. Fernsehen ist Scheißdreck in verschiedensten Abstufungen und Ausformungen, aber es ist immer Scheiße!«

Vielleicht verdankte sich diese Einstellung auch dem Frust, es nie wirklich geschafft zu haben.

Seine eigentliche Leidenschaft war aber das Theater. Nachdem ihn niemand engagierte, gründete er seine eigene kleine Theatergruppe. Sieben Leute, sieben arbeitslose Schauspielerinnen und Schauspieler, die sich Ende der 80er Jahre im Londoner Stadtteil Hammersmith einen kleinen Keller mit darüberliegendem Lokal mieteten. Das Theater war in der King Street, gleich hinter der Bushaltestelle und in der Nähe der U-Bahn Station Stamford Brook. Keine besonders gute Gegend für ein Theater, aber man war mit großem Enthusiasmus dabei. Nach fünfzehn Jahren und über sechzig Produktionen löste sich diese Gruppe auf. Man war müde geworden. Viele neue Schauspielerinnen und Schauspieler waren zum Ensemble gestoßen und verließen es wieder. Einzig und allein William Harding hatte die Stellung gehalten. Seine letzte Produktion in dem Theater, das heute ein indisches Restaurant ist, war – »Hamlet«. Spät aber doch hatte er sich seinen Traum erfüllt, er spielte den Hamlet. Natürlich war er mittlerweile zu alt für diese Rolle, aber er sagte damals zu seiner Frau:

»Ich bin ohnehin die denkbar schlechteste Besetzung für den Hamlet. Ich sehe aus wie ein Orientale und nicht wie ein dänischer Prinz, da ist es dann auch egal, ob ich um 25 Jahre zu alt bin für diese Rolle!«

Seit seinem 55. Geburtstag trat William Harding wieder etwas leiser – hie und da als Sprecher in einem Werbespot oder als Statist in Fernseh- und Filmproduktionen. Er war einer der stummen Bischöfe, die in der Fernsehserie Tudors neben Kardinal Wolsey saßen. Es war die Szene, in der Heinrich VIII. die Scheidung von seiner Frau erzwingen wollte, um mit Anne Boylen ins Bett steigen zu können. Sie hat ihm unmissverständlich klargemacht, dass es Sex erst gibt, wenn er geschieden und sie Königin von England geworden ist.

»Was für eine Schikse!«, dachte William Harding, während die Szene gedreht wurde. »Was für eine Schikse das gewesen sein muss!«

Er hatte an dem jiddischen Wort *Schikse* seine helle Freude. In letzter Zeit beschäftigte er sich immer mehr mit der Familiengeschichte seines jüdischen Vaters. Sein Vater war österreichischer Jude, der 1925 mit seinen

212

Eltern lange vor Hitlers Machtergreifung nach London gezogen war. Dort lernte er seine Frau kennen, William Hardings Mutter, die Inderin Aishwarya Rai. William Harding war also zur einen Hälfte Inder, zur anderen Hälfte Jude, lebte in England und trug den bürgerlichen Namen Vikram Rosenblatt.

Sein Agent hatte ihm am Beginn seiner Karriere geraten, einen britischen Künstlernamen zu nehmen, wenn er Erfolg haben wolle.

»Nichts hat es geholfen! Ich bin ein no-name geblieben! William Harding – so ein Schwachsinn!«

Zu unserem großen Glück war Mr. Vikram Rosenblatt vor einem Jahr in Wien gewesen, um sich auf die Spuren seiner jüdischen Familie zu begeben. Dabei hatte er eine Leidenschaft für Wien entwickelt. Aber zu unserem großen Unglück hasste er die Perser!

Zwei Wochen nach Vaters Begräbnis setzten Tante Agathe und ich uns zu Mr. Harding an den Tisch. Ich konnte nichts sagen – ich saß wahrhaftig meinem Vater gegenüber. Er hatte seine Augen, seinen Mund, seine Haare, er hatte seine Stimme. Mein Vater sah mich an und sagte: »Spreche ich Deutsch sehr nicht gut!« Es war seltsam, meinen Vater mit englischem und nicht mit persischem Akzent sprechen zu hören. Ich wusste nicht, ob ich ihm das übliche Kompliment »Nein, nein – Ihr Deutsch ist doch wunderbar!« machen sollte. Einerseits wusste er natürlich, dass das nicht stimmt, andererseits hätte es ihm auch schmeicheln können. Ich sagte vorerst einmal nichts und überließ Tante Agathe die auf Englisch geführte Konversation.

»Mr. Harding! Ich möchte mich vorweg bei Ihnen

bedanken, dass wir Sie persönlich treffen dürfen. Ich weiß, Sie sind sehr beschäftigt …«

»Beschäftigt? Ich bin überhaupt nicht beschäftigt. Wie viel, glauben Sie, hat ein 64-jähriger orientalisch aussehender Schauspieler zu tun, wenn er nicht Om Puri ist?«

Om Puri ist ein indischer Schauspieler, der in England sehr erfolgreich in vielen Filmproduktionen mitwirkte. Er erhielt 2004 von der englischen Königin sogar den »Order of the British Empire«, eine sehr hohe Auszeichnung, für seine Arbeit in englischsprachigen Filmen.

»Er hat es geschafft und ich nicht, das ist die Wahrheit! England ist zu klein für zwei indische Darsteller von Format!«

Vikram Rosenblatt war schlechter Laune. Sehr schlechter Laune.

»Und da kommen Sie daher und verlangen von mir, dass ich mich in Österreich zum Affen machen soll! Für eine iranische Familie! Ich soll für ein paar Terroristen im Land der Nazis den Affen machen? Wofür halten Sie mich eigentlich!?«

Ich hatte mir nichts anderes erwartet. Schon das erste Telefonat mit Mr. Vikram-William-ich-bin-ein-erfolgloser-alter-Schauspieler-Harding-Rosenblatt verlief nicht sehr positiv. Er sagte damals am Telefon zu mir: »Ihnen ist doch klar, dass ich Jude bin?«

»Nein, Mr. Harding. Entschuldigen Sie, das wusste ich nicht!«

»Haben Sie vorgestern nicht ferngesehen?«

»Habe ich einen Film von Ihnen versäumt?«

»Nein. Sie haben die Rede von Ihrem Präsidenten versäumt!«

Ich dachte angestrengt nach, um mich an eine Rede des österreichischen Bundespräsidenten zu erinnern, aber mir fiel nichts ein.

»Bundespräsident Fischer hat gestern sicher keine Rede gehalten, das wäre mir aufgefallen.«

»Wer redet von dem Österreicher? Ich meine Ihren feinen Herrn Ahmadinedjad, den Präsidenten der islamischen Republik Iran! Haben Sie diese Rede gestern gesehen?«

Ich hatte sie nicht gesehen, aber im Internet darüber gelesen.

»Den Mann kann man doch nicht ernst nehmen! Wirklich!«

»Dieser Mann, Mr. Ansari, hat gestern gesagt, er möchte, dass Israel von der Landkarte verschwindet! Er hat weiters gesagt, dass man nicht sicher sein kann, ob der Holocaust wirklich stattgefunden hat. Seien Sie mir nicht böse, Mr. Ansari, aber ich bin nicht nur Jude, ich bin auch ein politisch denkender Mensch. Ich kann es mit meinem Gewissen nicht vereinbaren, mit Iranern zu arbeiten! Ich weiß natürlich, dass Sie persönlich nichts dafür können, aber irgendwo muss man eine Grenze ziehen – es tut mir leid!«

Das Telefonat verlief dann doch noch sehr nett. Er erzählte mir von seiner Karriere und wünschte mir alles Gute für die Zukunft und war im übrigen der Meinung, dass es besser wäre, die Großmutter über den Tod ihres Sohnes aufzuklären.

Wir beratschlagten danach ein weiteres Mal via Skype, was man noch unternehmen könne, um ihn umzustimmen.

Onkel Fereydoun meinte: »Wie viel Geld haben wir ihm geboten?«

»Soweit ist es noch gar nicht gekommen!«

»Er ist Jude – das war nur Verhandlungstaktik!«

»Bist du wahnsinnig? Was soll das heißen!? Das ist eine antisemitische, rassistische Äußerung!« Meine Mutter war empört.

215

»Nein! Um Gottes Willen! Meine besten Freunde hier in New York sind Juden! Ich bin doch kein Antisemit, nur weil ich Perser bin!«

»Genau das müssen wir ihm sagen!« Darin sah ich einen kleinen Hoffnungsschimmer.

»Nein! Wir müssen ihm soviel Geld bieten, dass es selbst ein Jude nicht ausschlagen kann!«

»Fereydoun! «

»Was? Die meisten Juden sind sehr reich und brauchen deshalb nicht so viel zu arbeiten!«

Jetzt wurde es auch mir ein bisschen zu viel.

»Onkel Fereydoun, das geht jetzt wirklich zu weit!«

»Sorry! Das ist doch nicht böse gemeint! Darf ich nicht sagen, dass es reiche Juden gibt, nur weil ich Perser bin!«

»Aber du hast gesagt, alle Juden sind reich!«

»Nicht alle, nur die Reichen. Das war eine kleine Übertreibung!«

»Da! Das ist typisch persisch! Schrecklich«, meine Mutter war etwas in Zorn geraten, »immer müsst ihr übertreiben! Ein Perser hat überhaupt keinen Realitätsbezug!«

»Das ist jetzt rassistisch! Das ist antipersisch!«

»Was heißt, ich bin rassistisch?« Mutti war außer sich: »Ich war vierzig Jahre mit einem Perser verheiratet, ich darf antipersisch sein so viel ich will! Ihr seid schrecklich! Immer nur Versprechungen und dann wird nichts eingehalten, immer diese Übertreibungen, diese Angeberei und diese Lügen! Ihr müsst euch immer anlügen! Warum kann denn keiner von euch mit der Wahrheit leben!?«

Stille. Alle Skype-Teilnehmer waren still. Amerika, Schweden, Deutschland – internationales Schweigen, ausgelöst durch Österreich.

»Sie hat recht! Wir müssen der Wahrheit ins Gesicht sehen!« Tante Niloufar brach das Eis.

»Wir haben diesen Doppelgänger gefunden und jetzt will er nicht für uns arbeiten. Das ist ein Zeichen. Allah oder Gott oder Jehowa oder das Universum hat uns ein Zeichen gegeben. Es soll nicht sein! Wir sollen Måmånbosorg nicht anlügen!«

Jetzt waren wir schon soweit gekommen. Wir hatten uns alle in großer Traurigkeit dazu durchgerungen, meiner Großmutter diesen Schmerz zu ersparen. Ich hatte mich an den Doppelgänger erinnert. Wir hatten ihn sehr schnell wieder gefunden, dank Tante Agathe, die sich ebenfalls an ihn erinnern konnte. Ein Anruf bei den Erzeugern der Hämorrhoidensalbe und wir hatten den Namen der Werbeagentur, die diesen Spot produzierte. Die Werbeagentur gab es nicht mehr, aber der Rechtsnachfolger hatte noch alle Unterlagen und so hatten wir William Harding nach zwei Wochen gefunden. Und jetzt, nach dem ersten Telefonat mit ihm, sollten wir aufgeben?

»Ich glaube nicht an Zeichen von Gott oder dem Universum«, log ich meine Familie an. »So was gibt es nicht!«

In Wirklichkeit glaube ich – vielleicht sogar als einziger in der Familie – an Zeichen von Gott oder dem Universum. Ganz extrem. Ich überlasse viele Entscheidungen in meinem Leben dem Schicksal oder dem Universum oder Gott oder wem auch immer. Sie kennen das sicher. Oder? Diese Situationen, in denen man sich denkt: »Wenn das nächste Auto, das um die Ecke kommt blau ist, dann ruf ich sie noch einmal an!« oder »Wenn ich nach Hause komme und die Katze auf meine Schuhe gepinkelt hat, dann fahre ich drei Wochen auf Urlaub!«

Die Wahrheit ist, dass ich der festen Überzeugung war, dass die Tatsache, dass wir Vikram Rosenblatt überhaupt gefunden hatten, ein Zeichen dafür war, dass unsere Entscheidung richtig war.

»Wir müssen versuchen, ihn zu überreden«, sagte ich sehr bestimmt.

»Wir müssen ihm genug Gage bieten!«

Onkel Djamjid erkundigte sich bei mir noch einmal ausführlich, wie das Telefonat mit Vikram Rosenblatt genau verlaufen war.

»Naja, ganz genau kann ich es nicht sagen ... aber er war ziemlich entsetzt über die Aussagen von Ahmadinedjad und dass er das nicht mit seinem politischen Gewissen vereinbaren kann, dass er für uns arbeitet, weil wir Perser sind!«

Nach einer weiteren interkontinentalen Gesprächspause meinte mein Onkel Djafar: »Ich mache das schon, gib mir seine Telefonnummer, ich rede mit ihm!«

Seine Tochter, Cousine Leyla, mischte sich in unser Gespräch.

»Wie willst du mit ihm reden, Papa, er spricht Englisch!?«

»Das bisschen Englisch! Ich werde schon zusammenbringen!«

»Lern erstmal Deutsch!«, raunte Onkel Fereydoun aus New York.

»Er muss unsere Familie kennen lernen, dann wird er es machen. Wenn er sieht, was wir für Menschen sind, dann kann ihn das überzeugen!«, meinte Onkel Fereydoun weiter.

»Wenn er sieht, was wir für eine Familie sind, lässt er uns in ein Irrenhaus sperren!«, meinte mein Cousin Omid.

Mir war klar, dass es nur diese eine Chance geben würde, Mr. Rosenblatt umzustimmen. Er muss uns kennen lernen, in einem persönlichen Gespräch. Nicht mit Geld oder mit irgendwelchen anderen Argumenten wird man ihn umstimmen können. Einzig und allein mit dem Herzen. Wenn er sieht, in was für einer verzweifelten Situation wir stecken, dann muss das sein Herz erweichen. Deshalb rief ich ihn ein zweites Mal an und bat um den persönlichen Termin in London. Tante Agathe meinte, die Tatsache, dass er uns diesen Termin gewährte, wäre ein positives Zeichen. Was Vikram Rosenblatt zu dem Zeitpunkt, als wir ihm in dem persischen Restaurant gegenüber saßen, noch nicht wusste, war die Tatsache, dass Tante Niloufar, Onkel Fereydoun und mein Cousin Omid in dem Haus von Tante Agathe auf ihn warteten. Sie waren nach London gekommen, um ihn mit vereinten Kräften zu überreden.

Tante Agathe und ich saßen ihm gegenüber und verdauten gerade seine sehr ruppig vorgetragene Bemerkung, er werde sich für eine iranische Familie in Österreich, dem Land der Nazis, nicht zum Affen machen.

Da fragte er mich plötzlich: »Wie alt ist Ihre Großmutter, Mr. Ansari?«

»79, Sir!«

Ich hatte keine Ahnung, ob mein »Sir« zu militärisch oder unterwürfig klang – ich fand es angebracht, ich wollte ihm zu verstehen geben, dass ich ihn respektiere und nicht wie ein überheblicher Fernsehproduzent oder Agent auf ihn als Schauspieler herabsehe. Ich hatte das in Filmen gesehen, dass man ein »Sir« an einen Satz anhängen kann.

Er sah mich etwas befremdet an: »Und Sie glauben nicht, dass sie in den nächsten zwanzig Jahren, die sie noch leben könnte, hinter diesen Schwindel kommt?«

»Mit Ihrer Hilfe könnten wir das vielleicht verhindern!«

219

Diesmal schien mir das »Sir« zu übertrieben, ich ließ es weg.

Vikram Rosenblatt packte sein Handy ein, kramte aus seiner Jeans umständlich einige, mit einer goldenen Geldklammer zusammengehaltene Pfundscheine hervor und schaute nach dem Kellner.

»Sie haben mich um ein persönliches Gespräch gebeten und ich habe es Ihnen gewährt, mit dem Hinweis, dass dieses Gespräch nichts an meiner Einstellung ändern wird. Aber ich verstehe natürlich, dass Sie sich in einer sehr angespannten und emotionalen Situation befinden. Deshalb habe ich mich mit Ihnen getroffen. Damit Sie in Ihrer schrecklichen Lage wenigstens das Gefühl bekommen, alles probiert zu haben. Abgesehen davon halte ich es für unprofessionell, Angebote einfach so am Telefon abzulehnen.«

»Wie können Sie ein Angebot ablehnen, das Sie noch gar nicht kennen!?«, wurde Tante Agathe etwas energischer.

»Es geht nicht um's liebe Geld. Es geht nicht einmal so sehr darum, dass ich Jude und Sie Iraner sind. Es geht darum, dass ich …«

»Ich bin zum Beispiel keine Iranerin. Ich bin eine in Österreich geborene Staatsbürgerin des Vereinigten Königreichs von Großbritannien.«

»Und wie stehen Sie verwandtschaftlich zu der Familie?«

»Ich war mit einem Onkel des Herrn Ansari verheiratet!«

»Sie sind nicht blutsverwandt und geschieden! Mischen Sie sich also bitte nicht ein! Nun, wie gesagt, es geht nicht darum, dass es sich um eine muslimische Familie handelt und ich Jude bin, es geht nicht um Geld …«

»Sie wissen ja noch gar nicht, was wir zahlen wollen!«

»Lassen Sie mich ausreden! Es geht in erster Linie

darum, dass ich so ein Vorgehen für äußerst unmoralisch und unverantwortlich halte. Wie kann man eine Mutter über den Tod ihres Kindes belügen?«

Er setzte noch zu einem weiteren Satz an, wurde jedoch vom Kellner unterbrochen. Vikram Rosenblatt verlangte nach der Rechnung.

»Dürfen wir Sie heute Abend zum Essen einladen? In das Haus meiner Tante? Es wäre eine große Freude für unsere Familie!«

Er sah mich mitleidig an. Mir war klar, er würde diesen Trick durchschauen, deshalb ließ ich den Satz »Wir werden Sie auch nicht zu überreden versuchen« weg. Vikram Rosenblatt musste nur genügend Zeit mit meiner Familie verbringen. Dann würde er vielleicht eine Bindung aufbauen und die Sache wäre ihm vielleicht nicht mehr so egal.

»Vielen Dank für die Einladung – aber ich habe heute Abend schon einen Termin!«

»Sie sollten vielleicht einen Teil unserer Familie kennen lernen, damit Sie sehen, wie wir sind und wie groß die Sorge um das Wohl meiner Großmutter ist. Bringen Sie Ihre Frau mit, Ihre Kinder, wenn Sie wollen – sie sind herzlichst eingeladen!«

Es war eine sehr unangenehme Situation. Man kann nicht zwei Familien auf Druck miteinander bekannt machen. Aber mir schien es trotz allem die vernünftigste Lösung zu sein. Keine Ahnung warum.

Was weder ich noch Vikram Rosenblatt wissen konnten, war, dass sich unsere Familien vor sehr langer Zeit schon einmal begegnet waren. Es war – könnte man sagen – Schicksal, dass wir fast dreihundert Jahre später ein weiteres Mal aufeinander trafen.

Shahjahanabad, nördliches Indien. 20. März 1739.

Der persische Eroberer Tahmasp Quoli Khan zog mit einem Heer von 20 000 Mann Richtung Shahjahanabad, der Hauptstadt des indischen Mogulreiches, die heute Delhi heißt. Er wollte Indien erobern, nachdem er sich vor einem Jahr zum Schah von Persien krönen hatte lassen, er zuvor seinen Vorgänger, den nur fünfzehn Jahre alten Schah Abbas III., abgesetzt und ermorden hatte lassen. Tahmasp Quoli Khan nannte sich von da an Nader Schah. Er vertrieb mit seinem Heer die Osmanen und Russen, die die westlichen und nördlichen Provinzen des Iran besetzt hielten und eroberte die ehemalige Hauptstadt Isfahan von den Afghanen zurück. Und jetzt war er unterwegs Richtung Indien. Er wollte Indien nicht eigentlich erobern, er wollte den indischen Kaiser bloß um seinen Reichtum erleichtern, aus Rache dafür, dass dieser den afghanischen Heerführern Asyl gewährte, nachdem sie aus Isfahan vertrieben worden waren. Einige Monate zuvor hatte er einen Gesandten an den Hof des indischen Kaisers geschickt, mit einer Botschaft, in der er ihn aufforderte, den Afghanen kein Asyl zu gewähren. Der indische Kaiser kam der Bitte des Nader Schah jedoch nicht nach. Der Gesandte verweilte einige Monate am Hof des indischen Kaisers, immer in der Hoffnung, mit einer positiven Antwort zu seinem Befehlshaber zurückkehren zu können. Der Gesandte reiste, wie damals üblich, mit einigen Sklaven nach Dehli. Einer dieser Sklaven, Mohammed Amir, war ein Vorfahre unserer Familie. Er war der Sekretär des Gesandten, der sich um sein persönliches Wohl zu kümmern hatte. Mohammad Amir bezog im Palast des indischen Kaisers in Delhi das Zimmer neben dem Gesandten, damit er ihm Tag und Nacht zu Diensten sein konnte. Mohammad Amir war ein einfacher Bauer gewesen, der im Norden des Iran mit seiner Familie lebte. Als Nader Schah die Osmanen zurückdrängte, wurde sein Hof niedergebrannt, seine Frau und Kinder ermordet und er wurde gefangen genommen. Mohammed Amir hasste Nader Schah. Nader Schah war ein grausamer Despot, ein Krieger, ein Eroberer, er hatte nichts übrig für Kunst und Kultur. Mohammed Nadir liebte die Literatur und er nahm sich als Junge vor, eines Tages, wenn er es sich werde leisten können, lesen und schreiben zu lernen, um die persischen Dichter, von denen ihm seine Mutter erzählt hatte, lesen zu können. Der Gesandte, der ein hoher General in der Armee von Nader Schah war, fand Gefallen an Mohammed Amir und nahm ihn in seine Dienste.

Sie waren jetzt schon einige Monate am Hof des indischen Kaisers und immer noch verweigerte er ihnen eine Audienz, damit sie Nader Schahs Anliegen vortragen konnten. Im Februar des Jahres 1739 hörten sie die Nachricht, dass Nader Schah mit seinem Heer in der Stadt Karnal angekommen sei und bereit wäre, gegen die Armee des indischen Kaisers zu kämpfen. Der Gesandte wurde mitsamt seinen Sklaven verhaftet und in den Kerker geworfen. Der indische Kaiser zog mit seiner Armee Richtung Karnal, einer Stadt nicht unweit von Delhi und es herrschte Krieg zwischen Indien und Persien. Anfang März 1739 besiegte Nader Schah die indische Armee. Der indische Kaiser musste sich geschlagen geben. Nader ließ ihn jedoch am Leben und erlaubte ihm, weiter Kaiser von Indien zu bleiben, wenn er sich bereit erklärte, ihm den Großteil des Mogul-Schatzes zu überlassen.

Und so kam es, dass am 17. März 1739 Mohammed Amir und sein Chef wieder freigelassen wurden und man den Gesandten damit beauftragte, ein Festbankett am indischen Hof zu arrangieren. Der persische und der indische Kaiser würden miteinander speisen und danach würde es zur Übergabe tausender Juwelen, der mehreren Tonnen Gold und Geschmeide und vor allem des berühmten Pfauenthrons kommen. Der Pfauenthron war geschmückt mit den zwei größten Diamanten der Welt. Der Gesamtwert des geraubten Schatzes betrug über 70 000 000 Pfund Sterling in damaliger Währung. Das wäre heute in etwa ein Wert von 108 Milliarden Euro.

Mohammed Amir konnte sich nun mit seinem Herrn frei im Palast des indischen Kaisers bewegen. Sie waren von Gefangenen zu Siegern geworden. Man bereitete alles für die Ankunft des großen Nader Schah vor. Hunderte von Soldaten schleppten unter Aufsicht des Gesandten die Schätze aus der Schatzkammer in den Thronsaal.

Am 20. März war es soweit. Es war *Nowrouz*, das persische Neujahr. Nader Schah zog mit seinen 20 000 Reitern und fast hundert Elefanten, auf denen jeweils fünf Soldaten mit Musketen saßen, Richtung Delhi. Die Straßen waren leer. Einige Meter vor dem roten Palast des indischen Kaisers stieg Nader Schah von seinem Pferd und wurde von den Ministern des indischen Kaisers empfangen.

Der indische Kaiser selbst wartete in seinen Gemächern darauf, zu Nader Schah vorgelassen zu werden. Nader Schah betrat mit seinen Getreuen den Thronsaal und betrachtete seine Beute. Er war überwältigt! Der Gesandte zeigte dem Kaiser den Pfauenthron, die Vasen, die Juwelen, die Seidenteppiche und das Gold. Dann übergab er dem Kaiser einen der beiden großen Diamanten. Er war in Leder gehüllt. Als Nader Schah ihn aus dem Leder wickelte, rief er voll Begeisterung aus: »*Wâj! Jek Darijâje Noure!* – Was für ein Meer von Licht!«

Am Gang vor dem Thronsaal stand mein Urahne Mohammed Amir unter den übrigen Bediensteten und Sklaven. Er fühlte, wie in seinem Körper der Zorn auf Nader Schah hochstieg. Er hatte ihm seine Familie geraubt und ihn zu einem Sklaven gemacht. Während er überlegte, ob es ihm jemals wieder gelingen könnte, ein freier Mensch zu werden, hörte er plötzlich lautes Gebrüll aus dem Thronsaal. Nader Schah war außer sich. Er tobte, zog sein Schwert und brüllte laut: »Du sollst des Todes sein, wenn du mir den zweiten Diamanten nicht bis heute Abend übergeben hast!«

Nader Schah raste aus dem Thronsaal, gefolgt von seinen Generälen und Ministern, die ihn seit Jahrzehnten auf seinen Eroberungszügen begleitet hatten. Die Diener warfen sich auf den Boden und verharrten reglos, bis der Kaiser verschwunden war.

Wenige Minuten später saßen der Gesandte und mein Urahne in des Gesandten Zimmer und beratschlagten sich. Der zweite Diamant war verschwunden. Jemand aus der Dienerschaft des indischen Kaisers hatte ihn vor Nader Schah versteckt.

»Aber weshalb will er Euch töten? Was könnt Ihr dafür? Er muss den indischen Kaiser dafür verantwortlich machen!«

»Das ist nicht möglich! Es geht darum, mit dem Mogulkaiser Frieden zu schließen. Die beiden haben sich darauf geeinigt, dass Nader wieder abzieht, wenn er den Schatz hat und der Kaiser bis zu seinem Tod auf dem indischen Thron bleiben darf. Seine Majestät Nader, der Beherrscher der Welt, will keinen Krieg mit Indien. Er will auch nicht Kaiser von Indien werden. Er will lediglich mit der erbeuteten indischen Staatskasse seine Soldaten bezahlen und das persische Volk für sich gewinnen. Mit diesem Schatz ist seine Staatskasse gefüllt und er wird – so habe ich es gehört – den Persern drei Jahre lang keine Steuern abverlangen. Verstehst du? Er möchte der beliebteste Kaiser aller Zeiten werden. Er erlässt seinem Volk drei Jahre lang die Steuern!«

»Trotzdem sind wir nicht daran Schuld, dass der zweite Diamant verschwunden ist.«

»Wenn er den indischen Kaiser dafür verantwortlich macht, kommt es vielleicht zu weiteren Kriegshandlungen und der Schatz geht wieder verloren! Verstehst du denn das nicht?«

Mein Vorfahre verstand. Der Gesandte und seine Dienerschaft würden hingerichtet werden, wenn Nader Schah den Diamant bis zum Abend nicht in seinen Händen hielt.

Es mag unwahrscheinlich und wie ein Märchen klingen, aber beim Propheten – genau so hat es sich zugetragen! In den Monaten, in denen mein Vorfahre und der Gesandte am Hof des indischen Königs in Delhi weilten, hatte sich Mohammed Amir in eine der Haremsdamen des indischen Kaisers verliebt. Sie war sehr jung. Ein Bauernmädchen, das der indische Kaiser auf einer Reise durch sein Reich gesehen und seinem Harem einverleibt hatte. Er teilte ein einziges Mal mit ihr das Bett. Der Harem war sehr groß und da der indische Kaiser kein immer wiederkehrendes Muster in seiner Auswahl erkennen ließ, wusste man nie, wann man wieder an der Reihe war. Das junge Mädchen hasste den indischen Kaiser. So hatten Mohammed Amir und das Mädchen sehr schnell eine Gemeinsamkeit gefunden, beide hassten sie ihr Staatsoberhaupt.

Sie waren sich eines Nachts begegnet, als Mohammed Amir an die Palastmauer gelehnt in den Himmel starrte und ein Weinen hörte. Das junge Mädchen saß unter einem Zypressenbaum und beweinte ihr Schicksal. Er näherte sich ihr und sah sie an. Sie verhüllte mit ihrem Schleier das Gesicht und rannte davon. Einige Zeit später begegneten sie einander wieder und kamen ins Gespräch.

Nader Schah nahm nicht nur die indische Staatskasse nach Persien mit. Er nahm auch einige Poeten, Maler, Musiker, Ärzte und Haremsdamen gefangen, um sie nach Persien zu bringen, darunter das junge Mädchen.

Sie sahen sich am Nachmittag des 20. März heimlich in einem Zimmer des Palastes. Als Mohammed Amir erfuhr, dass sein geliebtes Mädchen unter den Haremsdamen war, die zur Beute gehörten, war er überglücklich.

»Wir werden in Persien dem Kaiser entfliehen und ein gemeinsames Leben anfangen können!«, rief das Mädchen aus. Mohammed Amir teilte ihr mit, dass dies nicht möglich sein werde, da er dem Tod geweiht sei, wenn er und sein Gesandter den verschwundenen Diamanten nicht auftreiben könnte.

»Dann müssen wir herausfinden, wo der zweite Diamant ist!«

»Wie soll das gehen? Wir sind zwei Sklaven. Wir können uns nicht in die hohe Politik einmischen. Wir dürfen nicht einmal mit den Leuten hier am Hof reden.«

»Ich weiß Hilfe!«

Das junge Mädchen brachte Mohammed Amir zu Rakina Rupashi, einer der Köchinnen des indischen Kaisers. Sie hoffte, dass Rakina etwas über den Verbleib des Diamanten gehört haben könnte. Die Küche des Kaisers war der Umschlagplatz für Gerüchte und Geschichten, denn an diesem Ort kamen viele Bediensteten des Palastes zusammen: die Diener, die die Speisen servierten, die Vorkoster und die Lebensmittellieferanten. Von hier aus wurde allen Ministern und Generälen das Essen serviert. Jeder Diener kam irgendwann in die Küche und plauderte mit dem Küchenpersonal. Man war freundlich zu den Köchen und Köchinnen, obwohl sie Sklaven waren und gab ihnen hie und da Bestechungsgeld oder versorgte sie mit neuesten Gerüchten, damit sie einem das beste Essen kochten. Selbst die Ärzte des Hofes besuchten oft die Küche, um sich mit Kräutern für ihre Medizin zu versorgen, oder den Schimmel von altem Brot zu kratzen, den sie wie eine Art Penizillin in offene Wunden streuten, damit diese nicht zu eitern begannen. Die Küche war also der Ort, an dem am ehesten etwas in Erfahrung zu bringen war.

Rakina begrüßte das junge Mädchen mit der üblichen Art von Begrüßung, die laut Hofzeremoniell für Haremsdamen ihres Standes vorgesehen war. Dann sah sie Mohammed Amir mit einem verschwörerischen Gesichtsausdruck an: »Ist er das?«

»Ja, das ist er!«

Das junge Mädchen hatte Rakina, die um 23 Jahre älter war als sie selbst, ihre Liebe zu meinem Vorfahren gestanden. Rakina wusste Bescheid. Sie war im Laufe der vier Jahre, die das junge Mädchen schon im Harem des Kaisers war, zu ihrer Vertrauten geworden. Sie erzählte ihr die Geschichte von dem zweiten, verschollenen Diamanten und von der Strafe, die ihren Geliebten und seinen Herrn erwartete.

»Ich habe nichts gehört. Es herrscht Angst im Palast. Nader Schah ist unberechenbar. Was, wenn alles nicht stimmt, wenn er heute bei dem gemeinsamen Mahl unseren Kaiser töten will? Wenn er ein Massaker anrichtet? Wir sind alle sehr angespannt.«

»Ich kann euch versichern, dass meinem Kaiser, Schah Nadir, dem Beherrscher der Welt, nicht daran gelegen ist, Indien zu regieren. Er will das Geld und schnell wieder weg von hier, um seine Macht im Iran zu festigen

und weitere Gebiete der Afghanen zu erobern. Es wird
euch nichts geschehen.«

»Wir haben nur gehört, dass Nader Schah keine Vorkoster beim Mahl haben will. Was hat das zu bedeuten?«

»Keine Ahnung.«

»Tut mir leid – ich weiß nichts. Wenn ich etwas hören
sollte, gebe ich euch Bescheid.«

Der Nachmittag verging und Mohammed Amir und
der Gesandte versuchten durch Verhöre einiger Diener
herauszubekommen, was mit dem Diamanten passiert
sei. Ohne Erfolg. Es wurde Abend. Nader Schah und der
indische Kaiser fanden sich im Thronsaal ein, setzten
sich zu Tisch und die Speisen wurden aufgetragen. Sieben verschiedene Arten von Curry. Persisches Gemüse
und Omelett zu Ehren von Nader Schah. Ein gekochter Lammkopf. Süßer Basmati Reis mit Orangenschalen,
Mandeln, Berberitzen und Rosinen. Gurken in Joghurt
mit Minze. Drei mit Maronen, Reis, Koriander und Zimt
gefüllte Hühner. Eingelegtes, salziges Gemüse und
Mango-Joghurt-Getränk.

Nader Schah war ein Soldat, der keinen großen Wert
auf Etikette legte, deshalb wartete er nicht bis einer der
Diener seinen Teller füllte, sondern schaufelte selbst
aus den Schüsseln Reis, Soße, Fleisch und Gemüse auf
seinen goldenen Teller. Der indische Kaiser zeigte seinem Diener an, was er ihm auf den Teller zu legen hatte.
Nader Schah wartete ab. Nachdem der Diener den Teller
abgestellt hatte, stand Nader Schah auf und sagte: »Der
Kaiser von Indien, der große Mogul-Herrscher und der
Kaiser Persiens, der Beherrscher der Welt, sollen von
dem heutigen Tag an Freunde sein, das Mogulreich und
Persien befreundete Staaten. Der indische Kaiser möge
auf seinem Thron bleiben, solange er am Leben ist. Von
meinen und Gottes Gnaden!«

Die anwesenden persischen und indischen Generäle und Minister applaudierten. Nader Schah gab einem Diener Zeichen, seinen Teller gegen den Teller des indischen Kaisers auszutauschen.

»Als Zeichen unseres Vertrauens lass uns unsere Speisen tauschen, damit jeder sehen kann, wir wollen einander nichts Böses!«

Mohammed Amir und der Gesandte saßen zu dieser Zeit bereits in ihrer Todeszelle. Sie sollten morgen früh hingerichtet werden.

Rakina versuchte zu der Zelle der beiden zu gelangen. Ihr war ein Gerücht über den Verbleib des zweiten Diamanten zu Ohren gekommen. Sie schlich sich in den Kerker und versuchte die Wachen mit einem großen Teller Reis und Gemüse zu bestechen.

»Lasst mich für einen Augenblick zu den Gefangenen!«

Der Wachposten stellte sich als besonders treu ergebener Untertan heraus. Er verweigerte Rakina den Weg zu den Gefangenen, nahm ihr jedoch lachend den Teller ab und bedankte sich für das großzügige Mahl. Rakina war verzweifelt. Wenn es schon schwierig war, in den Kerker zu kommen, so war es unmöglich in den Harem zu gelangen, um dem jungen Mädchen Bescheid sagen zu können. Sie machte sich wieder auf den Weg in die Küche. Dort bereitete man gerade die Süßspeisen für das Bankett vor. Sie stand traurig da und starrte ins Nichts, als der Diener, der die Teller getauscht hatte, die Küche betrat.

»Ich brauche Wein und Wasser!«, herrschte er Rakina an.

Rakina zögerte keine Sekunde und nahm den Diener zur Seite.

»Wenn Ihr das Wasser serviert, flüstert dem persischen Kaiser ins Ohr, dass sein getreuer Diener Mohammed Amir über den Verbleib des Verschollenen Bescheid weiß.«

»Und warum sollte ich das tun? Es ist uns verboten, mit dem Kaiser zu sprechen. Gebt mir jetzt das Wasser und den Wein.«

»Der persische Kaiser wird es euch danken!«

Mit diesen Worten schob sie dem Diener zwei Goldmünzen zu, die ihr das junge Mädchen am Vormittag aus Dankbarkeit gegeben hatte. Der Diener prüfte die Münzen argwöhnisch: »Und ihr seid sicher, dass ich nicht mein Leben riskiere?«

»Ja! Der persische Kaiser ist verzweifelt auf der Suche nach dem Verschollenen.«

»Also, schön!«

Rakina wartete, bis sich der Diener auf den Weg in den Thronsaal machte. Dann folgte sie ihm. Sie stellte sich zu den anderen Sklavinnen und Köchen, die an einer Wand des Thronsaals aufgereiht standen, um den Majestäten beim Essen zuzusehen. Der Diener stellte die Krüge auf den Tisch, beugte sich neben Nadir Schah etwas zur Seite und flüstere ihm ins Ohr. Der Kaiser sprang auf, zog sein Schwert und hielt es dem Diener an den Hals. Er drohte ihm mit einer schweren Strafe, da er den Beherrscher der Welt angesprochen hatte, und befahl, den Gesandten kommen zu lassen, der einige Minuten später mit Mohammed Amir im Thronsaal erschien.

»Was habt ihr mir zu sagen!?«

Die beiden schauten sehr erstaunt drein und wussten nicht wie ihnen geschah. Einige Sekunden bevor Mohammed Amir etwas sagen konnte, erblickte er Rakina am anderen Ende des Saales. Sie machte komische Bewegungen mit ihrer Hand in Richtung des indischen Kaisers. Amir verstand nicht. Dann sah er, wie sie mit ihrer rechten Hand einen Kreis über ihrem Kopf beschrieb.

»Ich warte auf eure Erklärung!«, sagte der persische

Kaiser und der Gesandte wusste noch immer nicht, was los war. In diesem Moment begriff Amir. Er beugte sich zu Nader Schah und flüsterte: »Mein Herr und Beherrscher der Welt. Seht unter den Turban dessen, den ihr unterworfen.«

Nader Schah zögerte einen Augenblick, dann sah er den indischen Kaiser an. Es war ihm klar, dass es ein Affront wäre, von ihm zu verlangen, seinen Turban zu lüften, unter dem sich der zweite Diamant befand. Es wäre diplomatisch äußerst unklug gewesen. Aber dann fiel Mohammed Amir ein, dass man am Hof der Mogulkaiser seit Jahrhunderten die orientalischen Sitten pflegte, dass die Inder hier im Norden Indiens nicht nur persisch als Amtssprache, sondern dass sie auch die Gewohnheiten und Sitten der Perser angenommen hatten. Und so konnte ihm nur eines das Leben retten: *Tarof.* Er fasste allen Mut zusammen und sagte laut: »Seine Majestät, der Beherrscher der Welt, Nader Schah von Persien findet großen Gefallen an Eurem schönen Turban!«

In diesem Moment begriff der indische Kaiser, was hier gespielt wurde. Die Regeln des *Tarof* besagen, dass man einem Gast, wenn er irgendeinen Gegenstand, den man besitzt, schön findet, diesen Gegenstand als Geschenk anbieten muss. Die Höflichkeit gebot es jetzt, den Turban als Geschenk anzubieten. Es nicht zu tun, wäre ein Affront und diplomatisch äußerst unklug gewesen. Also blieb ihm nichts anderes übrig: »So nehmt meinen Turban zum Geschenk. Er soll Euch gehören!«

Damit nahm er den Turban vom Kopf und reichte ihn einem der Diener. Nader Schah beäugte sich den Turban und musste das *Tarof*-Spiel fortsetzen: »Nein, ich danke Euch! Ein solches Geschenk kann ich nicht annehmen. Es ist Euer Turban!«, und gab ihn wieder dem Diener, der ihn zum indischen Kaiser zurückbrachte. Dieser winkte ab und hatte laut *Tarof* zu sagen: »Ich bestehe darauf, dass Ihr ihn annehmt. Er soll für immer Euch gehören!« Und er schickte den Diener wieder zurück zum persischen Kaiser, der jetzt laut *Tarof* zwei Möglichkeiten hatte: Zum einen, einfach anzunehmen, zum anderen, sich auf eine weitere Runde einzulassen. Dann allerdings stünde es dem indischen Kaiser wieder offen, anzunehmen oder weiterzumachen. Nader Schah war im Feld sehr mutig – jetzt allerdings ging er auf Nummer sicher und bedankte sich beim indischen Kaiser für diesen wunderschönen Turban. Er nahm seine Krone ab und setzte sich den Turban auf. Wenige Minuten später unterbrach er das Festmahl und ging mit dem Gesandten und Mohammed Amir in einen Nebenraum. Die beiden knieten sich vor ihm nieder und senkten ihr Haupt. Er entrollte den Turban und –tatsächlich, darin eingewickelt war der zweite große Diamant aus dem Schatz der Mogulkaiser. Als Nader Schah ihn sah, rief er entzückt aus: »*Wâj. Jek Kuhe Noure!* – Ach! Was für ein Berg von Licht!« So erhielt dieser Diamant seinen Namen. Von nun an wurde er Koh i Noor, Berg des Lichts, genannt.

Der Gesandte und mein Vorfahre Mohammed Amir kamen mit dem Leben davon. Das hatten sie der persischen Sitte des *Tarof* zu verdanken und dem Mut dieses Dieners, der sein Leben riskierte, weil er den Kaiser von Persien ansprach. Dieser Diener war der Ur-Ur-Ur-Ur-Ur-Ur-Großvater von Vikram Rosenblatt.

Persische Terroristen

Im Haus meiner Tante Agathe, im Norden von London, tummelten sich bereits Tante Niloufar und meine Cousine Leyla in der Küche, um die persischen Speisen für Vikram Rosenblatt zuzubereiten. Obwohl es keineswegs sicher war, ob er meine Einladung annehmen würde, bestanden die in London anwesenden drei Onkel, Tante Niloufar, Cousine Leyla und Cousin Omid darauf, alles für den Ernstfall vorzubereiten. Wir wollten ihm nicht nur unsere Familie näher bringen, sondern auch die persische Kultur und Lebensart.

Schon kurz nach ihrer Ankunft in London war es zum ersten Streit unter den drei Onkeln gekommen. Sie saßen an der Bar des Hotels – zur großen Erleichterung meiner Tante Agathe quartierten sich alle in einem Hotel in Westminster ein – und beratschlagten, wie man Vikram Rosenblatt den Iran und seine Kultur näherbringen solle.

»Wir haben doch eigentlich gar keine Kultur! Was ist die persische Kultur? Wir sitzen den ganzen Tag in Teppichgeschäften, rauchen Opium und warten darauf, dass jemand einen Teppich kauft. Dann fahren wir nach Hause weil, wie schon in den letzten zehn Jahren, keiner gekommen ist. Zum Abendessen schaufeln wir drei Kilo Reis mit Fleisch und Gemüse in uns hinein und gehen schlafen.«

Onkel Fereydoun war sichtlich gereizt und sehr nervös. Nach mehr als zwanzig Jahren würde er Tante Agathe wieder sehen, die er damals recht uncharmant abserviert hatte. Er war einfach nach Amerika geflogen und nicht wiedergekehrt. Die Scheidung wurde in seiner Abwesenheit abgewickelt. Uns allen war nie ganz klar geworden, warum er so plötzlich aus unserem Leben verschwand. Ich sprach auch bei den vielen Familienbesuchen in den USA mit ihm nie über dieses Thema. Selbst mein Vater berührte diesen Punkt kein einziges Mal in seiner Anwesenheit.

»Ich weiß gar nicht, wozu wir überhaupt hierher gekommen sind!«

»Du machst dir doch nur in die Hose, weil du deine Ex-Frau wieder siehst, die du damals einfach so sitzen hast lassen!«, brachte Tante Niloufar die Sache auf den Punkt.

»Was redest du, Schwester! Ich hab sie nicht sitzen lassen. Ich musste weg und sie konnte nicht mitkommen!«

»Wann müssen wir bei ihr sein?« Onkel Djamjid war ebenfalls nervös »Wie viel Zeit haben wir, um uns vorzubereiten?«

»Ein Tag. Dann trifft Martin diesen Schauspieler Rosenblatt und am Abend ist dann unser großer Auftritt!«, sagte Onkel Djafar nicht ohne zynischen Unterton.

»Dann sollten wir uns jetzt überlegen, wie wir diesen Menschen von uns und der persischen Kultur überzeugen können!«

Onkel Djamjid nahm sein Handy und wählte eine Nummer. Er wartete.

Cousin Omid saß in seinem Hotelzimmer und tippte etwas in seinen Laptop. Sein Handy läutete. Er hob ab. Sein Vater war dran.

»Klopf bei Leyla an und kommt runter. Wir müssen uns endlich was überlegen!«

»Ja? Habt ihr einen Plan?«

»Nein. Oder doch: Dein Onkel Fereydoun möchte vor

235

dem englischen Schauspieler drei Kilo Reis mit Gemüse und Fleisch in sich hineinschaufeln und dann schlafen gehen! Beeil dich!«

Onkel Djamjid legte auf, steckte sein Handy in die Brusttasche seines Sakkos und wandte sich an seine Geschwister.

»Wir müssen diesem Herrn Rosenblatt vor Augen führen, was die iranische Kultur im Laufe der Geschichte alles hervorgebracht hat!«

»Sehr gute Idee. Wir sagen ihm: Herr Rosenblatt, lassen Sie sich einmal steinigen, dann werden sie unsere Kultur verstehen.« Onkel Fereydoun war wirklich sehr schlechter Laune. »Die Menschen haben so ein falsches Bild vom Iran!«, sagte Tante Niloufar. »Das müssen wir zurechtrücken!«

»Was können denn eigentlich wir über den Iran sagen? Ha? Wir waren seit dreißig Jahren nicht dort? Wir haben doch keine Ahnung, was das für ein Land ist!«

»*Bâbâ* – wir sollen ihm ja auch keine Reise nach Persien verkaufen, sondern ihm unsere Kultur näher bringen!«, sagte Onkel Djamjid.

»Ich bin Amerikaner geworden!«, rief Onkel Fereydoun verzweifelt aus, »ich habe keine Kultur!«

»Was redest du? Gehst du nicht in die Oper oder hörst dir Konzerte an?«, versuchte Tante Niloufar die Situation zu retten.

»Nein, ich gehe nicht in die Oper! Ich hasse die Oper!«

»Aber alle Perser gehen gern in die Oper! Das sagen wir ihm zum Beispiel! Das macht einen guten Eindruck, dann sieht er, wie kultiviert wir Perser sind!« Tante Niloufar hatte sich in ihrem bequemen Ohrensessel ganz nach vorne an die Kante gesetzt. Sie griff sich ihren Wodka und rutsche wieder gemütlich in die Tiefen des Ledersessels zurück.

Onkel Djamjid setzte sich nun ebenfalls in seinem Ohrensessel auf und rutschte ganz nach vorne an die Kante, um sich seinen Wodka zu schnappen, während Onkel Fereydoun – er war bis jetzt aufrecht an der Kante gesessen und hatte unruhig mit seinem rechten Fuß gewippt – in seinem Ohrensessel nach hinten rutschte und es sich ohne seinen Wodka bequem machte. Er schlug die Beine übereinander und hörte für einen Moment mit dem Wippen auf.

»Ein Perser hasst es, in die Oper zu gehen«, murrte er, »liebt es aber, zu behaupten, dass er gern geht!«

»Wie kommen wir jetzt überhaupt auf die Oper?«, meinte Onkel Djafar, der sich mühsam aus den Tiefen seines Ohrensessels nach vorne in Richtung seines Wodkas kämpfte.

»Was hat die Oper mit uns Persern zu tun? Gar nichts!« Er nippte an seinem Wodka.

»Es ist die Literatur. Wir müssen ihm zeigen, wie unendlich nahe jedem Perser die Lyrik der persischen Dichter steht. Es gibt kaum einen Perser, der diese jahrhundertealten Verse nicht zitieren kann!«

»Ja, das stimmt. Wir Perser lieben die Dichtung!« Tante Niloufar war begeistert.

»Ich kenne kein einziges persisches Gedicht!«, sagte Onkel Fereydoun. »Was für Dichter überhaupt? Hafes, oder wer ...?«

Onkel Djamjid hob seinen Kopf, blickte übertrieben ernst drein und sagte mit sonorer Stimme: »Ich spreche von den großen persischen Poeten«, und um die Namen besonders hervorzuheben, betonte er sie immer auf der letzten Silbe: »Ha*fes*, Saa*di*, Ruda*ki*, Neza*mi*, Ferdo*si*.«

»Kire Cha*ri* ...!«

Onkel Djafars Bemerkung sorgte für großes Gelächter. Waren die Namen, die mein Onkel Djamjid aufzählte,

tatsächlich Namen großer persischer Dichter, so war
»*Kire Chari*« kein großer Dichter, sondern ein großer ...

Mir ist die Übersetzung wirklich peinlich, aber Sie
würden den weiteren Verlauf des Gespräches nicht verstehen, also kann ich sie Ihnen nicht vorenthalten. Ein
Kire Char ist wortwörtlich: der Penis eines Esels. Also
wortwörtlich. Und symbolisch bedeutet es: Penis eines
Esels und kann als Schimpfwort verwendet werden.

Die vier Geschwister kriegten sich vor Lachen über
den persischen Dichter Eselspenis nicht mehr ein.

»Das sollten wir ihm zeigen: persischen Humor! Das
ist eine große kulturelle Leistung!«, sagte Onkel Djafar
immer noch lachend.

»Peniswitze sind keine große kulturelle Leistung!«
Tante Niloufar wollte wieder etwas Ernst in die Sache
bringen. »Die persische Literatur schon!«

Onkel Fereydoun verteidigte sich: »Nicht alle persischen Witze sind Peniswitze!«

»Nein, die meisten sind sogar Koswitze!«, platze
Onkel Djafar heraus.

Liebe Leserin, lieber Leser, Sie denken bereits an das
Gegenstück zu Penis und liegen damit vollkommen
richtig. Wenn Sie jetzt noch ein sehr umgangssprachli-
ches Wort dafür verwenden, dann wissen Sie, was Kos
heißt. Wenigstens diese Übersetzung konnte ich Ihnen
ersparen.

Abermals konnten sich die Geschwister vor Lachen
nicht halten.

»In manchen Witzen kommt sogar beides vor. Das ist
persische Kultur!«

Onkel Djamjid konnte sich diese Bemerkung nicht
verkneifen. Wieder großes Gelächter. Man rutschte auf
den Ohrensesseln hin und her, nippte an den Wodka-
gläsern und unterhielt sich prächtig.

»Es ist der Wodka, sonst würde ich über so etwas nicht lachen! Der Wodka und der Jetlag«, suchte Tante Niloufar nach einer Ausrede.

»Nein, du lachst über *Koss* und *Kir*, weil du eine Perserin bist! Es ist Teil unserer Kultur! *Kir* und *Koss*!«, sagte Onkel Djamjid, »die jahrtausendealte Lyrik!«

»Jetzt ist sie schon tausende Jahre alt! Vorhin waren es nur jahrhundertealte Gedichte!« amüsierte sich Tante Niloufar über ihren Bruder Djamjid.

»Nein, nein, nein, tausend!«, sagte Djamjid, »jahrtausendealte Gedichte und *Kir* und *Koss*!«

Onkel Djafar lachte laut auf. Er hatte Tränen in den Augen.

»Was ist los?«

»Ist dir ein Witz eingefallen? Sag! Erzähl!«

Onkel Djafar lachte weiter. Als er sich ein wenig beruhigt hatte, sagte er: »Wir waren einmal in Griechenland! Wisst ihr auf welcher Insel?«

»Nein, sag doch!«

»Kos! Die ganze Insel heißt Kos!«

»Das ist noch gar nichts!«, Onkel Djamjid schien vor Lachen zu platzen. Er wischte sich den Schweiß von der Stirn und sagte: »Die haben einen Fußballspieler in der griechischen Nationalmannschaft – wisst ihr, wie der heißt?«

»Sag, wie?«

»Kiriakos!«

Die Stimmung erreichte ihren Höhepunkt. Tränen flossen. Schenkeln wurden geklopft. »*Ey bâbâ!*« wurde verschämt ausgerufen. Und das alles nur, weil der Name Kiriakos, mit persischem Akzent ausgesprochen »*kir jâ koss*«, also »Penis oder Möse« bedeutete.

»Der Arme – er kann sich nicht entscheiden!«

»Wer hat das Tor geschossen? *Kir jâ koss?*«

»Beide! Kiriakos!«

Während sich die vier Geschwister königlich über den vermeintlichen Hermaphroditen in der griechischen Nationalmannschaft amüsierten, kamen meine Cousine Leyla und mein Cousin Omid aus dem Lift in die Lobby. Sie sahen sich kurz um und entdeckten die illustre Runde.

»Was ist los? Worüber lacht ihr?« Omid sah seinen Vater an.

»Über die persische Kultur!«, sagte Tante Niloufar.

»Nein, nein ... die persische *Kos*tur!«, berichtigte Onkel Fereydoun.

Wieder lautes Gelächter.

Einige Minuten später gingen sie vom Hotel aus Richtung Oxfordstreet, denn man war übereingekommen, dass frische Luft gut täte, um sich wieder auf das Wesentliche konzentrieren zu können. Es hatten sich Pärchen gebildet. Tante Niloufar und Onkel Djamjid gingen voran, hinter ihnen Onkel Fereydoun und Onkel Djafar und danach Omid und Leyla.

Tante Niloufar wandte sich an Onkel Djamjid.

»Das Gedicht, das du auf dem Begräbnis rezitiert hast, von wem ist das?«

»Von mir. Das hab ich selbst geschrieben. In der Nacht, in der ich erfahren habe, dass Dariush gestorben ist!«

»War ein schönes Begräbnis, findest du nicht?«

»Es gibt keine schönen Begräbnisse!«

»Hast du eigentlich gewusst, dass Djafar ein Toupet trägt?«

»Ich habe ein Foto zu Hause in Stockholm, auf dem wir beide zu sehen sind. Auf Dåi Parvis Hochzeit ... da waren wir wie alt? 18 und 21? Und da hatte Djafar schon fast keine Haare mehr! Nein, ich habe nicht gewusst, dass er ein Toupet trägt!«

240

Seit dem Zwischenfall am Begräbnis meines Vaters war die Katze aus dem Sack und niemand musste mehr so tun, als wüsste er nichts von dem deutschen Kunsthaar auf Onkel Djafars Haupt. Aus Rücksicht auf Onkel Djafars Gefühle reagierten wir alle sehr erstaunt. Einer der Totengräber musste es einfangen, da es auf dem Sarg meines Vaters nicht lange liegen blieb, sondern von einer weiteren Windböe erfasst wurde. Wir reagierten zuerst gar nicht, dann aber bildete sich recht bald eine Traube von Familienangehörigen um Onkel Djafar. Wir wollten uns erkundigen, ob es ihm auch gut gehe. Einige von uns mussten lachen, die meisten aber spielten sehr gekonnt unglaubliches Erstaunen über das Toupet. Onkel Djafar tat die Sache als harmlos ab, es wäre nichts passiert, alles sei bestens und wir sollten uns gefälligst wie auf einem Begräbnis benehmen und nicht alle um ihn herumstehen. Er war sauer.

Nach dem Begräbnis erwähnte niemand mehr den Zwischenfall, und wenn, dann war nur die Rede davon, dass Onkel Djafar seine »Mütze« verloren hatte – so stark war der Wind an diesem Tag, unglaublich!

Einige Meter hinter Tante Niloufar und Onkel Djamjid spazierten Onkel Fereydoun und Onkel Djafar. Der Himmel verdunkelte sich ein wenig und Wolken zogen auf. Es sah ganz nach Regen aus.

»Du musst auf deine Mütze aufpassen, Djafar! Es wird regnen!«

Onkel Djafar warf seinem Bruder einen grimmigen Blick zu, dann mussten beide lachen.

»O.k., ich trage ein Toupet. Seit meinem 22. Lebensjahr. Und seit dreißig Jahren versuche ich es zu verschweigen, obwohl ich längst bemerkt habe, dass jeder in meiner Familie Bescheid weiß. Trotzdem! Lass mir doch die Illusion, dass ich prächtiges Haupthaar

habe! Und danke, ja, ich werde auf meine Mütze aufpassen!«

Im Laufe der Jahre sollte das Wort »Mütze« in unserer
Familie das Wort »Haare« ersetzen. Onkel Djafar haben
wir es zu verdanken, dass meine Tante sich einmal im
Monat beim Friseur eine neue Mütze machen lässt, oder
meine Mutter sich letztens darüber beschwerte, dass sie
jetzt in einem Alter sei, in dem immer mehr Mützen in
der Bürste hängen bleiben. Und auch ich wasche mir
nicht mehr die Haare, sondern putze mir die Mütze.
Besondere Freude hatten meine Cousins und ich, als
wir feststellten, dass wir Perser am ganzen Körper Mützen haben. Auch die Achselmützen unserer Großtanten
wurden ein Thema. Wir hatten großen Spaß. Jedes Mal,
wenn einer von uns »Mütze« anstelle von »Haaren«
sagt, denken wir liebevoll an meinen Onkel Djafar und
an meinen Vater, dessen Tod erst die Mützenwortspiele
ermöglichte.

Sie spazierten noch eine ganze Weile, dann begann
es tatsächlich zu regnen. Man suchte ein kleines franzö-
sisches Bistro in der Deanstreet auf. Sie setzten sich an
einen der Tische bei dem großen Fenster zur Sraße, um
die Londoner, die durch den Regen gingen, beobachten
zu können. Zumindest war dies der Wunsch von Tante
Niloufar.

»Was trinken wir?«, fragte Onkel Djafar.

»Ich will einen Englischen Tee!«, sagte meine Cousine
Leyla.

»Wir sind in einem französischen Bistro – da gibt es
keinen Englischen Tee!«, wies Onkel Djafar seine Tochter zurecht.

»Wir sind in England – da gibt es überall, sogar an
einer Imbissbude Englischen Tee!«, legte die Kellnerin
mehrer Speisekarten auf den Tisch.

»Wie viele Englische Tees?«

»Sollen wir keinen Wein trinken?«

Tante Niloufar spürte, dass die Wirkung des doppelten Wodkas aus der Hotellobby nachließ.

Onkel Djamjid sah der Kellnerin tief in die Augen. Sie muss um die 35 gewesen sein und ihr Nacken glänzte wie Seide, wie Onkel Djamjid später die Details beschreiben sollte. Er hob seinen Kopf auf die gleiche Art, wie er es in der Hotellobby getan hatte, blickte übertrieben ernst drein und rezitierte mit sonorer Stimme und in persischer Sprache:

»Komm, weil der Hoffnung Schlösser

so leicht und luftig sind,

Bring Wein! Denn das Gebäude

des Lebens ruht auf Wind.«

Die Kellnerin lächelte Onkel Djamjid an, der ihr in schlechtem Englisch und wieder mit normaler Stimme erklärte: »Eine von unserem bedeutendste Dichter! Hafes! Bringen Sie eine Flasche Weißwein! Ihr nehmt doch Weißwein, oder?!«

»Ja, ja!«

»Eine Flasche Weißwein und für die Kinder Tee!«

Meine Cousine und mein Cousin protestierten und das, obwohl sie eigentlich Englischen Tee wollten. So bestellte man auch für die Kinder Weißwein und Fereydoun bemerkte, dass die Kellnerin eine sehr schöne blonde Mütze habe. Der Mützenwortwitz war geboren.

»Also. Was machen wir jetzt übermorgen mit dem englischen Schauspieler? Er ist ein sehr guter aber nicht wirklich berühmter Schauspieler hier in England. Er hat alle Charakterrollen der englischen Literatur gespielt, in seinem eigenen Theater, das er in den 80er Jahren gegründet hat. Er hat Hamlet gespielt, Richard III., Stücke von Albert Camus, Edward Albee ... von allen bedeutenden

243

Autoren. Er hat auch oft selbst Regie geführt. Er wird nicht einfach zu behandeln sein. Der Mann war immer sein eigener Chef!«

Die Anwesenden zeigten sich über Omids Ausführungen erstaunt.

»Hab ich gegoogelt!«

»*Bårikallåh, googelkardi!*«, rief Onkel Fereydoun begeistert aus. »Das ist auch unglaublich! Alles was man will, kann man googeln. Wisst ihr das?«

Er sah seine Geschwister begeistert an.

»Alles! Wenn du ein persisches Restaurant in Toronto brauchst: Googel es und Sekunden später hast du es gefunden! Wirklich!«

»Ja! Wir wissen das! Wir sind doch nicht von hinter den Bergen!« Onkel Djafar stimmte in Fereydouns Begeisterung ein.

»Und auch mit google maps! Ist das Beste, was es gibt! Bravo, Bravo! Wirklich! Man gibt eine Straße ein – zehn Minuten später bist du dort! *Bårikallåh!* Wirklich!«

Man fragt sich manchmal, ob es so hohe Berge überhaupt gibt, hinter denen diese Menschen die letzten Jahre verbracht haben müssen, dachte Omid. Aber Perser sind immer noch sehr begeisterungsfähig, wenn es um Computer und Technik geht. Aus reiner Sachkenntnis.

»Was hat Martin genau gesagt? Was soll morgen Abend passieren?«

»Der Schauspieler möchte uns kennen lernen!«, sagte Onkel Djafar. »Er möchte etwas über die persische Kultur erfahren und seine Zusage davon abhängig machen!«

»Aber er macht es doch.« Omid wollte seine Annahme bestätigt wissen.

»Nein!«, Tante Niloufar sah Aufklärungsbedarf, »nein, er will es eben nicht machen ...!«

»Weshalb sind wir dann nach London geflogen?«

»Haben wir doch gemeinsam beschlossen. Er soll unsere Familie kennen lernen und die persische Kultur!« Niloufar war etwas gereizt.

»Aha. Und wie machen wir das?«, wollte Omid wissen. »Hat jemand eine Idee?«

»Wir essen, dann sitzen wir gemeinsam, trinken Tee, erzählen Witze und dann bieten wir ihm soviel Geld, dass er nicht nein sagen kann!« Onkel Fereydoun kam wieder auf die Gage zu sprechen.

»Lass das jetzt mit dem Geld!«, sagte Onkel Djamjid. »Wie wollen wir ihm die persische Kultur näher bringen? Omid, Leyla!? Was sagt die junge Generation dazu?«

Omid und Leyla blickten etwas verdutzt drein. Sie waren überrascht, dass man den Ball an sie weitergegeben hatte. Leyla ergriff als erste das Wort.

»Ich bin in Berlin geboren und habe den Iran kein einziges Mal gesehen! Danke, das war mein Beitrag! Der nächste, bitte!«

Sie zeigte amüsiert auf Omid.

»Ich bin im Iran geboren, habe ihn aber im Alter von zwölf Jahren verlassen und kann mich nicht wirklich erinnern.«

Onkel Djafar sah seine Tochter und seinen Neffen sehr streng an.

»Warum interessiert ihr euch nicht für die Kultur eures Landes?«

Ernst klang dieser Vorwurf und wehmütig. Der ganze Schmerz der Emigration lag in dieser Frage, und auch die Enttäuschung über das eigene Versagen, den Kindern nichts über die alte Heimat vermittelt zu haben.

»He! Ich esse *Kalle Påhtscheh*!«, sagte Leyla überraschend inspiriert, »*Kalle Påhtscheh* ist ein urpersisches Gericht. Ein ganzer gekochter Lammkopf und

Lammfüße. Sehr schmackhaft! Das ist hardcoremäßig persisch!«

»Es geht nicht ums Essen. Es geht um eine jahrtausendealte Kultur, Kinder!« Jetzt wurde auch Onkel Djamjid ernst.

»Es geht um eines der ältesten Kulturvölker der Welt. Ihr seid ein Teil davon, ein Teil dieser Geschichte und dieser Kultur!«

»Da hat dein Vater recht!«, kam Tante Niloufar zu Hilfe.

»Wisst ihr überhaupt, was die Perser alles erfunden haben?«

»Die Verschleierung der Frauen, Steinigungen, Oppositionelle bei Autounfällen loswerden, Kinder über Minenfelder schicken ... was fällt mir noch ein?«

Leyla dachte demonstrativ angestrengt nach.

»Ich habe eine Liste gemacht für diesen Schauspieler, damit er sieht, was wir alles hervorgebracht haben, wir Perser, in siebentausend Jahren Kultur.«

»Siebentausend? Wie kommt ihr eigentlich auf siebentausend?«, fragte Omid.

»Ganz von Anfang an. Es war vor siebentausend Jahren, als der erste Mensch in der heutigen Provinz Fars angekommen ist. Er war der erste Perser.«

»Wenn er nicht zu spät gekommen wäre, wären es 10 000 Jahre persische Geschichte«, ergänzte Onkel Djafar.

Onkel Djamjid kramte aus seinem Sakko ein bedrucktes A4-Blatt, entfaltete es und begann vorzulesen.

»Die westliche Zivilisation verdankt den Persern folgende Erfindungen: Mathematik – die Grundlagen von Algebra und Trigonometrie, den Dezimalbruch, den Algorithmus und die erste Rechenmaschine. Kunstvolle Teppiche. Den Scheck als Zahlungsmittel!«

Stolz blickte er in die Runde.

»Wir Perser haben den Scheck erfunden!«

»Wahrscheinlich war er nicht gedeckt!«, meinte Onkel Fereydoun.

Darauf wollte der Kulturvermittler jetzt nicht eingehen.

»Die Windmühle und das Wasserrad. Die erste elektrische Batterie!«

»Jetzt übertreibst du aber, Papa!«

»Nein – hab ich alles in einem Buch gelesen und abgeschrieben! Bei Ausgrabungen hat man Tonvasen gefunden, in denen sich Eisenstangen in einem Zylinder aus Kupfer befinden, wobei die beiden Metallteile durch einen Asphaltpfropfen gegeneinande isoliert sind. Wenn man jetzt eine elektrolytische Lösung einfüllt, wie zum Beispiel Zitronensaft, entsteht schwacher Strom.«

Er sah wieder von seinem Zettel auf. Jetzt zeigten sich alle sehr beeindruckt.

»Genau so ist es in dem Buch gestanden. Habe ich abgeschrieben.«

Leyla griff zu ihrem Glas Wein und stellte die Frage: »Wie heißt das Buch? Angeben für Perser Teil 1?«

»Es ist von einem Engländer geschrieben. Hat kein Perser geschrieben. Weiter, das ist noch nicht alles. Aus Persien stammen auch: die ersten gezüchteten Rosen und Tulpen, die Perserkatze, die Jalousien, die Tradition der Königskrone, die Heiligen drei Könige!«

»Jetzt reicht es aber!«

»… die aus der persischen Stadt Ghom losgezogen sind! Die Heiligen drei Könige waren Perser!«

»Das glaube ich nicht, Papa! Dann hätten sie nicht Gold, Weihrauch und Mhyrre gebracht, sondern Pistazien, Kaviar und Opium!«

»Haben auch alles wir erfunden!«

Onkel Djamjid ließ sich nicht beirren und setzte mit seiner Aufzählung fort.

»Das erste Postwesen der Geschichte! Und das vor 2 500 Jahren. In der Zeit der Achamaeniden. Der griechische Geschichtsschreiber Herodot hat die Post der Perser in seinen Historien beschrieben: ›Weder Schnee noch Regen, weder Hitze noch finstre Nacht halten diese Kuriere davon ab, die ihnen zugewiesenen Runden in kürzester Zeit zu vollenden.‹«

Langsam wurden die Anwesenden durch Onkel Djamjids Ausführungen etwas müde. Er selbst wurde immer stolzer, seine Stimme immer höher.

»Gehen wir weiter. Was jetzt kommt, ist die wichtigste Errungenschaft der Perser: Die erste Erklärung der Menschenrechte. Vor 2 500 Jahren hat Kyros der Große Babylon erobert und befohlen, die Tempel der Juden und die von Marduk, dem Gott der Babylonier, zu verschonen. Er hat gesagt: ›Respektiert die Zivilisten, verteidigt alle, die nicht kämpfen und beschützt die Frauen!‹«

Onkel Djamjid sah bedeutungsvoll in die Runde, wartete auf eine Reaktion der anderen, die sich in ihr Schicksal ergeben hatten und wie kleine Kinder darauf warteten, dass der Vater endlich weitererzählt.

»Das hat es vor Kyros nie gegeben. Jeder König hat immer alle unterworfenen Völker niedergemetzelt, Frauen vergewaltigen und Kinder töten lassen. Unser persischer König war der erste, der damit aufgehört hat. Im Jahre 539 vor Christus hat er folgendes auf einen steinernen Zylinder hauen lassen: ›Ich bin Kyros, König von Babylon, König von Sumer, König von Akkad! Meine große Armee nahm Babylon friedlich ein, und ich erlaube nicht, dass dem Land Babylonien und seinen Menschen irgendein Schaden zugefügt wird. Und ich befahl, dass es allen freistehen soll, ihren Gott zu verehren. Ich befahl, dass niemandes Heim zerstört werden soll und niemandes Besitz genommen.‹ – Die erste Erklärung der Menschenrechte! Und wo, ich frage euch, wo …?«

Onkel Djamjids Rede bekam plötzlich etwas von einer Predigt, vor allem, weil er sehr salbungsvoll sprach und sich von seinem Platz erhoben hatte.

»Wo hängt eine Kopie von diesem steinernen Zylinder?«

Er machte eine dramatische Pause.

»In New York, im Saal der Generalversammlung der Vereinten Nationen! In Amerika!«

Onkel Djamjid hatte einen Gesichtsausdruck, wie einer dieser wahnsinnigen Fernsehprediger aus den Staaten. Seine Gesichtszüge nahmen immer groteskere Formen an. Er hob seine rechte Hand und man hatte den Eindruck, dass er jetzt entweder gleich von Außerirdischen in einem Raumschiff abgeholt würde oder, was auf das gleiche hinausgelaufen wäre, von einem Feuerstrahl umgeben gen Himmel führe. Stattdessen flüsterte er seiner Familie zu: »Ich komme gleich wieder, ich muss seit 7 000 Jahren pinkeln!« und verschwand im Inneren des Lokals.

Die anderen Gäste des Lokals hatten seine Rede freilich zum Teil mitangehört und nicht wenige unter ihnen fürchteten, er würde seinen Sprengstoffgürtel gleich zünden und hier alles in die Luft jagen. Wir dürfen nicht vergessen, dass Onkel Djamjid Persisch sprach und deshalb niemand seine Proklamation der Menschenrechte verstehen konnte. Durch sein orientalisches Aussehen wirkte er eher wie ein Terrorist, der eine letzte flammende Rede hält, die 700 Jungfrauen bereits deutlich vor Augen.

Es war recht still geworden im Lokal. Die Anspannung

löste sich erst wieder, als Onkel Djamjid seinerseits sicht-
lich erleichtert zurückkehrte, sich wieder setzte und an
seinem Glas Wein nippte. Die Toilette war nicht in die
Luft geflogen und war weiterem Gebrauch zugänglich.
Alles in Ordnung, schien der wieder anschwellende
Lärm im Lokal zu verheißen.

»Wenn du einen Rucksack dabeigehabt hättest, hätten
sie dich erschossen!«, versuchte Omid die Situation zu
beschreiben.

»Was redet ihr Jungen die ganze Zeit?« Er verlor
merklich seine Geduld.

»Glaubt ihr denn wirklich, dass das einzige, was wir
Perser können, Steinigungen, Todestrafe und Hinrichtungen sind?«

»Das war jetzt dreimal dasselbe!«, ließ sich Leyla von
Onkel Djamjids Ernst nicht beeindrucken.

»Halt einmal dein dummes Maul!«, herrschte sie ihr
Vater, Onkel Djafar, an. »Kannst du nicht ein bisschen
Respekt vor deiner Familie haben? Was hast du bis jetzt
geleistet in deinem Leben? Nichts! Also! Was hast du für
eine Ahnung von der Kultur deiner Vorfahren? Nichts!
Du sprichst nicht einmal die Sprache deiner Großmutter! Sie versteht kein Wort, wenn du redest!«

»Fick dich doch ins Knie!«, Leyla sprang auf und raste
aus dem Lokal.

Wieder hatten wir alle Aufmerksamkeit auf unserer
Seite. Diesmal kam es aber zu keinem interkulturellen
Missverständnis mehr. Das war kein Terroranschlag, hier
handelte es sich bloß um einen Generationenkonflikt.

Wenige Sekunden später erschien Leyla wieder in der
Tür, raste durch das Lokal und stellte sich vor ihrer Familie auf: »Im Übrigen möchte ich mich dafür entschuldigen, dass ich ›Fick dich ins Knie!‹ auf deutsch gesagt habe
und nicht auf persisch! Ich kann nämlich nicht persisch,

weil es mir mein Vater nie beigebracht hat! Weil es ihm zu mühsam war, sich mit seinen Kindern auseinander-zusetzen! Ich verstehe nichts von der persischen Kultur, weil er mir nichts von der persischen Kultur mitgegeben hat. Das einzige was er mir mit seiner persischen Kultur gezeigt hat ist, dass er meine Mutter betrogen hat. Dass er sich dreimal hat scheiden lassen und dass man Frauen nicht unbedingt mit Respekt behandeln muss. Das hab ich von deiner persischen Scheißkultur mitbekommen! Und dass ich nicht mit jedem Typen, der mir begeg-net, ins Bett steigen soll, nicht weil ich Aids bekommen könnte, sondern weil man das als Frau nicht macht. Du hingegen kannst, weil du ja ein persischer Mann bist, mit jeder Frau ins Bett steigen! Und dass ich, wenn ich einmal heirate, meinem zukünftigen Mann erzählen soll, dass er mein erster Mann ist, dass ich noch Jung-frau bin, weil ihm das dann ein besseres Gefühl gibt und er sich männlicher vorkommt! Das hab ich von deiner persischen Kultur mitbekommen!«

Wenige Sekunden nach ihrem Gefühlsausbruch, den meine Cousine Leyla in deutscher Sprache hatte, wurde ihr klar, dass nur zwei Menschen in diesem Raum der deutschen Sprache mächtig waren. Sie und ihr Vater.

»Was hast du gesagt, *Ghorbunet beram-man*?«, wollte Tante Niloufar wissen. »Wieso bist du auf einmal so zor-nig geworden? So spricht man nicht mit seinem Vater! Was hat sie gesagt?«

»Warum redest du Deutsch, wenn wir da sind? Wenn du schon nicht Persisch kannst, dann rede wenigstens Englisch!«, sagte Onkel Fereydoun.

»Lasst das Kind in Ruhe! Man muss nicht wörtlich verstanden haben, um zu wissen, was sie gesagt hat! Sie hat gesagt, dass es ihr leid tut, dass sie kein Persisch kann und dass sie die Kultur ihres Vaters immer wieder lächerlich macht mit ihren Bemerkungen!«, Onkel Djamjid versuchte die Situation zu kalmieren.

»Es ist meine Schuld, dass sie keine Perserin ist! Alle meine Kinder sind keine Perser! Sie sind Deutsche, durch und durch!«

»Was soll ich sagen? Ich habe zwei Amerikaner großgezogen!«, seufzte Tante Niloufar.

»Wir können es ihnen nicht zum Vorwurf machen, dass sie kein Persisch sprechen und nichts über ihre Heimat wissen! Wir sind selber schuld!«, versuchte Onkel Djamjid einzulenken.

Dieser kleine familiäre Eklat wurde rüde unterbrochen und zwar von fünf schwer bewaffneten Polizisten der englischen Sondereinheit zur Terrorbekämpfung. Sie stürmten das Lokal und schossen zielsicher auf meine Familie zu, um sie zu Boden zu ringen. Die übrigen Gäste gerieten teils in Panik und verließen fluchtartig das Lokal, teils starrten sie fassungslos auf meine Familie, die jetzt mit am Rücken gefesselten Händen am Boden lag. Einzig und allein die Kellnerin rannte auf die Polizisten zu und brüllte sie an, was denn in sie gefahren sei, ihr Lokal zu stürmen, das wäre ganz schlecht für das Geschäft.

Ein weiterer Polizeibeamter, offenbar der Einsatzleiter, betrat das bereits gesicherte Lokal. Er forderte alle übrig gebliebenen Gäste, bei denen zunächst die Neugier über die Angst gesiegt hatte, auf, das Lokal unverzüglich zu verlassen. Enttäuschung machte sich hörbar breit, ehe man sich in Richtung Ausgang schob. Sätze waren zu vernehmen wie: »Die sind mir gleich komisch vorgekommen!« »Als sich der eine so aufgeregt hat, hab ich es mit der Angst zu tun bekommen!« »Die Bombe! Wo haben sie die Bombe ...? Die kann ja immer noch hochgehen ...! Jemand soll die Bombe suchen!«

Metalldetektoren, ein Rudel Hunde und eine weitere Spezialeinheit der Polizei suchten die Bombe. Man fand keine. Wenige Stunden später, auf dem Polizeirevier in Kensington, fiel die Entschuldigung der Beamten eher dürftig aus, obwohl – oder vielleicht gerade weil – der Revierinspektor von Kensington selbst iranischer Abstammung war. Man habe einen Hinweis auf terroristische Aktivität bekommen, der sich eben als falsch herausgestellt habe. Meinen Familienmitgliedern saß der Schreck noch tief in den Knochen. So nahmen sie das als Entschuldigung und kamen Gott sei Dank nicht auf die Idee, sich nach einer etwaigen Entschädigung zu erkundigen. Eilig verließen sie die Polizeistation und hielten nach einem Taxi Ausschau.

»Wahnsinn, was für eine Frechheit!«, mokierte sich Tante Niloufar über den Zwischenfall. »Wir sind amerikanische Staatsbürger!«

»Vielleicht haben sie uns deswegen verhaftet, weil sie Angst hatten, ihr eröffnet eine weitere Starbucksfiliale«, meinte mein Cousin Omid, Besitzer einer schwedischen Staatsbürgerschaft.

»Ich hab ihnen im Verhör gesagt, dass wir Iraner sind und keine Araber!« Onkel Fereydoun war immer noch außer sich. »Araber bringen bei Attentaten Amerikaner oder Israelis oder Europäer um – aber nicht wir Iraner!«

»Ja, da hast du recht!«, bestätigte Onkel Djamjid. »Wir Iraner bringen nur unsere eigenen Oppositionellen um!«

»Haltet den Mund«, fauchte Tante Niloufar. »Wir fahren jetzt ins Hotel und erholen uns von den Folgen persischer Kultur.«

»Wir haben Glück gehabt, dass uns das in England und nicht in Amerika passiert ist«, meldete sich Cousin Omid zu Wort. »In Amerika hätten sie uns schon längst nach Guantanamo verfrachtet. Wir wären alle eingesackt in einen orangenfarbenen Overall und hätten bereits alles gestanden, weil sie uns beim Verhör alle unsere Körperteile an Starkstromkabel angeschlossen hätten!«

»Nein, es hätte nichts passieren können!«, versuchte Onkel Djamjid seinen Sohn zu beruhigen: »Fünf Menschen mit gleichem Nachnamen und dazu drei unterschiedliche Staatsangehörigkeiten, was soll das für ein Terrorkommando sein?«

Ein Taxi kam und das Familienkommando Ansari stieg ein.

Eine Kleinigkeit hatten alle übersehen. Die zwei Fotografen, die bei dem Polizeieinsatz dabei gewesen waren. So konnte am nächsten Tag ganz England ein Foto auf dem Cover der *Daily Sun* bestaunen, das die vermeintlichen iranischen Terroristen bei ihrer Verhaftung zeigte.

Tante Agathe und ich saßen also zwei Tage später in dem persischen Restaurant Simurgh unserem Retter, Mr. Rosenblatt, gegenüber. Wir hatten beide keine Ahnung von dem Zwischenfall, da meine Familie beschlossen hatte, ihn zu verdrängen und todzuschweigen, weshalb ich bei meinem letzten Telefonat mit Onkel Djafar nichts darüber erfahren hatte.

Mr. Rosenblatt – als er sein eigenes Theater zusperren musste, legte er auch seinen Künstlernamen William Harding ab und war seither wieder Mr. Vikram Rosenblatt – kramte aus seinem Sakko seine Geldbörse hervor und machte sich daran die Rechnung zu begleichen.

»Lassen Sie das mich machen, Mr. Rosenblatt!«, sagte ich, »schließlich haben wir Sie ja um dieses Treffen gebeten!«

Wenige Minuten zuvor, nachdem er uns eine Absage

erteilt hatte, hatte ich ihn zum Abendessen in Tante Agathes Haus eingeladen. Er ließ sich mit seiner Antwort Zeit.

Der Kellner wartete ungeduldig. Mr. Rosenblatt sah mir in die Augen und meinte: »Also wenn Sie jetzt bezahlen, dann kann ich Ihre Einladung zum Abendessen auf keinen Fall annehmen.«

Er besah sich die Rechnung und entnahm seiner Geldbörse den entsprechenden Betrag und legte ihn auf das kleine Tellerchen, auf dem der Kellner die Rechnung gebracht hatte.

»Stimmt so!«

»Sie müssen wissen, dass die Familie aus Deutschland, Amerika und Schweden angereist ist, um Sie kennen zu lernen. Die sind jetzt bei mir zu Hause und kochen persisches Essen. Tun Sie ihnen doch den Gefallen – es sind anständige Leute!«

Kaum hatte Tante Agathe diese bedeutenden Worte ausgesprochen, griff Mr. Rosenblatt im Aufstehen zu dem Stapel Tageszeitungen, den er ins Restaurant mitgebracht und auf der Bank neben sich abgelegt hatte. Er nahm die Zeitungen an sich und stand auf.

»Es war mir eine Freude, Sie kennen gelernt zu haben. Sollte ich wider Erwarten meine Meinung ändern, so wird sich mein Manager bei Ihnen melden. Ich habe wirklich keine große Lust, das zu machen, aber ich sehe Ihre Verzweiflung und Ihren Ernst. Und Sie sind mir nicht gerade unsympathisch. Falls das auf den Rest ihrer Familie auch zutrifft ... wer weiß ... geben Sie mir noch ein bisschen Zeit ...«

In diesem Moment fiel sein Blick auf das Cover der gestrigen *Daily Sun* und das Foto von meiner Familie bei ihrer Verhaftung. Er besah sich das Bild und las uns die Schlagzeile vor.

»Als harmlose Familie getarnte Terrorristen aufgeflogen!«

Er drehte das Cover so, dass wir es sehen konnten.

»Ich hoffe, das seid nicht ihr!«

Mir wurde gerade der Teppich unter den Füssen weg-
gezogen, durfte mir aber nichts anmerken lassen. Gar
kein Zweifel, das waren meine Onkeln Djafar, Fereydoun und Djamjid, meine Tante Niloufar, Cousine Leyla
und Cousin Omid, wie sie gerade von der englischen
Spezialeinheit für Terrorismus verhaftet wurden.

Ich wünschte meine gesamte Familie – einschließlich
mir – »on the dark side of the moon«, bloß weg vom
Titelblatt der *Daily Sun*!

Die Reise beginnt

Nichts. Wir haben nichts gemacht!«
»Ja, aber es kann ja nicht sein, dass man euch wegen nichts verhaftet!«

»Ein Irrtum, es war ein Irrtum!«

Onkel Djamjid saß mit einem Glas Whiskey in der Hand auf der Couch im Wohnzimmer von Tante Agathes Haus. Vor wenigen Minuten waren Tante Agathe und ich von unserem Treffen mit Mr. Rosenblatt zurückgekehrt. Ich hielt die *Daily Sun* in Händen und schüttelte fassungslos den Kopf.

»Habt ihr was gestohlen?«

»Nein! Gar nichts! Wie oft soll ich es dir noch sagen – wir haben nichts gemacht!«

Cousine Leyla betrat das Wohnzimmer.

»Onkel Djamjid hat ganz aufgeregt die Errungenschaften der persischen Kultur aufgezählt und da wurde plötzlich das Lokal gestürmt!«

»Was kann ich denn dafür, wenn man uns für Terroristen hält?«

Tante Niloufar kam aus der Küche und brachte eine Schüssel Obst.

»Ich bin noch nie so gedemütigt worden. Sie haben uns auf den Boden geworfen und uns Handschellen angelegt. Mein schönes Kleid ist vollkommen ruiniert!«

Onkel Djafar tauchte auf. Sein Handy am Ohr stammelte er ein paar Worte auf Englisch und wandte sich dann an uns.

»Martin, kannst du mit dem da reden. Sein Englisch ist so schlecht – ich verstehe kein Wort.«

»Wer ist das?«

»Die Polizei. Ich habe noch mal angerufen und mich über diese Vorgangsweise beschwert.«

Er reichte mir sein Handy. Der Polizeibeamte am anderen Ende war etwas ungehalten und teilte mir mit, dass man eine Beschwerde schriftlich einbringen müsse und dass es wenig Sinn mache, die amerikanische Botschaft einzuschalten. Ich verabschiedete mich höflich und bedankte mich für den Hinweis, fügte aber noch hinzu, dass es kein gutes Licht auf England werfe, wenn man unbescholtene Bürger derart behandelt.

»Frag ihn, ob sie die Reinigung meines Kleides bezahlen«, warf Tante Niloufar ein.

Der Polizeibeamte entschuldigte sich noch einmal und meinte, wir könnten ja auf das Kommissariat kommen und die Beschwerdeformulare abholen. Ich bedankte mich ein weiteres Mal und legte auf.

»Und?«, Onkel Djafar sah mich erwartungsvoll an.

»Wenn wir uns beschweren wollen, müssen wir Formulare abholen und es tut ihnen sehr leid.«

»Frechheit!«

»Was habt ihr denn aufgeführt?« Ich konnte immer noch nicht glauben, dass die Polizei einfach so aus heiterem Himmel in diesem Lokal auftauchte. Vielleicht hatten sie ja doch etwas gestohlen – ich erinnerte mich daran, dass meine Großmutter immer gerne diese kleinen Zuckersäckchen und einmal auch einen Salzstreuer mitgehen ließ. Allerdings nur aus Rache, weil ihr das Essen in den Restaurants nie schmeckte.

»Nichts haben wir aufgeführt! Verdammt!«

Tante Niloufar verschwand wieder in der Küche.

258

Onkel Djamjid nahm eine Banane aus der Obstschüssel und begann sie zu schälen.

Ich hatte Mr. Rosenblatt natürlich nicht darüber aufgeklärt, dass die verhafteten Terroristen meine Verwandten waren. Und jetzt konnte ich nur noch darauf hoffen, dass er die Gesichter aus der Zeitung nicht wiedererkennen würde, falls er in den nächsten Stunden hier auftauchen würde.

»Wieso habt ihr euch nicht wenigstens etwas vors Gesicht gehalten, als sie euch fotografiert haben?« Onkel Djafar machte ein beleidigtes Gesicht.

»Erstens hat das keiner von uns mitbekommen und zweitens brauche ich mein Gesicht nicht verbergen, weil ich nämlich nichts zu verbergen habe, schon gar nicht mein Gesicht, verstehst du?«

»Und die haben euch verhört?«

»Ja. Einzeln! Einen nach dem anderen!«, sagte Onkel Djamjid und mampfte seine Banane.

»Weißt du ...«, setzte Onkel Djafar zu einer längeren Ausführung an, nahm eine Orange aus der Obstschüssel, die er mit einem Messer von ihrer Schale befreite, während er zwischendurch mit dem Messer heftig gestikulierte, »diese Spezialeinheit, diese Sondereinheit zur Bekämpfung des Terrorismus, besonders gut ausgebildet sind die nicht. Es ist kein Wunder, dass sie Osama bin Laden nicht finden. Sie sind nicht einmal draufgekommen, dass ich ein Toupet trage!« Er lächelte zufrieden. »Im Gegenteil, der eine hat mich sogar bewundernd nach meinem Friseur gefragt.«

Cousine Leyla erschien in der Wohnzimmertüre und stellte eine gewichtige Frage in den Raum: »Sollen wir jetzt weiterkochen? Kommt der Typ? Oder was?«

Die ganze Sache hatte sich zu einem großen Dilemma ausgewachsen. Einerseits hoffte ich immer noch, dass

Mr. Rosenblatt zu überreden wäre, andererseits war mir nicht ganz klar, wie wir die Terrorgeschichte vor ihm verheimlichen könnten, hatte er doch das Foto auf der *Daily Sun* gesehen. Insgeheim hoffte ich, dass sich alles in Wohlgefallen auflösen würde. Kennen Sie dieses Gefühl, wenn alles den Bach runter geht und die Komplikationen größer und größer werden, man immer handlungsunfähiger wird, und plötzlich weicht die Angst diesem wohligen Gefühl, es würde irgendwie alles von selbst gut werden?

Ich war mit einem Schlag völlig ruhig, meine Nervosität war verschwunden und ich antwortete meiner Cousine: »Vielleicht kommt er, vielleicht kommt er nicht, das wissen wir in ... in ... Wie spät haben wir jetzt?«

»Halb sieben!«

»Ja, dann ... dann ... wissen wir das in einer halben Stunde.«

Woher ich diese Gewissheit nahm? Ich kann es Ihnen nicht sagen! Keine Ahnung!

»Und dann entscheidet sich, ob einer mehr oder einer weniger zum Essen kommt – ich meine, so kompliziert ist das ja nicht!«

Ich blickte von einem zum anderen und wartete darauf, dass irgendjemand irgendetwas sagte. Leyla starrte mich an. Onkel Djamjid war mit seiner Banane fertig und wischte sich mit einer Serviette den Mund ab. Onkel Djafar bestreute eine seiner Orangenspalten mit Salz. Ich sah ihn verwundert an. Er blickte ebenso verwundert zurück: »Was?«

»Salz?«

»Ja. Immer. Orangen. Mandarinen. Sauerkirschen. Immer mit Salz. Macht man in Persien so.«

»Wo ist eigentlich Onkel Fereydoun?«, fragte ich.

»Er wollte spazieren gehen«, sagte Onkel Djamjid.

»Er hat Angst, seiner Ex-Frau wieder zu begegnen, das ist alles.«

Tante Agathe und Onkel Fereydoun hatten sich allerdings bereits getroffen. Heimlich. Ohne uns davon in Kenntnis zu setzen. Onkel Fereydoun hatte sie am Tag davor, nach dem Zwischenfall mit der Terroreinheit, angerufen. Sie hatten sich noch für denselben Abend verabredet. Und tatsächlich brachte Onkel Fereydoun nach mehr als dreißig Jahren eine Entschuldigung über seine Lippen. Sie trafen sich am Trafalgar Square im Herzen Londons. Es war bereits spät und die letzten Busse unten an der zentralen Bushaltestelle warteten auf ihre Passagiere. In der Nacht waren keine Tauben zu sehen. Der Platz war bis auf ein paar Betrunkene, die in sicherer Entfernung grölten, und einer Gruppe jugendlicher Touristinnen leer.

Tante Agathe sah Onkel Fereydoun auf sich zukommen. Sie hatte ihn gleich erkannt. Er blieb kurz stehen. Unsicher, ob er sie erkannt hatte, sah sich verlegen um und ging dann weiter auf sie zu. Er hatte einen Blumenstrauß bei sich und eine kleine Schachtel mit einem Diamantring. Er hatte es noch geschafft, bei einem Juwelier in der Old Comden Street einen etwas überteuerten Ring um 4 500 Pfund Sterling zu erwerben. Das entsprach ungefähr einem Drittel des Jahresumsatzes seines Teppichgeschäfts in New York. Eine ungeheure Summe. Daran sehen wir, wie wichtig Onkel Fereydoun diese Entschuldigung war.

Nachdem er seine Ex-Frau eindeutig identifiziert hatte und langsam auf sie zu ging, überlegte er die Worte, mit der er sie begrüßen würde. Vor seinem geistigen Ohr formte sich ein zehn Minuten langer, sehr berührender Monolog über sein Leben ohne Tante Agathe, wie falsch die Entscheidung, einfach aus

Österreich abzuhauen und sie zurückzulassen, gewesen war, wie leer sein Leben seither ohne sie war, wie sehr er sich wünschte, das alles rückgängig machen zu können und von Neuem zu beginnen. Das Übliche, was man in einem solchen Moment eben sagen würde oder wie man es aus Filmen kennt.

Tante Agathe sah Onkel Fereydoun auf sich zukommen und überlegte, wie sie auf dieses Zusammentreffen reagieren solle. Sollte sie ihm weinend um den Hals fallen oder ihm eine Ohrfeige geben und davonlaufen? Was für eine Reaktion ist in einer solchen Situation angebracht? Beide hatten ganz ähnliche Gedanken. Es war das einzige, was sie nach dreißig Jahren noch verband.

Onkel Fereydoun war vor Tante Agathe angekommen, blieb stehen, sie sahen einander an und mit einem Mal war das Pathos und die Romantik, die sich seit dem Telefonat in ihren Herzen aufgebaut hatte, wie weggeblasen. Sie machten der Peinlichkeit Platz, die sich über den ganzen Trafalgar Square zu legen schien.

Laut Dramaturgie hätte genau an dieser Stelle Regen einsetzen müssen. Sie wären in einen Hauseingang geflüchtet, hätten, durch die Enge des Eingangs fest aneinandergeschmiegt, sich wie von selbst umarmt, glücklich, sich nach dreißig Jahren wieder gefunden zu haben.

Doch der Film war gerissen: Tante Agathe fand Onkel Fereydoun zu fett und zu alt, er sah verbraucht aus, sie fragte sich, wie sie ihn je hatte lieben können. Und Onkel Fereydoun fragte sich ungeniert, ob es ihm möglich wäre, den Körper einer 58 Jahre alten Frau sexuell interessant zu finden. Gleichzeitig ärgerte ihn dieser Gedanke.

»Es tut mir leid!«

»Ich habe dir verziehen!«

»Möchtest du meine Frau werden?«

Ungefähr so hatte sich Onkel Fereydoun die Situation vorgestellt, als er mit dem Taxi vom Hotel zum Trafalgar Square gefahren war. Anschließend würden sie etwas essen gehen, es würde noch immer regnen – keine Kunst in London – und in einem Hotelzimmer hätten sie wunderbaren Sex.

»Weißt du, Fereydoun, ich trage seit dreißig Jahren ein Foto von dir in meiner Geldtasche. Ich habe es immer bei mir getragen, außer bei meiner zweiten Hochzeit und die ersten vier Jahre meiner zweiten Ehe. Dann habe ich es wieder hineingetan, ein Jahr vor meiner Scheidung. Ich habe dich nicht vergessen.« So sah es Tante Agathes Drehbuch eigentlich vor. Stattdessen nur ein schlichtes: »Hello!«

»Hi!«, sagte Onkel Fereydoun.

»So … what to say in a moment like this?«

»Well, so far the only thing I can say for sure is – you've got a terrible American accent!«, sagte Tante Agathe in lupenreinstem British English.

Sie merkten noch an, wie eigenartig es sei, Englisch miteinander zu reden. Damals in Österreich hatten beide Deutsch gesprochen.

»Mein Deutsch ist katastrophisch … eine Katastrophe geworden!«, sagte Tante Agathe.

»Mach dir nichts draus. Ich hab es nie richtig gekonnt.«

»Ich weiß. Dein Deutsch war von Anfang an schrecklich!«

»Ich kann mich noch erinnern, wie du versucht hast, mir die Artikel beizubringen: *Die* Türe – aber *das* Tor!«

»Ja – und dann hat mir der Herr Fereydoun Ansari erklärt, dass für einen Perser ein Artikel reicht und zwar *dem*!«

»*Dem* Ture – aber *dem* Tor!«

263

»Und dann ... dann ...«

»Ja ... dann?«

Dann hatten sie zum ersten Mal miteinander geschlafen. Beide wussten es und beide wollten sich nicht daran erinnern. Irgendwie war die Peinlichkeit gewichen. Die roten Autobusse füllten sich und verließen einer nach dem anderen die Haltestelle. Ein junges Mädchen rannte, mit einem Chicken Döner Kebab in der Hand, einem der Autobusse nach und versuchte noch an Bord zu kommen. Der Schaffner wimmelte sie ab, da der Bus bereits in Bewegung war. Sie stand verzweifelt auf der Straße und Onkel Fereydoun musste ihren Beinen nachsehen. Blitzschnell entstand in seinem Kopf eine kleine Romanze. Er würde ihr eine gemeinsame Taxifahrt zu ihr nach Hause anbieten, vielleicht noch auf einen Drink mit ihr hoch gehen und ihr erzählen, dass er die große Liebe seines Lebens vor dreißig Jahren aus Dummheit hat sitzen lassen. Daraufhin hätten sie natürlich wilden Sex in der Küche, er würde ihr nackt und immer noch erregt den Ring schenken und einen Heiratsantrag machen. Letzteres war ihm sogar in dieser Blitzromanze ein zu kitschiger Moment. Heiraten würden sie erst nach dem zweiten Kind, entschied er. So schnell funktionierte Onkel Fereydouns Gehirn in Sachen Frauen.

Tante Agathe umarmte Onkel Fereydoun in dem Moment, als die junge Frau sich umdrehte und wieder in Richtung Shaftesbury Avenue ging. Sie umarmte ihn freundschaftlich.

»It's great to see you again.«

»Yeah! It is.«

Sie verbrachten einige Stunden in einem Touristen-Café auf dem Leicester Square. Onkel Fereydoun wusste den Ring in seiner Sakkotasche und beließ ihn dort. Eine Entscheidung, die ihn sehr erleichterte. Tante

Agathe erzählte in einem durch Rotwein angeheizten Redeschwall in einem fort von ihrem Leben in England, ihrem zweiten Ex-Mann, ihrem Sohn, der in Oxford studierte, zusätzlich beflügelt von der Erkenntnis, dass sie Onkel Fereydoun wider Erwarten nicht mehr liebte, aber immer noch mochte, von ihrem Sexualleben als Single. Während Tante Agathe kurz die Toilette aufsuchte, überlegte Onkel Fereydoun, ob er die äußerst attraktive indische Kellnerin ansprechen sollte, ließ es aber sein.

🪷

Die Angst, Tante Agathe zu begegnen, erklärte also nicht Onkel Fereydouns Abwesenheit, als wir am nächsten Tag auf Mr. Rosenblatt warteten.

»Was sagt er?«, fragte mich mein Cousin Omid.

Ich legte mein Handy auf den Couchtisch, setzte mich zu meinen beiden Onkeln und zu Omid und versuchte nicht auszuflippen.

»Also, das war sein Manager. Mr. Rosenblatt hat es sich überlegt. Er wird in einer Stunde da sein!«

»Das heißt, er macht es?«

»Ja.«

»Aha. Und warum auf einmal dieses Entgegenkommen?«

»Ich habe keine Ahnung.«

Eine Stunde später saß Vikram Rosenblatt im Kreise meiner Familie am Esstisch von Tante Agathe und bedankte sich herzlich für die Einladung. Wir hatten seit seiner Ankunft kein Wort über die Causa Prima verloren. Nachdem alle ihr Erstaunen über die verblüffende Ähnlichkeit zwischen meinem Vater und Mr. Rosenblatt zum Ausdruck gebracht hatten, versuchten wir, ungezwungen Konversation zu treiben, was uns teils ganz gut, teils überhaupt nicht gelang. Onkel Djamjid erzählte Vikram Rosenblatt stolz, dass er Schindlers Liste nicht nur zu seinen Lieblingsfilmen zähle, sondern von der DVD auch mehrere Kopien hergestellt hätte, um sie seinen persischen Freunden zu schenken. Onkel Djafar wiederum meinte, dass es ja auch persische Juden gäbe und dass die Religionsgemeinschaft der Bahai, die sich als eine Verbindung von Judentum, Christentum und Islam sieht, in Persien entstanden sei. Onkel Djamjid las daraufhin seine Liste persischer Errungenschaften vor und endete wieder mit dem Spruch von König Kyros und dem Hinweis, dass der in New York bei den Vereinten Nationen an der Wand hängt. Tante Niloufar verwies auf ihre vielen, sehr angesehenen jüdischen Freunde, die sie in Amerika hatte, und dass eine ihrer besten Kundschaften die Tochter des Rabbiners von Worcester Massachusetts sei, was etwas übertrieben klang, obwohl es der Wahrheit entsprach. Mein Cousin Omid sagte gar nichts und meine Cousine Leyla wies ihren Vater zurecht, als er sagte, dass es für ihn schrecklich wäre, in Deutschland leben zu müssen, dem Land, das den Zweiten Weltkrieg angefangen und den Juden dieses unfassbar schreckliche Schicksal beschert hatte, und er nochmals betonte, wie sehr er Deutschland hasse.

Vikram Rosenblatt hatte sich unsere Ausführungen still angehört und sagte dann unvermittelt: »Ich möchte mich dafür entschuldigen, dass ich Ihnen über Ihren überaus netten Neffen, Herrn Ansari, habe ausrichten lassen, dass ich mich für Iraner im Land der Nazis – und ich denke, die Österreicher waren um nichts besser als die Deutschen – dass ich mich dafür nicht zum Affen machen würde. Das war dumm von mir, ich bitte Sie um Entschuldigung. Aber Sie müssen wissen, dass mich diese Rede Ihres Präsidenten derart in Rage gebracht hat, dass es mir unmöglich schien, für Sie zu arbeiten.«

»Wir wollen uns für unseren Präsidenten entschuldigen!«, sagte Onkel Djamjid salbungsvoll.

»Nein! Das wollen und werden wir nicht!«

Mein Cousin Omid hatte sich zu Wort gemeldet. Alle starrten ihn entsetzt an.

»Wie kommen wir dazu, uns für eine derartige Aussage zu entschuldigen?«

Meine Cousine Leyla trat Omid mehrmals heftig gegen das Schienbein, den Blick lächelnd auf Vikram Rosenblatt gerichtet. Davon ließ sich Omid nicht abhalten.

»Wir entschuldigen uns nicht, Herr Rosenblatt!«

Er machte eine bedeutungsschwangere Pause, in der wir Tante Agathe in der Küche niesen hörten.

»Im Gegenteil! Wir distanzieren uns von dieser Aussage! Ja, mehr noch, wir distanzieren uns von diesem Präsidenten!«

Erleichterung machte sich breit. Und meine Familie fiel in eine Reihe weiterer Distanzierungen ein. Von der Revolution 1979. Von den Mullahs im Allgemeinen. Von Ayatollah Chomeini und der Scharia. Von den Steinigungen und den Morden an Oppositionellen. Von den Menschenrechtsverletzungen. Von allem, womit es die Islamische Republik Iran in den letzten Jahrzehnten in die Nachrichten geschafft hatte.

»Wissen Sie, Mr. Rosenblatt«, sagte Tante Niloufar, »unsere Familie hat unter diesem Regime gelitten. Mein Bruder«, sie zeigte auf Onkel Djamjid, »musste mit seiner Familie flüchten, damit sie seinen Sohn, meinen Neffen«, jetzt zeigte sie auf Omid, »nicht in den Krieg schicken!«

Vikram Rosenblatt richtete sich in seinem Sessel auf und sagte dann mit donnernder Stimme: »Wenn Sie mit

267

all dem nichts zu tun haben, warum wurden Sie dann gestern unter Terrorverdacht verhaftet?!«

Das saß. Wir waren starr vor Schreck. So geschickt hatten wir es vermieden, auf diesen Vorfall zu sprechen zu kommen. Und jetzt das.

»Wissen Sie, warum?!«

Nein, wir wussten es nicht.

»Weil wir in einer schrecklichen Welt leben. Weil wir Menschen nach ihrem Aussehen beurteilen. Weil man uns Angst machen möchte, erklärt man uns, jeder Muslim ist ein Terrorist! Schrecklich! Ich möchte mich für mein Land entschuldigen!«

»Aber nein, ich bitte Sie, das müssen Sie doch nicht!«, lenkte Tante Niloufar ein.

»Lass ihn doch, wenn er sich entschuldigen will!«, meinte Onkel Djafar.

»Danke, wir nehmen Ihre Entschuldigung an!«

»So!«, Vikram Rosenblatt lehnte sich zurück, »und jetzt zum Geschäftlichen! Was wollen Sie eigentlich von mir?«

Wir brachten noch einmal unser Anliegen vor. Wir erzählten ihm, was passiert war: dass mein Vater gestorben war und wir es nicht übers Herz brachten, meiner Großmutter von seinem Tod zu erzählen, dass er unsere einzige Rettung sei und dass wir wüssten, dass es verrückt sei.

»Wieso verrückt? Es ist eine brillante Idee«, meinte Onkel Djafar.

Und dass wir unsere ganze Hoffnung auf ihn, Mr. Vikram Rosenblatt, setzten. Dass wir ihn vor allem für die Zeit in Wien brauchen würden, ab dem 19. März, solange meine Großmutter in Wien sein würde, er aber so schnell wie möglich einen Anruf bei meiner Großmutter tätigen müsse, natürlich in der Rolle meines Vaters, nein, als mein Vater.

»Was soll ich meiner Mutter sagen?« Herr Rosenblatt nahm den Ball auf.

»Nun ja. Wir müssen uns eine Ausrede einfallen lassen, warum Sie ... also, mein Vater, sich solange nicht gemeldet hat.«

Onkel Djafar wurde ein wenig übermütig, klopfte Mr. Rosenblatt scherzhaft tadelnd auf die Schulter: »Was fällt dir ein, dich solange nicht bei deiner Mutter zu melden? Ha!«

»Und dann müssen Sie natürlich mit ihr die Details ihrer Reise besprechen und wie und wann wir das *Nowrouz*-Fest in Wien feiern werden.«

»Das was?«

»Das *Nowrouz*-Fest, das persische Neujahr.«

»Mein lieber Freund«, sagte Onkel Djamjid »Wir werden aus Ihnen so schnell wie möglich einen Perser machen müssen!«

Vikram Rosenblatt lachte, nahm sich Weintrauben vom Obstteller und legte sie auf seinen kleinen Teller neben den Pfirsichkern und die Bananenschale. Er liebte Obst.

»Ein bisschen sind wir ja verwandt.«

Wir blickten ihn erstaunt an.

»Nicht im familiären Sinn, aber unsere beiden Völker sind verwandt. Meine Mutter ist Inderin. Und die Inder und die Perser sind ja nicht so weit voneinander entfernt. Wissen Sie, was witzig ist?«

Man sah ihm die Freude über seine kommende Enthüllung an. »Mein Vater ist Jude und meine Mutter ist Inderin. Ich bin also ein semitischer Arier! Was glauben Sie, wie sich Hitler darüber geärgert hätte? Über einen arischen Juden!«

Wir lachten. Dann sagte Onkel Djamjid: »Ich hoffe, Sie nehmen mir nicht übel, was ich jetzt sagen werde, aber, wenn Ihre Mutter keine Jüdin war, sondern nur Ihr Vater, dann sind Sie selbst nach jüdischem Recht kein Jude. Stimmt das?«

»Ja, da haben Sie recht.« Mr. Rosenblatt war zugleich erstaunt und erfreut über Onkel Djamjids Kenntnisse jüdischer Religion. »In meinem Herzen fühle ich mich zu der jüdischen Kultur und Religion hingezogen. Ich liebe sie, obschon ich ein sehr – das möchte ich betonen – aufgeklärter Mensch bin und gar nichts von Fundamentalismus irgendwelcher Art halte. Ich sehe mich als Jude, obwohl ich für die Juden kein Jude bin.«

Da saß also ein Jude, der kein Jude war, in einem Zimmer voll Moslems, die keine Moslems waren. Weder meine Onkel noch meine Tante waren gläubige Menschen. Vielleicht waren sie spirituell empfindsame Menschen. Sie glaubten alle an etwas. Etwas, das nicht an Riten und Gesetze gebunden ist.

»Wissen Sie«, sagte ich zu Vikram Rosenblatt, »in meinem Fall ist es umgekehrt. Meine Mutter ist Christin und mein Vater Moslem, damit bin ich – obwohl man mich hat taufen lassen – nach muslimischen Recht ein Moslem. Und das, obwohl ich noch nie eine Moschee von innen gesehen habe.«

»Wir kommen auch aus einer sehr aufgeklärten Familie«, ergänzte Tante Niloufar meine Ausführungen, »wir haben nur einen einzigen Großonkel, der sehr gläubig ist, ein Onkel unserer Mutter. Hadschi Agha wird er genannt, weil er eine Pilgerreise nach Mekka unternommen hat.«

»Wenn man von ihm absieht, sind wir alle sehr liberal und aufgeklärt«, bekräftigte Onkel Djamjid.

»Ja, wirklich. Das letzte Mal, dass ich mit einem Mullah zu tun hatte, das war vor über fünfzig Jahren, bei meiner Beschneidung«, versicherte Onkel Djafar stolz.

270

Vikram Rosenblatt zog seine rechte Augenbraue hoch und sagte mit tragender Stimme: »Niemand braucht sich hier für seine Religion zu entschuldigen!«

Tante Agathe betrat den Raum und teilte uns mit, dass das persische Essen im Begriff sei anzubrennen und ob wir ihr denn nicht helfen wollten, es wäre dann so weit.

Nach dem Essen lagerten alle wieder bequem um den Couchtisch. Es gab noch persischen Tee und Wassermelone als Nachtisch. Mr. Rosenblatt wollte genauer über seinen Job informiert werden. Wir überschütteten ihn mit so viel Information wie möglich. Alle gleichzeitig und durcheinander. Unser Enthusiasmus trug eher zu Verwirrung bei. Wir waren zu aufgeregt, als dass wir inhaltlich verständliche Sätze bilden konnten. Omid half uns aus der Patsche.

»Stopp!«, rief er, »ich werde jetzt die Regie hier übernehmen. Es geht so nicht. Wie soll sich der arme Mensch auskennen? Wir haben es hier mit einem professionellen Schauspieler zu tun und so müssen wir Mr. Rosenblatt auch briefen. Also: Die Rolle, die Sie zu spielen haben, ist Dariush Ansari, 63 Jahre alt, persischer Abstammung, Teppichhändler in Österreich, seit seinem 17. Lebensjahr in Europa. Klar?«

»Bravo! So gefällt mir das. Weiter!«

»Es wird mehrere Szenen geben, die Sie zu spielen haben. Sie haben in diesen Szenen keinen vorgegebenen Text, Sie müssen improvisieren. Natürlich auf der Grundlage der Figur, die wir in den nächsten Wochen erarbeiten werden.«

Omid schien die Rolle des Regisseurs sehr zu genießen.

»Sie bekommen von uns eine schriftliche Personenbeschreibung. Sie können sich zwei, drei Wochen vorbereiten, dann beginnen wir mit den Proben.«

Verblüffung machte sich breit.

»Was heißt proben? Wie sollen wir das proben?«, fragte Tante Niloufar.

»Naja, proben eben«, sagte Omid, »wie man ein Stück probt. Wir stellen die Situationen nach, die wir brauchen, und gehen sie step by step durch, damit Mr. Rosenblatt üben kann. Und wir brauchen Videoaufnahmen von Onkel Dariush, damit Mr. Rosenblatt seine Gestik draufhat, wenn es ernst wird.«

»So schwierig ist das nicht«, verlor Onkel Djafar ein wenig die Geduld. Die Sache erschien ihm etwas zu aufwändig. »Sie stellen einen Perser dar! Sie müssen einfach nur mit den Händen reden, das reicht! Können Sie mit den Händen reden?«

»Ich bin Jude! Wenn ich keine Hände hätte, wäre ich stumm!«

»Ja, wunderbar! Das reicht! Wir wollen ja keinen Oscar gewinnen!«

Vikram Rosenblatt lehnte sich in seinem Stuhl zurück.

»Ich denke, den Oscar zu gewinnen, ist eine Kleinigkeit im Vergleich zu dieser Aufgabe. Ich muss eine Mutter davon überzeugen, dass ich ihr Sohn bin. Wer kennt einen Menschen besser als eine Mutter ihr Kind?«

Niemals zuvor hatte jemand so deutlich ausgesprochen, was unser Vorhaben wirklich bedeutete. Mit einem Schlag war uns jetzt allen klar, auf welch dünnem Eis wir uns bewegten.

»Das schaffen wir schon!«, durchbrach Omid unser Schweigen. »Mr. Rosenblatt ist ein hochbegabter Menschendarsteller!«

Das Gegenteil war der Fall. Mr. Rosenblatt war – wir konnten es zu diesem Zeitpunkt noch nicht wissen – ein mittelmäßig begabter Schmierenkomödiant. Ein geistreicher, liebenswerter und sehr interessanter Mensch, aber ein erbärmlicher Schauspieler.

»Sie sehen exakt wie unser Bruder aus, Sie haben dieselbe Stimme wie er – das wird nicht so schwer werden!«, versuchte Onkel Djamjid Zuversicht zu verbreiten. »Sie müssen nur etwas über ihn erfahren und dann wird das schon!«

»Ganz so einfach ist es nicht! Dieses – nennen wir es trotz allem Theaterstück – hat mehrere Ebenen. Ebene eins: Die persische Mentalität. Ebene zwei: Die Persönlichkeit der Figur, und Ebene drei: Der Gefühlszustand der Figur!« Omid wollte einen Oscar gewinnen.

»Vielleicht sollte ich einen Bart tragen?«, warf Mr. Rosenblatt ein.

»Mein Vater hatte keinen Bart!«, sagte ich entschieden.

»Genau das ist es eben! Verstehen Sie nicht?« Mr. Rosenblatt war fast beleidigt, dass ich die Genialität seiner Idee nicht erkannte.

Omid schnippte zweimal mit den Fingern und sagte: »Genau das ist es! Genau so ... ich weiß genau, was Sie meinen! Onkel Dariush mit einem Bart! Das gibt der Figur eine neue Dimension.« »Es ist doch ganz einfach!« Mr. Rosenblatt fand es mühsam, uns das auf der Hand liegende erklären zu müssen. »Der Bart lenkt Ihre Mutter ab.« Er machte eine theatralische Pause, um dann mit hoher Stimme in freudige Erregung auszubrechen, während er mit den Händen, wie ein Zauberer durch die Luft fuhr: »Ein neuer Bart!«

Er zeichnete mit seiner Rechten den Bart an seinem Kinn nach.

»Der Sohn sieht anders aus, als sie es gewohnt ist. Verändert. Und schon können wir kleine Ungereimtheiten in der Figur, die es anfänglich sicher geben wird, kaschieren!«

Ich konnte der Idee mit dem Bart nichts abgewinnen.

»Meine Großmutter hat meinen Vater vor fünfzehn

Jahren das letzte Mal gesehen – sogar meine Putzfrau könnte meinen Vater spielen!«

Ich sah mich in der Runde um. Offenbar war ich der einzige, der diese Übertreibung witzig fand.

»Der Bart ist wichtig, Martin, glaube mir!«, sagte Omid.

»Wir brauchen keinen Bart. Dariush hatte keinen Bart, also braucht Mr. Rosenblatt auch keinen Bart. Weiter!« Onkel Djafar hätte einen guten Produzenten abgegeben.

»Ohne Personenbeschreibung kann ich gar nichts sagen!«, murrte Vikram Rosenblatt.

»Vielleicht sollten wir vorweg ein kleines Briefing machen. Martin, du fängst an! Beschreib uns bitte deinen Vater!«, übernahm Omid wieder die Leitung dieses netten Abends, der unversehens in einen Workshop auszuarten drohte.

Mir bereitete diese Situation Unbehagen. Wie soll ich meinen Vater beschreiben? Mein Vater eben! Wie war er? Abgesehen davon wusste ich nicht, welche Details einem Schauspieler hilfreich sein könnten.

»Mein Vater war ein Mann. Ich weiß, das klingt jetzt seltsam, aber ich meine nicht biologisch, sondern ideologisch. Ein Mann. Kein Softie. Kein Frauenversteher. Ein Mann. Man kann sagen, ein Macho, nicht unangenehm, aber eben ein sehr männlicher Mann. Er hat seinen Kindern kein einziges Mal die Windel gewechselt oder das Fläschchen gegeben.«

»So ein Blödsinn!«, widersprach Tante Niloufar. »Wir waren einmal bei euch in Wien zu Gast und da hat Dariush deiner Schwester das Fläschchen gegeben!«

»Das war wahrscheinlich Wodka!«, lachte Onkel Djafar.

»Wie redest du von unserem Bruder?«

»Natürlich war es kein Wodka! Er war ein lebenslustiger, fröhlicher Mensch. Dem Alkohol nicht abgeneigt. Er hat getrunken. Gerne getrunken!«

»Er hat es verstanden zu feiern! Er war die Mensch gewordene Party!«

»So ein Schwachsinn. Weil du deinen Bruder nicht gekannt hast! Er war depressiv. Schwer depressiv. Drum hat er ja auch so viel gefeiert und getrunken, um seiner Depression zu entkommen!«

»Dariush war doch nicht depressiv! Er war melancholisch! Jeder Perser ist melancholisch! Wir haben ein Weltreich verloren, wir müssen melancholisch sein! Darum hat er sich auch in Österreich sehr wohl gefühlt. Dort versteht man das.«

»Er hat nur getrunken, wenn er melancholisch war!«

»Er war immer melancholisch.«

»Sag ich ja, er hat ständig getrunken!«

»Er war ein Patriot! Das war er. Das beschreibt ihn am besten! Er war der einzige von uns allen, der ein iranischer Patriot war!«

»Er hat immer persische Musik gehört! In seinem Auto gab es nicht eine andere CD. Nur persische Musik! Er hat im Auto nur persische Musik gehört!«

»Und das hat ihn so melancholisch gemacht: die persische Musik.«

»Und da hat er dann getrunken! Immer wenn er melancholisch war, hat er getrunken!«

»Er hat doch nicht im Auto getrunken?!«

»Einmal. Einmal hat er sogar im Auto getrunken!«

»Also, das geht zu weit – wie stellt ihr meinen Bruder hin!«

»Ich war doch dabei! Wir sind um fünf Uhr früh auf einer großen Straße in Wien gefahren – ich hab den Namen vergessen – und wir haben laut persische Musik gehört und Dariush hatte in der einen Hand eine Flasche

Wodka, in der anderen das Steuer. Wir haben laut mitgegrölt. Es war die iranische Hymne! »*Ey Iran, ey marse por gohar.*« Die Polizei hat uns aufgehalten und hat ihm ordnungsgemäß den Führerschein weggenommen!«

»Er hatte doch gar keinen Führerschein.«

»Natürlich hatte er einen Führerschein.«

»Es war kein österreichischer Führerschein! Es war ein iranischer Führerschein.«

»… der in Österreich keine Gültigkeit besitzt und den er sich nie hat umschreiben lassen!«

»Weil er ungeschickt war in diesen Dingen. Er hatte keinen Kopf für Bürokratisches.«

»Nein, weil er ein Patriot war! Er war stolz auf seinen persischen Führerschein.«

»Auf jeden Fall war er ein hervorragender Geschäftsmann.«

»Ja, das war er! Und was für einer!«

»Er war ein Genie als Teppichhändler!«

»Mein Vater war alles andere als ein guter Geschäftsmann. Dazu hatte er ein zu weiches Herz. Er verborgte Geld, ohne auf Sicherheiten zu achten. Er hat den Menschen vertraut, ohne zu merken, wie sie ihn ausnutzten.«

»Martin! So spricht man nicht von seinem Vater! Nein, nein, er war ein sehr guter Geschäftsmann!«

Ich wurde von meiner Tante zurechtgewiesen, dabei war ich der Ansicht, etwas Nettes über meinen Vater gesagt zu haben.

»Er war Perser, wissen Sie? Er war durch und durch Perser!« Onkel Djamjid versuchte Ordnung in das Chaos zu bringen.

»Das ist die erste Ebene«, sagte Omid begeistert, »O.k., lasst uns auf der ersten Ebene arbeiten! Improvisieren! Ein Perser … wie ist ein Perser?«, ging es mit Omid ein wenig durch.

»Ich brauche Details. Spielbare Details. Keine Verallgemeinerungen. Spezifische Charakteristika. Was hat der Perser für eine Körperhaltung?«

Vikram Rosenblatt schien ebenfalls von der Sache begeistert. Das war die Sprache, die er verstand.

»Das sind doch alles Klischees«, warf Tante Niloufar ein.

»Das ist schon in Ordnung«, erwiderte Omid, »nicht zum ersten Mal arbeiten wir uns vom oberflächlichen Klischee in die Tiefe: Die Körperhaltung des Persers!«

Omid blickte sich in der Runde um. Er sah seinen Vater erwartungsvoll an.

»Was weiß ich? Der Perser sitzt einmal so, einmal so. Dann steht er wieder, dann läuft er ...«, Onkel Djamjid war verzweifelt.

»Nein, Moment! Ein Perser läuft nicht!« Ich hatte tatsächlich weder meinen Vater noch sonst jemanden aus meiner Familie je laufen sehen: »Ein Perser nimmt ein Taxi. Perser betreiben keinen Sport.«

»Ja, sehr richtig!«, bestätigte Tante Niloufar. »Was nicht heißt, dass sie nicht ins Fitnesscenter gehen. Sie gehen in ein Fitnesscenter – meistens in ein sehr nobles. Verstehen Sie, für die gehobene Klasse. Ein Fitnesscenter mit Schwimmbecken und Whirlpool.«

»Sehr richtig!«, war Onkel Djafar begeistert. »Ich gehe in Berlin ins Fitnesscenter im Grand Hyatt Hotel am Potsdamer Platz. Die haben auch ein hervorragendes Restaurant. Da gehe ich nach dem Training immer essen.«

»Was trainierst du?«, fragte ich Onkel Djafar erstaunt.

»Whirlpool. Ich trainiere im Whirlpool!«

»Im Whirlpool kann man nichts trainieren.«

»Oh ja, natürlich. Ich sitze und bewege meine Beine. Ich mache Übungen im Whirlpool. Mein Arzt hat gesagt, das ist gesund.«

»Sehen Sie: Perser treiben keinen Sport! Perser fahren nicht Ski, Perser joggen nicht. Es gibt zum Beispiel keinen einzigen persischen Jockey. Ein Perser setzt sich auf kein Pferd! Ein Perser setzt auf ein Pferd beim Wetten, aber er setzt sich nicht drauf!«

Ich hoffte, Vikram Rosenblatt würde damit etwas anfangen können. Das Gegenteil war der Fall. Er wies uns darauf hin, dass all diese Dinge, die wir ihm erzählten, nichts waren, was man als Schauspieler darstellen könne. Ich merkte schon, er brauchte konkrete Anweisungen. Ein Schauspieler eben.

»Es ist ein sehr heikles Unterfangen. Alles hängt von meiner Darstellung ab! Das Schicksal Ihrer Familie hängt am seidenen Faden meiner schauspielerischen Leistung! Das ist kein Werbespot, in dem es um eine lächerliche Hämorrhoidensalbe geht. Hier geht es um Tod oder Leben. Im wahrsten Sinne des Wortes. Stellen Sie sich vor, was passiert, wenn Ihre Mutter draufkommt, dass ich ein Betrüger bin?«

»Betrüger ist vielleicht ein wenig übertrieben!«, versuchte ich Mr. Rosenblatt zu beruhigen.

»Nein, nein! Es ist Betrug! Wir gaukeln Ihrer Mutter vor, ihr Sohn wäre noch am Leben – das ist Betrug. Betrug in guter Absicht. Aber Betrug. Stellen Sie sich vor, Ihre Mutter hegt nur den geringsten Zweifel daran, dass ich ihr Sohn bin. Eines führt zum anderen und Ihre Mutter erleidet einen Schock, der im schlimmsten Fall zu ihrem Tod führt. Dann hätte ich sie umgebracht! Ich hätte sie umgebracht!«

Er machte eine theatralische Pause. Er liebte theatralische Pausen. Mir gefiel nicht, wie er über meine Großmutter sprach.

»Ist Ihnen klar, was für eine ungeheure Verantwortung ich hier übernehme?«

Kleine theatralische Pause.

»So zirka eine Woche vor der Premiere herrscht am Theater oft eine Stimmung, als hingen die Leben vieler Menschen davon ab, dass das Licht zum richtigen Zeitpunkt wechselt oder die Kostüme endlich fertig werden oder was weiß ich. Alle sind angespannt und hektisch. Sie überarbeiten sich nächtelang, schlafen kaum, ernähren sich schlecht. Sie gefährden ihre Gesundheit, nur um die erste Vorstellung am vorgesehenen Tag zu ermöglichen. Und worum geht es eigentlich? Um nichts! Um rein gar nichts! Darum, dass ein paar verrückte Erwachsene sich verkleiden und vor anderen Erwachsenen so tun, als wären sie englische Könige oder griechische Götter oder was weiß ich! Wie im Zirkus die Löwen oder Elefanten zeigen wir dem Publikum unsere Kunststücke, die wir wochenlang geübt haben. Nur, dass wir nicht durch brennende Reifen springen, sondern eingelernte Sätze aufsagen, eingeübte Gesichter schneiden und dann so tun als würden wir weinen. Und wofür? Wofür das ganze?«

Pause. Wir wussten alle nicht, wofür das Ganze sein könnte.

»Für den Applaus des Publikums. Für die Zuneigung, für die Liebe von dreihundert fremden Menschen, die ihre Hände zusammenschlagen und ein Geräusch machen, mit dem sie uns sagen wollen: »Bravo, das habt ihr aber gut gemacht! Bravo, meine Kleinen! So! Und jetzt Zähneputzen und schnell ins Bettchen!« Als ob wir kleine Kinder wären. Ich hasse das Theater! Ich habe es immer gehasst!«

Mr. Rosenblatt tat mir leid. Offensichtlich hatte er sein Leben am Theater vergeudet.

»Und dann bieten Sie mir diesen Job an! Wissen Sie, wie bedeutungsvoll das für mich ist? Endlich hat meine

Darstellung eine Bedeutung. Ich bin ein Chirurg, kein Schauspieler mehr! Endlich kann ich Leben retten! Endlich erlange ich in diesem Universum eine Bedeutung!«

Langsam schien mir, dass wir Mr. Rosenblatt mit unserem Anliegen einen größeren Gefallen taten als er uns. Kurz überlegte ich, wie sich das auf die Gagenverhandlung auswirken könnte. Vielleicht bezahlt ja er uns etwas?

»Und wie kann diese Operation gelingen? Ich werde es Ihnen sagen: Indem ich den Hund dazu bringe, aufzustehen!«

Für einen Moment dachten wir alle, wir hätten uns verhört oder wir befänden uns in einem Riss der Matrix oder wir hätten kollektiv einen Gehirnschlag erlitten, aber dann wiederholte er diesen Satz.

»Ich muss den Hund dazu bringen, aufzustehen! Das ist das große Ziel, das ich mir gesetzt habe. In jeder einzelnen Produktion wollte ich den Hund dazu bringen, aufzustehen!«

Wir hatten keinen blassen Schimmer, wovon er sprach. War es ein wahrhaftiger Hund? War Hund eine Metapher für irgendetwas anderes, das wir nicht erahnen konnten? Oder war Vikram Rosenblatt vor unseren Augen wahnsinnig geworden? Erlebten wir gerade live, wie ein schon etwas älterer Mitbürger in eine andere geistige Welt hinüberglitt? Die Antwort folgte auf dem Fuß.

»Ich werde Ihnen erklären, was ich damit meine! Sie kennen den berühmten Schauspiellehrer Stanislawski?«

Omid und ich kannten ihn. Die anderen wussten nicht wovon die Rede war, waren aber derart elektrisiert, dass sie nur zustimmend nicken konnten. Sie vertrauten darauf, im Lauf der Geschichte schon zu erfahren, wer Stanislawski war.

280

»Gut. Stanislawski war nach Moskau gekommen, um einen befreundeten Schauspieler zu treffen. Dieser befand sich gerade mitten in Proben und so besuchte ihn Stanislawski mehrmals im Theater. Der Schauspieler hatte einen Hund. Es war ein sehr braver und ruhiger Hund. Er war es gewohnt, bei den Proben anwesend zu sein, und nutzte die Zeit, um in einer Ecke des Theaters ein Schläfchen zu machen. Sobald die Proben zu Ende waren, ging er zu seinem Herrchen und begrüßte ihn in freudiger Erwartung des Spazierganges, der nach jeder Probe folgte. Was den großen Stanislawski verwunderte war, dass der Hund aufstand und zu seinem Herrchen ging, bevor der Schauspieler ihn rief. Wie das Amen im Gebet erhob sich der Hund regelmäßig, sobald die Probe zu Ende war, von seinem Platz und schleppte sich zu seinem Herrchen. Ganz von selbst. Wie konnte der Hund ahnen, dass die Probe zu Ende war?«

Pause. Sehr lange Pause. Dann richtete sich Vikram Rosenblatt auf und sagte: »Stanislawski hat es herausgefunden: Der Hund konnte hören, dass die Schauspieler wieder anfingen, ganz natürlich zu sprechen.«

Er suchte in den Gesichtern der Anwesenden nach Zeichen der Begeisterung.

»Und sehen Sie, deshalb, um Ihre Mutter nicht zu gefährden, werde ich endlich den Hund zum Aufstehen bringen! Ich werde mich selbst übertreffen und die reinste und natürlichste Menschendarstellung hinlegen, die man jemals gesehen hat! Denn wenn mir das nicht gelingt ... dann Gnade uns Gott!«

Wir applaudierten. Virkram Rosenblatt ergriff seine Tasse Tee, lehnte sich in seinem Sessel zurück und genoss den Applaus. Warum das ganze Theater, von wegen er kann für Iraner nicht arbeiten, wenn er dann seine Rolle derartig genoss? Aber das zeichnet

Schauspieler eben aus. Ihr Hang, alles bis ins Letzte auszuloten und zu durchleben. Vikram Rosenblatt hatte völlig recht. Er musste verdammt natürlich sein, um meiner Großmutter den Sohn vorspielen zu können. Ich hoffte inständig, er wäre in der Lage, den Hund zum Aufstehen zu bringen.

Die Formulierung »den Hund zum Aufstehen bringen« wurde neben dem Wort »Mütze« zur stehenden Redewendung in unserer Familie. Wir verwenden sie, wenn etwas nicht besonders gelungen ist. Zum Beispiel fragte mich meine Cousine einige Monate nach dem Treffen mit Vikram Rosenblatt, wie denn das Essen in einem gewissen Restaurant gewesen sei, und ich antwortete: »Es geht so! Also, der Hund ist liegen geblieben!« Sie war amüsiert darüber, diese Redewendung im Zusammenhang mit Essen zu hören, und verwendete sie selbst, drei Monate später, um den Sex mit ihrem neuen, bald schon verflossenen Liebhaber zu beschreiben: »Er ist wie ein Wahnsinniger auf mir herumgesprungen, aber der Hund ist liegen geblieben!« Ihrer besten Freundin beschrieb sie den unbefriedigenden Sachverhalt mit den Worten: »Ich liebe ihn, aber jedes zweite oder dritte Mal bleibt der Hund liegen!«

Während Vikram Rosenblatt noch seinen Applaus genoss, schoss mir ein Gedanke durch den Kopf, der meine Stimmung erheblich trübte. Keine Frage, Vikram Rosenblatt musste den Hund zum Aufstehen bringen. Das war die große Herausforderung und stellte angesichts seines dürftigen Talents eine nicht zu unterschätzende Hürde dar. Was jedoch noch viel schwieriger zu lösen war, war das Problem der Sprache. Niemand hatte bis jetzt daran gedacht. Angesichts von Mr. Rosenblatts Monolog hatte sich unsere Hoffnung zur Gewissheit gesteigert, es werde gelingen. Wir waren derart in Rosenblatts Bann gefangen, dass wir die wichtigste Frage zu stellen vergessen hatte.

»Mr. Rosenblatt!«, sagte ich als der Applaus abebbte, »sprechen Sie eigentlich Farsi?«

Ich erntete missbilligende Blicke. Man hasste mich dafür, dass ich diese Worte ausgesprochen und damit unsere Zuversicht zerstört hatte. Denn allen war klar: Mr. Rosenblatt spricht ebenso gut Farsi wie Ayahtolla Chomeini katholisch war.

»Sehen Sie, daran haben wir noch gar nicht gedacht!«, Vikram Rosenblatt war die Enttäuschung ins Gesicht geschrieben.

»Mein Vater hat nur Deutsch und Farsi gesprochen. Also mit meiner Großmutter natürlich nur Farsi!«

Die Stimmung im Zimmer war kaum zu beschreiben. Hass. Enttäuschung. Wut. Verzweiflung. Verachtung. Alles richtete sich gegen mich, als hätte ich nicht nur auf das Problem hingewiesen, sondern es hervorgerufen. Meine Familie warf mir Blicke zu, die mir ein derart schlechtes Gewissen machten, dass ich schon beinahe selbst glaubte, ich wäre schuld an der Sache. Als hätte ich Vikram Rosenblatt davon abgehalten, Farsi zu lernen. Als hätte ich ihm den Sprachkurs ausgeredet, den er vor einem Jahr machen wollte.

Mr. Rosenblatt hatte selbst noch nicht an dieses Problem gedacht. Man hatte ihm doch gesagt, dass die Großmutter seit über zwanzig Jahren in den USA lebt. Irgendwie nahm er an, wir würden in der Familie Englisch sprechen. Er ärgerte sich zu Tode über seine Naivität. Wieso hatte er nicht schon früher von selbst auf dieses nicht unwesentliche Detail aufmerksam machen können?

»Mr. Rosenblatt, Sie werden ein richtiger Perser. Wir haben bis zum 19. März noch fünf Wochen Zeit. Sie machen einen Persisch-Kurs!«

Natürlich könne er einen Kurs machen, meinte Mr. Rosenblatt, was sich allerdings auf die Gage auswirken würde, wie er noch ergänzend hinzufügte. Geld wäre kein Problem versicherten wir ihm. Aber wer würde zunächst einmal mit meiner Großmutter telefonieren? Wer würde als Dariush anrufen, um sie nicht Verdacht schöpfen zu lassen?

Tante Niloufars Handy läutete. Sie entschuldigte sich und nahm das Gespräch an. Es war Måmånbosorg, meine Großmutter aus Amerika. Sie erkundigte sich, wie es in Paris laufen würde, ob sie mit dem Gentleman schon Sex gehabt hätte und ob er auch alles bezahlen würde, vom Hotel bis zum Kaffee. Sie war extrem guter Laune.

»Stell dir vor!«, teilte sie voll Freude mit, »vor zehn Minuten hat mich Dariush angerufen! Es geht ihm gut. Er ist ein wenig verkühlt, aber sonst geht es ihm gut. Er sagt, er hat das Haus in der Nähe von Wien jetzt fix gemietet und wir werden einander alle zum *Nowrouz*-Fest sehen! Dann hat er gleich wieder aufgelegt. Er ist sehr im Stress. Sein Geschäft läuft extrem gut. Deshalb konnte er sich auch zu Weihnachten bei mir nicht melden. Was sagst du dazu?«

Das ewige Feuer des Zarathustra

Nachdem Tante Niloufar das Gespräch beendet und uns von dessen Inhalt erzählt hatte, stand ein großes Fragezeichen in der Mitte des Raumes. Man konnte es förmlich sehen. Wir blickten einer zum anderen, rollten einander sozusagen den großen schwarzen Punkt unter dem geschwungenen Fragezeichen zu. Knarrend rollte er über den Parkettboden. Das Fragezeichen selbst blieb in der Mitte des Raumes stehen und schaukelte unschlüssig ein wenig hin, ein wenig her.

Wer konnte diesen Anruf bei Måmånbosorg getätigt haben? Wer war so dreist und gab sich ungestraft als Dariush Ansari aus? Wir kamen auf keine Lösung. Niemand fiel uns ein, der Farsi sprach und seine Stimme derart verstellen konnte, dass Måmånbosorg am anderen Ende der Leitung ihren Sohn wähnte.

»Vielleicht war es niemand, der ihn nachgemacht hat!«, sagte meine Cousine Leyla.

Ich sah aus dem Fenster und bemerkte, dass der Vollmond den Garten hell erleuchtete. Diese Stimmung veranlasste meine Nackenhaare, sich zu erheben und mir lief der berühmte kalte Schauer über den Rücken, weil ich mir kurzfristig meinen Vater als Untoten vorstellte. Der Schauer brachte jedoch gleichzeitig Erheiterung mit sich.

»Onkel Dariush ist gar nicht tot!«, Omids Gehirn schien bereits an einer Filmfassung zu arbeiten: »Der persische Vampir«.

»Nein!«, sagte meine Cousine Leyla. »Ich meine, vielleicht hat gar niemand angerufen!«

Niemand verstand.

»Måmånbosorg hat den Anruf vielleicht nur erfunden.«

»Warum sollte sie das tun?«, fragte ich.

»Weil sie uns testen will? Weil es ihr eigenartig vorkommt, dass Onkel Dariush sich monatelang nicht bei ihr meldet!«

»Das wäre ja noch schöner! So etwas würde sie nie tun«, meinte Tante Niloufar.

»Verzeihen Sie mir, wenn ich mich in diese Familienangelegenheit einmische«, sagte Mr. Rosenblatt voller Ironie, »aber sie ist die Mutter von vier Kindern, die beschlossen haben, einen Schauspieler zu engagieren, der ihren verstorbenen Sohn spielen soll! Da ist es nicht sehr abwegig, dass sie selbst zu einem kleinen Trick greift, um die Wahrheit herauszufinden. Verstehen Sie, was ich meine? Diese seltsame Denkweise liegt vielleicht in der Familie!«

Wir standen zum wiederholten Male unter Schock. Wäre das möglich? Würde sie darauf warten, wie Tante Niloufar reagiert, wenn die Rede auf meinen Vater kam? Würde sie nicht sofort anrufen, sobald sie die Wahrheit herausgefunden hätte, und am Telefon in einen Weinkrampf ausbrechen? Aber woher sollte sie die Wahrheit wissen? Wir hatten niemanden im Iran darüber informiert, selbst ihr Bruder, Dåi Parvis und ihre beiden Schwestern wussten von Nichts.

»Vielleicht hat einer von Dariush' Freunden, der am Begräbnis war, seinen Verwandten im Iran davon erzählt und jemand von denen hat Måmånbosorg angerufen, um ihr sein Beileid auszudrücken«, brachte Onkel Djamjid die Sache auf den Punkt.

Genau davor hatten wir die meiste Angst. Vor einem

Anrufer aus dem Iran, der nichts von unserem Plan wusste.

»Sie hat ja niemanden mehr im Iran, zu dem sie Kontakt hat«, sagte Tante Niloufar »Die meisten ihrer Bekannten sind nach der Revolution geflüchtet und Dâi Parvis, Châle Afsar und Châle Pari wissen nichts!«

Seltsam. Die Sache begann unheimlich zu werden. Ich wurde das Gefühl nicht los, etwas ins Rollen gebracht zu haben, das wir aus eigener Kraft nie wieder unter Kontrolle bringen konnten.

»Das darf doch nicht wahr sein!«, rief Onkel Djafar aus. »Wir sitzen hier, als ob wir ein Gespenst gesehen hätten! Wir müssen etwas tun!«

»Was sollen wir tun?«

»Wir müssen herausfinden, wer sich als unser Bruder ausgibt. Ich glaube nicht, dass unsere Mutter fähig ist, zu solchen ... wie soll man das überhaupt nennen? ... Zu solchen Fangfragen. Wieso sollte sie uns derartig testen wollen?«

Onkel Djafar begann wütend eine weitere Orange zu schälen. Das Messer legte jetzt die zehnfache Wegstrecke zurück, als dafür eigentlich erforderlich gewesen wäre.

»Sie ahnt vielleicht etwas«, warf Cousine Leyla wieder ein, »das ist, glaub ich, der springende Punkt. Ihr Sohn meldet sich lange Zeit nicht mehr bei ihr. Sie ahnt, dass etwas nicht stimmt. Wahrscheinlich geht sie gar nicht vom Schlimmsten aus, dass er tot ist – sondern ... dass er vielleicht schwer krank ist und ihr verheimlicht es ihr.«

»Was heißt ihr?«, korrigierte ich Leyla. »Wir. Wir sind da alle daran beteiligt!«

»Ja, gut – wir!«

Das hatte es in unserer Familie bereits öfter gegeben. Diverse Krankheiten ihrer Kinder wurden ihr vorenthalten. Als Onkel Djafar eine Herzoperation hatte, wurde Måmånbosorg nicht informiert, um sie nicht zu beunruhigen. Sie konnte im fernen Amerika ohnehin nichts machen, um ihrem Sohn in Berlin zu helfen.

Tante Niloufars Nierenkolik blieb Måmånbosorg gegenüber ebenfalls unerwähnt, sowie Onkel Djamjids Blinddarmoperation.

Nicht nur Krankheiten fielen unter das unausgesprochene Schweigegelübde, auch finanzielle Schwierigkeiten, Ehe- oder Partnerprobleme, Depressionen, Hausverkäufe und Konkurse.

Die fünf Kinder erzählten ihrer Mutter eigentlich gar nichts über ihr Leben, um sie nicht zu beunruhigen. Vielleicht unterschätzten sie die alte Dame. Vielleicht war sie um einiges stärker, als sie es ihr zutrauten.

»Wir können davon ausgehen, dass sie von Dariush' Tod nichts weiß!«, sagte Tante Niloufar sehr überzeugt. »Wenn sie etwas davon gehört, wenn man ihr davon erzählt hätte, wäre sie auf der Stelle einem Herzinfarkt erlegen! Da bin ich mir so sicher, wie ... ich weiß nicht wie ... wie ... wie, dass Atome die kleinsten Teilchen der Materie sind!«

»Atome sind nicht die kleinsten Teilchen der Materie!«, sagte ich, »die heißen nur so!«

»Ich wollte jetzt nichts ›Islamisches‹ sagen!«, deutete sie in Richtung Mr. Vikram Rosenblatt.

»Oh nein, bitte! Wenn Sie wollen, dann rufen Sie einen Ihrer Heiligen oder wen auch immer an! Ich habe kein Problem damit! Rufen Sie laut irgendeinen Koranspruch aus, wenn Ihnen dann leichter ist, solange Sie sich dabei nicht in die Luft sprengen!«

»Dann bin ich mir so sicher, wie Mohammed Gottes Prophet und Ali der Imam aller Schiiten ist!«

Meine Cousine Leyla, mein Cousin Omid und ich

hatten in derselben Sekunde dieselbe Eingebung: Wie auf Kommando duckten wir uns und schützten mit den Händen unsere Gesichter, als ob unsere Tante Niloufar jeden Augenblick in die Luft gehen könnte.

Onkel Djamjid und Onkel Djafar lachten.

»Verzeihen Sie mir, dass ich mich noch einmal in Ihre Familienangelegenheit einmische!«

»Wenn Sie sich in unsere Familienangelegenheit einmischen müssen, Herr Rosenblatt, dann tun Sie es!«, sagte Tante Niloufar. »Im Gegenteil, ich bitte Sie sogar darum. Es ist ja in der Zwischenzeit auch Ihre Familie.«

»Ich danke Ihnen herzlich!«, antwortete er.

»... solange Sie nicht unsere Wohnungen mit Bulldozern dem Erdboden gleichmachen!« Den Witz von Tante Niloufar verstanden wir nicht auf Anhieb. Die Assoziation: Jude und Wohnungen von muslimischen Familien mit Bulldozern dem Erdboden gleichmachen, war nicht so stark wie: Muslim ruft den Propheten an und sprengt sich in die Luft. Deshalb dauerte es etwas länger bis alle lachten. Zuerst lachte Mr. Rosenblatt, dann lachten erst wir, was den Anschein erweckte, wir hätten uns nicht zu lachen getraut, falls dieser Witz Mr. Rosenblatt in seinen Gefühlen verletzt hätte. Ich möchte meine Leute nicht besser machen, als sie sind: Wir hätten bestimmt vor Mr. Rosenblatt gelacht, wenn wir den Witz schneller verstanden hätten.

»Wissen Sie!«, rief Mr. Rosenblatt aus, »trotz allen Ernstes, den die Lage hat – ich freue mich auf unsere Zusammenarbeit! Ich freue mich auf unser persischjüdisches Abenteuer! Ich denke, wir werden noch viel Spaß daran haben, uns gegenseitig zu beleidigen. Aber was ich sagen wollte: Seien Sie sich nicht so sicher, dass Ihre Mutter nichts weiß. Es gibt ein Band zwischen

Mutter und Kind, das mit rein irdischem Verstand nicht zu erklären ist. Mütter spüren etwas!«

»Mütter spüren gar nichts!«, widersprach Tante Niloufar. »Ich habe ihr vorgelogen, dass ich mich in Paris mit einem Mann treffe, worauf sie gesagt hat, das hätte sie gleich geahnt!«

»Vielleicht hat sie Sie angelogen, weil sie gespürt hat, dass Sie ein Geheimnis vor ihr haben. Vielleicht hat sie Sie absichtlich in dem Glauben gelassen, sie würde nichts ahnen!«

Vikram Rosenblatt klang sehr überzeugend.

»Glauben sie eigentlich an Gott, Mr. Rosenblatt?« Onkel Djamjids Frage kam unvermittelt und wirkte deplaziert. Vikram Rosenblatt jedoch hatte keinerlei Problem, sie zu beantworten, im Gegenteil, er gewann durch diese Frage an Souveränität.

»Kulturell bin ich Jude, ich liebe alles Jüdische, die Feiertage, die Mentalität, die Religion. Ich liebe den Gedanken, dass wir eigentlich darauf warten, dass der Messias kommt. Aber ich glaube nicht daran. Ich glaube, was mich meine Mutter zu glauben gelehrt hat. Ich glaube an die Reinkarnation und dass wir letztendlich das Nirvana anstreben. Die Seele sehnt sich danach, wiedergeboren zu werden, bis sie es schafft, den Zustand des reinen Potenzials auszuhalten, dann bleibt sie für immer und ewig im Nirvana.«

Mr. Rosenblatt erstaunte mich mehr und mehr. Er sagte diese Worte mit einer Klarheit, als ob er beschrieben hätte, wie eine Mikrowelle funktioniert. Er hatte keinen mystischen Ton. Er erzählte kein Geheimnis. Nein. Er sagte ganz einfach die Wahrheit. Zumindest wirkte es so.

Ich verspürte plötzlich eine unendliche Sehnsucht nach meinem Vater. Ich wünschte mir in diesem

Augenblick, Vikram Rosenblatt hätte recht und mein Vater würde wiederkommen. Er würde reinkarnieren. Irgendwann. Eines Tages. Ich wünschte mir, seine Existenz wäre nicht für immer ausgelöscht. Und plötzlich war ich meinem Vater sehr nah. So, als ob er im Zimmer anwesend wäre. Als ob er mich sehen könnte. Und dieses Gefühl war mir peinlich. Unendlich peinlich, denn ich bin ein aufgeklärter Mensch, der nicht an Geister und Seelen, die wiederkommen, glaubt. Wissen Sie, was ich glaube? Ich glaube, dass wir keinen Zweck haben in diesem Universum. Ich glaube, wir sollen unser Leben so gut wie möglich über die Runden bringen, niemandem was Böses tun, wenn es nicht sein muss, und dann am Ende möglichst schnell abtreten, ohne viel Tamtam. Ich glaube, dass wir am Ende spüren: »Oh Scheiße, jetzt ist es gleich aus!« Wir sehen vielleicht den Tunnel mit dem Licht am Ende oder den einen oder anderen Engel, oder wir sehen die Krankenschwestern, die versuchen uns wiederzubeleben aus der Vogelperspektive, weil uns unser Gehirn noch schnell das vorspielt, woran wir glauben, sozusagen wie ein letzter Traum im Hinübergleiten und dann ... dann wird es dunkel, dann geht der Fernseher aus. Mit dem Unterschied, dass wir nicht der Zuschauer, sondern der Fernseher sind. Dann spüren wir nichts mehr, wir spüren nicht einmal, dass wir nichts mehr spüren, weil wir nicht mehr existieren, und nicht einmal das kriegen wir mit.

Ich wurde traurig. Meine Gedanken gefielen mir gar nicht. Was war aus dem »Etwas« geworden, an das ich immer geglaubt hatte? Mein chices »Höheres Wesen« oder die coole halbwissenschaftliche »Energie, aus der alles entstanden ist«, von der die Physiker sagen, sie wäre vor dem Urknall so groß wie der Kopf einer Stecknadel gewesen, bevor aus ihr das Universum höchstselbst hervorging und immer noch hervorgeht? Wo war meine Sicherheit, mit der ich immer sagte: »Was kümmert es mich jetzt, was sein wird, wenn ich tot bin? Wenn es etwas danach gibt, werde ich es früh genug erfahren, und wenn es nichts gibt, dann gibt es eben nichts. Warum soll ich mir jetzt darüber Gedanken machen, was sein wird, wenn nichts ist?«

Diesen Satz hörte ich mich aufsagen, nachdem mich Vikram Rosenblatt gefragt hatte, woran ich denn glauben würde.

»Sehr schön, ein sehr schönes Zitat.«

»Bitte?«

»Das ist aus einem Film von Woody Allen!«, sagte er.

»Wirklich? Das ist eigentlich mein Spruch, den ich immer auf solch eine Frage vom Stapel lasse!« Ich versuchte, trotz meiner Traurigkeit lässig zu bleiben.

»Und glauben Sie das?«, fragte er mich.

Ich sah ihn verwirrt an, denn ich hatte nicht ganz mitbekommen, warum es jetzt auf einmal um meinen Glauben gehen sollte. Ich war verunsichert.

»Das Angenehme ist, dass Sie nichts glauben müssen, um wiedergeboren zu werden. Es ist an keinerlei Bedingungen gebunden, wie zum Beispiel die Auferstehung bei den Christen oder das Paradies bei den Muslimen! Ihre Seele kommt einfach wieder. Oder besser gesagt, Sie selbst entscheiden, wann und wo Sie wieder in unser Raum-Zeitkontinuum zurückkommen werden!«

Er betonte dies so, als gäbe es noch andere Universen, und sprach mit einer Selbstverständlichkeit von »unserem Raum-Zeit-Kontinuum« als einem von vielen, als ob er bereits mehrere andere Universen persönlich besucht hätte.

»Und letztendlich entscheiden Sie auch selbst, wann

Ihre Seele reif genug ist, um die Schönheit und Ruhe der Ewigkeit auszuhalten. Dann werden Sie kein Bedürfnis mehr verspüren zu reinkarnieren, dann verharren Sie für immer im Zustand des reinen Potenzials, dann sind Sie sozusagen zu Hause angekommen.«

»Ja, aber das gilt eben nur für Buddhisten oder was auch immer Sie sind!«, sagte Onkel Djamjid.

»Nein, wissen Sie, das schöne an meinem Glauben ist, dass das für alle Menschen gilt. Egal, ob sie irgendwelche Regeln befolgen oder ob sie an etwas glauben oder nicht. Ob sie Muslime, Buddhisten oder Christen oder sonst was sind.«

»Das heißt, uns als Muslime, die wir ja eigentlich keine wirklichen Muslime sind, weil wir wie die Ungläubigen leben – pfui Teufel –«, Tante Niloufar wurde immer fundamentalistischer, »erwartet dasselbe Schicksal nach dem Tod, wie die Buddhisten?«

»Ja, natürlich, wie alle Seelen, die ihre irdische Hülle verlassen oder gezwungen werden, sie zu verlassen«, antwortete Vikram Rosenblatt mit dem Timbre eines weisen alten Eremiten.

Für einen Moment waren wir alle glücklich, nicht mehr an den seltsamen Anrufer und die möglichen Folgen denken zu müssen. So beteiligte sich jeder eifrig an dieser Religionsstunde.

»Wenn es verschiedene Religionen gibt, vielleicht gibt es dann auch verschiedene Arten von Jenseitse oder Jenseiten, wie auch immer die Mehrzahl lauten müsste.«

Omids Theorie löste Erheiterung aus.

»Nein, ganz im Ernst, vielleicht gibt es einen Himmel für die Christen, einen für die Moslems und einen für die Juden!«

»Und was ist mit den Zeugen Jehovas?«, fragte ich.

»Oder den anderen Sekten? Den Mormonen, den

Scientologen? Was ist mit den Atheisten?«, erwiderte Cousine Leyla.

»Die kommen gemeinsam mit Rechtsanwälten und Finanzberatern in die Hölle!«

»Sie haben im Grunde nicht so Unrecht«, setzte Vikram Rosenblatt zu einem weiteren längeren Monolog an. »Man könnte sagen, es gäbe für jeden seinen eigenen Himmel. Denn im Moment des Todes spielt uns unser Unterbewusstsein genau das vor, woran wir tief drinnen glauben. Das heißt, Sie sehen Jesus Christus, der Ihnen die Hand reicht, oder Sie sehen Engel, die Ihnen sagen, dass Sie zu Gott geführt werden. Manche Menschen sehen ihre nächsten Verwandten, die vor ihnen gestorben sind. Manche sehen einfach nur dieses Licht, das sie anzieht. Eben je nachdem, woran man glaubt.«

»Und was sehen dann die Atheisten?«, beharrte Onkel Djafar, nicht ohne sich ein wenig vor der Antwort zu fürchten.

»Schwarz. Nichts. Die erleben eine Art Ohnmacht – ein Blackout. Wenn Sie tief drinnen wirklich glauben, dass es nach dem Tod zu Ende ist, dann wird es das auch sein. Dann wird Ihnen Ihr Unterbewusstsein vorspielen, dass Sie nicht mehr existieren. Solange, bis Ihre Seele bemerkt, dass es sich um einen Irrtum handelt.«

»Und dann kommen die Engel oder das Licht?«, Onkel Djafar schien wieder etwas beruhigt.

»Nein. Denn auch die Engel, das Licht, Jesus Christus oder Gott selbst sind ein Irrtum. Auch die Seele der Gläubigen wird erkennen, dass sie einer Illusion aufgesessen ist, dass ihr das Unterbewusstsein etwas vorgespielt hat.«

»Und dann?«, Omid war bis aufs Äußerste gespannt.

»Dann erkennt die Seele, dass sie sich im Zustand des reinen Potenzials befindet. Dass sie alle Möglichkeiten hat, dass sie verweilen oder sich wieder materiell manifestieren kann.«

»Wie lange hat sie dazu Zeit?«, fragte ich, denn ich wollte wissen, ab wann ich mit meinem Vater im Körper eines neuen Menschen rechnen müsse. Mich beherrschte der unangenehme Gedanke, mein Vater könnte eventuell im Körper meines zukünftigen Kindes wiedergeboren werden, um sich für alles, was ich ihm als Kind angetan habe, zu rächen.

»Dort, wo die Seele dann ist, gibt es keine Zeit und keinen Raum. Es gibt keinen Anfang und kein Ende.«

»Also die Ewigkeit?«, fragte Onkel Djafar wieder mit etwas Sorge in der Stimme, weil er nicht im Stande war, sich etwas vorzustellen, das kein Ende und keinen Anfang hat. Aber wer kann das schon!

Vikram Rosenblatt kann das: »Nein, nicht die Ewigkeit! Ewigkeit würde ja bedeuten, dass etwas dauert, nämlich ewig. Aber dort, wo die Seele ist, dort gibt es keine Zeit, und wenn es keine Zeit gibt, kann auch nichts dauern.«

Ich musste unserem jüdisch-indischen Guru innerlich widersprechen, da mir schon sehr früh in meinem Leben aufgefallen war, dass die Dinge immer dann sogar besonders lang dauern, wenn es für sie überhaupt keine Zeit gibt. Ich wollte aber seine Predigt nicht unterbrechen.

»Dort kann nichts dauern!«, wiederholte er wieder mit dieser Selbstverständlichkeit in der Stimme, als würde er über die Reparatur eines Autos sprechen. »Dort kann nur etwas sein. Dort gibt es nur alle Möglichkeiten, also das reine Potenzial!«

»Aber Moment!«, warf Onkel Djamjid ein. »Ein islamischer Selbstmordattentäter, der sich in die Luft gesprengt hat, kommt dann also in sein Paradies, das

man ihm versprochen hat, weil es ihm sein Unterbewusstsein vorspielt?«

»Ja!«

»Und dann erscheinen die 72 Jungfrauen!«

»Wenn er daran glaubt!«

»Und nach einer gewissen Zeit kommt er drauf, dass
seine Seele im Nichts ist und die Jungfrauen gibt es gar
nicht!«

»Ja, natürlich!«

»Gut. Sehr gut!«, Onkel Djamjid war zufrieden.

»Ich hab nie verstanden, warum das neun Jungfrauen
sein müssen!«, sagte Onkel Djafar.

»Dir ist schon klar, dass das eine sexuelle Anspielung
ist!«, sagte Tante Niloufar verständnislos.

»Ja! Eben! Drum sind ja Jungfrauen sinnlos. Wenn es
sich um eine sexuelle Belohnung handelt, dann müssten
es doch 72 Prostituierte sein und keine Anfängerinnen.
Oder würden Sie einen Segelturn mit 72 Leuten machen,
die noch nie auf hoher See waren?« Onkel Djafar meinte
das aus tiefstem Herzen.

»Wer kann sich 72 Prostituierte leisten«, sagte Onkel
Djamjid seufzend.

Ich wusste nicht recht, was ich mit der Theorie von
Mr. Rosenblatt anfangen sollte. Einerseits ein beruhi-
gender Gedanke, dass man wiederkommen kann, wenn
man das möchte – andererseits, warum kann man sich
an seine Vorleben nicht erinnern und überhaupt! Was
soll das eigentlich? Warum lassen wir uns da von einem
Schauspieler das Jenseits erklären?

»Haben Sie einmal einen Priester oder so was
gespielt?«, fragte ich Mr. Rosenblatt, während Onkel
Djamjid von der Couch aufstand und in Richtung Vorzimmer ging.

»Nein, aber ich habe meiner indischen Großmutter

sehr gerne zugehört!« Offensichtlich war ihm meine Skepsis nicht entgangen. Ich hatte eine Reihe von Fragen, die ich Mr. Rosenblatt gerne gestellt hätte. Aber mir schien der Zeitpunkt nicht geeignet. An meinem vierzigsten Geburtstag bin ich nämlich aufgewacht und habe noch vor dem Frühstück zum ersten Mal Angst vor dem Tod gehabt. Diese Angst kommt seither in Schüben immer wieder.

Mr. Rosenblatt strahlte eine so große Weisheit und Ruhe aus, wenn er über das Leben nach dem Tod sprach, sodass ich gerne mit ihm alleine gewesen wäre, um meine Fragen stellen zu können. Wenn es nämlich tatsächlich so ist, dass die Seele nach dem Tod in den Zustand des reinen Potenzials übergeht und wenn es dort Raum und Zeit nicht gibt, dann müsste das doch bedeuten, dass, während man auf die nächste Reinkarnation wartet, zwar dort wo man ist keine Zeit vergeht, sehr wohl aber in »unserem« Universum. Wenn ich also nach einer gewissen Zeit, die »hier« vergangen ist, aus der anderen Welt wiederkomme, dann ist ja indirekt auch in der anderen Welt Zeit vergangen, gemessen an der Zeit, die in »unserem« Universum vergangen ist. Wenn aber »drüben« relativ zu uns keine Zeit vergeht, dann müsste es möglich sein, in jeder beliebigen Epoche der Menschheitsgeschichte zu reinkarnieren. Das heißt, meine Seele könnte auch beschließen, zum Beispiel im Jahre 1322 wiedergeboren zu werden? Von dieser Möglichkeit habe ich allerdings noch nie etwas gehört. Ich überlegte, ob ich Vikram Rosenblatt mit dieser Frage konfrontieren sollte, während sich Onkel Djamjid in Richtung Vorzimmer davon machte. Er war auf dem Weg zur Toilette. Als er an der Garderobe vorbeikam, sah er sein Handy in seiner Sakkotasche vibrieren. Er hatte es auf lautlos gestellt. Er griff danach und sah

auf dem Display eine Telefonnummer mit der Länder-
kennzahl 44. Er kannte die Nummer nicht. Er nahm das
Gespräch an.

»Hallo!«

»Hi! *Salaam, Ghorbunet beram! Man barådaretam!* Ich
bin es, dein Bruder Dariush! Was machst du, wo treibst
du dich herum?«

»Hallo? Wer spricht da?«

»Ich bin es, Dariush aus Wien! Ach ja, danke, dass du
an meinem Begräbnis dieses nette Gedicht gelesen hast!«

Onkel Djamjid wurde schwindlig. Er spürte einen
Druck auf seiner Brust und hatte das Gefühl, sich übergeben zu müssen. Eine Hundertstelsekunde später über-
kam ihn das ebenso unwillkürliche Bedürfnis, seinem
anderen Bruder, dem aus New York, eine schallende
Ohrfeige zu geben.

Onkel Fereydoun saß zu diesem Zeitpunkt in Unter-
hose und mit offenem Hemd auf der Bettkante im
Schlafzimmer einer kleinen Zweizimmerwohnung
in Harrow On The Hills, einem Bezirk Londons. Er
wollte ursprünglich einen gemächlichen Nachmittag
verbringen, alleine mit sich und seinen Gedanken,
was nach wenigen Minuten dazu geführt hatte, dass
er in das kleine Café am Leicester Square, in dem er
am Vorabend mit Tante Agathe gewesen war, zurückkehrte, um nach der indischen Kellnerin Ausschau zu
halten. Als er das Lokal betrat, kam sie ihm gerade
entgegen, bereits in Privatkleidung. Sie war kurz vor-
beigekommen, um im Büro mit dem Manager ihre
Papier in Ordnung zu bringen, und war wieder am
Weg nach Hause.

Onkel Fereydoun hielt ihr die Türe auf mit den Worten: »Schade, jetzt muss ich doch einfach nur einen Tee trinken. Dabei hatte ich gehofft, wir würden einander kennen lernen und einen wunderschönen Abend haben.«

Seine Methode war immer der direkte Angriff gewesen. Wäre er gestern nicht von der Polizei verhört worden und hätte er dadurch nicht etwas an Selbstbewusstsein eingebüßt, hätte er wahrscheinlich sogar noch »der in einer aufregenden Nacht mündet« hinzugefügt. Onkel Fereydoun war ein Mann von der Sorte, die sich davon leiten lässt, dass eine von zehn Frauen auf das direkt ausgesprochene Angebot zum Geschlechtsverkehr positiv reagiert.

Seine Worte an die indische Kellnerin verfehlten ihre Wirkung durchaus nicht. Die Nummer zehn blieb stehen, sah Onkel Fereydoun mit großen wunderschönen dunklen Augen an und sagte zu ihm: »Sie sind mir gestern schon aufgefallen.«

»Wie schön!«

»Ich hatte gehofft, Sie würden mich ansprechen …!«

»Sehen Sie, so schnell ist Ihr Traum in Erfüllung gegangen.«

»Dann hätte ich Ihnen nämlich gestern schon sagen können, dass ich es unerträglich finde, wenn mir ein Mann in Ihrem Alter, während er sich mit seiner Frau in einem Lokal befindet, ununterbrochen auf den Hintern starrt. Sie sind ein widerlicher alter Mann!«

Onkel Fereydoun konnte diese Antwort nicht gleich auswerten. Er hielt es immer noch für möglich, dass sie im Grunde bedeutete, die junge Kellnerin würde mit ihm ins Bett gehen, sie wolle nur vorher klarstellen, dass sie eigentlich so etwas moralisch verwerflich findet. Es war noch kein eindeutiges »Nein«, zumindest nicht für Onkel Fereydoun.

»Schämen Sie sich! Sie könnten mein Großvater sein!«, sagte die Kellnerin scharf und verließ das Lokal.

Onkel Fereydoun sah ihr verdattert nach und rief dann: »Das heißt, Sie wollen den Abend nicht mit mir verbringen!?«

Obwohl sie diesen Satz gehört hatte, drehte sich die Kellnerin nicht mehr um, sondern schritt entschieden in Richtung U-Bahn Station Leicester Square.

Diese Niederlage hatte zur Folge, dass Onkel Fereydoun sich bereits am Nachmittag betrank. Er begann in einem der vielen Pubs zwischen Leicester Square und Oxford Street mit einigen Glas Guinness Bier, um später auf Guinness Bier und Whiskey umzusteigen. Weitere zwei Stunden später war er bereits mit einem ebenfalls schwer betrunkenen englischen Studenten innigst befreundet, der ihn in ein Lokal in der Nähe des Towers mitnahm, in dem sich Jugendliche trafen, um illegale Drogen, allen voran Marihuana, zu konsumieren, was Onkel Fereydoun sehr begrüßte. Er erzählte ihm die ganze Geschichte vom Tod seines Bruders und von der Sorge um seine Mutter, was den jungen Studenten zu Tränen rührte. Onkel Fereydoun erkundigte sich bei ihm, wie denn die Sache mit der Prostitution in London so funktioniere. Er wäre Amerikaner und man hörte in Amerika immer wieder, dass Europa in dieser Hinsicht viel liberaler wäre. In Amerika ist es in allen Bundesstaaten, außer in Nevada verboten. Wie es dann genau passierte, dass er in Harrow On The Hills im Bett einer rumänischen Einwanderin mittleren Alters landete, konnte er nicht mehr detailgetreu nachvollziehen, aber der Student war an der Vermittlung maßgeblich beteiligt gewesen. Die Rumänin, eine nette aber nicht besonders hübsche Person, riet Onkel Fereydoun, sich zuerst mit etwas Kaffee wieder auf Vordermann zu bringen. Auch das eine oder andere Glas Wasser, meinte sie, könne ihm nicht schaden. Sie brachte ihm beides ans Bett, als er gerade verzweifelt versuchte, sich seiner Kleidung zu entledigen, was sich durch die Einwirkung des Alkohols und des THCs als unmöglich herausstellte.

»Woher kommen Sie? Sie sehen nicht sehr englisch aus!«, stammelte Onkel Fereydoun.

»Ich bin Rumänin. Und woher kommen Sie? Sie sehen nicht einmal sehr europäisch aus«, antwortete sie.

»Ich komme aus der ältesten Zivilisation der Welt!«, versuchte er stolz zu sagen. In seinem Zustand klang es jedoch nicht sehr überzeugend.

»Sie sehen aber nicht sehr chinesisch aus!«, sagte die Rumänin mit einem süffisanten Lächeln.

»Wenn Sie mich noch einmal als Chinesen bezeichnen, melde ich Sie der Einwanderungsbehörde …!«, wurde Onkel Fereydoun zornig, was jedoch eher nach Verzweiflung klang.

»Lassen Sie sich von mir nicht auf den Arm nehmen. Man hört doch an Ihrem Akzent, dass Sie Perser sind!«

Die Rumänin erzählte Onkel Fereydoun von ihrem persischen Ex-Mann, einem englischen Staatsbürger, den sie heiratete, um eine Aufenthaltsgenehmigung zu bekommen. Er habe sie in einem Bordell in Deutschland kennen gelernt, sich in sie verliebt und ihr einen Heiratsantrag gemacht. Sie habe ihm klargemacht, dass es für sie nur einen einzigen Grund gäbe, seine Frau zu werden – die Aufenthaltsgenehmigung. Er fand den Grund hinreißend und sie wurden Mann und Frau. Zwei Jahre später ließ er sich scheiden.

»Er wollte dann doch geliebt werden. Aber er war ein netter Kerl. Ein anständiger Mensch. Kein so ein Moslem. Er war ein Parse.«

Das Wort »Parse« löste plötzlich in Onkel Fereydoun

eine Kette von Assoziationen aus, die ihn mit einem Schlag zwar nicht nüchtern werden, so doch klar denken ließen.

Die Parsen. Das ewige Feuer des Zarathustra. Der Gott Ahura Mazda. Sein Prophet Zarathustra. Die Avesta, die Sammlung der Sprüche dieses Propheten. Dass wir Menschen alle Engel seien, die auf die Erde geschickt werden, um gegen das Böse, gegen Ahriman zu kämpfen. Der heiße Nachmittag im Haus seiner Eltern, als er und mein Vater, sie waren damals 19 und 17 Jahre alt, auf dem Flachdach bei den Tauben saßen und dem Mädchen zuhörten, das von seiner Religion erzählte, die anders war als alles bisher gehörte. Soheila, die junge Parsin, die mit ihren Eltern drei Häuser weiter lebte, in die sich mein Vater verliebt hatte, damals mit 17 Jahren, kurze Zeit, bevor man ihn nach Europa schickte, um hier zur Schule zu gehen. Sie erzählte an diesem Nachmittag von ihrer Familie und ihrem Glauben. Sie war keine Muslimin, sie war eine Parsin, etwas Geheimnisvolles. Sie hatte wunderschöne Augen, schwarzes Haar, und sie war 16 Jahre alt. Mein Vater hatte mit ihr die nächsten Tage verbracht, gegen den Willen seiner Eltern, denen er erzählte, er wäre bei Hamid. Hamid, der beste Freund von Onkel Fereydoun und meinem Vater. Seine Mutter schöpfte Verdacht und rief eines Nachmittags bei diesem Freund an. Onkel Fereydoun war zufällig anwesend. Seine Mutter wollte Dariush sprechen und Onkel Fereydoun deutete dem Freund, er solle ihm das Telefon reichen. Er sprach mit der Stimme seines Bruders zu seiner Mutter. Sie merkte nichts von dem Betrug.

Onkel Fereydoun machte ein Gesicht, als hätte soeben ein Komet eingeschlagen. Den Mund weit offen, die Augen aufgerissen.

Die Rumänin zog sich aus und stellte sich vor Onkel Fereydoun in Positur.

»Du kannst meine Brüste und meinen Hals angreifen, wenn du mich fickst. Das Gesicht und der Mund sind tabu. Keine Küsse. Keine Hände!«

»Ich kann die Stimme meines toten Bruders nachmachen ...!« Mit dem Ton der Erkenntnis in der Stimme, den Sir Isaac Newton einige Jahrhunderte zuvor, zwölf Kilometer weiter westlich, ebenfalls in der Stimme hatte, als ihm klar wurde, dass die Erde eine Anziehungskraft besitzt, sagte Onkel Fereydoun: »Ich kann die Stimme meines toten Bruders nachmachen!«

Die Rumänin sagte, während sie sich nackt vor Onkel Fereydoun hinkniete und ihm seinen Gürtel öffnete: »Klar! Wenn dich das geil macht!«

※

»Bist du wahnsinnig!«, brüllte Onkel Djamjid in sein Telefon. »Was, wenn sie das gemerkt hat? Wenn sie dich erkannt hat?«

»Sie hat mich nicht erkannt! Sie hat gedacht, ich bin Dariush, so wie damals!«

Onkel Djamjid konnte nicht fassen, wie dumm sein ältester Bruder war. Offensichtlich war ihm nicht klar, was damals vor sich gegangen war.

»Weißt du denn nicht, dass Måmån Dariush nach Europa geschickt hat wegen dieser Geschichte?«, sagte er vorwurfsvoll.

»Wieso? Sie haben ihn nach Europa geschickt, um zu studieren, wie uns alle!«

»Nein! Ja, natürlich. Auch. Als Vorwand. Aber der eigentliche Grund war, damit er dieses Mädchen nicht schwängert. Erinnere dich doch! Wie hat sie überhaupt geheißen ...?«

»Soheila!«

»Ja, richtig! Soheila! Die haben doch die beiden damals erwischt, wie sie miteinander – wie soll ich sagen ...?«

»Sie haben miteinander geschlafen?«

»So genau weiß ich das nicht!«, Onkel Djamjid waren derartige Geschichten äußerst unangenehm. »Jedenfalls haben sie die beiden erwischt und Dariush und Soheila haben gesagt, sie werden heiraten, weil sie sich lieben. Daraufhin haben sie Dariush nach Europa geschickt, damit er keinen Scheiß anstellt!«

»Ja, aber was hat das damit zu tun, dass ich Måmån ausgetrickst habe.«

»Du hast sie nicht ausgetrickst! Sie hat doch gemerkt, dass du das warst!«

»Nein, so ein Schwachsinn!«

»Hör mal, wo bist du überhaupt? Der Schauspieler ist da. Er macht es übrigens.«

»Ich bin bei einem Bekannten!«, log Onkel Fereydoun. Es war unmöglich, vor einem Bruder den Besuch bei einer Prostituierten zuzugeben.

»Du hast Bekannte in London?«, fragte Onkel Djamjid.

»Ein Rechtsanwalt. Netter Kerl. Perser!«

»Wieso hast du den gestern nicht angerufen, als wir im Gefängnis gesessen sind?«

»Er war auf Urlaub. Ist erst gestern zurückgekommen.«

»Sag einmal, bist du betrunken?«

»Nein, ich bin bekifft!«

Damit beendete Onkel Fereydoun das Gespräch und unterbrach die Leitung. Onkel Djamjid kehrte ins Wohnzimmer zurück und unterrichtete uns von den näheren Umständen des mysteriösen Telefonats. Erleichterung machte sich breit. Es war also kein Test von Måmånbosorg, sie wusste nichts. Dass er insgeheim überzeugt war, dass Måmånbosorg ihren Söhnen auf die Schliche gekommen war, weil sie die Stimme ihres ältesten Sohnes trotz der perfekten Verstellung erkannt hatte, verheimlichte uns Onkel Djamjid in der Hoffnung, diesmal könnte der Trick erfolgreicher gewesen sein.

Nachdem klar war, wer meine Großmutter angerufen hatte, verlief der weitere Abend viel ruhiger und ohne jede Nervosität. Wir spürten sogar eine eigenartig vertraute Verbundenheit mit Mr. Rosenblatt. Es fühlte sich an, als ob wir das erste Abenteuer bereits bestanden hätten. Die Atmosphäre war gelockert, die Frage des Lebens nach dem Tod spielte keine so große Rolle mehr, was ich persönlich sehr bedauerte.

Onkel Djamjid ließ es sich nicht nehmen, Mr. Rosenblatt dann doch noch seine Liste kultureller Errungenschaften vorzutragen. Was Mr. Rosenblatt am meisten beeindruckte, war die Tatsache, dass die Perser angeblich den Alkohol erfunden haben.

»Erfunden, und dann auch gleich verboten!«, sagte meine Cousine Leyla.

»Wissen Sie, was das Nationalgetränk der Perser ist?«, fragte Onkel Djamjid.

»Dieses Joghurtgetränk, nehme ich an ... wie bei uns Indern. Nur ist eures salzig und unseres mit Mangosaft gesüßt!«

Das witzigste an Vikram Rosenblatt war, dass er einmal »wir Juden« und das andere Mal »wir Inder« sagte, besonders gerne jedoch »wir Engländer.« Ich beneidete diesen Mann. Mir blieb bloß die Wahl zwischen »wir Perser« und »wir Österreicher«.

»Sie meinen das *Dough*, so wie das *Ayran* bei den Türken«, sagte Onkel Djamjid.

»Das auch. Aber das wirkliche Nationalgetränk der

Perser ist der Wodka. Man kann sich einen Perser ohne Wodka eigentlich gar nicht vorstellen.«

»Ich dachte, Alkohol ist im Iran verboten!?«, fragte Mr. Rosenblatt erstaunt.

»Ja, ja, ist er auch. Seit der Revolution. Ich spreche von den Persern vor der Revolution. Von den richtigen Persern! Nicht von denen, deren Kultur durch das Regime der Mullahs beschnitten wurde!«

»So kann man das nicht sagen!«, empörte sich Tante Niloufar. »Natürlich sind die Menschen, die heute noch im Iran leben, richtige Perser. Was soll denn das!? Die islamische Kultur ist doch wesentlicher Bestandteil der persischen Identität!«

»Ja, schon, aber die persische Kultur ist um einiges älter als der Islam. Wir dürfen nicht vergessen, dass der Islam von den Arabern gewaltsam in den Iran gebracht wurde. Wir hatten bereits unsere Religion. Wie ich vorhin schon aus meiner Liste vorgetragen habe: der erste Eingottglaube der Menschheitsgeschichte, und dann kamen die Araber und zwangen uns ihren Glauben auf. Ich bin ein gläubiger Muslim, wirklich, aber als stolzer Perser kann ich nicht vergessen, dass unsere Zivilisation lange vor den Arabern bestanden hat! Und die Islamische Republik will alles, was an die Zeit vor dem Islam erinnert, auslöschen. Für diese Leute gibt es nur den Islam und sonst nichts!«

»So schlimm ist es in Persien auch wieder nicht!«, mischte sich Onkel Djafar ein. »Es ist einerseits alles islamisch, andererseits machen die Leute zu Hause sowieso, was sie wollen. Glauben Sie, es gibt irgendeinen amerikanischen Film, den man im Iran nicht sehen kann? Oder irgendeine amerikanische Fernsehserie, die nicht über Satellit empfangen wird? Illegal natürlich. Es kann Ihnen passieren, dass Kontrolleure von den

Pasderan, den Revolutionsgarden, vor der Tür stehen und die Satellitenschüssel abmontieren.«

»Man bekommt alles auf dem Schwarzmarkt«, ergänzte Tante Niloufar, »amerikanische DVDs, CDs, jede Art von Literatur. Alles. Auch Alkohol.«

»Unser Onkel Parvis zum Beispiel. Er ist nach der Revolution im Iran geblieben. Er liebt amerikanische Autos und Whiskey. Ein Cousin, der ihn vor einigen Jahren im Iran besucht hat, hat mir erzählt, dass ihm Dâi Parvis stolz seine Whiskeysammlung gezeigt hat. Er hat einen versteckten Schrank geöffnet und jede Flasche einzeln kommentiert.«

Onkel Djafar stand von seinem Platz auf und begann pantomimisch Dâi Parvis darzustellen, wie er die Flaschen Whiskey aus dem Schrank nimmt und der Reihe nach stolz erklärt, wie hoch die Strafe ist, wenn ihn die *Pasderan* damit erwischen.

»Amerikan Bourbon – zwanzig Peitschenhiebe. Glenfiddich – drei Tage Gefängnis, Lagavulin – Todesstrafe!«

Bei dem Wort Todesstrafe lächelte Onkel Djafar verschmitzt.

Onkel Djamjid meinte dann noch, dass es keine besonders große Kulturleistung eines Volkes sei, auf dem Schwarzmarkt amerikanische Filme zu kaufen. Er meinte, der Iran sei seit der Revolution ein kulturelles Vakuum und das einzige, worauf man sich mit Stolz berufen könne, wäre die Vergangenheit.

»Wir haben mit diesen Menschen dort unten nichts mehr zu tun. Nicht, weil wir es nicht wollen oder weil wir etwas Besseres sind, nein. Der Iran, von dem wir sprechen, an den wir uns hier in der Emigration erinnern, das ist ein anderes Land als der Iran, den es heute gibt.« Onkel Djamjid wirkte sehr traurig, als er diesen Satz sagte.

Dann aber erhellte sich sein Gemüt mit einem Mal. Er warf einen kleinen Blick auf seine Liste persischer Errungenschaften und sagte: »Die westliche Welt stünde arm da, wenn es die persische Kultur nicht gäbe. Wissen Sie zum Beispiel, dass sogar die Heiligen drei Könige Perser waren?«

Vikram Rosenblatt war amüsiert.

»Sie meinen *die* Heiligen drei Könige?«

»Ja!«

»Die sind doch eine Erfindung der Christen, damit sie ihren Jesus als Messias hinstellen können!«

»Nein, nein! Die gab es wirklich und es waren Perser. Zur Zeit von Jesus' Geburt ...«

Ich merkte, dass Vikram Rosenblatt langsam etwas ungehalten wurde, und hoffte, dass Onkel Djamjid jetzt nicht auch noch Jesus, Maria und Josef zu einer persischen Familie machen würde: mit einem berühmten Teppichgeschäft in Nazareth.

»Zu der Zeit von Jesus' Geburt, als dieser Komet auftauchte, war im Iran der Zoroastrismus die Staatsreligion. Und Zarathustra war der erste, der die Ankunft eines Messias, eines Erlösers, voraussagte. Er sollte den Namen Soshyant tragen. Zarathustra predigte eigentlich bereits alles, was später die Christen predigten: Der Glaube an Engel und Erzengel, das Jüngste Gericht, die Wiederauferstehung der Toten, Belohnung und Bestrafung durch göttliche Gerechtigkeit, die Vorstellung von Hölle, Fegefeuer und Paradies, die Vernichtung des Bösen und die Erneuerung der Welt am Ende der Tage und eben die Ankunft des Retters, des Erlösers Soshyant. Und dessen Ankunft, so predigte Zarathustra, werde durch einen Stern angezeigt. Deshalb suchten jahrhundertelang zoroastrische Priester den Himmel nach diesem Zeichen ab. Sie errichteten in der persischen Stadt

Sistan einen besonderen Tempel für die Suche nach dem Himmelskörper. Im Jahre Null nach christlicher Zeitrechnung erschien tatsächlich ein Stern über Sistan und drei Priester folgten ihm Richtung Westen bis nach Bethlehem, um den Messias willkommen zu heißen.«

Wir waren von Onkel Djamjids Monolog sehr beeindruckt, vor allem mein Cousin Omid.

»Was für eine großartige Komödie! Die Heiligen Drei Könige sind Perser!«

»Philosophisch-historisch sehr interessant!«, sagte ich mit einem Blick auf Vikram Rosenblatt, der allmählich von der Großartigkeit der persischen Kultur genug hatte.

»Aber ich glaube nicht, dass das so eins zu eins stimmt, also, wie soll ich sagen ... wenn die Heiligen drei Könige wirklich Perser gewesen wären, dann wären sie erstens zu spät gekommen und hätten zweitens nicht Weihrauch, Gold und Mhyrre mitgebracht, sondern Opium, Pistazien und einen Mercedes!«

Wir lachten, nur Onkel Djamjid blickte etwas säuerlich drein.

»Nein, nein!«, sagte Onkel Djafar »Wenn es Perser gewesen wären, dann hätten sie den Weihrauch selber geraucht, mit dem Gold ein Businessclass-Ticket gekauft und die Mhyrre hätten sie um minus siebzig Prozent an Josef verkauft!«

»Auf jeden Fall waren es keine Juden!«, sagte Vikram Rosenblatt. Er schien an dem Spiel, das sich da entwickelte, ebenfalls Gefallen zu finden: »Sonst hätten sie zu Josef gesagt, er soll sich von Maria, der Schikse, nicht einreden lassen, dass das Kind vom Heiligen Geist ist, und dann hätten sie ihm das Gold für die Scheidung geliehen und Prozente genommen!«

Wir lachten, blickten einander erwartungsvoll an und

alle warteten auf eine neue Runde Völkerpsychologie. Nach einer Weile sagte ich: »Entschuldigen Sie, wann kommen die nächsten Heiligen drei Könige?«

Wir lachten, dann stieg Onkel Djafar in die Runde ein: »Wenn die Heiligen drei Könige Deutsche gewesen wären, dann hätten sie Jesus eine Pensionsversicherung aufgeschwatzt, das Gold in den ehemaligen Osten investiert und Weihrauch und Mhyrre verboten!«

»Gott sei Dank waren die Heiligen drei Könige keine Türken!«, rief Cousine Leyla, »sonst hätten sie die Krippe gestohlen und aus dem Stall zu Bethlehem eine Döner Bude gemacht!«

»Wären es Amerikaner gewesen, hätten sie Bethlehem bombardiert und dann Jesus beim Wiederaufbau geholfen!«, sagte Tante Niloufar.

Wir blödelten noch eine Weile weiter, bis es keine Steigerung mehr gab und sich die Ideen zu wiederholen begannen. Gegen 23 Uhr verabschiedeten wir Mr. Rosenblatt, nachdem wir noch alle Details der weiteren Vorgangsweise besprochen hatten. Er werde einen Persischkurs machen, um das Nötigste zu erlernen. Dann, wenn es zur Konfrontation mit Måmånbosorg kommen würde, sah der Plan eine schwere Grippe seinerseits vor, die zu starker Heiserkeit führen würde. Aus Rücksicht würde er nicht viel sprechen müssen, sodass sein lückenhaftes Persisch nicht auffallen würde. Zunächst sollte es aber zwei Wochen Probenzeit in Wien geben, in der ersten Woche nur mit Cousin Omid als Regisseur. In der zweiten Woche würden Tante Niloufar, Onkel Djamjid, Onkel Fereydoun und Cosuine Leyla dazu stoßen. Dann würden wir gemeinsam *Nowrouz* feiern und zwei Tage danach würde »mein Vater« einen Anruf erhalten, dass er dringend nach Tirol müsse, da eine Kundschaft sofort mehrere Teppiche kaufen möchte, ein Notfall sozusagen. Er könnte also den Rest der Zeit »in Tirol« verbringen und am Abend vor der Abreise von Måmånbosorg zurückkommen, mit einer noch schlimmeren Grippe und völlig ohne Stimme.

»Wir alle begleiten Måmånbosorg auf den Flughafen. Sie fliegt mit Onkel Djamjid und Omid weiter nach Schweden und die Sache ist erledigt. So einfach ist das!«, fasste Tante Nilafour zusammen, was sich plötzlich wie von selbst ergab.

»Na also, warum nicht gleich?!«, seufzten wir im Chor.

Ich begleitete »meinen Vater« zur Tür, bedankte mich für sein Erscheinen und seine Zusage. Er bedankte sich für den netten Abend und die großzügige Gage, die wir zu zahlen bereit waren. »Machen Sie sich nichts draus, es bleibt ja sozusagen in der Familie«, versuchte er einen Scherz zum Abschied.

Mir lag noch diese eine Frage über das Reinkarnieren und das Ewige Leben auf der Zunge. Ich wusste nicht recht, wie ich jetzt noch schnell darauf zurückkommen sollte: »Ach ja, und danke für die Lektion in Sachen Wiedergeburt!«

»Sehr gerne!«, sagte er. Dann blieb er auf der untersten Stufe stehen, klopfte mir jovial auf die Schulter und flüsterte: »Haben Sie bemerkt, wie alle an meinen Lippen gehangen sind und dachten, ich wäre ein Guru, der ihnen den Weg zum Ewigen Leben zeigen kann?«

»Oh ja. Sie haben uns mit Ihrem Glauben sehr beeindruckt!«

»So ein Schwachsinn! Was für ein Glaube? Ich habe einfach irgendwas erzählt, was ich aus diversen Artikeln und Büchern zusammengetragen habe. Aber sie haben mir alle geglaubt! Ich habe die Probe bestanden!«, frohlockte er. »Ich habe den Hund dazu gebracht, aufzustehen! So schwer ist das gar nicht.«

311

Happy Nowrouz

Måmånbosorg und Tante Niloufar bestiegen am
11. März in Boston das Flugzeug nach Wien.
Sie hatten eine Zwischenlandung in Frankfurt
und trafen gegen zehn Uhr vormittags am Flughafen
Wien-Schwechat ein.

Måmånbosorg hasste es zu reisen. Sie liebte es, in
ihrer gewohnten Umgebung zu sein. Reisen war ihr
immer sehr beschwerlich gewesen. Allerdings reiste sie
im Laufe ihres Lebens sehr viel und war öfter unterwegs
als es ihr lieb war.

Sie bereiste Europa des Öfteren, um ihren Sohn
Dariush oder um mit ihrem damaligen Mann, unserem
Stiefgroßvater, dessen Kinder aus erster Ehe in England
zu besuchen. Unser Stiefgroßvater wiederum reiste sehr
gerne. Er besuchte mit Måmånbosorg noble Hotels in
London, Berlin, Hamburg, Paris.

Stiefgroßvater war ein sehr reicher Mann. Er war
Architekt gewesen und arbeitete die letzten Jahre seines
Lebens daran, im Auftrag der Kaiserin Farah Diba im
ganzen Iran Spitäler zu errichten. Er starb ein Jahr vor
der Revolution und unsere Großmutter konnte keinen
Cent von ihrem gemeinsamen Vermögen nach Europa
retten. Die Mullahs waren der Meinung, das Geld gehöre
Allah und der Islamischen Republik.

Im Gegensatz zu ihrem Mann sprach Måmånbosorg
kein Wort Englisch noch sonst irgendeine Sprache, abgesehen von Farsi. So war es ihr immer sehr angenehm, in

312

seiner Begleitung zu reisen. Sie war 25 Jahre alt gewesen, als er sie mitsamt ihren fünf Kindern heiratete. Mit seinem Reichtum zeigte er ihr eine Welt, die sie bis zu diesem Zeitpunkt nicht gekannt, oder besser gesagt, nicht wahrgenommen hatte. Die Ehe mit unserem Großvater Abbas Ansari, die sie von ihrem zwölften Lebensjahr bis zu dessen Tod in ihrem 24. Lebensjahr führte, war für sie wie eine Schule, eine Ausbildung, wie sie es selbst bezeichnete. »Seine Familie«, sagte sie, »brachte mir bei, wie man eine gute Hausfrau, Köchin und Mutter ist. Aber mein zweiter Mann, euer Stiefgroßvater, hat mir gezeigt, wie es ist, ein freies Leben zu führen!«

Måmånbosorg saß mit Tante Niloufar am Flughafen Frankfurt und sie warteten auf den Anschlussflug nach Wien. Der Nachtflug von Amerika nach Europa hatte für beide nichts Entspannendes. Tante Niloufar hatte kein Auge zugemacht, da sie beinahe die Hälfte ihres eigenen Platzes ihrer Mutter überlassen musste, die laut schnarchend den Großteil des Fluges verschlafen hatte, nachdem sie sich über das Essen im Flugzeug aufgeregt hatte.

»Ich habe keine Sekunde auf diesem Flug schlafen können, so unbequem war es!«, murrte meine Großmutter, als die beiden in einem Flughafencafé saßen und Kaffe bestellten.

Tante Niloufar überlegte kurz, ob sie ihre Mutter darauf hinweisen sollte, dass sie diejenige war, die ob des Platzmangels und der Schnarcherei kein Auge zugemacht hatte, oder ob sie gleich die Polizei rufen sollte, um ihre Mutter als illegale Einwanderin abführen zu lassen.

»Måmån!«, entschied sie sich für ersteres, »ich glaube, das warst nicht du, die nicht schlafen konnte!«

»Kein Auge hab ich zumachen können. Wie denn? Ich hatte keinen Platz!«

»Ich habe dich doch schnarchen gehört!«

»Das hab ich gespielt, damit du dir keine Sorgen machst um mich und ruhig schlafen kannst!«

Der Kaffee kam.

»Thank you! Wonderful! Delicious!«, sagte Måmånbosorg zur Kellnerin.

»Die sprechen hier Deutsch!«, sagte Tante Niloufar.

»Ich kann nicht Deutsch! Was soll ich sagen ...?«

»Möchtest du hier etwas essen?«, fragte Tante Niloufar ihre Mutter schüchtern. Das Thema Essen in Restaurants oder Cafés führte immer zu heftigen Diskussionen mit Måmånbosorg. Noch dazu war Måmånbosorg immer noch verstimmt wegen des Zwischenfalls am Bostoner Logan Airport, als der Securitybeamte meinte, es wäre nicht erlaubt, Fleisch von Amerika in die Europäische Union zu bringen. Tante Niloufar fragte den Beamten, was er denn damit meinte und wie er darauf komme, dass sie Fleisch bei sich hätten. Der Beamte deutete auf die Röntgenaufnahme von Måmånbosorgs Handgepäck. Er ersuchte Måmånbosorg, ihre Taschen zu öffnen. Es waren zwei.

»Was sagt er?«, fragte sie ihre Tochter in Farsi.

»Hast du was zu essen mit?«, fragte Tante Niloufar erstaunt zurück.

»Ja, natürlich! Wer kann diesen Dreck im Flugzeug essen!? *Kebab* und *Kookoosabzi* Sandwiches.«

Der Beamte wiederholte sein Anliegen. Måmånbosorg sah ihn mit großen Augen an.

»Er sagt, du musst die Tasche aufmachen.«

»Wieso, will er was essen?«

Der Beamte wollte nichts essen, dennoch musste er die Lebensmittel konfiszieren. Måmånbosorg nahm mit Verachtung die Sandwiches aus der Tasche und legte sie in einen dieser grauen Plastikbehälter zur Beförderung

314

persönlicher Gegenstände durch die Röntgenmaschine. Der Beamte wickelte die Sandwiches aus dem Papier und besah sie sich genau.

»Verry good!«, sagte Måmånbosorg zu ihm, »delicious! Persian food. Not American ... no good! American food everybody sick. Persian food verry good!«

Sie drehte sich zu Tante Niloufar.

»Schau ihn dir an, den Idioten. *Koskesch!* Hat keine Ahnung, was das ist, aber mitnehmen dürfen wir es nicht!« Dann wandte sie sich wieder dem Beamten zu.

»*Kebab wå Kookoosabzi. Bochor, Ghorbunet beram!* Sag ihm, dass er es essen soll! Das ist gesund. Das tut ihm gut. Er sollte überhaupt gesünder essen, er ist zu fett, sag ihm das!«

Måmånbosorg lächelte den Beamten an. »No good fat! Fat no good eat! Persian food good, very good!«

»Nein. Bitte, komm, Måmån, wir müssen zum Flugzeug!«

»Dann frag ihn wenigstens, was er damit machen wird.«

»Wozu?«

»Ich möchte wissen, was die mit meinem Essen machen!«

Der Beamte teilte Tante Niloufar mit, dass konfiszierte Lebensmittel vernichtet werden, worauf diese den Fehler machte, die Information wahrheitsgetreu für Måmånbosorg ins Persische zu übersetzen.

»Das kommt doch überhaupt nicht in Frage! Sag ihm, wir essen das jetzt sofort! Ich lass doch nicht mein Essen wegschmeißen! Sag ihm, dass unser Prophet verboten hat Essen wegzuschmeißen! Wir schmeißen kein Essen weg, wir geben es den Armen!«

»Ich glaube nicht, dass uns das jetzt weiterhilft!«, wollte Tante Niloufar ihre Mutter zum Weitergehen bewegen. Da sprach diese aber schon wieder mit dem Beamten, diesmal war ihr Englisch, wie durch ein Wunder, um einiges besser.

»You know, we muslim, we not only bomb the worlds, we also give food that we don't eat to the poor people. This is what Muhamad, our Prophet, says! He not says bomb, he says give poor people eat. *Midooni?*«

Der Beamte sah Måmånbosorg mit erstaunten Augen an und versicherte ihr dann, dass es nicht seine persönliche Entscheidung sei, sondern den Gesetzen entspräche. Das Essen müsse vernichtet werden, oder vor seinen Augen aufgegessen werden. Ins Flugzeug könne man es auf keinen Fall mitnehmen.

»Was hat er gesagt?«

»Dass wir es hier essen können!«

Und so kam es, dass am Bostoner Logan Airport zwei Perserinnen zwischen den Schlangen von Passagieren, die zum Sicherheitscheck anstanden, genüsslich ihre *Kebab-* und *Kookoosabzi*-Sandwiches aßen.

»Möchtest du Zwiebel?«, fragte Måmånbosorg Tante Niloufar.

»Woher sollen wir jetzt Zwiebel nehmen?«

Da nahm meine Großmutter eine in Backpapier gewickelte, geviertelte Zwiebel aus der anderen Tasche.

»Oder Radieschen?«

Sie entnahm der Tasche einen Bund gewaschener Radieschen.

»Deswegen habe ich auch nicht schlafen können«, sagte Måmånbosorg, während sie einige Stunden später am Frankfurter Flughafen ihre Kaffeetasse zum Mund führte, »ich musste die Sandwiches so schnell essen, dass mir schlecht wurde!«

»Wir hätten sonst unseren Flug versäumt!«

»Und die ganze Zwiebel habe ich alleine essen müssen!

316

Ich hatte soviel Luft im Darm, dass der Kapitän sich das zweite Triebwerk hätte sparen können!«

»Es hat dich doch niemand dazu gezwungen, das alles zu essen!«

»Ihr könnt mich gleich ins Spital einliefern, wenn wir in Wien sind!«

Tante Niloufar wurde rot vor Scham, obwohl niemand Großmutters Worte gehört hatte, und selbst wenn dies der Fall gewesen wäre, war niemand in Hörweite, der Farsi sprach. Aber so war es mit meiner Großmutter immer. Sie liebte es zu provozieren, unanständige oder sagen wir, in diesem Moment nicht angebrachte Äußerungen zu tätigen. Zu sehen, wie ihre Tochter sich dafür genierte, bereitete ihr allergrößtes Vergnügen.

Ich kann mich an eine Situation bei unserem ersten gemeinsamen New York Besuch erinnern. Ein Freund aus Österreich war mitgekommen und ich stellte ihn meiner Familie vor, Tante Niloufar, Måmånbosorg und Onkel Fereydoun. Alle waren erfreut, einen so intelligenten und vornehmen Menschen wie meinen Freund Werner kennen zu lernen. Einige Tage nach dem ersten Zusammentreffen arrangierte ich ein Essen im Hotel Marriot Marquie am Times Square. Außer mir und Werner waren bei diesem Essen noch Tante Niloufar, Måmånbosorg und eine Freundin meiner Tante mit dem klingenden Namen Aida. Tante Aida, wie wir die Freundin nannten, obwohl sie keine leibliche Tante war, hieß nicht nur Aida, sondern war auch ein großer Opernfan. Sie war eine dieser Perserinnen, denen es so wahnsinnig viel bedeutet, zu zeigen, wie viel Interesse sie an Kultur haben und wie teuer das Abonnement beim New York Philharmonic Orchestra ist. Meine Großmutter hasste Tante Aida, die eine langjährige Freundin meiner Tante Niloufar noch aus

den Zeiten im Iran war. Oft stritten Måmånbosorg und
Tante Niloufar wegen ihr.

»Sie hat nichts mit unserer Familie zu tun, tut aber
immer so, als ob sie mit euch aufgewachsen wäre!«,
murrte meine Großmutter.

»Sie ist doch fast mit uns aufgewachsen«, verteidigte
Tante Niloufar ihre Freundin.

»Sie hat dich auf die Idee gebracht, nach Amerika zu
gehen!«

»Stimmt doch gar nicht, ich bin wegen meinem Ehemann nach Amerika gegangen, weil er dort studiert hat!«

»Egal!«

Wir saßen um den Tisch und warteten auf die Vorspeise. Tante Aida unterhielt sich mit meinem Freund
Werner, den sie mit der Nacherzählung einiger Opern-
handlungen zu beeindrucken suchte. Meine Großmutter flüsterte mir zu: »Jetzt glaubt sie, dass dein Freund
sie an die Wiener Oper engagieren wird!«

Ich fand Tante Aida immer ganz witzig. Sie sprach
grammatikalisch einwandfreies Englisch mit relativ
starkem persischen Akzent, dem sie jedoch eine britische Färbung zu geben versuchte, weil sie das britische
Englisch eleganter fand. Sie verwendete auch so Wörter
wie »indeed« und sagte, wie die Engländer, nach einem
Satz oft »isn't it?«.

Sie wandte sich plötzlich an meine Großmutter und
sagte mit einem Akzent, als wäre die englische Königin
eine Perserin: »The whole Ansari family is – as a matter
of fact – very much in love with music, isn't it? *Fahime
Chånum!*«

Meine Großmutter sah mich an: »*Chi mige?* Was sagt
sie?«

Ich übersetzte den Satz von Tante Aida. Dann sagte
meine Großmutter zu ihr: »*Aida Chånum!* Hochgeschätzte

318

Frau Aida! Tun Sie mir einen Gefallen und reden Sie persisch mit mir, oder sind Sie schon so lange aus dem Iran fort, dass Sie die Sprache vergessen haben? – *Stimmt's nicht?*« – letzteres im Orígínaltonfall des englischen »isn´t it?«.

Tante Aida war etwas pikiert. Mit einem Blick auf meinen Freund Werner sagte sie in Farsi: »Es wäre doch unhöflich, unserem Gast gegenüber persisch zu reden, *stimmt's nicht?* «

»Ich habe ja nicht gesagt, du sollst mit ihm persisch reden, sondern mit mir!«

Dann sagte sie widerwillig auf Persisch: »Ich habe gesagt, dass eure Familie sehr musikalisch ist!«

»Wirklich?«, sagte meine Großmutter erstaunt. »Seit wann?«

Tante Adia wandte sich wieder meinem Freund Werner zu: »Martins Vater Dariush war der musikalischste von allen. Wie wir als Kinder in Teheran gelebt haben, hatte Martins Vater *Tombak*-Unterricht!«

Mein Vater hat Zeit seines Lebens kein Tombak gespielt. Ja, ich zweifle sogar daran, dass er eines, würde man es ihm vorgelegt haben, als solches identifizieren hätte können. Tombak ist ein Zupfinstrument, einer Laute nicht unähnlich, das sich der Musiker sitzend zwischen seine Oberschenkel klemmt, um mit der linken Hand auf Gesichthöhe die Akkorde zu greifen und mit der rechten Hand auf Bauchhöhe zu zupfen.

»Dariush war so musikalisch! Ein wunderbarer *Tombak*-Spieler, und das obwohl er damals erst dreizehn Jahre alt war«, schwärmte Tante Aida von der musikalischen Kindheit meines Vaters.

»Was redet die?«, erregte Måmånbosorg sich auf persisch. »Dein Vater kann eine Geige nicht von einem Klavier unterscheiden!«

319

Plötzlich wandte sich Werner an mich: »Was hat deine Großmutter gesagt?«

Måmånbosorg beugte sich zu Werner rüber und sagte in gebrochenem Englisch: »Yes, my son Dariush very music! Very good music. Very talent!« Dann beugte sie sich zu mir rüber und sagte wieder in Persisch: »Sag deinem Freund, dass dein Vater derart musikalisch begabt war, dass er gar kein *Tombak* brauchte. Er hat einfach nur seinen Penis lang gezogen und gezupft!«

Tante Niloufar war bereits rot vor Scham, während sich Måmånbosorg anschickte, die Szene auch noch nachzustellen. Sie griff sich in den Schoß, um ihren imaginären Penis bis auf Gesichthöhe hochzuziehen, griff mit der Linken die Akkorde, zupfte mit der Rechten und machte dabei: »Dumm dada, dummda! Dumm dada dummda!« Natürlich wollte Werner ganz genau wissen, was meine Großmutter gesagt hatte. Das war übrigens der Abend, an dem sie zwei Gabeln und Messer mitgehen ließ, als Entschädigung dafür, dass man ihr zugemutet hatte, ein Steak halb roh essen zu müssen. Selbstverständlich wurde es zurückgeschickt, weil sie es »well well done« wollte. Schlussendlich ließ sie es wie immer stehen und reagierte auf die Frage des Kellners, ob es ihr denn nicht geschmeckt habe, mit der Gegenfrage, die sich schon so oft bewährt hatte: »Why you have no cook in the kitchen?«

Am Flughafen in Frankfurt steckte sich Måmånbosorg wie üblich die Zuckersäckchen in die Handtasche, weil ihr der Kaffee nicht geschmeckt hatte und sie ihn daher stehen lassen musste.

»Man kann nirgendwo mit dir hingehen! Es hat

überhaupt keinen Sinn! Du lässt ohnehin immer alles stehen! Ich hasse dich!«, wollte Tante Niloufar sagen, ließ es aber bleiben und sagte stattdessen: »Ob wir damit durch die Kontrolle kommen?«

»Noch eine Kontrolle?! Wie viele Bomben, glauben die, hab ich bei mir?«

Sie bezahlten, gingen zu Gate D 56, bestiegen die Maschine und befanden sich wenig später bereits im Anflug auf Wien.

Meine Großmutter döste ein wenig. Sie befand sich in dieser Zwischenwelt, zwischen Schlafen und Wachsein, wo Träume und Erinnerung zu einem meist beunruhigenden Amalgam verschmelzen. Sie schreckte immer wieder hoch, weil sie nach sehr langer Zeit zum ersten Mal wieder Bilder aus der Zeit der Revolution vor sich sah. Sie sah ihre Verhaftung. Sie sah den Schweißtropfen, der von der Stirn des Polizisten, der sie verhört hatte, auf dessen Hand tropfte, als dieser sich auf seine Hände gestützt über den Tisch beugte, um sie anzuschreien. Sie hatte sein Gesicht vergessen, sie hatte verdrängt, was in diesem Verhör passiert war – sie konnte sich nur noch an diesen Schweißtropfen erinnern.

Sie sah die Mullahs vor sich, mit ihren Bärten und Turbanen, in ihren schwarzen oder braunen Roben, die im Fernsehen zu sehen waren. Sie erinnerte sich daran, dass sie sich in den Finger geschnitten und ihren Arzt nicht mehr erreicht hatte. Sie sah den Bankbeamten vor sich, der nach der Revolution zum Direktor der Bank wurde, weil er islamischer war als sein Vorgänger. Sie sah, wie er ihr ins Gesicht spuckte, als sie nach ihrem Geld fragte. Sie hörte, wie er sie eine Hure des Schah nannte, derselbe Mann, der ihr noch vor einem Monat die Hand geküsst und Tee gebracht hatte, wenn sie auf der Bank war.

Sie sah ihren Sohn Dariush vor sich, wie er sie 1985 vom Flughafen abgeholt hatte, nachdem sie in die Türkei geflüchtet war und aus Istanbul den Flug nach Wien genommen hatte. Sie sah seine Tränen in den Augen, als er sie umarmte.

Sie schreckte auf. Plötzlich war sie wieder wach und verspürte Angst. Angst, das Gesicht ihres Sohnes Dariush wieder zu sehen. Sie konnte sich diese Angst nicht erklären. Aber sie konnte sich seit Weihnachten so einiges nicht erklären, was mit meinem Vater in Zusammenhang stand. Warum meldete er sich so lange nicht und ließ dann seinen Bruder anrufen, der sich als er ausgab? Irgendetwas führte ihr Sohn im Schilde, dachte sie. Irgendetwas hat er angestellt mit seinen über sechzig Jahren, das ihm vor seiner Mutter so peinlich war, dass er sich diesen Trick mit seinem älteren Bruder Fereydoun ausdachte. Was kann er ausgefressen haben? Was war los mit ihm?

Dieselben Gedanken hatte sie damals, bevor sie ihm draufkam, dass er etwas mit der Parsin hatte. Måmånbosorg konnte sich an ihren Namen nicht mehr erinnern. Sie spielte eine Zeitlang mit und spionierte dann eines Tages Dariush nach. Sie erwischte die beiden in flagranti. Sie waren sexuell äußerst erregt, wobei bei beiden nicht klar war, was überwog, die sexuelle Erregung oder die Nervosität. Mein Vater war kurz davor, zum ersten Mal in seinem Leben eine Frau von innen zu spüren, da tauchte der Kopf seiner Mutter hinter der Heckscheibe des Autos meines Stiefgroßvaters auf. Sie rief »*Pedar Sag! Tschikårmikoni indschå? Pouruh! Dule to miborram åh!*«, was auf Deutsch soviel heißt wie: »Du Sohn eines Hundes! Was machst du da? Frechdachs! Ich werde dir den Penis abschneiden!« Eine Drohung, die das Sexualleben eines Pubertierenden sicher nachhaltig zu prägen imstande ist.

Dem jungen Dariush wurde von Seiten seiner Mutter und vor allem von seinem Stiefvater klar gemacht, dass es nicht angehe, ein 15-jähriges Mädchen zu schwängern. Erstens wäre er für Shokufeh bestimmt, eine seiner Cousinen, und zweitens wolle man sich von den Eltern der Parsin keine Klage an den Hals hängen lassen, weil sie der Sohnemann ihrer Jungfräulichkeit beraubt hat, ein Verbrechen, das einen im Iran vor Gericht bringen konnte.

Als Rache ließ sich mein Vater von einer 45-jährigen Bekannten meiner Großeltern entjungfern und vögelte sich daraufhin durch die Nachbarschaft, was letztendlich dazu führte, dass seine Eltern ihn nach Europa schickten.

Ich glaube, diese junge Parsin war die erste große Liebe meines Vaters. Vielleicht wollte er deswegen einige Jahre vor seinem Tod Zoroastriker werden, nicht aus religiösen, sondern aus sentimentalen Gründen.

Meine Großmutter richtete sich auf. Jetzt war sie wieder wach. Die Angst, die sie spürte, ließ sie beten. Sie betete zu *Chodåh*, zu Gott: »*Chodåh jåh!* Bitte lass meinen Sohn nicht etwas zu Schreckliches ausgefressen haben! Und lass uns, bitte, bald in Wien ankommen, damit ich meinen Sohn in die Arme schließen kann!«

Oder er hat sich nicht an unsere Vereinbarung gehalten, dachte Måmånbosorg. Aber das schien ihr ein zu lächerlicher Grund zu sein. Schließlich war die Vereinbarung etwas, das leicht zu bewerkstelligen war. Die Vereinbarung wurde des Öfteren am Telefon besprochen, aus Sicherheitsgründen wurde sie in den Briefen nicht erwähnt, aber eigentlich war klar, worum es ging. Eine Vereinbarung zwischen ihr und meinem Vater, von der wir alle nichts wussten!

Während Måmånbosorg im Anflug war, arbeiteten wir immer noch daran, dass sie »ihren Sohn« auch wirklich in die Arme nehmen konnte! Vikram Rosenblatt war zwei Wochen zuvor nach Wien gekommen. Mein Cousin Omid und ich hatten ihn vom Flughafen abgeholt und ihn gleich in sein Hotel auf der Wiener Ringstraße gebracht, nachdem er uns in fast akzentfreiem Persisch begrüßt hatte. Wir waren nicht wenig erstaunt!

»Ich bin kein großer Poet, aber ich kann mich verständigen!«, sagte er.

Es war unglaublich. Jetzt, wo er auch noch Farsi sprach, konnte man wirklich keinen Unterschied mehr zu meinem Vater erkennen. Es war ein wenig gespenstisch.

Mr. Rosenblatt gefiel sein Hotelzimmer ausgezeichnet. Wir warteten in der Lobby auf ihn, denn er wollte, bevor wir ins Café Central auf eine Wiener Melange fuhren, noch schnell duschen.

Omid und ich saßen da, wir hatten beide ein eigenartiges Gefühl in der Magengegend.

»Zwei Wochen! Wir haben nur zwei Wochen!«, sagte er nervös.

»Ja, aber das wichtigste ist schon erledigt: Er sieht aus wie mein Vater und er spricht Farsi!«, versuchte ich uns zu beruhigen.

»Ja, aber die Gestik, die Gedankenwelt, das Umfeld! Weißt du!«

»Ja, ja – klar!«

Ich wusste und wusste auch wieder nicht.

Vikram Rosenblatt kam voller Tatendrang aus dem Aufzug. Er freute sich sichtlich auf das Café Central, das er aus dem Buch »Die Tante Jolesch« von Friedrich Torberg kannte. Obwohl er durch seine indische Mutter für

324

die Juden kein Jude war, suchte er begeistert nach den Spuren jüdischer Kaffeehausliteraten in Wien.

»Wissen Sie, was meine Lieblingsgeschichte ist?«, fragte er uns, während wir mit dem Taxi in die Herrengasse fuhren.

»Nein, welche denn?«, fragte Omid, der keine Ahnung hatte, wer die »Tante Jolesch« sein könnte.

»Die mit dem Hund und der Pokerrunde. Ich kann sie jetzt nicht hundertprozentig wiedergeben, aber die Pointe ist wunderbar! Also: Da ist eine Pokerrunde, die sich einmal in der Woche bei einem der Spieler zu Hause trifft. Der hat aber einen Hund. Ich denke, es ist ein Mops. Der Hund ist sehr aggressiv und verbeißt sich oft in den Waden der anwesenden Spieler, sodass man übereinkommt, dass es unmöglich ist, die Pokerrunde aufrecht zu erhalten, wenn nicht irgendwas mit dem Hund passiert. Eine Woche später – es ist wieder Pokerabend – kommt einer der Spieler, der sich besonders vor dem Hund fürchtet, früher als die anderen und läutet an der Wohnungstür. Die wird geöffnet und der eine Spieler sagt schüchtern zu dem anderen: ›Der Hund! Sperr den Hund weg!‹ Darauf sagt der Hundebesitzer ›Es kann nichts passieren, ich habe ihn kastrieren lassen!‹ Worauf der Spieler erwidert ›Ich hab nicht Angst, dass er mich vögelt! Ich hab Angst, dass er mich beißt!‹«

Wir lachten alle sehr laut. Was für eine wunderbare Geschichte. Und noch wunderbarer fand ich den Umstand, dass sie mir ein halber Inder erzählte, auf dem Weg in ein Wiener Kaffeehaus in einem Taxi, das von einem Afrikaner gefahren wurde, in dem ein halber Österreicher und halber Perser mit einem Perser, der in Schweden aufgewachsen war, saßen. Ich war kurz mit der Welt versöhnt und dankte dem Irgendwas, das es sicher gibt, dass ich das erleben durfte.

Die zwei Wochen vergingen sehr schnell. Wir brachten Vikram Rosenblatt in die Wohnung meiner Mutter. Meine Mutter begrüßte ihn, sah sich ihn genau an und stellte dann erstaunt fest, dass er gar nicht wie mein Vater aussah. Sie hatte Tee gemacht, persisches Gebäck gerichtet und in einer Schüssel Obst angeboten. Wir saßen um den Couchtisch.

Meine Mutter war sehr skeptisch. Sie hätte sofort gespürt, dass er nicht ihr Mann sei, meinte sie.

»Das hat nichts mit Ihrer Schauspielkunst zu tun, Mr. Rosenblatt.« Omid übernahm wieder die Regie: »Die Sache ist nur die. Jeder, der weiß, dass mein Onkel tot ist, sieht natürlich sofort die kleinen Unterschiede, weil das Gehirn sofort danach sucht.«

Wir wählten für Mr. Rosenblatt einige Anzüge meines Vaters aus, was meine Mutter zu der Bemerkung veranlasste: »Das finde ich jetzt ein bisschen pietätlos.«

»Tante Angelika! Es ist für den Schauspieler ganz wichtig, das richtige Kostüm anzuhaben, damit er sich in seine Rolle einleben kann. Natürlich könnten wir neue Anzüge kaufen, aber die von Onkel Dariush sind perfekt!«

Sie waren dann doch nicht so perfekt, denn es stellte sich heraus, dass Mr. Rosenblatt um eine Konfektionsgröße kleiner war als mein Vater. Am nächsten Tag kauften wir drei neue Anzüge, vier Hemden und verwendeten von meinem Vater nur die Krawatten.

Es war alles bis ins kleinste Detail vorbereitet. Wie mein Vater in dem Brief an seine Mutter angekündigt hatte, mieteten wir ein kleines Landhaus in der Nähe von Wien, um dort das persische Neujahr, *Nowrouz*, zu feiern. Dort fanden die »Proben« mit Vikram Rosenblatt statt. Omid, Mr. Rosenblatt und ich saßen auf der kleinen Veranda beim Kaffee. Es war zehn Uhr vormittags und wir gingen den Plan noch einmal in Ruhe durch. Es war Anfang März und erstaunlich warm für diese Jahreszeit.

»Also. Wenn meine Großmuter in einer Woche ankommt, werden wir sie alle gemeinsam am Flughafen begrüßen. Einen Tag vor ihrem Abflug, das ist der 10. März, rufen Sie sie in Amerika an und sagen ihr, wie sehr Sie sich auf den Familienbesuch freuen ...«, rekapitulierte ich.

»Moment!«, warf Omid ein, »wäre es da nicht gut, wenn er etwas Witzig-Ironisches über die Familie sagen würde? Onkel Dariush hätte das sicher getan!«

»Ja klar, das wäre nicht schlecht. Was hätte mein Vater sagen können?«

Es war nicht einfach, eine Bemerkung zu finden, die mein Vater seiner Mutter gegenüber gemacht hätte. Schließlich war selten jemand von uns bei diesen Telefonaten dabei gewesen. Wir hatten die Kosten für dieses ganze Unternehmen in der Familie gerecht aufgeteilt, was wir sicher nicht getan hätten, wäre mein Vater noch am Leben gewesen. Er hätte für alles bezahlt.

»Sagen Sie: Ich freue mich schon darauf, dass die ganze Familie nach Wien kommt und mein Geld frisst! – Oder so etwas in der Art.«

Das wäre ganz nach meinem Vater gewesen. Er hätte darauf bestanden, alles zu bezahlen und sich dann über seine Schmarotzerfamilie aufgeregt, im Scherz versteht sich.

»Sie müssen überhaupt, so oft es geht etwas Scherzhaft-Ironisches über Ihre Mitmenschen sagen!«, meinte Omid. »Ich kann mich nicht erinnern, dass Onkel Dariush die wenigen Male die ich ihn gesehen habe, jemals einen Scherz über einen Kellner oder eine Kassiererin ausgelassen hätte!«

»Ja, ja, das ist ganz wichtig! Mein Vater hat sich immer über alle lustig gemacht!«

Vikram Rosenblatt wurde nervös. Er trommelte mit den Fingern seiner rechten Hand auf den kleinen runden Holztisch.

»Hören Sie, ich bin kein Stand-Up-Comedian! Ich bin Schauspieler!«

»Keinen Stress. Die Witze sind nicht so wichtig!«, versuchte Omid Mr. Rosenblatt zu beruhigen.

»Doch!«, widersprach ich. »Die Witze sind sehr wichtig. Aber sie müssen immer ein bisschen peinlich sein. Mein Vater hat immer so peinliche Witze gemacht. Ich weiß jetzt auch nicht ... zum Beispiel den Kellner im chinesischen Restaurant nicht mit »Herr Ober« zu rufen, sondern mit »Mr. Ping Pong!«. Verstehen Sie ...?«

Mr. Rosenblatt wurde ungeduldig. Er sah auf seine Armbanduhr.

»So viel Zeit haben wir jetzt nicht! Kommen wir zurück zu dem Plan. Was muss ich bei dem Telefonat noch alles sagen?«

Weil Mr. Rosenblatts Persisch für die Tatsache, dass er nur drei Wochen Zeit gehabt hatte, um es zu erlernen, zwar großartig, für einen 63-jährigen Perser allerdings erbärmlich war, war die Grippe mit Heiserkeit von immenser Bedeutung.

»Sie müssen ›Ihrer Mutter‹ unbedingt, wenn möglich gleich am Anfang des Gesprächs mitteilen, dass Sie unter einer starken Heiserkeit leiden«, sagte ich.

»Die müssen Sie natürlich auch darstellen – also Sie müssen ganz heiser mit ihr sprechen.«

Die beiden sahen mich an, als ob ich gerade vom Mars käme.

»Sorry! Das ist natürlich für einen Schauspieler ganz logisch. Tut mir leid!«, bemerkte ich meinen Fauxpas.

»Am Flughafen haben Sie dann überhaupt keine Stimme mehr. Die Heiserkeit hat sich verschlimmert und Sie müssen, weil Sie Fieber haben, gleich ins Bett.« Omid las die einzelnen Punkte von seinem Laptop ab.

»Damit wären wir für das Erste gerettet!«, sagte ich. »Wir bringen Großmutter im Auto meiner Mutter in die Wohnung, Sie fahren mit Omid und mit mir. Im Auto meiner Mutter sitzt noch Tante Niloufar.«

»Das zweite Zusammentreffen mit Måmånbosorg haben wir dann gleich am nächsten Tag«, las Omid aus dem Drehbuch, das wir in den Tagen davor gemeinsam erstellt hatten. »Wir feiern hier *Chårshambe Souri*, den ersten Feiertag des Neujahrsfestes.«

Chårshambe Souri fällt immer auf den letzten Dienstag vor dem Neujahrstag, den 20. oder 21. März, je nach dem, auf welchen dieser beiden Tage der astronomische Frühlingsbeginn fällt. An diesem letzten Dienstag entzündet man im Garten ein kleines Feuer, über das alle Anwesenden springen müssen. Sie rufen dabei »*Sorchiye to as man – sardiye man be to*«, was soviel heißt wie: »Gib mir deine glühende Farbe und nimm die meine bleiche, kalte Farbe.«

Vikram Rosenblatt machte ein entsetztes Gesicht: »Ich soll was machen?«

»Über das kleine Feuer springen und dabei sollen Sie rufen: »*Sorchiye to as man – sardiye man be to*« ... wieso?« Omid blickte von seinem Laptop auf mit dem Gehabe eines Mittellschulprofessors: »Wo ist das Problem?«

»Das ist doch irgend so ein heidnisch-nationalsozialistischer Brauch! So was mache ich sicher nicht!«

»Nein, nein! Das ist eine alte zoroastrische Geschichte. Das Feuer ist eigentlich das ewige Feuer des Zarathustra. Es werden dadurch die Sünden des vergangenen Jahres verbrannt und man kann reinen Herzens das neue Jahr beginnen.«

Ich sah Omid verwundert an. Hat er das erfunden? Ich wusste nur, dass das ein persischer Brauch war, den mein Vater sehr liebte.

»Hab ich aus dem Internet: Wikipedia!«, war seine knappe Erklärung.

»Na schön!« Vikram Rosenblatt wurde immer unruhiger. Zuerst die improvisierten Witze und jetzt musste er auch noch über ein persisches Feuer springen, das er für ein Nazifeuer hielt.

»An diesem Tag müssen Sie am Abend *Djude Kebab* grillen.«

»Solange ich keine Menschenopfer bringen muss!«, murrte Vikram Rosenblatt.

»Das sind kleine Junghühnerteile, die man, am besten über Nacht, in einer Soße aus Zwiebeln, Joghurt, Limonen und Safran einlegt. Aber das wird meine Tante Angelika für sie vorbereiten.«

Ich sah Omid fragend an. Er schüttelte unauffällig den Kopf. Ausgemacht wäre gewesen, dass Vikram Rosenblatt am Morgen desselben Tages mit meiner Großmutter gemeinsam die Junghühner in kleine Stücke schneidet, die Soße anmacht und die Teile einlegt. Aber Omid hatte recht. Dies konnte man Mr. Rosenblatt nicht auch noch zumuten.

»Ach ja! Weil wir gerade beim Essen sind«, sagte ich vorsichtig, »meine Großmutter wird Ihnen natürlich Ihr Lieblingsgericht zubereiten wollen. Es ist sogar stark anzunehmen, dass Sie gleich nach der Ankunft damit beginnen wird.«

»Aha, ist ja wunderbar. Ihre Großmutter soll ja eine hervorragende persische Köchin sein!«

»Das ist sie wirklich.«

Omid und ich wussten beide nicht so recht, wie wir unserem Star das Lieblingsessen meines Vaters

330

beschreiben sollten. Nicht, weil wir nicht wussten, was es war, sondern weil wir nur zu gut wussten, woraus es besteht.

»Es ist ein sehr traditionelles persisches Essen. Man isst es sehr selten. Es ist kein Alle-Tage-Essen.«

Vikram Rosenblatt witterte etwas.

»Es ist ein Essen, das sehr, sehr persisch ist!«, stammelte ich weiter, »etwas für Europäer eher Ungewohntes ...! Es heißt *Kalleh Påhtsche*.«

Vikram Rosenblatt richtete sich in seinem Stuhl auf, zog eine Augenbraue hoch und sagte dann: »Solange es kein Hammelkopf im Ganzen ist!«

Blitzschnell schoss es aus mir heraus: »Es ist ein ganzer Hammelkopf! Gekocht. Mit Salz, Pfeffer und Kurkuma. Ach ja, und mit Hammelbeinen ... zwei ... zwei Hammelbeinen. Und man kocht das ganze zirka vierzehn Stunden lang auf kleiner Flamme, bis das Fleisch von den Knochen fällt. Und dann isst man das Fleisch. Und manche Perser essen auch sehr gerne das Gehirn. Also das Wangenfleisch, die Zunge und das Gehirn. Aber nicht alle Perser essen gerne das Gehirn. Mein Vater zum Beispiel, der hat sehr gerne das Gehirn gegessen. Mit *Torschi*. Aber keine Angst, *Torschi*, das ist nichts Schlimmes, das ist saures eingelegtes Gemüse. Das macht Ihnen doch nichts, das eingelegte Gemüse, oder? Sie sind doch nicht allergisch auf Essig, oder so ...?«

Omid durchbrach die peinliche Stille mit einem Vorschlag: »Wollen wir uns vielleicht die Stelle einmal anschauen, an der wir dann alle über das Feuer springen?«

»Vielleicht sollten wir uns die Stelle anschauen, an die ich, nachdem ich das Gehirn gegessen habe, hinkotzen werde!«, erwiderte Vikram Rosenblatt.

»Sehr gut! Sehen Sie, genau solche Witze meine ich!«

Und bewundernd fügte ich hinzu: »Genau wie mein Vater!«

»Dass ich einer Mutter ihren Sohn vorspielen muss, ist schon schwierig genug, aber dass ich dabei auch noch andauernd schlechte Witze machen soll, während ich mit einem ganzen Lammkopf im Magen übers Feuer springe, das geht zu weit!«

Vikram Rosenblatt stand auf und ging von der Veranda in den Garten. Er blieb in der Mitte der Wiese stehen und starrte in den Himmel. Dann drehte er sich zu uns um und rief:

»Es ist zu schwierig! Zu kompliziert! Es kann nicht funktionieren!«

Wir erhoben uns von unseren Stühlen und liefen auf die Wiese zu Vikram Rosenblatt. Am Himmel zogen einige Wolken auf, es wehte ein kühler Wind.

»Wenn jemand den Hund dazu bringen kann, aufzustehen, dann Sie, Herr Rosenblatt!«, sagte ich mit großem Pathos, was allerdings nichts an Mr. Rosenblatts momentaner künstlerischer Krise ändern konnte. Er hatte offensichtlich Lampenfieber, erste aber dafür umso heftigere Anzeichen von Nervosität. Er begann zu schwitzen und rieb sich andauernd die Hände.

»Es tut mir leid, aber ich kann das nicht!«, sagte er resigniert.

Mein Cousin Omid legte seinen Arm um Vikram Rosenblatts Schulter. »Kommen Sie kurz mit«, sagte er, »wir müssen unter vier Augen sprechen.« Die beiden verschwanden durch die Gartentüre.

»Wir gehen spazieren, wir sind in einer halben Stunde wieder da!«

Ich blickte ihnen kurz nach und setzte mich dann wieder auf die Veranda. Die Wolken zogen sich weiter zusammen und es roch eindeutig nach Regen.

Vikram Rosenblatt und mein Cousin Omid waren auf einer kleinen Lichtung angekommen. Sie waren eine Zeitlang still nebeneinander hergegangen, bis Mr. Rosenblatt sagte: »Ein sehr schönes Land, Österreich.«

»Oh ja, ich war schon einige Male hier zu Besuch. Es gefällt mir auch sehr gut.«

»Schade, dass es hier so viele Nazis gibt.«

Omid wusste nicht so recht, was er sagen sollte.

»Schade. Wirklich, sehr schade!«

Omid zwang sich zu einem freundlichen Lächeln.

»Wissen Sie, mein Onkel Dariush hat einmal gesagt, als wir gerade auf einer Fahrt von Wien nach Salzburg waren: Wie wunderschön ist doch dieses Österreich! Schade, dass es nicht uns Persern gehört!«

Vikram Rosenblatt verzog keine Miene, sondern ging, auf den Boden starrend, einfach weiter.

»Nein, man muss wirklich sagen, diese wunderschöne Landschaft, die zeichnet Österreich wirklich aus!« Omid versuchte die Konversation am Laufen zu halten und wollte auf die Gelegenheit, auf das Stichwort warten, das es ihm ermöglichen würde, Vikram Rosenblatts schauspielerische Krise anzusprechen.

»Blödsinn!«, sagte Mr. Rosenblatt. »Die Landschaft ist überall schön! Oder haben Sie noch nie das Meer gesehen? Oder die schottischen Highlands oder eine Südseeinsel?«

»Doch, doch. Also auf Bildern, ich war noch nie in der Südsee. Schottland soll ja wunderschön sein!«

»Wertlos! Landschaft ist etwas Wertloses. Was haben die Menschen in Ghana oder im Kongo davon, dass der Urwald wunderschön ist? Was bringt ihnen diese exotische Artenvielfalt, wenn sie entweder verhungern oder im Bürgerkrieg abgeschlachtet werden!?«

Vikram Rosenblatt war sehr schlechter Laune. Seine

333

Art, die Welt zu betrachten, hatte immer schon etwas sehr theatralisches. Wenn er während der Probenzeit in eine Krise geraten war, weil er die Figur nicht finden oder die Situation nicht gleich spüren konnte, steigerte sich seine an sich schon pessimistisch-theatralische Weltsicht um ein Vielfaches.

»Wissen Sie, dass man in Mauthausen eine sehr schöne Aussicht auf die umliegenden Wälder hat?«

Omid war sprachlos.

»Dort, wo es am schönsten ist, versteckt sich oft das größte Leid! Die einzige Ausnahme bildet der Gazastreifen. Dort ist das Leid sehr groß und die Landschaft extrem hässlich. Ich möchte fast behaupten, dass der Gazastreifen die einzige Gegend der Welt ist, wo es sogar gar keine Landschaft gibt!«

Omid war erstaunt, wie schnell man von einem harmlosen Gespräch über die Landschaft Österreichs in der Weltpolitik landen konnte.

»Wahrscheinlich ist das die Strafe Gottes, weil die Juden und die Araber nicht fähig sind, Frieden miteinander zu schließen. Und rumms! – hat ihnen Gott die Landschaft weggenommen und sie müssen sich um ein hässliches Stück Land streiten. Ein hässlicher Krieg und ein hässliches Stück Land!«

Omid hielt es nun nicht mehr für möglich, im Rahmen dieses Spaziergangs jemals wieder das Thema »Schauspieler in der Probenkrise« ansprechen zu können, ohne Mr. Rosenblatts Stimmung noch um einiges zu verschlechtern. Sie näherten sich der Lichtung, setzten sich auf eine kleine Bank und Vikram Rosenblatt sagte: »Ich erwarte mir von einem fähigen Regisseur, dass er mir Wege vorgibt, dass er mir die Augen öffnet, dass er mir Möglichkeiten aufzeigt, um mich aus meinem Labyrinth des Scheiterns zu befreien, und nicht,

334

dass er wortlos meinen sinnlosen Ausführungen über den Zusammenhang von Landschaft, Nahostkonflikt und Religion lauscht!«

Er machte eine seiner, ach so beliebten, theatralischen Pausen.

»Also, was machen wir!?«

Während die beiden Künstler in der Natur nach Inspiration suchten, trank ich auf der Terrasse bereits den fünften Kaffee, was mich ein wenig kribbelig machte. Das Koffein verstärkte noch meine Nervosität. Vielleicht hatten wir ja dem guten alten Mr. Rosenblatt tatsächlich zu viel zugemutet. Wobei man sagen muss, dass viele Menschen, sobald sie sich an den Gedanken gewöhnt haben, Fleisch und Hirn von einem Schafskopf zu essen, sogar eine ausgesprochene Leidenschaft für dieses Gericht entwickeln können.

Ich fragte mich, ob es uns wohl noch gelingen werde, Mr. Rosenblatt eine weitere persische Neujahrs-Tradition beizubringen. Für einen echten Perser ist es unerlässlich zu wissen, womit man das *Sofreje – Haft Sin*, das Neujahrstuch mit den sieben »S«, schmückt. Dieses Tuch breitet man auf einem Tischchen im Wohnzimmer aus und schmückt es mit sieben Dingen, deren persischer Name mit dem Buchstaben »S« beginnt. *Sieb* – Äpfel, sie sollen im neuen Jahr Gesundheit bringen. *Sir* – Knoblauch, er soll uns vor bösen Ereignissen schützen. *Sekkeh* – Münzen, sie sollen uns Wohlstand bescheren. *Serkeh* – Essig, er soll Fröhlichkeit in unser Leben bringen. *Sumagh* – ein persisches Gewürz, es versinnbildlicht uns den Geschmak des Lebens. *Sabzi* – grüne Kräuter, sie sind ein Zeichen für die Munterkeit, für das Wachsein. *Sendjed* – Mehlbeeren, sie stehen für die Saat des Lebens.

Diese sieben Sachen arrangiert man um einen Spiegel, der Reinheit und Ehrlichkeit symbolisiert. Dazu stellt man Hyazinthen, Symbol für die Freundschaft, bunt bemalte Eier, wie zu Ostern – sie symbolisieren die Fruchtbarkeit – einen Goldfisch in einem Goldfischglas, er symbolisiert das Glücklichsein. Und in die Mitte legt man entweder einen Koran oder eine Ausgabe des »Schahnames«, des persischen Nationalepos.

Ich musste an die vielen *Nowrouz*-Feste denken, die wir gefeiert hatten und wie sehr mein Vater *Nowrouz* geliebt hatte. Ich fragte mich, wie man Vikram Rosenblatt die Wichtigkeit, die dieses Fest für meinen Vater hatte, vermitteln könnte. Um die Sache für meine Großmutter wirklich realistisch aussehen zu lassen, war auch der Streit zwischen meiner Schwester und meinem Vater von großer Bedeutung, der seit einigen Jahren bei jedem unserer *Nowrouz*-Feste ausbrach. Der Streit entbrannte um den Goldfisch. Meine Schwester meinte zurecht, dass es Tierquälerei sei, den Fisch in ein so kleines rundes Glas zu sperren. Worauf mein Vater jedes Mal entgegenhielt, wie wichtig der Fisch sei, stehe doch mit ihm das Glück der ganzen Familie im kommenden Jahr auf dem Spiel. Dies wiederum ließ meine Schwester jedes Mal poetisch werden, indem sie darlegte, ein Fisch in einem Goldfischglas wäre eher dazu geeignet, die Depression zu symbolisieren, unter der die meisten Exiliraner litten, denn der Fisch sei, gleich den Persern, 1979 aus seiner Heimat im Goldfischteich vertrieben worden und müsse nun im Exil, im Goldfischglas, ein trauriges Dasein fristen. Ein Streit, der meinen Vater tatsächlich in seine alljährliche *Nowrouz*-Depression stürzte, ein Pendant zur europäischen Weihnachtsdepression. Zu viele Details für Vikram Rosenblatt, dachte ich, während ich mir meinen sechsten Kaffee zubereitete.

Omid saß neben dem englischen Schauspieler jüdischindischer Abstammung und wusste zum wiederholten

Male nicht so recht, was er sagen sollte. Die Frage »Also, was machen wir?« hatte ihn unvorbereitet getroffen. Er hatte gehofft, sich dem Problem von einer nicht ganz so direkten Seite nähern zu können.

»Wir haben immer noch die Generalprobe!«, hörte er sich sagen. »Dåi Parvis, der Bruder meiner Großmutter, wird einen Tag vor ihr in Wien ankommen. Auch er weiß von nichts. Wenn wir ihn überzeugen, dann wird die Sache gut laufen!«

Die Aussicht auf eine Generalprobe mit Großmutters Bruder beruhigte Vikram Rosenblatt.

»Gut. Das ist gut.«

Er erhob sich von der Bank und starrte in den Himmel. Erste leichte Tropfen fielen.

»Wir fahren jetzt in die Stadt«, sagte er, ohne sich zu Omid umzudrehen, »in ein persisches Restaurant. Ich muss Feldstudien machen. Ich muss unter Persern sein, um das Flair dieser großartigen Kulturnation einzuatmen!«

»Ja, aber das geht auf gar keinen Fall!«, flüsterte ich Omid zu, der auf dem Beifahrersitz saß. Wir fuhren durch den strömenden Regen in Richtung Wien.

Omid riskierte einen Blick auf die Rückbank. Vikram Rosenblatt erweckte den Anschein, als würde er schlafen, den Kopf gegen die regennasse Scheibe gelehnt.

»Er will aber unbedingt unsere ganze Kulturnation einatmen.«

»Wir können unmöglich in ein persisches Restaurant fahren. Was, wenn zufällig einer der Freunde meines Vaters dort ist? Wir können dort unmöglich mit unserem Untoten auftauchen!«

»Er ist wieder voll motiviert. Die Krise ist überwunden, er will an seiner Rolle arbeiten.«

»Wie hast du das gemacht?«

»Die Aussicht auf eine Generalprobe vor Dâi Parvis hat ihn beruhigt. Sollte die aus irgendwelchen Gründen schief gehen, behält er sich vor, die Sache noch im letzten Augenblick abzublasen.«

»Wenn die Generalprobe mit Dâi Parvis schief geht, brauchen wir nichts mehr abzublasen, dann können wir gleich unsere Großmutter begraben!«

Was wir beide, mein Cousin und ich, noch nicht wussten war, dass es keine Generalprobe mit Dâi Parvis geben würde. Dâi Parvis hatte vorgehabt, zuerst seinen Sohn, den Cousin meines Vaters, in Düsseldorf zu besuchen, um anschließend seine Schwester in Wien zu sehen. Nachdem iranische Staatsbürger zur Einreise in die EU ein Visum benötigen, machte er sich auf den Weg in die Deutsche Botschaft in Teheran. Onkel Parvis war ein alter Mann, der wegen seiner vielfachen Leiden in ärztlicher Behandlung war. Ein Umstand, der die deutsche Botschaft veranlasste, von Dâi Parvis' Sohn eine Bestätigung zu verlangen, in der er sich bereit erklärte, sämtliche Kosten eines etwaigen Spitalsaufenthaltes von Dâi Parvis aus eigener Tasche zu bezahlen. Dies war keine Schikane, sondern gültiges EU-Recht. Dâi Parvis' Sohn musste in Deutschland beim so genannten Ordnungsamt eine »Einladung« für Dâi Parvis beantragen, in der er sich eben bereit erklärte, alle Kosten für dessen Aufenthalt in Deutschland zu übernehmen, insbesondere die Kosten im Falle einer Erkrankung oder eines Unfalls des Eingeladenen. Das Ordnungsamt ist in seinen Angelegenheit sehr gründlich und fand heraus, dass Dâi Parvis' Sohn arbeitslos war und somit nicht über die nötigen Mittel verfügte. Das Visum wurde abgelehnt und Dâi Parvis' Reise war bereits mit dem Gang zur Deutschen Botschaft wieder zu Ende. Sein Sohn allerdings erzählte uns bis zum letzten Augenblick nichts davon, da er sich seiner Arbeitslosigkeit schämte. Er hatte uns doch über die Jahre hinweg in dem Glauben gelassen, einer der Reichsten in der Familie zu sein.

Ich selbst war nicht besonders traurig, meinen Groß-onkel nicht zu sehen, war er mir doch wegen seiner etwas unglücklichen Hand mit Tieren einigermaßen unheimlich. Nicht nur, dass sein Löwe von einem Esel getötet worden war, hatte er auch vor mehr als 35 Jahren, bei seinem ers-ten Besuch in Wien, meinen Goldfisch getötet – allerdings unabsichtlich – wie ich ihm zu Gute halten muss. Ich war sieben Jahre alt und hatte den *Nowrouz*-Goldfisch – es war mein erster – in einem Gurkenglas bis in den Som-mer durchgebracht. Dâi Parvis war mit seinem Sohn bei uns zu Gast, der damals fünfzehn Jahre alt war und mir ununterbrochen von seiner Gokartbahn im Garten sei-nes Elternhauses vorschwärmte. Eine reine Chimäre, wie sich später herausstellte. Es gab keine Gokartbahn, es gab nur meinen Neid. Beide übernachteten im Wohnzimmer auf der ausgezogenen Couch. Eines Morgens schlich ich mich ins Wohnzimmer – die beiden schliefen noch –, um meinen Goldfisch zu füttern. Mit Schrecken musste ich feststellen: Das Goldfischglas war leer. Kein Wasser, kein Fisch. Selbst die Wasserpflanze, die ich meinem Goldfisch anlässlich seines zweimonatigen Überlebens geschenkt hatte, war verschwunden. Mir schien, als fehlten sogar einige Kieselsteine, in die ich die Pflanze gesteckt hatte. Weinend rannte ich aus dem Zimmer, um meiner Mutter von meiner grausamen Entdeckung zu berichten. Meine Mutter konnte sich das Verschwinden des Goldfisches mitsamt seiner ganzen Einrichtung auch nicht erklären. Sie wusste nur, dass mein Vater mit seinem Onkel tags zuvor sehr spät und sehr alkoholisiert mitten in der Nacht von einer Einladung bei einem befreundeten Teppich-händler zurückgekommen war.

Tatsache war, dass Dåi Parvis in seinem Rausch vor dem Schlafengehen, um den Kater am nächsten Tag nicht zu groß werden zu lassen, Wasser trinken musste und gerührt war ob der Aufmerksamkeit meines Vaters, ihm ein volles Glas im Wohnzimmer bereitzustellen. Er trank und trank, verschluckte ohne es zu merken den Fisch, die Pflanze und ein paar Kieselsteine. So war mein erster Goldfisch auf besondere Weise Opfer eines Katers geworden.

Vikram Rosenblatt jedoch versetzte Dåi Parvis Absage in Panik. Ohne Großonkel keine Generalprobe und ohne Generalprobe keine Vorstellung.

Das Flugzeug mit Tante Niloufar und Måmånbosorg an Bord landete planmäßig in Wien. Alle waren gekommen, um Großmutter zu empfangen: Onkel Djafar, Cousine Leyla, Onkel Djamjid, Cousin Omid, Cousine Maryam, meine Schwester, ihr Mann, meine Mutter und ich. Nur von Vikram Dariush Rosenblatt fehlte seit 24 Stunden jede Spur.

Dr. Taheri greift ein

Eigentlich war alles gut gelaufen. Vikram Rosenblatt fühlte sich die letzten Tage vor der Ankunft meiner Großmutter in seiner Rolle als Dariush Ansari immer wohler. Er war auch keinem der Freunde meines Vaters begegnet, nachdem wir an dem verregneten Samstag nicht in ein persisches Restaurant gefahren waren, sondern in ein Wiener Gasthaus. Er hatte eingesehen, dass dies zu riskant gewesen wäre. Wir arbeiteten mit ihm noch ein wenig an den typisch persischen Verhaltensweisen. Er absolvierte einen fulminanten typisch persischen Auftritt in einem Herrenbekleidungsgeschäft. Er probierte hunderte Anzüge, scherzte mit den Verkäufern und feilschte am Schluss so lange, bis sie ihm fünfzig Prozent nachließen, wenn er am nächsten Tag einen kleinen Seidenteppich vorbeibringen würde. Er benahm sich in jedem Restaurant wie ein echter Perser. Er betrat das Restaurant, als wäre es sein eigenes Restaurant, beschwerte sich über den Tisch, den man ihm zugewiesen hatte, beschwerte sich auch über den Tisch, den man ihm stattdessen angeboten hatte. Er gab dem Geschäftsführer einige Tipps zur Verschönerung der Einrichtung (»Warum stellen Sie nicht ein paar Blumenvasen in dem Lokal auf? Und wenn wir schon dabei sind, lassen Sie es in einer anderen Farbe ausmalen!«), verlangte zum bestellten Essen eine rohe Zwiebel und meinte überhaupt, das einzige Essen, das man essen könne, wäre das persische. Am Schluss lud er dann die gesamte Belegschaft auf einen Wodka ein und schlug vor, doch einmal gemeinsam richtig persisch Essen zu gehen. Er benahm sich einwandfrei wie ein Perser.

Und dann passierte es. Wir erhielten von Dåi Parvis' Sohn einen Anruf, in dem er uns mitteilte, dass sein Vater nicht nach Wien kommen könne, weil er kein Visum bekommen hatte. Vikram Rosenblatt war fassungslos. Er musste also meiner Großmutter »unaufgewärmt«, wie er sich ausdrückte, gegenübertreten. Zuerst schien es, als wäre das kein großes Problem und er sei darauf vorbereitet. Als wir ihn dann am nächsten Morgen vor Großmutters Ankunft im Hotel abholen wollten, um zum Flughafen zu fahren, war er nicht anzutreffen. Einfach verschwunden. Er hatte nicht aus dem Hotel ausgecheckt, also war die Wahrscheinlichkeit sehr groß, dass er sich noch in Wien befand. Wir hatten eineinhalb Stunden, bis Måmånbosorg aus dem Flugzeug steigen würde.

Mein Cousin Omid saß mit seiner Schwester und seinem Vater am Küchentisch in der Wohnung meiner Mutter beim Frühstück.

»Rosenblatt ist weg!«, rief ich durchs Telefon.

»Was heißt das?«, fragte mich Omid.

»Ja, weg! Verschwunden! Davongelaufen! Durchgebrannt!«

»Er ist nicht im Hotel?«

»Nein.«

»Warst du auf seinem Zimmer?«

»Nein. Sie lassen mich nicht hinauf.«

»Vielleicht liegt er tot in der Badewanne?«

»Wieso ausgerechnet in der Badewanne?«

»Keine Ahnung.«

»Wir haben angerufen, er geht nicht ran.«

»Ihr müsst nachsehen, ob ihm etwas passiert ist.«

»Ich ruf dich gleich wieder an.«

342

Nachdem ich den Menschen hinter der Rezeption davon überzeugen konnte, dass es ganz gut wäre, wenn wir nachsehen gingen, gingen wir nachsehen und ich konnte mich davon überzeugen, dass Vikram Rosenblatt nicht tot, sondern offensichtlich seit gestern Abend nicht mehr im Hotel war. Sein Bett war unberührt. Sein Koffer lag geöffnet auf dem für Koffer vorgesehenen Tischchen.

»Was machen wir jetzt?« Ich war wieder mit Omid verbunden, der bereits mit den anderen in Richtung Flughafen unterwegs war.

»Hast du sein Mobiltelefon probiert?«

»Ja. Abgedreht.«

»Wir müssen uns jetzt schnell eine Geschichte ausdenken, warum dein Vater nicht auf den Flughafen kommen konnte.«

»Wo ist Dariush?«, fragte meine Großmutter, nachdem sie ihren Sohn Djamjid umarmt hatte. Ich stand direkt neben Djamjid, also war ich der nächste, den sie umarmen würde. Sie sah mir in die Augen. Ich wich ihrem Blick aus und umarmte sie. Sie löste sich aus meiner Umarmung und sah uns alle an.

»Ihr steht da wie das Empfangskomitee des Schah! Was ist los mit euch?«

Meine Mutter ging auf Måmånbosorg zu und umarmte sie ebenfalls.

»Angelika! Schön dich endlich wieder zu sehen! Wo ist dein Mann geblieben?«

Um keine Zeit für die Beantwortung dieser Frage zu lassen, schob sich Onkel Djamjid mit hochrotem Kopf noch einmal zu seiner Mutter und umarmte sie ein zweites Mal.

»Oh Gott! Måmån! Ich habe dich so vermisst. Wie lange haben wir uns nicht gesehen?«

Meine Großmutter wich zurück und sagte: »Drei Monate, du warst zu Weihnachten in Amerika!«

» Måmån!«, rief Onkel Djafar. »Aber ich habe dich schon fünf Jahre nicht mehr gesehen, lass dich umarmen.« Und er umarmte sie.

»Ich hab Großmutter schon zehn Jahre nicht mehr gesehen!«, sagte meine Cousine Leyla. »Ich will sie als nächstes umarmen!«

Wir umarmten meine Großmutter noch zehn Minuten lang, reichten die arme Frau von einem zu andern.

»*Ey båbå!* Was ist denn mit euch los?« Sie deutete auf eine Gruppe Amerikaner, die verwirrt herumstanden und ihren Reiseleiter suchten. »Soll ich die da auch noch umarmen!?«

»Wir haben dich einfach so sehr vermisst, Mama!«, sagte Onkel Djafar.

»Wo ist Dariush?«

Stille.

»Ja, wo ist mein Bruder?« Tante Niloufar warf mir einen verstörten Blick zu. Ich hob meine Augenbrauen und versuchte ihr dadurch klar zu machen, dass wir das nicht wissen.

»Weiß niemand, wo mein Sohn ist?«

Nachdem wir uns in der kurzen Zeit auf keine der vorgeschlagenen Lügen einigen konnten, herrschte Ratlosigkeit. Onkel Djafar hatte vorgeschlagen, meinen Vater in einen Verkehrsstau zu stecken. Cousine Leyla meinte, eine Steuerprüfung würde glaubwürdige Dienste leisten. Wohingegen meine Mutter wieder einmal meinte, das Beste wäre es, dieses Theater zu beenden und meine Großmutter mit der Wahrheit zu konfrontieren.

344

»Er ist zu Hause, er hat verschlafen!«, hörte ich mich plötzlich sagen. Was für eine idiotische Lüge. Sie würde in weniger als einer dreiviertel Stunde, wenn Måmånbosorg die Wohnung meiner Mutter betrat, auffliegen. »Das Dumme ist nur, dass er nicht in Wien wohnt. Also schon auch ... noch, aber dass er in Innsbruck eine Zweitwohnung gemietet hat, weil er dort einem Freund im Teppichgeschäft aushilft, und er hat gerade angerufen. Er wollte gestern Nacht noch wegfahren, aber es war schon sehr spät und er wollte keinen Unfall riskieren und da hat er beschlossen, er fährt heute früh weg und jetzt ist er vor zehn Minuten aufgewacht und wenn er sich beeilt, ist er in zwölf Stunden da. Innsbruck ist sehr weit weg von Wien, weißt du! Es sind doch ungefähr zwölf Stunden von Innsbruck nach Wien, oder?«

Natürlich wusste ich, dass es nur fünf Stunden sind, aber die Wahrscheinlichkeit, dass Vikram Rosenblatt in den nächsten fünf Stunden auftauchen würde, hielt ich nicht für sehr hoch. Ich suchte nach jemandem, der mir diese Aussage bestätigen konnte. Aber außer meiner Mutter wusste keiner meiner anwesenden Verwandten, wie weit es von Innsbruck nach Wien ist.

»Ja. Innsbruck ist weit ... sehr weit«, sagte meine Mutter traurig.

Zu diesem Zeitpunkt lag Vikram Rosenblatt immer noch stockbesoffen, eine Flasche Wodka in der Hand, auf einem Stapel Perserteppiche im Teppichgeschäft meines Vaters. Er hatte die Nacht durchgemacht und war dann gegen neun Uhr morgens ins Teppichgeschäft gekommen. Er hatte von uns sowohl für die Wohnung meiner Mutter als auch für das Geschäft einen Schlüssel bekommen. Aus den Lautsprechern der Stereoanlage dröhnte laut persische Popmusik.

In seinem Rausch hatte er wieder Mut gefasst und war ins Teppichgeschäft gefahren, um sich auf seinen Auftritt in zwei Stunden vorzubereiten. Er sang zu der persischen Musik und tanzte. Er warf mit Pistazien um sich und rief laut:»Siebentausend Jahre persische Hochkultur! Das spiele ich mit links! Nein, Madame, Ihr Sohn ist nicht verstorben! Er lebt! In mir! Er lebt in mir weiter – ich bin Perser!«

Dann suchte er auf der CD den Track mit der persischen Nationalhymne, die wir ihm einige Tage zuvor vorgespielt hatten. Laut dröhnte um neun Uhr morgens die Hymne aus dem Geschäft auf die Straße. Rechtschaffene Bürgerinnen und Bürger, die zur Arbeit gingen oder ihre Kinder in die Schule gebracht hatten und jetzt wieder nach Hause eilten, sahen »meinen Vater«, eine Flasche Wodka in der Hand, auf Teppichen zur persischen Nationalhymne tanzen.

Ey Iran, ey, marse por gohar,
ey chåkat sar tscheschme je honar,
dur as to andische ye badån,
pajande må nito djawedån
EEEEEEEJJJJJJJJJ!

Und mit diesem langen lauten *EEEEEJJJJ* kippte Vikram Rosenblatt hintenüber auf den Stapel Teppiche und schlief ein.

Meine Großmutter legte sich ein wenig zur Ruhe, nachdem wir Tee, Gebäck und Obst gegessen hatten. Sie war müde von der Reise.

Wir saßen im Wohnzimmer. Wieder einmal waren wir an einem Punkt, an dem wir nicht weiter wussten. Wir waren alle der Meinung, dass Großmuter nichts bemerkt haben konnte. Hatten wir uns komisch verhalten? Nein, meinten wir alle einhellig, jeder wissend, dass wir uns sehr wohl äußerst seltsam gebärdet hatten.

»Das mit den Umarmungen war vielleicht ein wenig übertrieben«, meinte Omid.

»Ach, Perser umarmen und küssen einander doch ständig«, wehrte ich ab.

»Wir müssen sie ablenken, bis Vikram Rosenblatt entweder von selbst wieder auftaucht oder wir ihn finden.«

Måmånbosorg lag im Bett meiner Muter, das diese ihr für die Zeit ihres Aufenthalts zur Verfügung stellte. Sie lag da und dachte darüber nach, was hier nicht stimmte. Warum erschien ihr Sohn nicht am Flughafen, um sie abzuholen? Sie dachte nach. Sie sah Dariush vor ihrem geistigen Auge, wie er mit dem Opiumdealer verhandelte. Wie dieser zuviel verlangte oder, wie dieser – eine noch viel schlimmere Vorstellung – gemeinsam mit meinem Vater von der Polizei verhaftet wurde. Ja, das musste es sein! Ihr Sohn wurde bei dem Versuch, für seine alte, an Gicht erkrankte Mutter Opium zu besorgen, verhaftet. Und jetzt saß er in Untersuchungshaft, und um niemanden zu beunruhigen, hatte er seiner Familie diese Geschichte mit Innsbruck aufgetischt.

Meine Großmutter hatte nämlich mit meinem Vater eine Vereinbarung getroffen. Sie kommt nach Wien, sie verbringt *Nowrouz* hier und bleibt dann für drei Monate in Österreich, um ihre schwere Gicht mit Opium zu kurieren. Ein altes persisches Hausmittel. Nicht, dass es in Amerika nicht die geeigneten Medikamente gegeben hätte, aber sie waren zu teuer. Meine Großmutter war den Großteil der Zeit, die sie in Amerika verbrachte, ein

Flüchtling. Erst vor zwei Jahren hatte sie eine Greencard bekommen. Allerdings hatte sie nicht genug Geld, um sich die entsprechende Versicherung leisten zu können. Amerika ist, was das öffentliche Gesundheitswesen angeht, ein Entwicklungsland. Und so kamen mein Vater und seine Mutter auf die glorreiche Idee, ihre fortwährenden Schmerzen mit diesem alten persischen Hausmittel zu lindern. Und jetzt hatten ihn die Drogenfahnder erwischt. Meine Großmutter bereute es zutiefst, auf den Vorschlag meines Vaters eingegangen zu sein. Sie hatte eines ihrer Kinder in Gefahr gebracht, das würde sie sich nie verzeihen können. Sie konnte nicht einschlafen, wälzte sich vor Sorge um ihren Sohn hin und her, stand auf, kam zu uns ins Wohnzimmer und sagte: »Warum sagt ihr mir nicht die Wahrheit? Ich spüre doch ganz genau, dass ihr etwas zu verbergen habt!«

Wir starrten unsere Großmutter an und ich hatte für einen Augenblick das Gefühl, als wäre die Luft gefroren. Wie in einem Eisblock festgefroren befand sich jeder an seiner Stelle, verharrte in seiner Position.

»Ihr habt doch gerade über irgendetwas geredet, das ich nicht hören soll! Hab ich recht?«

Jetzt begann die gefrorene Luft zu vibrieren und verursachte in meinen Ohren ein extrem unangenehmes, schrilles Geräusch. »Onkel Fereydoun!«, dachte ich. Wir müssen so schnell wie möglich Onkel Fereydoun erreichen. Er war sozusagen als Backup, als Telefonjoker in New York geblieben. Der Plan war, dass Onkel Fereydoun, wenn »mein Vater« unterwegs war, meine Großmutter anrufen sollte, damit wir Vikram Rosenblatt nicht zu sehr beanspruchten.

Großmutter stand da und wartete auf eine Antwort.

»Also, was für eine Lüge habt ihr mir aufgetischt!?«

In diesem Moment sprang mein Onkel Djafar auf und

sagte: »Måmån, es hat keinen Sinn mehr, dieses Geheimnis vor dir aufrecht zu halten. Mit dem untrüglichen Instinkt einer Mutter, hast du gespürt, das etwas nicht stimmt.«

Er riss sich sein Toupet vom Kopf und warf sich vor seiner Mutter auf die Knie: »Verzeih mir, Måmån – ich habe dich belogen! Ich trage seit dreißig Jahren ein Toupet! Ich konnte nicht länger mit dieser Lüge leben!«

»Der ganze Iran weiß, dass du ein Toupet trägst! Was machst du für ein Theater? Deine Verwandten – wenn die mich anrufen, um sich nach dir zu erkundigen – dann sagen sie: ›Hassan katjal, tschetroe!‹ – ›Wie geht's dem Glatzkopf?‹ Davon rede ich nicht! Ihr verheimlicht mir etwas ganz anderes!«

Onkel Djafar stand wieder auf und betrachtete sein Toupet.

»Ihr habt immer alle gewusst, dass ich ein Toupet trage?«

»Ja, natürlich!«, sagte meine Tante Niloufar.

Djafar war fassungslos. Wie konnte sein Geheimnis nur aufgeflogen sein.

»Auch schon bevor es mir am Begräbnis vom Kopf geflogen ist?«

In der Sekunde, in der er die Worte aus seinem Mund kommen hörte, wurde Onkel Djafar klar, dass es zu spät war.

»Was für ein Begräbnis?«, fragte meine Großmutter.

Cousine Leyla reagierte blitzschnell »Ein Nachbar von uns in Berlin ist gestorben. Und stell dir vor, Måmån! An seinem Begräbnis in Berlin, das war in Berlin ... hahaha! Stell dir vor, da kam ein Windstoß und mein Vater ist ohne Toupet dagestanden, hahah!«

Während die anderen noch lachten, stahl ich mich aus dem Zimmer und sperrte mich auf der Toilette ein. Ich wischte mir zuerst den Schweiß von der Stirn, dann nahm ich mein Handy und rief Onkel Fereydoun in New York an. Ich sah auf das Display. Es war dreizehn Uhr. Die Chance, dass Onkel Fereydoun bereits wach war, war nicht sehr groß. Sechs Stunden Zeitunterschied – in Amerika war es jetzt sieben Uhr Früh. Ich ließ es lange läuten. Nichts. Dann sprang seine Mailbox an.

»Hi! Hier ist Martin. Fereydoun! Sobald du diese Message abhörst, musst du Måmånbosorg anrufen. Als Papa! Bitte! Du musst sagen, dass du – schreib dir das, bitte auf – dass du erst jetzt in Innsbruck, ich wiederhole: Innsbruck«, ich sprach das Wort überdeutlich aus, »dass du jetzt in Innsbruck losfährst und in zwölf Stunden in Wien bist! Zwölf Stunden! Alles klar! Bitte, melde dich, es ist dringend. Rosenblatt ist weg!«

Als ich ins Wohnzimmer zurückkam, traf mich der Schlag! Meine Großmutter saß neben meiner Tante Niloufar auf der Couch und beide weinten. Oh Gott, es ist passiert. Sie weiß alles.

»Niloufar hat es ihr gesagt, Martin!«, klärte mich Omid auf.

»Ja. Nach all den Jahren hat sie es endlich gesagt! Das, was wir alle schon längst gewusst haben!«, ergänzte Onkel Djamjid.

Meine Großmutter sah mich mit verweinten Augen an. »Hast du es auch gewusst, Martin-djån?«, fragte sie mich.

Ich wünschte mir die gefrorene Luft zurück. Nichts. Stattdessen wurde mir heiß um die Ohren und ich dachte, ich würde ohnmächtig.

»Ja. Natürlich!«, sagte ich und fing auch an zu weinen. Damit könne ich auf keinen Fall falsch liegen, dachte ich mir.

»*Åchej, Martin-djån, Ghorbunet beram-man!* Du musst doch nicht weinen, nur weil deine Tante eine Lesbe ist!«, sagte meine Großmutter und umarmte ihre einzige Tochter.

Tante Niloufar hatte allen Mut zusammen genommen und ihrer Mutter erklärt, dass sie eine Lesbe sei. Das wäre auch der Grund ihrer Scheidung gewesen. Sie hätte sich in Paris nicht mit einem Mann, sondern mit einer Frau getroffen. Sie wäre jetzt unendlich erleichtert und froh, dass sie ihrer Mutter die Wahrheit über ihre sexuelle Orientierung verraten habe.

Großmutter wischte sich ihre Tränen aus dem Gesicht.

»Es ist nicht gut, wenn es in einer Familie Geheimnisse gibt! Warum hast du mir nie etwas gesagt?«, fragte sie ihre einzige, seit fünf Minuten lesbische Tochter.

»Ich weiß es nicht, Måmån! Ich weiß es nicht. Ich hatte Angst, dass du mich verstoßen würdest!«

»So etwas Dummes! Was sagst du da! Du bist meine Tochter, egal mit wem du was machst!«

»All die Zeit habe ich mich nicht getraut, es dir zu sagen, weil ich mich schämte. Aber jetzt, wo es heraußen ist, bin ich froh und glücklich!«

»Mein Kind ist lesbisch! Das macht doch gar nichts!«

»Måmån! Ich bin so froh!«

Meine Großmutter beäugte Tante Niloufar skeptisch.

»Und du magst überhaupt keine Penisse?«

»Nein!«

»Auch nicht ganz kleine?«

»Nein, Måmån!«

»Auch nicht ein bisschen?«

Tante Niloufar schüttelte den Kopf.

»Tja, dann bist du wohl wirklich eine Lesbe!«, sagte meine Großmutter zweifelnd.

»Also, das ist doch überhaupt kein Problem. Wenn

wir wieder in Amerika sind, gehst du zu einem Psychiater, vielleicht kann der was machen!«

»Nein, Måmån, da kann man nichts dagegen machen.«

»Und du hast eine Frau ... also eine Freundin?«

»Naja, wir waren gemeinsam in Paris und ...«

»Ist sie Amerikanerin?«

»Ja.«

»Muss das sein? Kannst du dir nicht wenigstens eine
Perserin nehmen?«

Wir waren alle erleichtert. Lesbische Tochter ist ein
gutes Thema, um eine Mutter von ihrem fehlenden Sohn
abzulenken. Måmånbosorg stand auf und ging Richtung Küche.

»Tja, was soll man machen, meine Tochter mag keine
Penisse!« Sie drehte sich zu uns um: »Wollt ihr etwas
essen? Angelika! Was haben wir zu Hause? Ich mache
Kashke Bademdjån oder so etwas!«

Meine Mutter begleitete Måmånbosorg in die Küche.
Erleichterung machte sich breit.

»Tante Niloufar! Du bist genial!«, sagte Omid. »Du
hast dir einen Oscar verdient!«

»Nein, hab ich nicht«, sagte sie, stand auf und ging
Richtung Badezimmer. Sie ließ uns verwirrt zurück.

»Vielleicht ist sie wirklich ...«

»Aber nein. Ist sie sicher nicht!«

»Warum hat sie dann so geweint?«

***

Vikram Rosenblatt wurde durch die zärtlichen Ohrfeigen geweckt, die ihm Dr. Taheri verabreichte. Dr. Taheri
war ein sehr guter Freund meines Vaters. Als Psychiater
und Neurologe arbeitete er in einer bekannten Wiener
Nervenheilanstalt und war die letzten sechs Monate

beruflich in Kanada gewesen. Wenige Tage vor dem Tod meines Vaters hatten die beiden telefonisch ein Treffen vereinbart, sobald Dr. Taheri wieder in Wien sei. Dr. Taheri war vor drei Tagen zurückgekommen und stattete seinem besten Freund einen Überraschungsbesuch ab. Erstaunt musste er feststellen, dass Dariush Ansari bewusstlos in seinem Geschäft lag.

Nachdem er sich davon überzeugt hatte, dass sein Freund noch am Leben war – er hatte seinen Puls gefühlt – versetzte er ihm einige Ohrfeigen, um ihn wach zu kriegen.

Langsam öffnete Vikram Rosenblatt seine Augen. Verschwommen konnte er eine fremde, orientalisch aussehende Gestalt wahrnehmen und blitzschnell schoss ihm ein unsagbar heftiger Schmerz in den Kopf. Es fühlte sich an, als wäre sein Gehirn in Sekundenschnelle auf Erbsengröße geschrumpft. Dann schmeckte er den Alkohohl und roch die Ausdünstung seines Körpers. Er hegte den Verdacht, man hätte ihn in Formaldehyd eingelegt.

»Bin ich tot?«, fragte er auf Englisch.

»Dariush? Kannst du mich hören?«

»Wer sind Sie?«

»Dariush, geht es dir gut?«

Dr. Taheri sprach Farsi, während Vikram Rosenblatt weiterhin auf Englisch antwortete.

»Wer sind Sie?«

»Dariush! Steh auf. Komm, du musst Wasser trinken!«

»Ich bin nicht Dariush!«

»Was sagst du?«

»Ich bin nicht Dariush Ansari. Mein Name ist Vikram Rosenblatt. Ich bin Schauspieler aus England, meine Mutter war Inderin und mein Vater Jude, darum sehe ich wie ein Perser aus!«

353

Dr. Taheri half Mr. Rosenblatt auf die Beine und führte ihn in das Hinterzimmer des Teppichgeschäfts, wo sich ein Wasserhahn befand, unter den er Vikram Rosenblatts Kopf hielt.

»Was machen Sie da? Wer sind Sie?«

»Dariush, du musst wieder zu dir kommen!«

Er drehte den Wasserhahn auf.

»Ich will keine Dauerwelle! Keine Dauerwelle, ich vertrage die Wickler nicht!«

Mr. Rosenblatt war immer noch sehr betrunken, sein Gehirn funktionierte nicht, es war so überschwemmt von Alkoholmolekülen, dass es immer wieder falsche Synapsen miteinander verband.

»Ich hasse Friseure!«

»Lass dir das kalte Wasser über den Kopf rinnen, das tut gut!«

Während Vikram Rosenblatt das kalte Wasser über seinen Kopf rinnen ließ, rief Dr. Taheri von seinem Handy aus die Ambulanz. Er hegte den Verdacht, dass Dariush Ansari sich ins Delirium tremens gesoffen hatte.

»Ich bin Schauspieler aus England! Ich soll einen Toten spielen, hier in Wien. Den toten Vater von der persischen Familie!«

»Wie heißt denn diese Familie?«, fragte Dr. Taheri, während sie beide im Hinterzimmer an einem Tischchen saßen und auf den Ambulanzwagen warteten.

»Ansari! Die Familie Ansari!« Vikram Rosenblatt sah Dr. Taheri mit bösem Blick an. »Ich soll einen Lammkopf essen und übers Feuer springen, damit die Oma nichts merkt!«

»Und was soll sie nicht merken?«

»Das ich tot bin ... also er, der Ansari, der ist tot. Aus. Hops in die Gruft!«

»Aber du bist doch Dariush Ansari!«

»Jaaa! Weil sie mich engagiert haben! Aus England, London! Ich bin britisch! Ich muss sieben Sachen machen, damit das neue Jahr beginnen kann. Hyazinthen und Äpfel und ... die Oma darf nichts wissen!«

Dr. Taheri musste feststellen, dass es um Dariush Ansari schlimmer bestellt war, als er dachte. Es könnte sein, dass dieser Schaden, der im Gehirn von den Alkoholmolekülen angestellt worden war, sich als irreversibel herausstellen würde. Sein bester Freund, dachte er, hielt sich für tot und gab sich als englischer Schauspieler aus, der sich selbst spielen sollte, damit die Oma nichts merkte.

Als die Ambulanz kam, weigerte sich der Patient einzusteigen, mit der Begründung, er müsse jetzt sofort in das Ferienhaus fahren und Hühnchen in Safransoße grillen. Es kam zu einem kleinen Handgemenge und der Notarzt gab Vikram Rosenblatt eine Beruhigungsspritze.

Auf dem Weg in die Nervenheilanstalt überlegte Dr. Taheri, wann er meine Mutter davon in Kenntnis setzen solle. Er beschloss, niemanden zu beunruhigen und das Ergebnis der Untersuchung abzuwarten.

Unglücklicherweise traf Dr. Taheri in der Nervenheilanstalt auf einen Kollegen, ebenfalls Perser und so wie er ein guter Freund meines Vaters, der ihm versicherte, der Mann, der in Zimmer 34 friedlich schläft, könne unter keinen Umständen Dariush Ansari sein, weil er doch selbst vor wenigen Wochen auf dessen Begräbnis war.

Das Telefon meiner Mutter klingelte, während sie in der Küche für Måmånbosorg Melanzani schälte. Omid und ich saßen am Küchentisch. Meine Großmutter bereitete

Tee zu. Wir hatten sie dazu gebracht, über unseren Großvater, ihren ersten Mann, zu erzählen. Einerseits, so dachten wir, eine gute Ablenkung, andererseits interessierte uns seine Geschichte wirklich. Zuerst meinte sie, sie wäre jetzt nicht in der Lage alte Geschichten zu erzählen, jetzt wo sie soeben von der sexuellen Orientierung ihrer Tochter erfahren habe, aber dann fand sie Gefallen daran, uns eine Anekdote aus dem Leben unseres Großvaters zu erzählen.

»Er war Arzt. Ein praktischer Arzt. Seine Familie bestand darauf, dass er Arzt werde. Aber ihm hat das nicht gefallen und so widmete er sich seiner großen Leidenschaft, dem Theater. Er war Schauspieler und Schriftsteller. Es war natürlich nur ein Hobby. Er ordinierte weiterhin als Arzt und in seiner Freizeit schrieb er Theaterstücke und brachte sie dann in einem großen Theater in Teheran zur Aufführung. Allerdings unter falschem Namen, denn seine Mutter durfte niemals erfahren, dass er einer so minderwertigen Tätigkeit nachging. Das war damals so. Theaterleute wurden damals mit Dieben und Huren gleichgestellt. Er schämte sich vor seiner Mutter. Also musste er sie anlügen.«

Das Lügen, so dachte ich, liegt also bei uns in der Familie.

»Ich war sehr jung als er mich geheiratet hat. Zwölf. Ich war zwölf Jahre alt und verstand nicht, was er da tat. Erst später wurde mir klar, mein Mann ist auch Schauspieler und Schriftsteller.«

»Und was hat er für Stücke geschrieben?«, fragte Omid interessiert

»Ich weiß es nicht. Ich kann mich nicht mehr erinnern. Er war kein sehr guter Schriftsteller. Es waren meistens sehr ernste Dramen, in denen es um irgendeinen Schah ging. Und irgendwelche Schlachten, die der eine Schah verloren hat oder der andere gewonnen und um die Intrigen, die angestellt wurden, damit einer Schah werden kann oder jemand einen Schah stürzen kann. Solche Sachen, *Kosse-sher, dige!*«

»Shakespeare! Unser Großvater war der persische Shakespeare!« Omids Augen strahlten. »Er hat Königsdramen geschrieben!«

»Nein. Er hat nur Mist geschrieben.«

»Hast du seine Stücke aufgehoben? Gibt es die noch?«, fragte ich.

»Nein. Ich hab das ganze Papier weggeschmissen, als er gestorben ist. Mein Gott, ich war damals 24 Jahre und bin mit vier Kindern und schwanger alleine dagestanden.«

»Verdammt! Schade! Ich hätte für mein Leben gerne eines seiner Stücke gelesen!«

»Wenn ich gewusst hätte, dass eines seiner Enkelkinder sich vierzig Jahre später dafür interessiert, weil es Schauspieler ist, hätte ich sie aufgehoben. Aber man kann eben nicht in die Zukunft sehen.«

»Warst du einmal im Theater? Hast du ihn spielen sehen?«

»Ja, einmal.«

»Und? Wie war er?«

»Ach. Ich kann mich doch kaum noch daran erinnern. Er sah aus wie Marlon Brando, hatte aber eine Stimme wie Woody Allen. Er spielte nicht besonders gut Theater, aber sehr gerne.«

Sie legte die geschälten Melanzani auf ein Schneidebrett und begann sie jeweils in vier Teile zu schneiden.

»An ein Stück kann ich mich noch erinnern. Er war ja ein großer Tragöde. Er liebte die dramatischen Geschichten. An diesem Abend jedoch hatte er einen riesengroßen Lacher, den einzigen, den er jemals hatte.«

»Echt? Was war das für ein Stück?«

»Ich weiß nicht mehr! Ich glaube, es ging um den persischen Kaiser Nadir Schah. Wisst ihr, der Indien erobert hat und der den Pfauenthron und den großen *Koh i Noor* Diamanten nach Persien brachte. Euer Großvater hatte eine besondere Vorliebe für diesen Schah. Keine Ahnung, warum. Auf jeden Fall: Die Szene, in der er plötzlich einen unvorhergesehenen Lacher hatte, spielte im Palast des indischen Kaisers in der Stadt Shahjahanabad. Euer Großvater spielte den Sohn des Schahs, der zugleich sein wichtigster Feldherr war. Der Schah kam mit seiner Krone in den Saal, der Pfauenthron wurde hinterher getragen, die Diamanten waren in ein schmutziges Tuch gewickelt. Nadir Schah sagte zu eurem Großvater: ›Mein Sohn, reite nach Isfahan und gib Kunde von unserem Großen Sieg über die Inder!‹ Euer Großvater küsste dem Schah die Hand und hätte zu sagen gehabt: ›Sehr wohl, großer Kaiser, Schah in Schah des Iran, Padeschah, Licht der Welt. Ich reite!‹ Während der Szene wurde es aber immer dunkler auf der Bühne, weil der Theaterdiener vergessen hatte, die Petroleumlampen, mit denen die Bühne beleuchtet wurde, vor der Vorstellung aufzufüllen. Euer Großvater hatte Angst, dass die weiteren Szenen im Dunkeln gespielt werden müssten und so sagte er zum Schah: ›Großer Kaiser, Schah in Schah des Iran, Padeschah, Licht der Welt! Ich reite sofort los! Aber tut mir bitte einen Gefallen. Während ich nach Isfahan reite, schüttet noch etwas Petroleum in die Lampen, damit die Leute etwas sehen können!‹ Die Leute lachten sich krumm! Er hat dem Schah befohlen, die Lampen nachzufüllen! Aber ich kann euch nicht garantieren, dass es wirklich genau so gewesen ist. Ich war neunzehn Jahre alt. Das ist sehr lange her.«

Während wir selig lachten, ganz im Bann dieser

Geschichte, hob meine Mutter ihr Telefon ab und wurde blass. Dr. Taheri schilderte ihr, was passiert war. Ein Verrückter, der sich für ihren Mann ausgab, war in das Teppichgeschäft eingebrochen und lag jetzt in der Nervenheilanstalt.

Måmånbosorg fragte meine Mutter, die ein entsetztes Gesicht machte: »Angelika! Was ist passiert? Ist etwas mit Dariush?«

»O.k. Wir kommen hin!«, sagte meine Mutter hastig und legte auf.

»Was ist passiert?«, Måmånbosorg machte ein besorgtes Gesicht.

Meine Mutter war von dieser Situation überfordert und sagte: »Es war ein Arzt: Dariush liegt im Spital, er hatte einen Autounfall!«

Meiner Mutter war alles zu viel geworden. Der Tod ihres Mannes, die Lügen, die ganze Zeit so tun zu müssen, als wäre nichts passiert. Sie hatte keine Kraft mehr. Sie fing an zu weinen.

»Was ist passiert? Ist er schwer verletzt? Wo ist er?«, fragte Måmånbosorg.

Ich fragte meine Mutter auf Deutsch, wer denn da am Telefon gewesen wäre. Sie entschuldigte sich bei Måmånbosorg dafür, dass sie zuerst mit mir sprechen wolle. Måmånbosorg zeigte Verständnis und lief ins Wohnzimmer, um den anderen vom »Unfall« meines Vaters zu berichten.

Meine Mutter klärte mich über das Telefongespräch auf. Omid rief Dr. Taheri zurück. Er erzählte ihm die ganze Geschichte. Ich nahm Onkel Djamjid zur Seite und erzählte ihm was passiert war, während Tante Niloufar und Måmånbosorg sich bereits fertig machten, um ins Spital zu fahren. Tante Niloufar wusste nicht, was los war. Ich traute mich nicht, Englisch mit ihr zu reden,

359

weil ich wusste, Måmånbosorg würde uns verstehen. Ich sagte nur, dass es das Beste wäre, wenn wir ins Spital fahren und nachsehen würden, wie es meinem Vater ginge und dass wir alles im Griff hätten.

Onkel Djafar saß immer noch ohne Toupet herum und verstand ebenfalls nichts. Weil ich sicher sein konnte, dass Måmånbosorg kein Deutsch verstand, klärte ich ihn und Cousine Leyla über die Situation auf.

»Ja, dann fahren wir ins Spital, das ist wahrscheinlich das Beste. Der Arzt ist eingeweiht?«

»Ja, der weiß Bescheid.«

Eine halbe Stunde später standen wir alle im Krankenzimmer 23 um das Bett meines »Vaters«. Måmånbosorg streichelte ihm den Kopf und ich hoffte, dass Vikram Rosenblatt nicht aufwachen und englisch sprechen würde. Der Arzt beruhigte Måmånbosorg.

»Es ist ihm nichts passiert. Er ist nur unter Schock. Wir haben ihm ein Schlafmittel verabreicht!«

Es hatte mich einige Überredungskunst gekostet, den Psychiater von unserer Lüge zu überzeugen. Aber schließlich hatte er eingewilligt, mitzuspielen. Er war ein guter Freund der Familie.

»*Åj Chodåjå!* Fünfzehn Jahre habe ich meinen Sohn nicht gesehen und dann in diesem Zustand! *Delam misuse!* Es verbrennt mir das Herz! Mein Dariush! Mein armer Sohn. Er will sicher etwas essen, wenn er aufwacht!«

Sie kramte eine Silberfolie aus ihrer Tasche und legte sie gemeinsam mit einer halben rohen Zwiebel und einigen Radieschen auf den Nachttisch.

In diesem Moment läutete Måmånbosorgs Handy. Sie hob ab und hörte am anderen Ende ihren Sohn Dariush, der ihr erklärte, er werde jetzt in Innsbruck wegfahren und er freue sich schon, sie morgen früh zu sehen. Und wie der Flug gewesen wäre und ob wir uns auch gut um sie gekümmert hätten.

»Måmån! Måmån?«, rief Onkel Fereydoun ins Telefon, nachdem er sich gewundert hatte, wieso seine Mutter ihm keine Antwort gab.

In diesem Moment wusste meine Großmutter alles und klappte bewusstlos zusammen.

Die Türme des Schweigens

Drei Tage lang sagte meine Großmutter nichts.
Gar nichts. Kein einziges Wort. Sie schlief täglich mehr als fünfzehn Stunden. Sie nahm kaum
etwas zu sich. Wenn, dann nur Reis mit schwarzem Tee.
Es war rund um die Uhr jemand von uns bei ihr. Wir
hatten uns für das Theater entschuldigt, das wir aufgeführt hatten, wir weinten vor ihr – sie blieb stumm.
Einige Male schlief sie unter Tags im Sitzen ein. Der
Schlaf war der einzige Ort, an dem sie keinen Schmerz
verspürte, und so flüchtete sie dorthin, so oft und so
lange es ging.

Wenn wir sie in dem Lehnstuhl schlafen sahen, dachten wir jedes Mal, sie wäre tot. Sie atmete kaum, manchmal seufzte sie ganz tief. Wir saßen um sie herum und
weinten.

Wir fragten sie, ob sie einen Arzt sehen möchte, ob sie
zu einem Psychiater gehen wolle, der ihr Antidepressiva
verschreiben könnte – sie blieb stumm. Sie antwortete
uns nicht. Sie sah uns kaum an. Manchmal hob sie den
Kopf und sah mir oder meiner Mutter in die Augen.
Dann fragten wir sie, ob sie etwas brauche, ob sie Hunger oder Durst habe – sie sagte nichts, schloss ihre Augen
und schlief wieder ein.

Dann war ich mit ihr allein in der Wohnung meiner
Mutter. Die anderen waren auf den Markt zum Einkaufen gefahren. Sie saß in ihrem Lehnstuhl und starrte die
Wand an. Ich setzte mich zu ihr und fragte sie in meiner

Verzweiflung, ob wir vielleicht gemeinsam beten sollten. Sie antwortete nicht. Sie war wie paralysiert. Dann
holte ich aus meinem Rucksack ein Fotoalbum hervor.
Ich zeigte ihr die Bilder vom Begräbnis meines Vaters.
Sie nahm das Album in die Hand. Ich blätterte es mit ihr
durch. Ich zeigte ihr das Foto vom Sarg meines Vaters.
Das Foto von dem Kranz, den wir in ihrem Namen
gekauft hatten, mit der Schleife, auf der stand: »Ich
werde dich niemals vergessen, deine Mutter!«, daneben
war ein kleiner Bilderrahmen mit dem Bild von Måmånbosorg, den ich neben den Kranz gestellt hatte.

»Weißt du, Måmån, ich habe mir gedacht, du würdest
sicher bei seinem Begräbnis dabei sein wollen. Und für
ihn warst du dabei.«

Sie sagte nichts. Sie legte das Fotoalbum zur Seite und
schlief ein. Ich machte mir Sorgen um ihre Gesundheit.

Es war schwarz geworden um meine Großmutter.
Komplett schwarz. Sie hörte die Menschen reden, sie
sah sie, aber sie fühlte sich von Dunkelheit umgeben,
vollkommener Dunkelheit. Sie spürte körperlich unmittelbar die Abwesenheit Gottes. Das Gefühl war ihr nicht
gänzlich neu.

Sie war gerade dreizehn Jahre alt gewesen. Seit drei
Tagen hatte sie kein Wort gesprochen. Seit der Nacht,
in der unser Großvater seine Hochzeitsnacht konsu-
miert hatte und sie zum ersten Mal in ihrem Leben mit
einem Mann geschlafen hatte, einem Mann, der 35 Jahre
älter war als sie, redete sie kein Wort. Die Familie meines Großvaters machte sich große Sorgen um die junge
Braut. Unsere 92 Jahre alte Urgroßmutter hielt meinem
Großvater eine Moralpredigt. Er hätte doch warten können, bis sie ein wenig reifer geworden wäre. Mein Großvater meinte, er hätte lange genug gewartet, die Hochzeit habe vor einem Jahr stattgefunden. Es wäre nun

höchste Zeit, dass das Mädchen erwachsen werde, noch dazu, wo sie bereits ihre Tage bekommen hätte.

Meine Urgroßmutter redete mit ihr – doch das Mädchen blieb stumm. Ein befreundeter Arzt, ein Kollege unseres Großvaters, hatte Bettruhe verordnet. Nach einigen Tagen setzte meine Urgroßmutter sich mit einem Foto zu ihr ans Bett. Es war ein Foto von der Hochzeit. Die ganze Familie stand um das Brautpaar herum.

»Er ist jetzt dein Mann«, sagte sie. »Das ist nichts Böses, was er mit dir macht, denn du bist seine Frau!«

Aber es blieb schwarz um sie herum. Bis zu dem Tag, an dem ihr erster Sohn geboren wurde. Dieses kleine Baby wurde ihr bester Freund, ihr Spielgefährte. Dann kam das zweite Kind. Das dritte und das vierte. Und es wurde immer heller um die mittlerweile 24 Jahre alte junge Frau. Sie hatte die Dunkelheit vergessen. Sie war für ihre Kinder da, die Licht in ihr Leben brachten. Sie opferte ihr Leben für ihre Kinder. Dann starb unser Großvater und sie hatte ein schlechtes Gewissen und Schuldgefühle, weil sie keine Trauer verspürte, obwohl sie gerade mit seinem fünften Kind schwanger war. Und sie hatte Angst davor, dass es wieder dunkel werden würde – doch es blieb hell, es wurde vielleicht sogar ein wenig heller als zuvor.

Der junge Mann, der Sohn des Nachbarn, war ihr aufgefallen. Er lebte in Scheidung, hieß es. Sie sind einander einige Male begegnet, wenn sie mit den Kindern im Garten war und er seinen Vater besuchte. Wenn sie ihn sah, schien es überhaupt keine Dunkelheit mehr zu geben.

Nach der Geburt des fünften Kindes beantragte die Familie Ansari das Sorgerecht für die Kinder meiner Großmutter. Wie soll denn eine 24-jährige allein stehende Frau fünf Kinder versorgen? Es fühlte sich an, als wolle man ihr das Leben nehmen. Diesmal wurde es nicht dunkel um sie und sie schwieg nicht. Sie kämpfte um ihre Kinder.

Sie saßen im Gerichtssaal in Teheran. Meine Großmutter, Tante Niloufar, Onkel Djamjid, mein Vater und Onkel Fereydoun. Måmånbosorg hielt den drei Monate alten Onkel Djafar im Arm. Der Richter hörte beide Parteien, dann kam er zu seinem Urteilsspruch. Eine junge Frau ohne Einkommen wäre nicht in der Lage, ihre Kinder großzuziehen. Es wäre zum Wohle der Kinder, wenn sie, wie es der Plan der Familie Ansari war, unter der Verwandtschaft aufgeteilt würden. Schließlich kann man niemandem zumuten, fünf Kinder zu ernähren, und für deren Mutter wäre es das Beste, wenn sie zurück nach Isfahan ginge, wo sich ihre Familie um sie kümmern könne. Wenn es natürlich einen Mann gäbe, der bereit wäre, sie zu heiraten und der über das nötige Vermögen verfügte, fünf Kinder zu ernähren, dann müsse man sie nicht von ihren Kindern trennen. Aber nachdem dem nicht so sei, wäre das Urteil rechtskräftig.

In diesem Moment öffnete sich die Türe des Gerichtssaals und ein weißer heller Schein durchdrang den Raum, aus dem der junge Mann, der Sohn des Nachbarn, vor den Richter trat und sagte, er wäre verliebt in diese wunderschöne junge Frau und ihre fünf Kinder und er möchte sie heiraten und ihr ein guter Ehemann sein und sie und ihre Kinder ernähren.

Und es war niemals wieder dunkel um meine Großmutter geworden. Sie kämpfte von nun an. Sie kämpfte sich durchs Leben, auch nachdem mein Stiefgroßvater 1978 gestorben war. Sie kämpfte sich aus den Klauen der Mullahs, die sie nach der Revolution ins Gefängnis warfen, bis nach Amerika durch. Und sie betete jeden Tag für ihre Kinder, die über die ganze Welt verstreut ihr Leben fristeten, in Amerika, in Deutschland, in Schweden und in Österreich. Als sie nun erfahren musste, dass ihr Sohn gestorben war, wurde es wieder dunkel um sie und sie hörte zu beten auf.

»Es gibt keinen Gott!«

Ich war neben ihr ebenfalls eingenickt. Ich schlief nicht richtig, aber ich döste ein wenig vor mich hin. Auch ich war sehr erschöpft nach allem, was passiert war.

»Was sagst du?«

»Es gibt keinen Gott!«

Das waren die ersten Worte, die sie nach drei Tagen sprach.

»Wie geht es dir?«

»Wenn es einen Gott gäbe, dann hätte er mich zu sich genommen anstelle meines Kindes. Mich, eine alte Frau, die eigentlich darauf wartet, zu ihm zu kommen. Aber nein, mein Sohn muss vor mir sterben, und warum? Weil es keinen Gott gibt!«

Meine Großmutter hat an diesem Tag aufgehört zu beten. Schlimmer noch, sie hat auch aufgehört zu lachen. Sie erzählt uns keine Geschichten mehr. Sie hat aufgehört, persisch zu kochen. Sie will keine Musik mehr hören. Sie hat uns unsere Lüge verziehen und manchmal habe ich sogar den Eindruck, es wäre ihr lieber, die Lüge wäre nie aufgeflogen.

⁂

Es läutete an der Wohnungstür. Ich ging zur Gegensprechanlage und nahm ab. Es war Vikram Rosenblatt.

»Ich glaube, das ist keine sehr gute Idee, wenn sie Sie jetzt sieht! Es geht ihr nicht sehr gut«, versuchte ich ihn abzuwimmeln.

»Ich wollte nur die Schlüssel zurückbringen und mich verabschieden«, sagte er.

366

»Wer ist es?«, fragte meine Großmutter.

Ich überlegte kurz, ob ich lügen sollte, beschloss dann aber die Wahrheit zu sagen.

»Der Schauspieler, der aussieht wie Dariush!«

»Oh ja! Sag ihm, er soll heraufkommen! Haben wir Tee und Obst da?«

Ich öffnete Vikram Rosenblatt die Türe, ging in die Küche, bereitete persischen Tee zu und legte auf einem Teller Obst zurecht. Als ich mit dem Teller ins Wohnzimmer kam, stand Mr. Rosenblatt bereits vor meiner Großmutter. Sie war auf ihrem Lehnstuhl sitzen geblieben.

»Es ist mir eine große Ehre, Sie kennen zu lernen!«, sagte Vikram Rosenblatt in einem Farsi, das britischer nicht sein konnte.

»Die Freude ist ganz meinerseits!«, sagte meine Großmutter in einem Englisch, das persischer nicht sein konnte. »Bitte, nehmen Sie doch Platz!«

»Sie sprechen sehr gut Englisch. Das hat man mir gar nicht erzählt!«

»Ich hab es ihnen nie gesagt, dass ich Englisch spreche. Wozu auch.« Sie betrachtete ihn von oben bis unten. »Sie sehen überhaupt nicht aus wie mein Sohn! Mein Sohn war nicht so hübsch wie Sie. Sie sind schöner als mein Sohn!«

»Ich hatte leider nie die Möglichkeit, ihn kennen zu lernen!«

»Ich auch nicht! Er ist mit 17 nach Europa, weil er sonst ein junges Mädchen geschwängert hätte.«

Ich fragte Vikram Rosenblatt und Måmånbosorg, ob sie Tee möchten. Beide bejahten meine Frage und ich ging mit mulmigem Gefühl wieder in die Küche. Ich war mir nicht sicher, ob es eine gute Idee war, die beiden alleine zu lassen.

»Ich ... ich ... wollte mich bei Ihnen entschuldigen«,

367

sagte Vikram Rosenblatt, »für zwei Dinge. Erstens dafür, dass ich mich überhaupt bereit erklärt habe, diese dumme Sache mitzumachen, und zweitens dafür, dass ich sie dann auch noch vermasselt habe! Es tut mir leid!«

»Ach! Es hätte ohnehin nicht funktioniert. Glauben Sie, ich wäre auf diesen Trick reingefallen? Ich habe meinen Sohn fünfzehn Jahre nicht gesehen und dann präsentiert man mir eine schlechte Kopie?«

»Tja. Das ... das wollte ich nur sagen. Es tut mir leid!«

Dann saßen die beiden sich eine Zeitlang stumm gegenüber.

Als ich mit dem Tee ins Wohnzimmer kam, war Vikram Rosenblatt bereits wieder am Gehen. Er verabschiedete sich von mir und ich begleitete ihn zur Tür.

»*Aghåje Rosenblatt!*«, rief meine Großmutter, »Sie wären kein guter Perser. Ein Perser muss zumindest seinen Tee trinken, bevor er geht!«

»Ich will Ihnen nicht zur Last fallen ... es ist sicher schwer für Sie, mich zu sehen ...!«

»Kommen Sie nur her!«

Mr. Rosenblatt zog seine Jacke wieder aus und wir gingen zurück ins Wohnzimmer. Meine Großmutter war aus ihrem Sessel aufgestanden und ging in Richtung Schlafzimmer.

»Warten Sie hier – ich komme gleich!«

Wir setzten uns und tranken unseren Tee. Nach wenigen Sekunden öffnete sich die Wohnungstür und meine Mutter, Onkel Djafar, Onkel Djamjid, Tante Niloufar, Cousine Leyla und Cousin Omid betraten die Wohnung, bepackt mit Einkaufstaschen voll Gemüse, Fleisch, Obst und persischen Spezialitäten. Alle waren erstaunt und zugleich erfreut, Vikram Rosenblatt zu sehen.

»Wo ist meine Mutter?«, sagte Tante Niloufar.

»Sie hat sich mit Mr. Rosenblatt schon unterhalten und ist kurz ins Schlafzimmer gegangen!«

»Mr. Rosenblatt«, rief Onkel Djafar jovial, »wie viel Wodka haben Sie eigentlich getrunken?«

»Eine Menge!«

»Na, da haben Sie unserem Bruder alle Ehre gemacht!«

»Wie geht es ihr?«, fragte mich Onkel Djamjid.

»Ich glaube gut. Sie spricht wieder!«, antwortete ich.

»Was hat sie gesagt?«

»Dass es keinen Gott gibt!«

»Eine normale Reaktion«, stellte Omid fachmännisch fest, »eine ganz normale Reaktion!«

»Naja, wenn ein gläubiger Mensch drei Tage lang nur schläft und nichts spricht und dann als erstes sagt, es gibt keinen Gott, dann ist das nicht normal, sondern Zeichen einer enormen Depression!«, konterte Cousine Leyla.

»Ja. Aber wenigstens sagt sie irgendwas!«

Meine Mutter und Tante Niloufar brachten den Einkauf in die Küche. Im Vorbeigehen sagte meine Mutter zu Vikram Rosenblatt: »Sie sehen wirklich wie mein verstorbener Mann aus! Unglaublich!«

»Will jemand Bier?«, fragte Onkel Djafar.

»Nein, danke. Ich bleibe beim Tee«, winkte Vikram Rosenblatt ab.

Onkel Djafar brachte zwei Kisten Bier in die Küche.

Fünf Minuten später saßen wir alle im Wohnzimmer beisammen. Es hatten sich die unterschiedlichsten Gesprächsgruppen gebildet. Cousine Leyla fragte Tante Niloufar, ob sie wirklich lesbisch sei, was diese verneinte. Dies konnte jedoch an der Tatsache nichts ändern, dass wir uns seither nie mehr wirklich sicher sind, ob sie es nicht doch ist. Onkel Djafar sprach mit Mr. Rosenblatt über die Wirtschaftslage in England, mein Cousin Omid

369

erzählte mir eine neue Filmidee und Onkel Djamjid erklärte meiner Mutter, dass es Europa ohne die persische Kultur praktisch gar nicht gäbe. Alles schien beim Alten zu sein, bis einer von uns sagte: »Wo bleibt sie so lange?«

»Wer?«

» Måmånbosorg!«

»Ich weiß nicht. Sie wollte nur etwas aus dem Schlafzimmer holen!«

Niemand wollte aussprechen, was wir alle gleichzeitig dachten. Ich sah mich bereits auf dem nächsten Begräbnis, als die Tür aufging und meine Großmutter ins Wohnzimmer kam. Sie hatte sich umgezogen. Sie trug ein schwarzes Kleid, schwarze Schuhe und ein schwarzes Kopftuch. Sie ging auf Mr. Rosenblatt zu und gab ihm eine silberne Kette mit einem Anhänger, der den zoroastrischen Gott Ahura Mazda darstellte. Wir waren alle still und beobachteten die Szene, als wäre es ein Theaterstück.

»Die habe ich für Dariush gekauft. Ein Geschenk zum neuen Jahr. Ich möchte sie Ihnen übergeben!«

Vikram Rosenblatt bedankte sich.

»Und ich habe eine große Bitte an Sie«, fuhr Måmånbosorg fort. »Lassen Sie mich die Augen schließen und für einen Moment so tun, als wären Sie wirklich mein Sohn!«

»Ja. Sehr gerne.«

Meine Großmutter schloss ihre Augen. Ganz langsam hob sie ihre zitternden Hände und umarmte Vikram Rosenblatt. Sie drückte ihn ganz fest an sich. Dann sagte sie leise: »Leb wohl, Dariush! Ich werde nicht mehr atmen können ohne dich! Ich liebe dich, mein Sohn!«

Inhalt

Erster Teil
Dariush Ansari

Auferstehung in London I 11
Dein Platz ist leer 14
Persische Weihnacht 34
Onkel Djafar macht das schon 61
Eine schlaflose Nacht 75
»Und am dritten Tage ...« 97
Skype Iranian Style 113
In Zahaks Küche 133
Tadigh sei Dank 158
Auferstehung in London II 180

Zweiter Teil
Vikram Rosenblatt

Simurgh der Retter 191
Der Diamant im Turban 210
Persische Terroristen 234
Die Reise beginnt 257
Das ewige Feuer des Zarathustra 285
Happy Nowrouz 312
Dr. Taheri greift ein 341
Die Türme des Schweigens 362

Die Familie Ansari

Martin Ansari, der Erzähler, er ist wie der Autor des Buches zur einen Hälfte Perser, zur anderen Österreicher. Er lebt in Wien.
Dariush Ansari, Martins Vater, ein persischer Teppichhändler in Österreich.
Angelika Ansari, Martins Mutter, eine Österreicherin
Petra Ansari, Martins Schwester.

Onkel Fereydoun, der älteste Bruder von Dariush, lebt in New York.
Tante Agathe, Fereydouns Ex-Frau, eine Österreicherin, lebt seit der Scheidung von Fereydoun in London.

Onkel Djafar, der jüngste Bruder von Dariush, lebt in Berlin.
Cousine Leyla, Onkel Djafars Tochter, lebt ebenfalls in Berlin.

Onkel Djamjid, der mittlere Bruder von Dariush, lebt in Stockholm.
Cousin Omid, der Sohn von Djamjid, lebt ebenfalls in Stockholm.
Cousine Maryam, die Tochter von Djamjid, lebt in Malmö.
Tante Salome, die Mutter der beiden.

Tante Niloufar, die einzige Schwester von Dariush, lebt in Boston, Massachusetts.
Cousine Rochsana, deren Tochter.
Cousin Shapour, auch Jimmy genannt, deren Sohn.
Onkel Ali, beider Vater, von Niloufar geschieden.

Måmånbosorg, die persische Omi, Mutter von Dariush, Djamjid, Fereydoun, Djafar und Niloufar. Lebt in Worcester, Massachusetts.
Abbas Ansari, auch Abbas Agha genannt, ihr verstorbener erster Ehemann, Vater ihrer Kinder, lebte in Teheran.
Dåi Parvis, Måmånbosorgs Bruder. Lebte in Isfahan.

Danke

Es gibt einige Menschen bei denen ich mich bedanken möchte, weil sie direkt oder indirekt zur Entstehung dieses Buches beigetragen haben. Fangen wir mit den »Indirekten« an:

Ich möchte mich bei meiner Mutter bedanken, dass sie immer wieder einzelne Kapitel gelesen und mich zum Weiterschreiben ermutigt hat und dass sie meiner Tochter eine so wundervolle Großmutter ist.

Ich danke meiner Tochter. Sie hat mit ihren elf Jahren sehr viel Verständnis für ihren schreibenden Papa gezeigt und so manche Folge *Spongebob* alleine sehen müssen. Ich verspreche dir, bei *Nanny* bin ich jetzt wieder immer dabei!

Ich danke meiner großen Liebe dafür, dass sie keinen unserer gemeinsamen Inselurlaube abgebrochen hat, obwohl ich, anstatt mir den Sonnenuntergang am Strand anzusehen, in meinen Laptop getippt habe. Kuss!

Ich danke meinem Manager, dass er immer wissen wollte, wie die Geschichte weiter geht und mich nie an den Abgabetermin erinnert hat.

Und jetzt zu den »Direkten«: Zwei Menschen waren mir eine sehr große Stütze während des Schreibens.

Ich danke Walter Kordesch für seine wertvolle dramaturgische Betreuung und dafür, dass er, egal wie spät es war und egal wie viel er zu tun hatte, immer gelesen und mir Feedback gegeben hat, wenn ich es gebraucht habe.

Und nicht zuletzt danke ich Richard Kitzmüller. Er hat mir literarisch den Arsch gerettet und meine manchmal waghalsigen Formulierungen verbessert.

Ach ja, und ich danke mir selbst, dass ich so viel gearbeitet und trotzdem dieses Buch geschrieben habe.

1. Auflage November 2009

2.Auflage November 2009

3. Auflage Dezember 2009

© 2009 by Amalthea Signum Verlag, Wien

Alle Rechte vorbehalten
Umschlaggestaltung, Herstellung und Satz: Alicia Sancha
Gesetzt aus der 11,5/13,5 pt Palatino
Druck und Binden: CPI Moravia Books GmbH
Printed in the EU
ISBN 978-3-85002-689-5